RECLAM-BIBLIOTHEK

Eine Frau geht ihren Weg: Um an historische Kostbarkeiten zu gelangen, ist der Antiquitätenhändlerin Gabriele Doberstein fast jedes Mittel recht. Am liebsten sind ihr Gemälde, Werke bedeutender Meister, die in der Fachwelt als verschollen gelten. Ihre große Stunde schlägt nach dem Fall der Mauer: Sie durchstreift den Osten, fahndet in stillgelegten Bergwerken nach großer Kunst. Und Sina, die Freundin, muß ihr dabei helfen.

Eines Tages stößt das Frauenduo auf vielversprechende Unterlagen. Die Spur führt auf die Ostseeeinsel Usedom, wo sich in einem Nazi-Bunker bei Peenemünde eine Schatzkammer verbergen soll. Als Gabrieles hochfliegende Erwartungen enttäuscht werden, erleben die Freundinnen eine gefährliche Überraschung: Unbekannte machen sich an den scheinbar verrotteten Schalt- und Steueranlagen der verborgenen Festung zu schaffen und nehmen Kontakt zu einer Rakete in der Erdumlaufbahn auf ... zu einer Rakete, die in den letzten Jahren des Zweiten Weltkriegs von Peenemünde aus gestartet sein muß. Eine Katastrophe bahnt sich an ...

Jan Beinßen, geboren 1965 in Stadthagen. Seit 1993 bei der »Abendzeitung« in Nürnberg. Derzeit stellvertretender Leiter der Lokalredaktion.

Jan Beinßen

Zwei Frauen gegen die Zeit

Roman

RECLAM VERLAG LEIPZIG

Ohne die Ideen und Ratschläge des
Diplom-Physikers Uwe Meier und der
Journalistin Kerstin Henkel wäre es nicht möglich
gewesen, dieses Buch zu schreiben.

ISBN 3-379-01576-8

Reclam-Bibliothek Band 1576
1. Auflage, 1997
Reihengestaltung: Hans Peter Willberg
Umschlaggestaltung: Oberberg + Puder, Leipzig
Gesetzt aus Meridien
Satz: abg satz und bild gmbh, Altenburg
Druck und Bindung: Ebner Ulm
Printed in Germany

ERSTER TEIL

1

»XXX, yyyy. Ich tippe einfach mal, nur um auszuprobieren, wie schnell man auf dieser bescheuerten Tastatur schreiben kann. Spannung, Erotik, Fußpilz – alles, was ein Roman braucht. Mit diesem Apparat werde ich einen neuen Rekord im Fehlertippen aufstellen.«
Gefrustet lehnte sich Sina in ihrem Drehstuhl zurück, gab dem Kasten vor ihr einen verächtlichen Klaps. Das fing ja gut an. Schon nach den ersten Sätzen verließ sie die Lust. Die Tastatur war schuld. Sie hakte, einige Tasten klemmten regelrecht. Für Sina ein willkommener Vorwand, von ihrem Plan abzulassen. Nein, einen Roman zu schreiben, dazu war sie wohl nicht geboren. War ja auch eigentlich nur eine Schnapsidee. Am Abend vorher war sie darauf gekommen. Als Sina mit Gabriele eine Flasche Portwein geleert und den alten Zeiten nachgetrauert hatte. Wie so oft – immer wieder »die alten Zeiten«. Nach dem vierten Gläschen fing sie zu schwärmen an. Sie wollte alles niederschreiben. All die gemeinsamen Abenteuer der beiden ungleichen Frauen. All die Erlebnisse, die die beiden in den ersten Jahren nach der Grenzöffnung zusammen durchgestanden hatten.
Ein Roman sollte es werden. 500 Seiten stark oder mehr. Alles sollte drin stehen. Natürlich mit verfremdeten Namen, denn Sina wollte ihre beste Freundin nicht um den Job bringen. Und ihr schon gar keinen Ärger mit dem Staatsanwalt einbrocken. Denn rechtens waren die Abenteuer der Frauen nicht. Nein, von Legalität konnte keine Rede sein! Ganz im Gegenteil.

Kein Wunder also, daß Gabriele sehr skeptisch reagierte, als sie von dem Buch erfuhr. »Laß den Unsinn«, war ihr einziger Kommentar gewesen, als Sina am Vorabend auf ihre Schriftstellerpläne zu sprechen gekommen war. Bloß »Laß den Unsinn«. Aber damit spornte sie ihre junge Freundin nur noch mehr an. Wenigstens einmal wollte Sina ihren Kopf durchsetzen und sich nicht von Gabi vorschreiben lassen, was sie tun sollte und was nicht. »Laß den Unsinn.« Pah! Sina würde es dieser altgewordenen Schatzgräberin schon zeigen! Alles würde sie aufschreiben und mit ihrem Roman Millionen machen. Mehr als Gabriele jemals aus ihrer illegalen Suche nach verschollenen Kunstwerken herausholen könnte. Sina wollte es ihr zeigen!

Sie gab sich einen Ruck, beugte sich wieder über die Tastatur, löschte die ersten Sätze. Ein neuer Anfang:

»Sachsen-Anhalt. Ein stillgelegter Salzstock unweit des niedersächsischen Gorleben. Zwei Gestalten tasten sich durchs Halbdunkel, die Gesichter geschützt mit Gasmasken. Die Gänge sind vollgestellt mit Kisten und Fässern. Chemische Sonderabfälle aus ehemaligen Ostkombinaten. Überall warnende Aufkleber: Gift! Die beiden Figuren nähern sich zielstrebig dem Ende des Stollens. Die Sicht wird schlechter, schwefelgelbe Dämpfe hängen in der Luft.«

Das Telefon klingelte. »Verdammt, nicht jetzt!« schimpfte Sina vor sich hin. Gerade war sie so schön drin. Jetzt eine Unterbrechung, und sie konnte von vorne anfangen. Also weiter:

»Vor einer Mauer machen die beiden halt, schlagen Steine heraus. Eine der Gestalten zwängt sich durch das Loch in eine kleine Kammer. Im Licht der Taschenlampe tauchen verzierte Kelche, alte Handschriften und Gemälde auf. Das meiste stark lädiert, von Säure zerfressen. Dumpfes Fluchen unter der Maske. Ein wütender Tritt gegen einen verrosteten Kerzenhalter. Hände greifen sich ein paar besser erhaltene Kleinigkeiten. Wieder am Tageslicht, ziehen die beiden die Masken von ihren

Köpfen. Zum Vorschein kommen – zwei Frauengesichter.«
Es klingelte immer noch. »Ich hasse Telefone!« War das nun gut, was sie da gerade in die Kiste getippt hatte? Immerhin besser als nichts. Aber die Einführung der beiden Hauptdarstellerinnen – war sie nicht zu kurz geraten, zu plump?
Das Läuten ging ihr langsam auf die Nerven. Wer war denn da so aufdringlich, so penetrant? Sina nahm den Hörer kurz von der Gabel, legte gleich danach wieder auf. Ein alter Trick. Nicht höflich, aber wirksam. Und wie sollte es jetzt weitergehen? Die Handlung einfach fortsetzen? Aber nein, noch konnte der Leser nicht wissen, wer die beiden Frauen in dem Salzstollen waren. Sina würde eine kurze Einführung schreiben müssen. Ein kleines Portrait von ihren beiden Protagonisten. Es könnte am Anfang ihres Romans stehen. Als Einleitung.
Zunächst Gabriele. Sie würde sie in ihrem Buch Beate nennen. Ein Name, den Gabi noch nie leiden konnte. Das würde sie mächtig ärgern. Selbst schuld, was mußte sie auch so gegen Sinas Roman wettern. Also Beate oder besser noch Bea:
»Anfang 40. Elegant-konservativer Typ, mit Hang zum Vollschlanken.Temperamentvollere von den beiden.« Das mußte sie ihrer Freundin wohl zugestehen. »Alleinstehend, selbstbewußt, kompetent.« Jetzt aber die schlechten Eigenschaften. Das fiel Sina weißgott nicht schwer. »Leicht aufbrausend, egoistisch, rücksichtslos in geschäftlichen Angelegenheiten. Hang zum Autoritären.« Nun noch mehr Fakten: »Betreibt eine kleine Antiquitätenhandlung, bessert ihr Gehalt ab und zu durch den Verkauf von Hehlerware und Aufspüren verschollen geglaubter Kunstgegenstände auf. Ihr ungesetzliches Handeln bereitet ihr keine großen Gewissensbisse. Ständig auf der Suche nach einem bedeutenden Fund, um vielleicht einmal Anerkennung in der Fachwelt zu finden.« Nein, das war gemein. Das ging unter die Gürtellinie. Sina löschte den letzten Satz. Dann killte sie auch den vorletzten.

Friedhelm durfte in Gabis Vorstellung nicht fehlen. Der Name war so furchtbar, daß Sina ihn auch ohne weiteren Grund geändert hätte. Sie würde ihn Fritz nennen. Kurz und bündig – wie Friedhelm eben war: »Gespanntes Verhältnis zu ihrem jüngeren Bruder Fritz, den sie, nach dem Willen ihrer verstorbenen Eltern, am Gewinn ihres geerbten Antiquitätenladens beteiligen muß.«
»Das darf doch nicht wahr sein!« Wieder das Telefon! Wieder war Sina aus ihren Gedanken gerissen. Und wieder brachte sie den Anrufer mit ihrer Auflegetaktik zum Schweigen. Sie mußte sich unbedingt konzentrieren – jetzt war sie selbst an der Reihe. Verdammt schwierig, sein eigenes Portrait zu schreiben. Grübelnd kauerte Sina vor ihrer Tastatur, knabberte gedankenverloren am Nagel ihres kleinen Fingers.
Die Beschreibung füllte nur fünf Zeilen auf ihrem Schirm: »Anfang 30. Sportlich-leger, fröhlich und ungezwungen. Etwas unbeständig. Praktisch veranlagt, ›ewige‹ Elektrotechnik-Studentin. Schwankt zwischen fester Anstellung und den kleinen Abenteuern, zu denen sie von Bea immer wieder überredet wird.« Sina zögerte. »Lebt getrennt …« Nein. Sie löschte die beiden Worte. »Ist liiert …« Noch einmal ließ sie den Cursor zurückgleiten. »Ist *locker* liiert mit Klaus, mit dem sie einen gemeinsamen Hund besitzt. Tom, einen Beagle. Manchmal das einzige, was die beiden noch verbindet.«
Diesmal bemerkte sie das Telefon erst nach dem dritten Klingeln. Wer auch immer das sein mochte, er war verdammt hartnäckig. Wenn man vom Teufel spricht. Es mußte Klaus sein. Wer sonst würde um diese Zeit anrufen? Es war längst Mitternacht durch. Typisch.
Sina griff genervt nach dem Hörer. Am anderen Ende der Leitung meldete sich Gabriele.

2

»Warst du aus? Ich hab's schon öfter probiert. Dein Telefon ist kaputt. Das schaltet dauernd auf ›Besetzt‹ um, wenn man 'ne Weile läuten läßt. Also, was ist: Hast du noch Zeit auf 'nen Schlummertrunk?« Bei Gabis Redefluß hatte Sina keine Chance. Sie zu unterbrechen war unmöglich. Gabi plapperte weiter: »Weißt du, Kleines, ich muß dich dringend sehen. Hab dir 'ne Menge zu erzählen. Wichtig, wichtig. Ist 'ne tolle Sache für dich.«

»Ein neuer Mann?«

Schweigen. Mit dieser Frage hatte Sina ihre Freundin tatsächlich aus dem Konzept gebracht. »Was, Mann? Nein. Wie kommst du darauf? Hast du etwa schon geschlafen und geträumt oder so?«

»Und wenn es so wäre? Hättest du dann ein schlechtes Gewissen?« Wieder Schweigen. Langsam bekam Sina doch noch Spaß an dem nachmitternächtlichen Schwatz. »Sollte ich dich etwa wirklich mal zum Nachdenken gebracht haben, Gabi?«

»Nein – nicht du. Aber das mit dem Nachdenken stimmt. – Sina, Schatz, ich glaub, ich muß Schluß machen.«

»Was?« Sina war verwirrt. Die Runde ging also doch an Gabriele. Wieder hatte sie die Nase vorn, bestimmte den Verlauf des Gesprächs. »Aber Gabi, du hast mir noch nicht einmal erzählt, was du eigentlich von mir wolltest. Du kannst nicht einfach –«

»Vergiß es, Sina. Ich ruf dich morgen wieder an.«

»Halt! So nicht. Ich will wissen ...« Klick. Gabriele hatte aufgelegt. Sina hielt den Hörer weiter ans Ohr gepreßt. »Das gibt's doch nicht. So dreist kann nicht mal Gabi sein.« Sina war perplex, überrumpelt von der Kaltschnäuzigkeit ihrer Freundin.

Sie knallte den Hörer auf, ließ ihren Drehsessel mit Wucht herumfahren. »Die schafft mich immer wieder.« Das Telefon klingelte erneut. »Hallo?«

»Sina, Schätzchen, ich bin 's noch mal.«

»Gabi, du –«

»Sina, hast du noch immer diese dumme Idee im Kopf, in den Kreis der Bestsellerautoren aufzusteigen?«
»Gabi, ich weiß nicht, was –«
»Laß es sein. Laß die Finger von der Schreiberei. Verstanden?«
»Gabi, was willst ...« Klick. Ihre Freundin hatte wieder aufgelegt. Sina schäumte. »Was bildet die sich ein?« Unter dem Wust zerknüllten Papiers neben ihrem Computer fand sie ihr Adreßbüchlein, blätterte es hastig durch. »Da, Gabriele Doberstein, 53 ... 86 ...«
Ihre Hände zitterten vor Wut, als sie die Nummer eintippte.
»Na, Sinalein, kannst du dir meine Nummer noch immer nicht merken?« meldete sich ihre Freundin nach dem ersten Läuten.
»Woher weißt –«
»Sonst hättest du nicht so lange gebraucht. Und eh du dich weiter aufregst. Morgen früh, sagen wir um halb zehn, erfährst du, warum ich mich so verhalte. Ich habe meine Gründe.«
Da blieb Sina fast die Spucke weg. »Und ich habe die Schnauze vo –«
Klick. Gabriele war schneller.

3

Nieselregen. So fein und unter die Haut gehend, wie es Sina aus ihren Jugendurlauben an der Nordsee in Erinnerung hatte. Nieselregen – und das ausgerechnet in Nürnberg! Noch dazu um diese Jahreszeit, in der es eigentlich schneien sollte. Sina hatte sich die Kapuze ihrer Regenjacke tief ins Gesicht gezogen, als sie am nächsten Haltepunkt die Straßenbahn verließ. Die paar Meter bis zu ihrer Freundin müßte sie eigentlich schaffen, ohne restlos naß zu werden. Sina legte einen Spurt hin, von dem sich mancher Jogger eine Scheibe hätte abschneiden können.

Gabrieles Laden sah so wenig einladend aus wie immer. Dieser ganze Ramsch in ihrem Schaufenster. Lauter wertloser Plunder – jedenfalls sah es Sina so. Nicht ein Teil, das sie sich ins Wohnzimmer gestellt hätte. Aber es mußte Leute geben, denen die zerbeulten Keksdosen aus Uromas Zeiten, die Lampen mit vergilbtem Glasschirm und diese gräßlichen Ölgemälde (vorwiegend Alpenmotive) gefielen. Wie hätte sich das Geschäft sonst so lange halten können? Über drei Generationen. Das reichlich verschnörkelte »Antiquitäten-Doberstein« hatte wohl schon Gabis Großvater an die Wand montiert. Sie selbst hatte als persönliche Note ein »G« darunter setzen lassen. Ebenso verschnörkelt, ganz wie ein mittelalterlicher Zierbuchstabe.
Eine Türklingel kündigte Sinas Eintreten lautstark an. Ein dämliches altes Ding. Schon längst wollte Sina ihrer Freundin einen modernen Sensor mit Summton über der Tür installieren. Aber nein. Gabi weigerte sich partout. Sie sagte, das nehme ihren Kunden die Illusion, in ihrem Geschäft sei alles antik. So ein »modernes Elektroteil« passe einfach nicht in einen Antiquitätenladen.
Zugegeben: Die Innenräume von Gabis Trödelladen (ein Wort, das Gabriele auf den Tod nicht leiden konnte) hatten schon ihren Reiz. Und zumindest die ausgestellten Möbel waren wohl etliches wert. Schränke, Truhen, Kommoden aus verschiedensten Stilepochen. Zierliche Sekretäre aus Mahagoniholz, wuchtige Tische mit Füßen wie Löwentatzen. In einer Glasvitrine an der Wand warteten verstaubte Gläser, Schatullen, silberne Krüge und angelaufene Broschen auf zahlungskräftige Liebhaber. Die Wände selbst waren behangen mit Bildern. Das meiste wieder in Öl. Erdrückend, wie Sina fand.
»Na, fühlst du dich immer noch nicht wohl in meinem Königreich?« Gabi kam aus dem Hinterraum, trug ein kleines gerahmtes Gemälde unter dem Arm.
»Hallo, Gabi. Es ist ziemlich genau halb elf. Wie steht es also mit deinem Versprechen?«
Gabi schob den braunen Vorhang beiseite, der den Verkaufsraum vom Schaufensterkasten trennte. »Ich erin-

nere mich nicht, ein Versprechen gegeben zu haben.« Sie setzte das kleine Bild vorsichtig ab und griff sich eines der Alpenmotive aus dem Fenster.
Sina stellte sich hinter ihre Freundin. »Doch, Du hast mir ein üppiges Frühstück versprochen.«
»Ha! Üppiges Frühstück! Das wüßte ich aber.« Gabi legte das Alpenbild achtlos beiseite, plazierte an seiner Stelle das kleine gerahmte Werk. Ein Portrait. Es zeigte das rotwangige Gesicht eines Jungen.
Sina baute sich vor ihr auf. »Wenn du einen schon um Mitternacht aufschreckst und dann auch noch verarschst, dann ist ein Frühstück ja wohl das mindeste, was man erwarten kann.« Vorsichtig, aber bestimmt drückte sich Gabriele an Sina vorbei, ging in Richtung Hinterzimmer.
»Moment, Gabi, willst du mich wieder abfertigen wie gestern abend?«
Gabi blieb stehen, drehte sich kurz um. »Humor, Sina, mehr Humor!«
»Ich finde Humor nur lustig, wenn beide Seiten drüber lachen können.«
Gabi kehrte um, legte ihren Arm freundschaftlich um die Schulter ihrer Freundin. »Also hör mal zu, Schätzchen. Wir gehen jetzt ins Büro, trinken gemeinsam einen Kaffee und sprechen uns aus, o. k.?«
»Bloß einen Kaffee? Naja, besser als gar nichts.«
In dem engen, finsteren Raum stand ein übervolles Holzregal. Einfach, aber stabil gebaut wie das Günstigste vom Möbelmitnahmemarkt, aber wahrscheinlich schon lange vor dem Krieg zusammengeschustert. Auch hier Vasen, Leuchter, Schmuck. Das »Büro« faßte sonst nur noch eine kleine Kochnische, einen windschiefen und mit Papier übersäten Schreibtisch, eine Anrichte mit Telefon, Fax, Anrufbeantworter. Ein geschmackloser Mischmasch aus alt und neu. In einer Ecke lagen Gummistiefel, Klappspaten und halbleere Jutesäcke. Einziger Ruhepunkt: ein Biedermeiertischchen in der Mitte des Raums. Er war leergeräumt bis auf ein Zuckerdöschen aus feinem Porzellan und einer gefalteten Tageszeitung.

Sina hockte sich rittlings auf einen Schemel vor dem Tischchen. Gabi goß in der Kochnische Wasser auf. Wahrhaft ein ungleiches Paar. Nicht nur der Altersunterschied stand zwischen den Frauen. Allein die äußere Erscheinung ließ nie vermuten, daß es sich hier um beste Freundinnen handelte. Sina mit ihrem frechen Kurzhaarschnitt, der ihre kräftigen kastanienbraunen Haare wild in alle Richtungen abstehen ließ. Gekleidet nicht eben wie aus einem Modemagazin, aber doch flott und sportlich in knackig engen Jeans und figurbetontem, geripptem Rolli. Gabi dagegen trug ein fessellanges Kleid, hielt die Haare streng zurückgekämmt. »Nicht schön, aber selten«, sagte sie immer, wenn Sina über das eingestaubte Outfit der Älteren lästerte. »Die Kunden wollen hier keine aufgestylte Modetussi sehen«, begründete sie stets. »Sie wollen, daß derjenige, der sie bedient, ins Umfeld paßt.« Sina wagte das zu bezweifeln. Die Nürnberger, speziell diejenigen, die bei Gabi kauften, mochten zwar ein wenig konservativ-spießig sein. Passend zum Butzenscheiben-Image der Stadt. Aber Sina war sicher, daß Gabriele mit ihrem Auftreten doch ein wenig übertrieb. Schade war's vor allem um Gabis schulterlanges, gelocktes Haar. Ihre dunkelblonde Mähne kam nicht einmal annähernd zur Geltung. Am liebsten hätte sie sie wahrscheinlich in einem Dutt versteckt.

»Was schaust du mich so an? Stimmt was mit meiner Frisur nicht?« Hastig preßte Gabriele eine lose herabhängende blonde Strähne hinters Haarband zurück.

»Nein, entschuldige, Gabi. Ich frage mich nur gerade, wann du endlich damit rausrückst.«

Gabi kam mit den zwei Kaffeetassen zu ihr an den Tisch.

»Womit?«

»Na, mit der tollen Sache, die du mir gestern abend erzählen wolltest, und es dir dann doch anders überlegt hast.«

»Richtig.« Gabi setzte sich Sina gegenüber, schaufelte zwei gehäufte Löffel Zucker in ihren Becher.

»Was heißt hier ›richtig‹?« bohrte Sina.

»Richtig heißt, daß ich es mir tatsächlich anders überlegt habe.«
Sina richtete sich auf: »Du willst es mir also nicht erzählen?«
Gabi rührte ihren Kaffee in aller Ruhe um, blickte ihre Freundin dann direkt in die Augen. »Nur wenn du deinen Roman nicht schreibst. Das heißt –«
Sina beugte sich weiter vor: »Das heißt – was?«
Gabi machte eine nachdrückliche Pause. »Das heißt – noch nicht.«
Genervt ließ sich Sina zurückfallen. »Gabi, mach's nicht so spannend. Was ist los? Hast du das Bernsteinzimmer gefunden oder was?«
Gabriele nahm einen großen Schluck aus ihrer Tasse, atmete tief durch. »Sinalein, du bist gar nicht mal so weit entfernt.«
Sina wurde wieder aufmerksamer, spannte sich an: »Nein! Du hast doch nicht wirklich den großen Coup gelandet? Und das ohne mich und …«
Gabi fiel ihr ins Wort: »… und so viele Jahre nach der Grenzöffnung. Das wolltest du doch sagen, oder?«
»Ja, wollte ich tatsächlich. Ich meine, immerhin ist unsere letzte Tour fast drei Jahre her.«
Gabi ging zur Kochecke, schenkte sich noch einmal nach. »Ja, zwei Jahre und neun Monate genau. Aber die Auswertung ist erst jetzt so langsam abgeschlossen.«
»Auswertung! Was für ein hochgestochenes Wort für eine einfache Sache, Gabi. Alles, was du tun mußtest, war doch bloß, zahlungskräftige Käufer für gestohlenes Kunstgut zu finden. Auswertung, pah!«
Gabi setzte sich wieder, stützte ihr Gesicht auf ihre Hände: »Noch so 'ne Bemerkung und ich erzähl nicht weiter.« Wieder rührte sie reichlich Zucker in den Kaffee. »Also, Sina. Mit Auswertung meine ich eine Kleinigkeit mehr. Selbst als Antiquitätenhändler kann man nicht jedes Kunstwerk auf Anhieb richtig einordnen. Gut, ich kann Ramsch von echten Kostbarkeiten unterscheiden. Aber gerade bei den wirklichen Wertstücken habe ich oft keine

Ahnung, was ich dafür verlangen soll. Es gibt einfach keine einschlägigen Informationen darüber, kaum Kataloge, geschweige denn Preislisten.«
»Kein Wunder. Die meisten Sachen sind längst abgeschrieben. Hat doch kaum jemand dran geglaubt, daß diese Dinger nach über 50 Jahren noch einmal auftauchen.«
Gabi zog eine Leidensmiene. »Eben. Und deswegen hat sich erst recht keiner Gedanken darüber gemacht, was sie heute wert wären. Der Quedlinburger Domschatz zum Beispiel. Der Texaner, der ihn Jahrzehnte lang bei sich zu Hause gehütet hat, konnte den wahren Wert letztlich auch nicht genau kennen. Sonst hätte er ihn wahrscheinlich bis heute nicht rausgerückt. Und das ist nur *ein* Schatz, der im Krieg verlorengegangen war.«
Sina rückte ihre Tasse beiseite. »Du willst mir doch nicht etwa erzählen, daß du sowas wie den Quedlinburger Domschatz unter unseren Beutestücken ›ausgewertet‹ hast!«
Gabi setzte ihr Siegerlächeln auf. »Beinahe, Sina. Beinahe.«

4

Sie hatte sich fest vorgenommen, ihn nicht mitzubringen. Sie wußte genau, daß sie sich später darüber ärgern würde. Und das tat sie nun auch prompt. Seit zehn Minuten saß Gabi grübelnd über Sinas Romanentwurf. Immer wieder las sie die wenigen Zeilen, die Sina bisher geschafft hatte, mit grimmigem Ausdruck durch, schüttelte den Kopf, strich energisch auf den Ausdrucken herum.
»Nein, nein, Sina. Nein, was für ein Stil!«
Sina hätte sich in den Hintern beißen können. Es war ja klar, daß Gabi ihrem Buch nichts abgewinnen würde. Aber mußte sie ihre Vorbehalte so provokativ vor ihr auskosten? Immerhin hatte Sina ihr die Seiten nur gegeben, weil Gabriele einmal mehr zu einem Druckmittel gegrif-

fen hatte. Glatte Erpressung, wie Sina meinte: Gabi wollte nur dann weiter über ihre »Entdeckung« berichten, wenn Sina mit dem Romanmanuskript rausrückte.
»Also wirklich nicht! So kannst du die Sache nicht angehen. Außerdem –« Gabi faltete die Seiten zusammen, schob sie Sina mit mißbilligendem Blick über den Tisch.
»Was außerdem?« wollte Sina wissen.
»Außerdem kommst du in deinem Portrait ja wohl ein wenig zu gut weg, meinst du nicht auch?«
Sina steckte die Papiere beleidigt in die Hosentasche. »Mach du's doch erst mal besser, Gabi. Mit Meckern allein hat es jedenfalls noch niemand zu was gebracht!«
Die Ladenglocke unterbrach den Disput der beiden. Gabriele schob ihren Stuhl zurück. »Mit gedrucktem Unsinn ist meines Wissens auch nicht!« Sie verließ den Raum mit ausladenden Schritten.
Ein junger Mann, so um die fünfundzwanzig, trat in den Verkaufsraum. Sehr hager, der Kleidung nach zu urteilen ein wenig heruntergekommen. Das unrasierte Gesicht und Schuhe, die mit einer Bürste wohl seit Monaten nicht mehr in Berührung gekommen waren, besagten ein übriges. Mit ängstlichem Blick blieb der Mann wie angewurzelt stehen, als er Gabriele aus dem Hinterzimmer kommen sah.
»Bitte, schauen Sie sich in Ruhe um«, ermunterte Gabi den Besucher zum Nähertreten. Mit zögernden Schritten bewegte sich der Unbekannte auf sie zu, guckte sich dabei auffällig nervös nach allen Seiten um. Erst jetzt fiel Gabi die ausgebeulte Sporttasche auf, die ihr Kunde verkrampft festhielt. Als Gabi ihn auffordernd heranwinkte, traute sich der Hagere vorsichtig zu ihrem Tresen vor und setzte die Tasche auf der Tischplatte ab. Mit zitternden Händen zog er einen mit alten Lappen umwickelten Gegenstand heraus.
»Na, was haben wir denn da?« Neugierig beugte Gabi sich vor.
Der Mann schob die Tücher beiseite. Jetzt erkannte Gabi den Grund für die Nervosität ihres Besuchers: Auf ihrem

Tresen lag ein filigran gearbeiteter antiker Globus. Nicht viel höher als 30 Zentimeter, eingefaßt in nachgedunkeltem Buchenholz. Die stellenweise schrumpelige Oberfläche der Erdkugel war offenbar von Hand bemalt worden. Das Weltbild des Künstlers wich auffällig vom heutigen ab. Proportionen und Entfernungen der abgebildeten Erdteile ließen darauf schließen, daß der Erschaffer dieser Kostbarkeit auf Kartenmaterial aus dem frühen 18. Jahrhundert zurückgegriffen hatte.

Gabriele bemühte sich, ihre Begeisterung zu zügeln. Sie schaute ihrem Gegenüber direkt in die Augen, als sie in trockenem Ton fragte: »Ich nehme an, den haben Sie von Ihrer Großmutter geerbt?« Der Mann trat unsicher einen Schritt zurück. Gabriele setzte ein gütiges Lächeln auf: »Wollen Sie das Stück bei mir schätzen lassen? Da will ich Ihnen gleich die Illusion nehmen: Reich werden Sie damit nicht.«

Der Mann sprang jäh auf den Tresen zu, griff nach dem Globus. »Sie wissen, was er wert ist! 5000 und er gehört Ihnen.«

Gabi zog alle Register ihrer Schauspielkunst, setzte die abfälligste Miene auf, die sie mit Aussicht auf das Geschäft des Monats zustande brachte. »5000 Mark? Utopisch. Solche Globen wurden damals in Massen hergestellt. Die finden Sie auf jedem besseren Flohmarkt.«

Die Stimme des Mannes überschlug sich fast, als er antwortete: »Es ist ein Einzelstück! Das wissen Sie!«

Damit fing er sich einen kühlen, abschätzigen Blick ein. Ein kleiner Hehler, der dringend Geld brauchte. Das war Gabi inzwischen klar. Sie würde ihn runterhandeln. Auf das Minimum. Aber wie weit konnte sie gehen?

»Also, wollen Sie ihn nun haben oder nicht? 4500 und keine Mark weniger!« Der Mann hatte plötzlich etwas Entschiedenes in seinem Ausdruck. Offenbar wollte er beim Feilschen nicht nachgeben.

Höchste Zeit für Gabriele, um ihren Trumpf auszuspielen: »Der Globus ist gestohlen.« Der junge Mann war jetzt restlos verunsichert, verlor das bißchen Selbstsicherheit, das er Sekunden zuvor gewonnen hatte. Hilfesuchend schaute er sich um. Gabriele trat um ihren Tresen herum, baute sich direkt vor dem Jüngling auf: »Sie haben diese Erdkugel geklaut.« Mühelos konnte sie ihm das Meisterwerk aus den Händen nehmen. »Zugegeben, es ist ein Prachtstück. Aber es ist Diebesgut – und deshalb nichts wert! Er taucht in jeder Polizeiliste auf. Das ist allenfalls etwas für billige Hehler! Mich können Sie damit nicht locken. Nicht für viertausend, nicht für dreitausend, nicht mal für tausend Mark. Der Globus muß zu seinem rechtmäßigen Besitzer zurück!«

Ihr Besucher geriet in Panik. Blitzschnell riß er seinen Schatz wieder an sich, umklammerte ihn wie einen Säugling. Er stürzte fast, als er zum Ausgang spurtete. Im Nu war Gabi hinter ihm, drückte die gerade geöffnete Tür mit ihrem vollen Gewicht ins Schloß zurück. Zu schnell für den Flüchtenden, um noch seine Hand aus dem Rahmen ziehen zu können. Der Hagere quiekte wie ein Ferkel, starrte seine Peinigerin voller Furcht an. Gabriele ließ einige Sekunden vergehen, bevor sie seine Finger freigab.

Als wäre nichts geschehen, setzte sie ihren letzten Satz fort: »Andererseits – ich kann nicht zulassen, daß ein solches Kleinod unsachgemäß behandelt wird. Wenn Sie bei diesem Wetter weiter damit durch die Straßen irren, können Sie ihn genauso gut in den nächsten Müllcontainer werfen. Deshalb –« erneut wechselte der Globus den Besitzer. »Deshalb werde ich mich darum kümmern.« Betont langsam ging sie zur Kasse. Der Mann blieb wortlos an seinem Platz. Seine Gesichtszüge waren erschlafft. Er verfolgte Gabi mit dem Blick eines traurigen Hundes. Beim lauten Klingeln der antiken Kurbelkasse fuhr er zusammen.

Mit einem angedeuteten Lächeln schritt Gabriele auf ihren Besucher zu. In ihrer Hand ein paar Hunderter. Sie mußte ihn erst an den Arm stupsen, bevor er begriff. Der Schmächtige schnappte sich die Scheine, war im nächsten Augenblick verschwunden.

5

»... nein, Klaus, hör mir doch mal zu ...« Sina hatte von Gabrieles gewinnträchtigem Handstreich nichts mitbekommen. Als Gabi zu ihr ins Hinterzimmer zurückkehrte, kauerte sie noch immer auf dem Schemel vor dem Tischchen, war aber im Geiste längst ganz woanders. In ihrer Hand verdrehte sie die Schnur von Gabis Telefon und hielt den Hörer zwischen Kopf und Schulter gepreßt. »Du sollst nur einfach mal einen Moment still sein und mir zuhören! Klaus ...« Jetzt hatte sie ihre ältere Freundin bemerkt, die mit einem Siegerlächeln im Türrahmen lehnte, stolz den Globus schwenkte und ihr signalisierte, das Gespräch zu beenden. Von Sina erntete sie nur einen hilflosen Blick.

Aha – Gabriele hatte verstanden. Es war Klaus, Sinas »Lover«, wie es Gabi gern ausdrückte. Das konnte dauern. Schulterzuckend gab Gabi ihre heroische Pose im Türrahmen auf. Sie schlenderte zur Regalwand, ließ den eben noch hochgehaltenen Globus wie einen erlegten Fasan nach unten baumeln.

Sina war schon wieder in ihr Gespräch vertieft, »... also wirklich, Klaus ...« Ihr Ton wurde resoluter. »Ein ausgewachsener Beagle braucht am Tag mehr Bewegung als bloß eine Runde auf dem Balkon!«

»Männer!« warf Gabriele abfällig ein. »Verstehen von Tieren keinen Deut mehr als von Frauen und Kindern.«

»Halt dich da raus!« zischte ihr Sina zu.

Gabriele wandte sich entnervt dem Katalogisieren einer Reihe von angeschlagenen Vasen zu.

Sinas Gesichtsfarbe hatte mittlerweile die einer Blutorange angenommen. Wie wild fuchtelte sie beim Reden mit den Armen. »Nein, Klaus, deshalb komme ich nicht zurück! Du mußt halt mal allein mit dem Kleinen fertig werden. Warte nur ab, der frißt schon wieder.«

Gabi ließ den Kuli, mit dem sie gerade eine Zahlenkolonne in ihre Auflistungsstatistik geschrieben hatte, provokativ fallen.

Sina steigerte sich immer mehr in ihre Wut: »Klaus, ich lasse mich von dir nicht vereinnahmen. Nicht auf diese Art ...« Sie hielt abrupt inne, blickte verdutzt auf den Hörer in ihrer Hand. »Klaus? Klaus, bist du noch dran?«
Erst jetzt bemerkte sie Gabis grimmigen Gesichtsausdruck – ihr Zeigefinger ruhte auf der Gabel des Telefons. »Gabi! Warum hast du die Leitung unterbrochen? Wir waren nicht fertig!«
»Das weiß ich, Schätzchen.« Sie setzte sich Sina gegenüber, streichelte zärtlich über deren Hand. »Aber das kann ja kein – entschuldige – kein Schwein mit anhören. Immer derselbe Mist. Und am Ende hast du euren blöden Köter –«
Sinas Blicke glichen Pfeilspitzen.
Gabriele unterbrach sich kurz. »Also gut: euren Hund, den Tom. Am Ende hast du den doch wieder am Hals. Und Klaus macht sich ein schönes Wochenende.«
Sina wurde aufmüpfig: »Das ist nicht fair! Ich mische mich auch nicht in deine Privatangelegenheiten.«
Gabi schwang sich auf, hievte ihren Stuhl neben Sinas. Sie schlug einen Verschwörerton an: »Wir sollten endlich zur Sache kommen und uns nicht dauernd ablenken lassen. Sina, Schatz, ich habe dir etwas Entscheidendes zu sagen.«
Sina gab es auf, mit ihrer Freundin weiter zu streiten, wußte sie doch, daß sie ohnehin wieder den kürzeren ziehen würde. Außerdem wollte sie endlich wissen, um was Gabi seit dem Vorabend herumredete wie um den sprichwörtlichen heißen Brei.
Gabi zauberte ihre Auflistung hervor, die sie eben am Regal ergänzt hatte. »Hier. Das ist er. Mein großer Wurf.«
Verständnislos blätterte Sina in dem Zahlenwerk, blickte ihre Freundin fragend an.
»Ja. Und?«
»Und, und!« äffte Gabi sie böse nach. »Diese Zahlen stehen für bares Geld. Und zwar für Tausende, ach was sag ich, für Zehntausende von Mark!« Immer noch verstand Sina nur Bahnhof. Gabi holte weiter aus: »Unsere letzte Tour, die in den Schacht östlich von Gorleben –«

»Die aus meinem Roman«, warf Sina ein.
»Genau, die aus deinem Groschenroman. Unsere letzte Tour war ergiebiger, als ich es mir jemals erträumt habe. Wir sind da auf eine richtige kleine Goldgrube gestoßen. Die Liste der im Krieg verschollenen Kunstgegenstände kann um etliche Punkte verkürzt werden.«
Sina wollte sich nicht länger auf die Folter spannen lassen, griff sich Gabis Hände und drückte sie fordernd: »Rück schon raus damit! Was genau haben wir aus diesem gottverdammten Salzstollen rausgeholt? Was haben die Nazis in dieser Höhle verschwinden lassen?«
Gabi gönnte sich noch einmal eine Atempause, bevor sie feierlich erklärte: »Zum Beispiel einen Flinck.«
»Flinck?« Sina ließ sich enttäuscht zurückfallen. »Sagt mir gar nichts. Null!«
»Sina, denk nach! Du hast ihn schon gesehen. Das Bild, das ich vorhin ins Schaufenster gehoben habe.«
»Diesen minderjährigen Bubi in Öl? Was wird der Schinken denn bringen?«
Ihre Freundin quittierte diese Bemerkung mit einem pikierten Blick. »Über die aktuellen Fleischpreise bin ich nicht informiert. Ich handele mit Bildern, nicht mit Schinken.«
Sina verdrehte die Augen. »Also, das Bild mit dem Kiddi drauf – was würde ein kunstgeiler Millionär dafür hinblättern?«
»Etwa zweitausend Mark. Natürlich muß es erst noch restauriert werden.«
Nun war auch die letzte Hoffnung aus Sinas Augen verschwunden. Sollte das etwa Gabis große Überraschung gewesen sein? »Nur zweitausend? Aber das Ding ist uralt!«
Gabi würdigte ihre Freundin keines Blickes mehr. »Nicht jedes Bild ist begehrt, nur weil es alt ist. Ja, wenn es ein Rubens wäre, ein de Hooch oder ein Vermeer ...«
Die Jüngere stützte gelangweilt den Ellenbogen auf. »Aber es ist ja nur ein Flinck, ein unbekannter Stümper, stimmt's?«

Gabi konterte schnippisch: »Ein Stümper auf keinen Fall. Ein Kleinmeister eben. Aber ich schätze ihn nicht weniger als einen Vermeer.«
Langsam wußte Sina wirklich nicht mehr, warum ihre Freundin überhaupt so ins Schwärmen geraten war. »Und die anderen Bilder aus dem Stollen? Sind die wenigstens die großen Bringer?«
Gabi wandte sich wieder ihrer Aufstellungsliste zu. »Leider auch nichts Umwerfendes. Die muß ich mir noch genauer ansehen«, druckste sie kleinlaut herum. Dann blickte sie auf: »Oh, das soll nichts heißen. Andere Händler wären froh, wenn sie nur die Hälfte davon anbieten könnten.«
Für einen Moment verschlug es Sina die Sprache. Beinahe verlegen strich sie sich durch ihr Haar. »Gabi. Ich versteh das alles nicht. Du hast von einer Goldgrube gesprochen. Du wolltest mir sogar ausreden, meinen Roman zu schreiben, damit diese Goldgrube bloß nicht auffliegt. Aber alles, was du bisher bieten konntest, war ein Ölschinken, der mit viel Glück zweitausend Mark bringt. Und die vage Hoffnung auf ein paar andere Schnäppchen in dieser Größenordnung.«
Gabriele schlug aufgebracht mit ihrem Katalog gegen das Regalbrett: »Aber nein. Das ist doch erst der Anfang! Wenn wir *einmal* fündig geworden sind, werden wir es wieder! Ich bin ganz sicher: Da drüben lagern noch ganz andere Werte. Der Quedlinburger Domschatz ist ein Klacks dagegen!«
Sina fühlte sich immer unwohler in ihrer Haut. Wie sollte sie ihre Freundin auf den Teppich zurückbringen? »Gabi, die Wende liegt Jahre zurück. Der Osten ist restlos abgegrast! Da ist nichts mehr zu holen!«
Kampflustig ballte Gabi die Faust. »Du täuschst dich! Die Kunstwerke, die wir bisher geborgen haben, sind Beweis genug für meine Theorie!«
Sina senkte betrübt den Blick. »Ich kann beim besten Willen nichts Umwerfendes darin erkennen. Schon gar keinen Grund, um einen nachts um zwölf aus dem Bett zu

werfen. Ich tippe mal, daß allein dieser Asbach-Uralt-Globus dahinten mehr Gewinn abwirft als zehn Bilder aus deinen Zoni-Stollen. Gib doch zu, daß du dich in eine fixe Idee verrannt hast! Du willst es nur nicht wahrhaben, Gabi!«

Gabriele stand auf, strich unbeholfen um den Tisch. »Du verkennst die Relationen, Sina. Du verlierst deinen Sinn für das, was wichtig ist und was nicht.«

»Bitte?« Sina spürte wieder den Zorn in sich aufsteigen: »Ich dachte, die Nazis hätten nur Kunstwerke geklaut, die richtig gut Kohle bringen, damals im Osten. Das hast du mir jedenfalls immer einreden wollen.«

Gabi lenkte sich mit einem reichlich verzierten Kerzenhalter aus dem Regal ab, musterte ihn eingehend. »Sina, du mußt bedenken: Da waren meist keine Experten am Werk, sondern einfache Soldaten, die auf Befehl alles mitgenommen haben, was ihnen in die Finger kam. Die konnten nicht entscheiden, ob so etwas –« sie winkte mit dem Leuchter, »ob so etwas vom Hofe Karls des Großen stammt oder lediglich belangloser Plunder ist.« Bei ihren letzten Worten ließ sie den Kerzenhalter demonstrativ auf den Boden fallen. Sina fuhr erschrocken zusammen. Gabi setzte ungerührt fort: »Und dann diese dilettantische Einlagerung! Ich mag gar nicht daran denken, wie diese Bastarde mit den wirklich kostbaren Stücken umgegangen sind.«

Sina unterbrach, knüpfte in sarkastischem Tonfall an: »Ja, wirklich Kostbares haben sie in KZs gesteckt und umgebracht.«

Die Ältere guckte sie für einen Augenblick entsetzt an, fand dann aber ihren Faden wieder: »Den Menschen können wir jetzt jedenfalls nicht mehr helfen. Die vielen verschollenen Schätze der Kunst aber – die können wir vielleicht noch retten. Die können wir aufspüren und sie aus ihren Gefängnissen befreien.«

Sina ließ ihre Faust wütend auf die Tischplatte krachen: »Jetzt bist es aber eindeutig du, die den Sinn für Verhältnismäßigkeiten verliert. Und außerdem: Diesen ganzen

Schmarrn hast du mir bereits in dem Jahr erzählt, als sich ganz Deutschland im Einheitstaumel in den Armen lag. Als du mich überredet hast, drüben in der Zone in ausgedienten Bergwerkstollen nach deinem Ramsch zu wühlen, hast du genau die gleichen dämlichen Argumente vorgebracht.«

Mit großen Augen schaute Gabi sie an: »Und? Hatte ich nicht recht?«

»Nein! Hattest du nicht! Vor allem hattest du nicht das Recht, mich da mit reinzuziehen. Ich habe für dich Bergungsgerät, Gasmasken und all das andere Zeug besorgt, habe mein Studium dafür sträflich vernachlässigt! Und wofür? Was hat es letztendlich gebracht? Ein paar ›Kleinmeister‹, von denen du die meisten nicht einmal zuordnen konntest. Nach so vielen Jahren. Du bist eine Träumerin, Gabi.«

Gabriele stand wie festgenagelt vor ihrem Regal. Sie sah blaß aus. Und übernächtigt, so als wäre sie in den letzten Minuten sprunghaft gealtert.

Sina hatte sie an einem empfindlichen Nerv getroffen. »Gabi, es tut mir leid. Aber du hast es dir selbst eingebrockt. Diese ganze Schatzsucherei hat irre Spaß gemacht, aber sie war eben auch irre blöd. Wenn es in den neuen Bundesländern wirklich so viel zu bergen gegeben hätte, dann wären wir beiden wohl die letzten gewesen, die davon profitiert hätten. Sieh es doch mal realistisch.«

Die andere wollte widersprechen: »Die haben da genug andere ...«

Aber ihre Freundin unterbrach: »Nein, diesmal will ich das letzte Wort haben. Ich sage: Laß uns aufhören mit diesem Quatsch. Ich will davon nichts mehr hören. Wenn du mit all dem nur bezwecken wolltest, daß ich den Roman nicht schreibe, gut: Dann hast du dein Ziel erreicht. Ich laß ihn sausen! Und nun ist Schluß mit dieser Sache, o. k.? Gib mir dein Telefon und laß mich um wirklich wichtige Dinge kümmern, ja?«

»Um wichtige Dinge? Sag nicht, daß du Klaus damit meinst.«

Sina stand auf, versetzte Gabi einen Knuff in die Seite. »Doch, ich meine Klaus. Der ist wenigstens real. Kein Hirngespinst wie deine verschollenen Rubens-Pinseleien, deine Flincks oder Van Dammes …«
»Vermeer«, korrigierte sie Gabi. »Vermeer heißt der Gute.«

6

»Bist du der Weihnachtsmann?« Mit breitem Grinsen deutete Klaus auf den Jutesack, der Sina über die Schulter hing. Klaus hatte die Dreißig gerade überschritten. Sein Bauchansatz verriet, daß der frühere Leichtathlet seinen Sport schon seit längerer Zeit vernachlässigte. Die ersten feinen Silberstreifen in seinem dichten schwarzen Wuschelhaar gaben ihm trotz seiner jugendlichen Gesichtszüge eine gewisse Reife.
Sina boxte ihn freundschaftlich in den Magen: »Vielleicht läßt du mich erst mal reinkommen.«
Klaus blieb breitbeinig im Eingang stehen: »Nein, erst muß ich deine herrlich hilflose Lage ausnutzen. Selten genug, daß du mal keine Hand frei hast.« Er setzte der verdutzten Sina einen schmatzenden Kuß auf die Wange. »So, jetzt darfst du reinkommen und deine Geschenke verteilen.«
In der Zweizimmerwohnung sah es aus wie auf einem Schlachtfeld. Alte Zeitschriften waren über den ganzen Flur verteilt, überall lagen Wäschestücke, dazwischen leere Joghurtbecher. Da kein Tisch oder Stuhl frei war, ließ Sina ihren Sack einfach auf den Boden fallen. »Freu dich nicht zu früh, Klaus. Ich bin *nicht* der Weihnachtsmann. Auch nicht die Weihnachtsfrau.« Klaus schaute sie verständnislos an, als Sina einen massiven Messingkerzenhalter aus dem Sack zog. »Aus Gabrieles Schatzkammer. Sie hat mich gebeten, ein paar Antiquitäten zu katalogisieren.« Nun fischte sie einen daumendicken großformatigen Wälzer aus dem Beutel. »Hier drin darf ich

nachschlagen, aus welcher Stilepoche die Dinger stammen.«

Klaus hockte sich neben sie. »Ist das etwa immer noch Zeug von euren Raubrittertouren durch die Ex-DDR?«

Sina drückte ihm ihren Zeigefinger vor den Mund: »Pscht! Offiziell weißt du nichts davon!«

»Sorry, hatte ich wohl einen Moment vergessen. Aber mal im Ernst: Habt ihr eure Pleiteaktion von damals immer noch nicht ad acta gelegt?«

Sie nickte: »Ich für meinen Teil hätte es längst. Aber du kennst ja Gabi. Du wirst es nicht glauben: Sie will sogar noch mal rüber.«

Klaus verdrehte die Augen: »Was? Das ist Schwachsinn. Wir sind seit 1990 wiedervereinigt. Was will sie denn da jetzt noch holen?«

Sina drehte sich kurz um: »Meine Worte! Genau das habe ich ihr auch gesagt.«

Er schlug sich mit der flachen Hand gegen die Stirn: »Die spinnt. Deine Freundin hat nicht alle Tassen im Schrank. Außerdem hinkt sie ihrer Zeit weiter hinterher als die Armbanduhr, die mir deine Mutter letztes Jahr zu Weihnachten geschenkt hat. Mensch, Sina, was soll der Unsinn? Warum läßt du das mit dir machen? Und dieser ganze Plunder in dem Sack hier: Weshalb sortiert ihr ihn erst jetzt, Jahre nachdem ihr das Zeug ausgebuddelt habt?«

Sina klappte Gabis Buch demonstrativ wieder zu. »Ich weiß auch nicht, Klaus. Irgend etwas muß Gabi wieder auf den Trichter gebracht haben, die alte Geschichte neu aufzurollen. Ich habe auch gedacht, das hätten wir endlich hinter uns.« Sina erhob sich, ging zum Sofa neben Klaus' Stereoanlage. Als sie sich in dem verblichen-roten Klappsofa niederließ, sank sie fast bis auf Fußbodenhöhe ein. »Meine Güte, Klaus! Ich dachte, du hättest dieses alte Ding endlich ausgemustert. Da kann ja keiner mehr vernünftig drin sitzen.«

Er blickte sie vorwurfsvoll an. »Leichter gesagt als getan. Find erst mal eins, was nicht so verdammt spießig aussieht und andererseits auch nicht zuviel kostet. Und außerdem ...«

Seine Verflossene grinste ihn breit an. »Ja, ich weiß. An dem Ding hängen sentimentale Erinnerungen. Wahrscheinlich hast du darauf schon deine allererste Freundin entjungfert.« Mit diesen Worten stand sie auf, ließ ihren Freund mit offenem Mund im Zimmer stehen.

Sina bahnte sich ihren Weg durch die Unordnung des Flurs. »Sag mal – wo ist denn der kleine Kläffer? Schläft der so fest, daß er nicht mal mitkriegt, wenn ihn sein Frauchen besuchen kommt?« Sie verschwand im gegenüberliegenden Raum. Klaus war ihr ins kombinierte Schlaf- und Arbeitszimmer gefolgt, antwortete aber nicht. Sina musterte das leere Körbchen, hob Toms zerknüllte Schmusedecke an. »Sag schon: Wo hast du ihn versteckt?« Klaus guckte sie hilfesuchend an. Sina begriff, drehte sich wütend weg. »Er ist bei Sonja, stimmt's?«

Klaus faßte sie an die Schulter, wollte sie wieder zu sich herziehen: »Sina, das ist nicht so wie du –«

Sina löste sich aus seinem Griff. Klaus hatte sich einmal mehr aus der Verantwortung gestohlen und den Hund einfach weggegeben. Als sei Tom ein Ding, dem man sich nach Belieben entledigen könnte. »Feige Ratte!« fauchte sie. »Du könntest zumindest soviel Rückgrat haben, es mir frei heraus zu sagen.« Sie schaute ihm finster in die Augen: »O. k., du gehst deinen Weg, ich gehe meinen. Und wenn du dich an eine solche Schlampe ranschmeißt –«

Klaus unterbrach: »Moment! Sonja ist keine –«

Sina lief zum zweiten Mal an diesem Tag rot an: »Auf jeden Fall ist sie nicht die geeignete Halterin für meinen Tom!«

»Unseren Tom. Sina! Es ist immer noch unser Tom.« Sina verließ das Zimmer. Klaus blickte sich einen Moment unentschlossen um, lief ihr dann nach. »Sina! Ich mußte zwischendurch einfach mal meine Ruhe haben. Tom ist ein nettes Hündchen. Verschmust, gutmütig und goldig verfressen.«

»Ganz wie sein Herrchen«, wollte Sina dazwischenreden, verkniff es sich jedoch.
»Wie gesagt, ein feiner Kerl. Aber er ist gleichzeitig eben auch eine Nervensäge. Und was für eine!« versuchte sich Klaus aus der peinlichen Situation herauszuwinden.
Sina quittierte das mit dem abfälligsten Blick, den sie zustande bringen konnte.

7

Der feine Nieselregen hatte wieder eingesetzt. Die Scheibenwischer von Klaus' betagtem VW-Golf quietschten müde über die Frontscheibe. Schweigend kauerte Sina auf dem Beifahrersitz, blickte nicht ein einziges Mal zur Seite. »Hast du nicht langsam ausgemuffelt?« bohrte Klaus. »Du hast es versprochen: Ich lade dich zum Essen ein, und du hörst dafür auf, die beleidigte Leberwurst zu spielen.« Sina blieb stur, antwortete ihm nicht. Langsam schob sich der dunkelgrüne Volkswagen durch den Feierabendverkehr über den Nordring.
Eine Viertelstunde zuvor hatte Sina enttäuscht die Wohnung ihres früheren Freundes verlassen, weil der keine Lust gehabt hatte, sich weitere Verunglimpfungen über seine neue Bekannte Sonja anzuhören. Andererseits wollte er Sina aber auch nicht zum Teufel jagen. So egal war sie ihm nun doch nicht. Noch im Flur hatte er sie eingeholt und schließlich mit sanfter Gewalt in sein Auto befördert.
Vor einer tristen Fabrikationshalle stellte er den Wagen ab. Gleich gegenüber ihres gemeinsamen Lieblingsrestaurants »El Paso«. Die letzten Meter über die Fahrbahn und Straßenbahnschienen rannten sie, um der Nässe zu entkommen.
Aus der Kneipe schlug ihnen dichter Zigarettenqualm entgegen. Sina und Klaus gingen an der großen, dunkel gestrichenen Bar vorbei, von wo aus sie ein junger Mann mit einem angedeuteten Nicken grüßte. Ein anderer

Mann, das Haar frisch gescheitelt und mit kleinem Zopf im Nacken, wies ihnen den letzten noch freien Rundtisch in der Mitte des spärlich möblierten Saals zu. Das Licht war gedämpft, an den Wänden flimmerten amerikanische Neonleuchtreklamen. Sinas Augen blieben einige Momente auf dem Barkeeper haften: Er trug Jeans, dazu ein lässig aufgekrempeltes Hemd mit einer locker sitzenden schwarzen Weste. Akribisch genau maß er einen Schuß Tomatensaft ab, gab ihn zu einer Handvoll zerstoßener Eiswürfel in einen Shaker. Ein Spritzer Tabasco, Pfeffer und Salz. Lässig, mit kurzen kräftigen Bewegungen riß er den Shaker nach oben, dann wieder nach unten. Das wiederholte er einige Male, goß den Saft geschickt durch ein Stahlsieb in ein Glas. Als er an dessen Rand ein Tomatenstückchen heftete, warf er ein charmantes, aber dennoch distanziertes Lächeln in den Raum. Sina folgte seinem Blick bis zu einem jungen Mädchen in schwarzem Stretch-Minikleid. Das Mädchen erwiderte den Blick des Barmannes mit einem koketten Lachen.

Klaus bat Sina, sich zu setzen. Sie nickte, ließ sich auf den ungepolsterten Holzstuhl fallen. Das Pärchen fühlte sich schlagartig in vergangene Zeiten zurückversetzt: Nichts hatte sich hier seit ihren früheren Besuchen getan. Die alte, angeschlagene Schiefertafel zählte nach wie vor brav die Tagesgerichte auf. Die Wände schrien noch immer nach einem frischen Anstrich. Selbst das Publikum, zumeist Studenten, hatte sich offenbar seit Jahren nicht verändert. Die Jungs im schwarzen Rolli, einige mit modischen Kinnbärtchen. Die jungen Frauen mit kurzen, engen Hosen und weiten Pullis oder schlichten grauen Bodys. Einige wenige hatten sich in lange, hochgeschlitzte Kleider gewagt. Sie kamen als Clique oder zu zweit. Paare, aber auch viele Singles hatten sich um die Tische gedrängt. Und alle knabberten sie einträchtig an ihren Chips, Tacos und Enchiladas. Neugierige, manchmal sehnsüchtige oder verliebte Blicke kreuzten durch den ungeteilten Raum.

So war es auch vor fünf Jahren gewesen, als Sina und Klaus sich hier zum ersten Mal begegnet waren. Klaus mit seinen Kommilitonen von der Wirtschafts- und Sozialwissenschaftlichen Fakultät, Sina mit ihrer Freundin Gabi. Die gleiche laszive, vielverheißende Atmosphäre herrschte auch an dem Abend, als sie sich nähergekommen waren: Sina und Klaus hatten eine knappe Flasche mexikanischen Wein geleert, waren dann eng umschlungen durch das Burgviertel gezogen. Sie hatten sich auf dem Rücksitz von Klaus' Golf geliebt.

»Ich bin sicher, daß du dich täuschst.«

»Was?« Sina wurde durch Klaus' Worte völlig aus ihren Gedanken gerissen. Fragend schaute sie ihn an: »Womit täusche ich mich?«

Klaus lächelte gewinnend: »Damit, daß der Polizist uns absichtlich übersehen hat.«

Sina lief rot an. Damals, in ihrer ersten Nacht, war ein Streifenbeamter an Klaus' VW-Golf vorbeigegangen. Er hatte einen Augenblick gestutzt, als sein Blick auf die völlig beschlagenen Scheiben des Wagens gefallen war. Sina, mehr oder weniger unbekleidet, wäre in dieser peinlichen Situation am liebsten im Erdboden versunken. Doch der Polizeibeamte hatte sich augenblicklich wieder abgewendet und seinen Streifengang fortgesetzt. – Woher wußte Klaus, daß Sina gerade an diese Nacht dachte? »Kannst du Gedanken lesen?«

Klaus' spitzbübisches Lächeln verwandelte sich in ein breites Grinsen: »Ich kann zumindest deine Blicke deuten. Wie sagt man so schön: Du bist für mich wie ein offenes Buch.«

Sina verschränkte die Arme. »Recht habe ich aber trotzdem. Es war halt ein netter Bulle. Einer, der auch mal verliebt war und sich daran erinnert hat, als er uns ertappte. Deshalb hat er uns in Ruhe gelassen.« Feixend fügte sie hinzu: »Und wenn du dir einbildest, daß jeder verzückte Blick von mir bedeutet, daß ich gerade an unsere erste Nacht denke, dann bist du es, der sich täuscht.«

Klaus beugte sich vor, setzte erneut sein schelmisches Lächeln auf: »Du hast recht. Genauso gut könntest du an unseren zweiten Abend denken oder an den Vormittag danach oder an die Mittagspause, in der wir uns in der Uni-Toile-«

Sie fuhr auf: »Sei still, Klaus!« Peinlich berührt schaute sie sich im Saal um. »Willst du hier unser ganzes Liebesleben ausbreiten?«

»Warum eigentlich nicht? Dann merkst du vielleicht, was dir heute fehlt.«

Sina drehte den Kopf weg. »Wer sagt denn, daß mir was fehlt? Du bist nicht der einzige Mann auf der Welt, Klaus.« Ihr Blick blieb auf einem Pärchen am Nachbartisch haften: Beide hatten sich weit vorgelehnt, stießen beim Reden beinahe mit ihren Nasenspitzen zusammen. Sie himmelten sich an. Ganz so, wie es Sina und Klaus damals getan hatten.

Sina schossen diese Gedanken jetzt wieder durch den Kopf: Ihre Erinnerungen waren so klar, als wäre das alles erst gestern passiert. Und da war auch wieder dieser Zwiespalt zwischen der Leidenschaft, die sie für Klaus entwickelt hatte, und ihrem schlechten Gewissen gegenüber Gabriele. Ihrer Freundin fühlte sie sich verpflichtet. Mit ihr hatte sie ihre Sorgen und Probleme, aber auch ihre Freuden, ihr Glück geteilt – selbst wenn sie von letzterem in den vergangenen Tagen herzlich wenig gespürt hatte. Sina war sich sicher: Klaus wäre wie ein Keil zwischen die beiden Frauen gefahren. Gabi – immer wieder Gabi! Sina fragte sich, was ihre Freundin nach dem Krach von vorhin wohl jetzt tun mochte. War sie schon wieder in ihre Arbeit vertieft?

Sie war es. Gabriele hockte auf dem Boden ihres Büros, umgeben von Antiquitäten aus dem Regal. Sie waren zu kleinen Häufchen aufgestapelt und umschlossen die Frau wie eine Burgmauer. Die meisten Stücke trugen selbstklebende Etiketten mit Zahlen, andere waren mit dem handschriftlichen Vermerk »W« für »wertlos« versehen. Gabi hatte sich fast durch den gesamten Regalinhalt gearbeitet. Nur einige unscheinbare Gegenstände waren noch nicht zugeordnet.

»Habt ihr euch schon entschieden?« Die Stimme der Kellnerin riß Sina erneut aus ihren Gedanken.
Klaus antwortete für sie: »Wir nehmen zwei dunkle Bier und zweimal die Spezialplatte.«
Die Bedienung – ihr prächtiges blondes Haar reichte ihr bis knapp über den Po – war bereits wieder verschwunden, ehe Sina einwilligen oder ablehnen konnte. »Klaus, der Spezialteller ist riesig. Den schaffe ich nie.«
Ihr Ex streichelte ihr sanft über den Arm. »Das weiß ich. Aber ich muß doch irgendwie mein schlechtes Gewissen beruhigen können.«
Sina konnte sich ein Grinsen nicht verkneifen: »Alter Schleimer! Willst dich ja bloß wieder lieb Kind bei mir machen.«

Gabriele heftete einen weiteren »Wertlos«-Aufkleber an ein Bild, legte es enttäuscht beiseite. Jetzt war sie fast durch – ohne den ersehnten Sensationsfund entdeckt zu haben. Lustlos schnappte sie sich eine angerostete Blechbüchse, die mit unleserlichen Gravuren versehen war. Unbeholfen machte sie sich daran, den Deckel abzuheben. Aber er gab nicht nach. Und ihre Fingernägel waren zu kurz, um in den Spalt gegenüber den Scharnieren vorzudringen. Sie wünschte sich Sina herbei: Mit ihren spitzen Krallen müßte sie die Dose spielend leicht aufhebeln können.

Der Spezialteller war wirklich nur etwas für Leute mit Riesenappetit. Sina war schon vom Anblick satt: der Brei aus dicken Bohnen, die doppelte Käseschicht auf den Tortillas, die üppige Salatbeilage. »Du mußt mir helfen, Klaus!«
Klaus setzte einen mitleidigen Blick auf. »Fang doch wenigstens erst mal an.«

Gabriele hatte sich inzwischen einen Schraubenzieher geschnappt, versuchte sein flaches Ende zwischen Dose und Deckel zu stoßen. Beharrlich drehte sie das Werkzeug hin und her. Wieder und wieder rutschte es ab, fuhr kreischend über das Metall. Mit einem blechernen Scheppern gab der Deckel schließlich nach. Die Büchse glitt Gabi aus den Fingern, polterte über den Fußboden. Das Kästchen überschlug sich, verteilte seinen Inhalt dabei quer durch Gabis Büro. Schimpfend richtete sie sich auf, um die Unordnung zu beseitigen.

»Ich platze gleich!« Sina schob den Teller nach vorn. Ein Stück zu weit. Krachend fiel er zu Boden, Maiskörner kullerten über die Holzdielen.
Klaus sprang auf: »Mist! Kannst du nicht aufpassen?«
»Reg dich ab, Mann. Die paar Körnchen haben wir schnell wieder eingefangen.«

Gabriele schaute erstaunt auf. Gerade noch war sie fluchend über den Fußboden gekrochen, um die kleinen Papierrollen und Notizzettel zusammenzuklauben, die aus der Dose gefallen waren. Nun saß sie still da, starrte mit geweiteten Pupillen auf das vergilbte Blatt Papier in ihren Händen. »Ich habe es gewußt … ich hab's gewußt.« Sie stammelte vor sich hin, drehte und wendete den unscheinbaren Zettel. Leise, fast andächtig murmelte sie vor sich hin: »Poussin, Tibaldi … nein, das darf doch nicht wahr sein: sogar ein … ein Stich von … Dürer …«

8

Albrecht Dürer! Wohl bei den meisten Nürnbergern würde das Herz höher schlagen, wenn sie ein Original dieses großen Sohnes der Stadt in ihren Besitz bekommen könnten. Gabi jedenfalls besaß soviel Heimatverbundenheit – und das nötige Kunstverständnis. Vom Geschäftssinn ganz zu schweigen. Ihre Zusammenkunft mit Sina hatte sie deshalb inszeniert wie einen Bühnenauftritt. Am Anfang stand ihr übliches Versteckspiel am Telefon. Sina reagierte wütend, wollte keinesfalls bei Gabi vorbeischauen. Aber natürlich war sie wieder umgekippt, hatte kleinlaut nachgegeben. Wenn sie ihrer Freundin also einen Hang zum Sadismus nachsagen wollte, so mußte Sina sich fairerweise eingestehen, daß sie selbst zum Masochismus tendierte. Warum sonst sollte sie sich durch diese täglichen Gemeinheiten von ihrer Freundin brüskieren lassen?

Pünktlich zur verabredeten Zeit stand Sina bei Gabriele auf der Matte. Es folgte die übliche Prozedur, frei nach dem Motto: Lange Rede, kurzer Sinn. Gabi genoß es, sich in Sinas unwissender Neugierde zu suhlen. Sie machte sie regelrecht heiß auf ihre Informationen.

»Gabi, überspann den Bogen nicht! Ich weiß, daß du irgend etwas ausbrütest. Und daß du irgendwas entdeckt hast, das nicht gerade unwichtig ist, ahne ich inzwischen auch. Also – warum rückst du nicht einfach raus damit?«

Gabi dachte einen Moment lang nach, schien unentschieden. Dann beschloß sie, daß ihre Freundin genug gezappelt hatte. Ja, jetzt könnte wohl auch Sina reif dafür sein, die Bedeutung ihrer Mitteilung zu begreifen. Gabi holte aus: »Sagt dir der Name Dürer etwas?«

Sina starrte sie finster an: »Wenn du willst, daß ich gehe, sag es offen. Aber verkauf mich nicht für dumm!«

Gabi lenkte ein. »O. k., o. k., ist ja schon gut. Aber von seinem Kupferstich ›Maria mit dem Wickelkind‹ hast du wahrscheinlich noch nichts gehört, oder?«

Sina überlegte, auf welche Weise sie von ihrer älteren Freundin nun wieder bloßgestellt werden sollte. Einen Moment zögerte sie, bevor sie zugab: »Nein, habe ich tatsächlich nicht.«

»Kannst du auch gar nicht. Der Stich war nämlich den größten Teil deines Lebens verschwunden. Seit dem Krieg hat ihn niemand mehr gesehen. Verschollen. ›In den Wirren des Zweiten Weltkrieges‹, wie es in den Kunstführern so schön heißt. 1994 ist dieses Meisterwerk erst wieder aufgetaucht – auf dem russischen Schwarzmarkt.«

Sina legte eine gelangweilte Miene auf: »Geht das jetzt schon wieder los? Warum erzählst du mir das? Was haben

wir davon, wenn sich irgendwelche Russen eine goldene Nase verdienen?«
Gabi hielt ihrer Freundin den vergilbten Zettel vor die Nase, den sie in der Dose gefunden hatte. »Hier, lies! Da steht alles drauf. Da ist fein säuberlich aufgelistet, von welcher SS-Einheit der Dürer wann und wo abgehängt worden ist, wer ihn verladen hat, wer ihn transportierte, wo er zwischengelagert wurde und wo man ihn schließlich eingebunkert hat. Dort müssen ihn die Russen dann auch gefunden und – äh – requiriert haben.«
Sina griff sich das Blatt. »Du meinst ... – tatsächlich – ›Maria mit dem Wickelkind‹ – ... A. Dürer ... – da steht's.«
Gabi trumpfte auf, schlug Sina überschwenglich auf die Schulter. »Es kommt noch besser. Wir sind da auf hochbrisantes Material gestoßen. Lagepläne, Ortsbeschreibungen und Wegeskizzen, von denen andere nur träumen. Zugegeben: Der Dürer ist verloren. Den haben längst die Russen entdeckt. Der ist passé. Leider auch dieser Tip hier.« Gabi hielt Sina ein weiteres Schriftstück hin. Ebenfalls ausgebleicht, an den Kanten eingerissen. Eine Karte – eine *Schatz*karte! Im Mittelpunkt eingezeichnet war ein Schloß. Schloß Karnzow. In unmittelbarer Nähe ein Kreuz. Ganz so wie auf den Pergamentrollen, um die sich die Haudegen in einem Piratenfilm schlagen. Gabi erklärte: »Noch ein heißer Tip, aber eben auch längst ausgebrannt: Ein Fremdarbeiter gab den Alliierten 1945 den Hinweis, die Gegend ums Schloß umzukrempeln. Stalins Rotarmisten waren die Schnellsten: Im Keller fanden sie, was sie suchten. Hinter einem Schrank – und einer frisch verputzten Wand: fünfzig Gemälde, fast zweitausend Aquarelle und Zeichnungen, dreitausend Grafiken. Beinahe das gesamte Inventar der Bremer Kunsthalle, das wegen der Bombenangriffe ausgelagert worden war. Van Gogh, Tizian, Cranach, Rubens, Raffael – alles dabei! Und was tun diese Idioten? Haben keine Ahnung von Kunst und schänden die Werke! Sina, stell dir vor: Diese Soldaten-Köppe haben die Bilder zerknittert, zerrissen, einfach in die nächstbeste Pfütze geworfen! Nur die Akte haben

sie eingesteckt. Wohl, um sie als Pin-ups in ihren Spind zu hängen. Diese Bastarde haben unsere alten Meister sogar als Toilettenpapier benutzt!«

Sina rückte näher an ihre Freundin, wollte sie beruhigen: »Du hast ja schon hektische Flecken im Gesicht! Reg dich nicht so auf! Woher sollten die armen Teufel denn wissen, mit was für Kostbarkeiten sie sich den Arsch abgewischt haben? Sie haben Gold und Silber und vielleicht noch ein paar Orden erwartet – aber bestimmt keine Bilder. Die waren in ihren Augen nur Plunder, nichts als belanglose Pinseleien.«

Gabi fand ihre Fassung wieder. »Hast ja recht. Das waren arme Schweine. Waren wahrscheinlich froh, daß sie den Krieg überhaupt überlebt hatten. Was sollten die in ihrer Lage mit Schöngeistigem anfangen?«

»Na bitte, Gabi. Aber jetzt würde mich langsam mal interessieren, was von dieser Liste *nicht* überholt ist. Oder willst du dich weiter in vertanen Chancen aalen?«

Sinas letzte Bemerkung baute Gabi auf: »Ja ... natürlich, du hast recht. Das war eine etwas übertrieben lange Einleitung ...«

»Ich bin es nicht anders von dir gewohnt. Solange du mir nicht auch noch mit Görings privatem Gemäldelager im Salzstollen am Altaussee kommst –«

Gabi schüttelte den Kopf, griff sich einen weiteren Zettel. »Hier. Das ist der Schlüssel.« Sie reichte ihn Sina. Wieder eine Skizze, wieder eine Liste mit Namen und Zahlen.

Sina versuchte, die verlaufene Schrift zu entziffern: »Ve... Verm ... – nein, doch nicht etwa ...«

Gabi unterbrach sie: »Doch, genau der: Jan Vermeer van Delft! Meiner Meinung nach im gleichen Atemzug zu nennen mit Rubens und Rembrandt. Zumindest sehe ich das als Expertin so.«

Sina studierte das Papier eingehend. Wo war der Haken an der Sache, fragte sie sich. Irgend etwas mußte hier doch wieder faul sein. Sie las Zeile für Zeile, vermied es, zu Gabi aufzusehen. Dann entdeckte sie, was sie gesucht hatte. »Du, Gabi, hast du auch registriert, wo deine Ver-

meers von den Nazis versteckt worden sind?« Gabi druckste herum. »Gabi! Da steht *Usedom*. Wenn mich nicht alles täuscht, ist das ziemlich weit im Osten. Kurz vor Polen. Das klingt mir verdammt nach Führerhauptquartier. Wer weiß, hinter was für meterdicken Stahltüren deine ollen Schinken da liegen.«
Gabi schnaufte ärgerlich. »Quatsch, Führerhauptquartier. Usedom ist an der Küste. Hat nichts zu tun mit der Wolfsschanze.« Sie kramte in ihrem Gedächtnis nach den wenigen Brocken Wissen, die sie über dieses neue Ziel im Kopf hatte. Viele waren es nicht. »Usedom, das ist die Raketeninsel. Da haben die Nazis mit zu groß geratenen Feuerwerkskörpern experimentiert, wenn mich nicht alles täuscht.« Sie legte eine Pause ein, bevor sie mit aufmunterndem Tonfall weitersprach: »Und außerdem, Kind: Du bist doch bisher mit jeder Tür und jedem Schloß fertig geworden. Oder habe ich etwa nicht recht?«
Sina schluckte den Köder. Sie hatte angebissen, ihre Neugierde war geweckt.

9

Gabrieles grauer VW-Bus raste über die Landstraße. Der schmucklose Kastenwagen fügte sich nahtlos in das Landschaftsbild: regenverhangener Himmel, kahle Bäume am Fahrbahnrand, eine von Frostschäden gezeichnete Asphaltdecke. Ein Gemälde in Grautönen, wie es Sina empfand. Freudlos und nicht gerade optimistisch stimmend. Gabi trat das Gaspedal fast bis zum Anschlag durch. Sie holte aus dem sieben Jahre alten Motor, der hinter ihnen klopfte, heraus, was ging. Seit Stunden starrte sie nun schon durch die Frontscheibe, gönnte ihrer Beifahrerin keinen Blick. So kannte Sina ihre Freundin: stur ein Ziel verfolgend. Nichts konnte sie in solchen Momenten ablenken. Schon kurz vor Berlin hatte sie Gabi angeboten, das Steuer zu übernehmen. Gabriele hatte darauf nicht einmal geantwortet. Auch nach der Tankpause hatte sich

Gabriele nicht umstimmen lassen: Nein, sie wollte die Tour allein zu Ende bringen. »Gabi, das ist völlig unvernünftig«, hatte Sina sie umzustimmen versucht. »Du hast schon ganz rote Augen. Und deine Haare hängen total schlaff herunter. Bei dir kräuselt sich fast kein Löckchen mehr. Selbst die sind müde, Gabi.« Nein, nicht einmal ein sanftes Lächeln erntete Sina für diese gutgemeinten Worte. Nichts half, Gabriele blieb eisern, klemmte sich wieder hinters Steuer. Sie wollte Wolgast noch am selben Tag erreichen. Unbedingt.

Der Kleinbus preschte weiter durch Pfützen und über Bodenwellen. Im Laderaum: etliche, noch zusammengefaltete Umzugskartons, ein Schweißgerät, zum Teil zerschlissene Seile, Grubenlampen, mehrere schon angeschlagene Werkzeugkisten. Sina hatte eine ausgebreitete Landkarte auf ihren Knien liegen. Offenbar umsonst. Ihre Freundin hatte sie bisher nicht ein einziges Mal nach einem Autobahnkreuz, einer Abbiegung oder wenigstens nach einem Ortsnamen gefragt. Gabriele mußte sich die Strecke in den zwei Tagen vor ihrer überstürzten Abreise aus Nürnberg genauestens eingeprägt haben. Frustriert zog sich Sina den Kopfhörer ihres Walkman auf. Das hätte sie wohl schon früher tun sollen: Denn Sina hatte nicht einmal eine Kassette ausgewählt, da trat Gabi unvermittelt in die Bremsen. Sinas Walkman rutschte von den Knien, fiel mitsamt der Landkarte in den Fußraum.

»Rechts, links, geradeaus?« Sie hatten an einer Kreuzung gehalten. Kein anderes Auto weit und breit. Die Wegweiser an der gegenüberliegenden Böschung waren vom Spritzwasser völlig unleserlich. Gabi wandte sich ihrer Freundin zu: »Ich habe gefragt, wohin ich fahren soll. Rechts, links oder geradeaus?«

Sina war für einen Augenblick perplex. Sie dachte daran, den Hörer vom Kopf zu reißen und sofort in der Karte nachzuschlagen. Aber – nein! Wer war sie denn? Gabi konnte nach dem stundenlangen Schweigen nicht von ihr erwarten, daß sie widerspruchslos parierte. Betont langsam bückte sie sich, hob aber nicht die Landkarte auf, sondern den Walkman. Sina schnappte sich eine Kassette mit Uraltsongs von Billy Idol, schob sie in den Apparat, drehte den Ton beinahe auf Maximum.

Gabi warf ihr einen finsteren Blick zu. Hinter ihrem VW hatten sich inzwischen zwei andere Wagen eingereiht. Sie sah die fragenden Blicke der Fahrer durch den Rückspiegel. »Wohin jetzt?« Gabis Ton war aggressiv.

Sina ließ sich nicht stören, schloß sogar die Augen. Provozierend machte sie nur: »Hm?«

Gabi klopfte erbost auf das Lenkrad. Hinter ihrem Kastenwagen begann bereits ein verhaltenes Hupkonzert. »Sina! Wohin muß ich fahren?«

Sina schlug die Augen nicht auf, als sie antwortete: »Woher soll ich das wissen?«

Einer der wartenden Wagen hatte inzwischen zum Überholen angesetzt. Er manövrierte rückwärts, zog dann hupend an Gabis VW vorbei. Gabriele wurde immer gereizter: »Was soll der Unsinn? Bist du nun mein Lotse, oder soll ich das etwa auch noch allein machen?«

Sina ließ sich nicht aus der Ruhe bringen. »Ich versteh kein Wort.«

Jetzt fuhr auch das andere Auto an ihnen vorbei. Eine junge Frau mit Kind auf dem Rücksitz zeigte den beiden einen Vogel. »Unverschämt!« Gabi war kurz davor, ihre hektischen Flecken zu bekommen. Wütend riß sie ihrer Freundin den Hörer herunter.

»Ach?« Sina reagierte gespielt überrascht. »Nimmst du mich also doch noch wahr?«

Gabi stierte sie böse an: »Was soll der Scheiß? Wieso sollte ich dich nicht wahrnehmen?«

»In den letzten sechs oder sieben Stunden hast du's jedenfalls nicht getan.« Gabi hatte sichtlich Mühe, ihre Beherrschung nicht vollends zu verlieren. Sina merkte das und lenkte ein. In beschwichtigendem Tonfall sagte sie: »Jaja, schon gut. Du hast Glück, daß ich so ein harmonieliebender Mensch bin. Sonst hätte ich es jetzt wirklich mal drauf ankommen lassen.« Sina bückte sich nach der Karte, hatte die richtige Seite im Nu aufgeschlagen. »Nach rechts.«

Der Motor heulte auf, als Gabi den Gang eingeworfen hatte. Der Wagen setzte sich jaulend in Bewegung.
»Nein, nein! Halt! Nach links. Wir müssen nach links!« Sina wedelte aufgeregt mit den Armen.
Gabi legte eine Vollbremsung hin. Wieder flogen Karte und Walkman in den Fußraum. »Gut, daß hier so wenig Verkehr ist.« Sina war ganz bleich um die Nase. Gabriele wendete auf der schmalen Trasse, fuhr dann mit Karacho in die entgegengesetzte Richtung.
Von der alten Garnisonsstadt Wolgast bekam Sina kaum etwas mit. Gabi hatte die Geschwindigkeitsbegrenzung für Ortschaften kurzerhand außer Kraft gesetzt. Der graue Kastenwagen schoß wie ein Rettungswagen im Einsatz durch die 16000-Seelen-Stadt. Die dreischiffige Pfarrkirche St. Petri im Ortskern sah Sina nur undeutlich. Das Backsteinbauwerk verschwamm durch die beschlagene Scheibe, die noch dazu von außen mit Regentropfen benetzt war.
Minuten später sauste der graue VW bereits wieder aus dem Städtchen heraus, hielt jetzt auf eine Zugbrücke zu. Sina bekam trotz Gabis Raserei und dem kleinen Disput von vorhin wieder Lust an ihrer Unternehmung. Sie schlug in einem schmalen Reiseführer nach, was sie in dieser für sie völlig unbekannten Gegend so alles an Sehenswürdigkeiten passieren würden. Sie legte einen belehrenden Tonfall auf, als sie vorlas: »Die Wolgast-Zugbrücke. Jetzt sind wir auf der Insel Usedom. Linker Hand sehen Sie das bekannte Achterwasser.« Sie wies aus dem Seitenfenster. Die Sonne hatte sich durch eine kleine Lücke in der Wolkenwand gekämpft, tauchte die zuvor triste Landschaft in ein sanftes Gold. In ihrem Licht glänzte der breite Streifen Wasser, der Usedom vom Festland trennt. Sina wollte es kaum glauben: Trotz der Kälte tummelte sich ein Surfer auf den ansehnlichen Wellen. Und das im April. Ein zähes Völkchen hier oben.
Sie wollte gerade wieder zu ihrem schulmeisterlichen Vortrag zurückkommen, als Gabi barsch dazwischenfuhr. »Laß den Unsinn, Sina! Sag mir lieber, wie es jetzt weitergeht.«

Weniger diese Aufforderung als vielmehr der strenge, geradezu scharfe Ton ließ Sina von ihrem kleinen Spielchen abkommen. Sie überlegte sich, einen Moment lang zu schmollen, verkniff es sich aber. Nach kurzem Blick auf die Landkarte sagte sie lapidar: »Die nächste Abzweigung links zum Peenemünder Haken.«

»Haken?« Gabriele fühlte sich offenbar auf den Arm genommen.

Sina entgegnete genervt: »Der nördliche Teil der Insel sieht halt aus wie 'n Haken.« Sie zeigte es ihrer Freundin auf der Karte. Tatsächlich schien sich die Insel an ihrer Nordspitze zu einem nasenförmigen Haken zu verjüngen. Sina fuhr mit ihrem Finger die gewölbte Form des Hakens auf ihrer Karte nach, versuchte dabei die kleinen Buchstaben daneben zu entziffern. »Die Leute scheinen hier 'ne ziemlich reale Sicht der Dinge zu haben: Haken, Achterwasser. Das liegt achtern, hinter Usedom, abgetrennt von der eigentlichen Ostsee. Oder der Ortsname Peenemünde. Da wo die Peene mündet. Und schau hier: Greifswalder Bodden ...«

»Bodden?« Gabi schaute Sina ungläubig von der Seite an.

»Na, Bodden wie Bo-den. Weil da die Ostsee so flach ist, daß man mit 'ner Stange überall den Boden erreichen kann.«

Gabi blieb skeptisch, schaute mit verkniffener Miene zur Frontscheibe heraus. »Woher willst du das denn alles so genau wissen? Du bist doch auch noch nie hier gewesen.«

Sina gönnte der Fahrerin ein mildes Lächeln. »Nee, aber lesen bildet.« Mit diesen Worten hielt sie ihr den kleinen Reiseführer unter die Nase, aus der sie auch schon ihre Weisheiten über die anderen passierten Orte entnommen hatte. Aufmüpfig setzte Sina noch einen drauf: »Müßtest du eigentlich wissen.« Sina weidete sich am verdutzten und – wie sie fand – recht blöden Gesichtsausdruck ihrer Freundin. Sie lehnte sich in ihrem Sitz zurück und genoß den kleinen Sieg, den sie in ihrem verbalen Scheingefecht errungen hatte. Still lächelte sie vor sich hin.

Der unscheinbare Kastenwagen suchte sich seinen Weg entlang des Ostufers der Halbinsel. Nach den vielen Stunden Fahrt, die die beiden Frauen hinter sich hatten, schien die Straße unendlich lang zu sein. Zwischen dem Sandstrand, der um diese Jahreszeit alles andere als einladend aussah, und der Fahrbahn standen vereinzelt Bäume. Kiefern, robust genug, um in dem kargen Boden zu überdauern. Nach wenigen Kilometern verdichteten sie sich zu einem schmalen Waldstreifen. Sina stutzte: Die Baumgruppen waren eingezäunt. Eine Schonung? Hier, direkt am Strand? Und ausgerechnet für Kiefern? Sina versuchte ihren Blick auf die Schilder zu fokussieren, an denen der Wagen vorbeirauschte. Beim fünften Schild gelang es ihr, und sie las: »Betreten verboten«. Auf einem weiteren Schild nahm sie vage einen stilisierten Totenkopf wahr.
Unvermittelt endete der Wald kurz vor der Ortseinfahrt von Peenemünde. Das Dorf machte auf die Frauen keinen gewachsenen Eindruck. Die Gebäude lagen eher weitläufig verteilt, einen Stadtkern konnten Gabi und Sina nicht entdecken. Zumindest nichts, was in den Augen der Nürnbergerinnen diesen Namen verdient hätte. Eine Kreuzung kurz hinter dem Ortseingangsschild zwang Gabriele zu einer Entscheidung. Sollten sie zunächst zum Historisch-Technischen Informationszentrum oder zum Hafen fahren? Gabriele traf eine Wahl, ohne Sinas Rat zu suchen. Sie steuerten den Hafen an. Bereits nach wenigen hundert Metern machten sie ein Wirtshaus aus. »Schwedenschanze« stand auf dem Schriftzug, der über der Eingangstür befestigt war. Gabi bremste leicht ab, stoppte dann ganz.
»Soll's das wohl sein?« erkundigte sich Sina.
»Wieso, paßt es dir nicht?«
»Och, so würde ich das nicht nennen. Ist zwar nicht das Maritim, aber abstoßend wirkt's auch nicht gerade.«
Gabi stupste sie leicht an: »Denk dran: du bist eingeladen. Ich zahl die Zeche. Also fang gar nicht erst an zu meckern.« Der VW-Bus bog in den Schotterparkplatz neben dem Gasthof ein.

10

Keine Frage: Das Gasthaus war für das kleine Örtchen viel zu groß. Völlig überproportioniert. Schon von außen wirkte der schlichte 50er-Jahre-Bau klobig. Von innen erschien er den beiden Frauen geradezu riesig. Das Foyer, oder treffender: der Vorraum, war spärlich möbliert. Regelrecht karg. Billige, wenig ansehnliche Einrichtungsgegenstände. Einzig der wuchtige Empfangstisch gegenüber der Eingangstür machte einen soliden Eindruck. Eine etwa 60jährige, wohlgenährte Frau war gerade damit beschäftigt, den Holzfußboden zu wischen. Das heißt: nicht Holz, sondern Kunststoffboden mit holzähnlicher Farbgebung und Maserung. Nichts für den verwöhnten Geschmack Gabrieles. Jetzt fielen ihr auch die verstaubten Blumensträuße und Topfpflanzen in den Ecken und auf den Fensterbänken auf. Allesamt aus Plastik. Gabi schauderte. Die Putzfrau unterbrach ihre Arbeit, wischte sich die rechte Hand an ihrem Kittel ab. Gabriele und Sina gingen auf die Theke zu, die Frau kam ihnen entgegen.
»Guten Tag.« Gabriele hatte sich wohlweislich ein »Grüß Gott« verkniffen.
»Tach«, fügte Sina hinzu und blieb einen Schritt hinter ihrer Freundin. Ihr war dieser Laden genauso suspekt wie Gabi.
Die Reinemachefrau, wohl auch Wirtin in einer Person, musterte die beiden kurz, bildete sich dann offenbar schnell ihre Meinung über die Unbekannten. Sie streckte Gabriele auffordernd ihre Hand entgegen. »Guten Tag, die Damen.«
Gabi zog ihre Hand ein wenig angewidert zurück, bemühte sich aber um einen freundlichen Ton: »Draußen steht, Sie vermieten Zimmer. Haben Sie eins frei?«
Die Wirtin schmunzelte: »Sogar zwei, wenn Sie wollen.«
Die beiden Frauen blickten sich an, Sina runzelte fragend die Stirn. »Eins reicht, wenn's ein Doppelzimmer ist.«

Die Antwort war ein verständnisvolles Nicken: »Ist es.« Die üppig gebaute Vermieterin holte ein Anmeldeformular unterm Tresen hervor. »Wie lange wollen Sie bleiben?«
Wieder tauschten die Frauen fragende Blicke aus. Diesmal antwortete Gabriele: »Erst einmal eine Nacht. Das hängt davon ab, wieviel es hier zu sehen gibt. ...«
Die Wirtin ging auf diese versteckte Frage nicht ein, reichte wortlos das Formular und einen (Plastik-)Kugelschreiber zu Sina herüber. Doch energisch nahm Gabriele beides an sich. »Tragen Sie bitte Name und Anschrift ein«, forderte die Wirtin.
Während Gabriele schrieb, griff Sina nach einem der Faltblätter, die in einem Pappschuber auf dem Tisch auslagen. Eine bilderreiche Schilderung von Peenemündes bewegter Vergangenheit. Sina überflog den Bogen flüchtig. Aufmunternd zwinkerte sie der Wirtin zu und winkte mit dem Zettel. »Ja, wissen Sie. Alte Festungen, Bunker und so'n Zeug – darauf steht meine Freundin.« Mit interessiertem Unterton fügte sie hinzu: »Von so was gibt es doch hier reichlich, oder?«
Diesmal biß die Einheimische an: »Ja, wir haben da zum Beispiel die historische Schwedenschanze. Da, wo früher einmal der Schwedenkönig ...«
Sina blieb am Ball: »... und da gibt's dieses ganze Nazizeug, stimmt's? Immerhin haben die doch von hier aus ihre V2-Raketen fliegen lassen, damals.«
Ihre Gesprächspartnerin winkte ab, griff sich das ausgefüllte Formular und nahm einen Zimmerschlüssel von der Bretterwand. »Davon ist nicht viel übrig. Das alte Kraftwerk, Reste des Sauerstoffwerkes und die Bunkerleitwarte. Die werden Sie sich bestimmt anschauen, da ist jetzt nämlich das Museum drin.« Schnell verlor sie das Interesse an dem Thema und setzte mit geschäftlichem Tonfall fort: »Das macht 80 Mark pro Nacht, Frühstück inklusive.« Mühsam kam sie hinter der Theke hervor. »Ich zeige Ihnen Ihr Zimmer. Sie wollen sich sicher frisch machen.«

Auf dem Weg nach oben – die Treppe knarrte erwartungsgemäß bei jedem Schritt – nahm die Wirtin der schmalen Sina den Koffer ab. Gabriele trug ihre schwere Reisetasche selbst. Auf dem oberen Flur stieg der Gruppe ein frischer Schwall Bohnerwachsgeruch in die Nasen.
Das Gästezimmer selbst wich nicht großartig von dem Bild ab, das sich Sina und Gabi inzwischen von dem Gasthaus gemacht hatten. Es war wie die Empfangshalle sehr bescheiden eingerichtet. An der Seite lehnte ein schlichter Kleiderschrank, exakt in der Mitte einer Wand stand ein wuchtiges Doppelbett mit gestreifter Tagesdecke. Dasselbe Muster fand sich auf dem Vorhang vor dem auffallend hohen Fenster wieder. Neben dem Bett war ein kleiner Tisch plaziert worden, in einer Ecke eine Kommode mit Spiegel, der an einer Ecke gesprungen war. Verloren, mitten im Raum, stand ein Sessel. Alles in allem ein Zimmer, das man nach wenigen Wochen bereits wieder aus seinen Erinnerungen gestrichen hat. Nichts, aber auch gar nichts Bemerkenswertes haftete ihm an.
Gabriele warf ihre Tasche aufs Bett, rümpfte die Nase. »Und sonst gibt's hier nichts?«
Die Wirtin lachte kurz auf, schlurfte dann zurück zur Zimmertür. »Fernseher und Minibar und der ganze Westluxus? Nee, das kann ich mir nicht leisten. So viele von Euch verirren sich weißgott nicht hierher. Vor allem nicht um diese Jahreszeit.«
Sina zog den Vorhang auf. Sie hatte einen freien Blick auf die Straße, konnte sogar noch das Heck von Gabis VW-Bus erkennen.
Gabi hüstelte verlegen: »Entschuldigung, ich meinte natürlich nicht das Zimmer. Ich meinte, ob es hier denn nichts anderes gibt als diese Leitwarte, das ... äh ... Kraftwerk und dieses andere ...« Sie kratzte sich verärgert am Kopf, suchte nach dem richtigen Wort.
Sina half nach: »Sauerstoffwerk.«
Die Wirtin nahm den Faden auf – allerdings mit verwundertem Ausdruck: »Ich will Sie ja nicht enttäuschen, aber viel mehr ist hier nun mal nicht. Vielleicht die Landebahn

und einige Trümmer irgendwo im Wald.« Für einen Moment zögerte sie, bevor sie fortfuhr: »Sie wissen ja, die Russen haben nach dem Krieg alles vernichtet.« Ihre eigenen Worte hatten die Wirtin offenbar erzürnt. Aufgebracht riß sie die Tür auf, trat in den Flur hinaus. Dann drehte sie sich noch einmal um: »Nur die Strände und das Meer konnten sie nicht zerstören – jedenfalls nicht völlig. Versucht haben sie es weißgott mit ihren verdammten Manövern.«

Gabriele hakte nach: »Manöver?«

Die Wirtin beruhigte sich und kam zurück ins Zimmer. »Ja, der ganze Nordteil der Insel war Manövergelände. Erst die Nazis, dann die Russen, dann die NVA.« Ihr Tonfall wurde beängstigend ernst: »Darum beachten Sie die Warnschilder, wenn Sie spazierengehen. In den Wäldern liegen jede Menge Blindgänger und Minen.« Die Alte zog die Augenbrauen zusammen. »Da hat's schon Tote gegeben. – So, jetzt muß ich wieder runter. Sie haben ja alles. Angenehmen Aufenthalt. Wenn Sie noch was brauchen, sagen Sie Bescheid. Ich bin eigentlich immer da. Wiedersehen.« Diesmal ging sie wirklich.

Sina, die inzwischen das Bett als gemütlichste Sitzgelegenheit ausgemacht hatte, ließ sich zurückfallen. »Müssen wir nicht auch in eines dieser Wäldchen?« Gabriele zuckte mit den Schultern und widmete sich ihrer Reisetasche. Eine Antwort blieb sie Sina schuldig. Vorerst wenigstens.

11

Die Frauen hatten sich schnell ein bißchen frisch gemacht. Beide fühlten sich deutlich wohler als bei der stressigen Autofahrt. Daß die Sonne inzwischen die Oberhand gewonnen und die dichten Wolken verdrängt hatte, steigerte das Wohlgefühl der Freundinnen noch mehr. Sie hatten sich eine kleine Stärkung gegönnt: je ein Brötchen mit Lachsersatz (»Was Warmes gibt's erst ab 18.30 Uhr«, hatte

die Wirtin sie belehrt). Jetzt stiefelten beide die Uferpromenade entlang, freuten sich über die wilden Schaumkronen auf den Wellen. Das gleichmäßige Rauschen des Meeres, das Klatschen der Brecher gefiel ihnen.
»Bin ewig nicht an der Küste gewesen.« Sina konnte ihren Blick nicht vom Wasser lösen.
Gabi hakte sich bei ihr unter, animierte sie zum Weitergehen. »Ich auch nicht. Das heißt: nicht an der Nord- oder Ostsee. Ich glaub bald, man bekommt das Mittelmeer und die Karibik im Leben öfter zu Gesicht als die eigene Küste.«
»Zumindest wenn man aus dem tiefsten Bayern kommt«, frotzelte Sina.
»Laß das mal keinen echten Franken hören. Der würde dich lynchen für diesen Frevel.«
Sina spielte die Empörte: »Na hör mal, ich *bin* ein echter Franke.«
»Zugereiste!« feixte Gabi weiter.
Sina gab sich nicht geschlagen: »Das ist mehr als acht Jahre her. Inzwischen bin ich eine genauso echte Nürnbergerin, wie du es bist.«
Gabi beschleunigte den Schritt. »Einmal Zugereiste, immer Zugereiste. Du wirst nie eine wirkliche Fränkin sein.«
Sina machte eine wegwerfende Handbewegung. »Ihr Franken seid wirklich ein ignorantes Pack! O. k., gut: Dann bleibt eben unter euch und verblödet in eurer Inzucht. Und überhaupt: Renn nicht so! Wir haben's nicht eilig.«
Die andere offenbar doch: Sie hielt geradewegs auf das Hafengelände zu. Eine überschaubare Anlage. Recht langgezogen, aber bei weitem nicht vergleichbar mit den Anlegestellen der größeren Küstenstädte. Abgesehen von ein paar Fischerbooten, die am Kai dümpelten, war nicht viel los. Gabi kannte den Hafen von Fotos aus alten Zeitungen. Auf den Bildern hatte es allerdings noch ganz anders ausgesehen. Dichte Reihen von NVA-Booten lagen an der Ufermauer. Reichlich vergammelte Restbestände der früheren DDR-Marine. Inzwischen waren sie offenbar allesamt verkauft, verschenkt oder einfach auseinandergenommen worden.

Sina bemerkte, daß ihre Freundin in Gedanken versunken war, puffte sie leicht an: »He, Madame! Aufwachen!«
»Jaja, kann man denn nicht mal eine Minute lang nachdenken?«
Sina meinte nein. Jetzt ergriff sie die Initiative, hakte Gabi ein, zog sie ans andere Ende des Hafenbeckens. Die salzhaltige Luft, der leichte Fischgeruch und der Wind regten sie an. »Herrlich! Ich glaube, für ein Leben am Meer wäre ich mehr geschaffen als für die Großstadt.« Sina sog die Luft in tiefen Atemzügen auf. »War eine gute Idee von dir, einen kleinen Bummel hierher zu machen.«
Gabi nickte: »Und jetzt habe ich noch eine gute Idee. Komm mit!«
Noch immer untergehakt, schlenderten sie die um diese Uhrzeit kaum mehr befahrenen Straßen entlang. Sie passierten eine Bahnstrecke, die auf die Frauen einen ebenso maroden Eindruck machte wie die Hafenanlage. Gerade rumpelte ein kurzer Güterzug an ihnen vorbei.
Wenig später erreichten sie ein zerfallenes Gebäude. Hoch wie ein gewaltiges Silo und mit einem schmutzigen Grün überzogen wie jahrzehntealter Beton. Das häßliche Bauwerk war stark zerfallen. Offenbar hatte sich seit Ewigkeiten niemand mehr um diese Industriebranche gekümmert. Auch die Gebäude drumherum, offenbar verlassene Verwaltungsräume und Lagerhallen, gaben ein trostloses Bild ab. Von den meisten Gebäudeteilen standen nur noch Seitenwände und Fragmente von Zwischendecken. Hier und da ragte ein verloren wirkender Pfeiler aus dem Erdreich. Ähnlich wie schon der Wald vor der Ortseinfahrt war auch dieses Terrain abgezäunt.
Mißmutig blickte Sina sich um: »Ehrlich gesagt: Am Hafen hat's mir besser gefallen. Wo sind wir hier?«
Gabi schmunzelte: »Diesmal habe ich mir das Wort gemerkt. Sauerstoffwerk heißt dieses Ding. Zumindest hieß es mal so, als es noch funktionierte.«
Sinas Interesse war wieder geweckt: »Was? Das ist das Sauerstoffwerk? Mehr soll davon nicht übrig sein? Meine

Güte – da müssen aber gewaltige Bombenmassen draufgeknallt sein. Ich schätze mal, daß zur Versorgung der Raketenbasen ein fünf- oder sechsmal so großer Komplex nötig gewesen ist. Das hier sind dann wohl die kümmerlichen Reste.«

Die Sonne hatte sich bereits tief in den Westen geneigt, doch Sina und Gabi hatten vom Frische-Luft-Tanken noch immer nicht die Nase voll. Sie hatten das Städtchen ein ganzes Stück hinter sich gelassen, als sie ein weiteres Trümmerfeld erreichten. Wie schon rund ums alte Sauerstoffwerk fanden sie auch hier nur unförmige Betonklumpen und Mauerreste mit dicken rostigen Stahlarmierungen vor. Über die steinernen Zeitzeugen hatte sich ein dichter Pelz aus Gras, Moos und Gestrüpp gelegt.

Sina ging in die Hocke, versuchte sich daran, ein rostrotes Stahlseil aus dem Boden zu ziehen. »Unsere Wirtin hat recht gehabt. Hier steht ja echt nix mehr. Deinen Bunker kannst Du Dir abtoasten.«

Gabi beugte sich zu ihr hinunter. »Ich hör wohl nicht recht: ›abtoasten‹ – wo hast du denn dieses Vokabular her?«

Sina grinste: »Von meiner Schwester Sabine. Als Lehrerin hat sie noch jede Menge andere Worte dieses Kalibers auf Lager. Ihre Schüler beliefern sie jeden Tag mit Nachschub. Willste noch 'ne Kostprobe?«

Gabi stand wieder auf. »Nein, danke. Auch in Sachen Sprache ziehe ich eher das ›Antike‹ vor. Und was den Bunker betrifft: Ich glaube, du gibst zu schnell auf. Nur weil es hier oben ausschaut wie auf dem Mond, muß das lange nicht für die unterirdischen Anlagen gelten. Kennst du nicht die Geschichte vom Führerbunker?«

Sina ließ von ihrem Stahlseil ab, erhob sich ebenfalls wieder. »Der in Berlin?«

»Ja. Erst nach dem Fall der Mauer wurde er näher untersucht. Und drinnen war alles so, wie es verlassen wurde. Obwohl die Anlage im Krieg mehrmals schweren Bombardements ausgesetzt war.«

Sina wirkte skeptisch: »Du vergißt das Wasser. Wenn künstliche Höhlen nicht ständig abgepumpt werden, laufen sie voll.«
Gabi trumpfte auf: »Eben nicht! In Berlin stand das Wasser gerade mal kniehoch. Also kein Problem, da noch durchzukommen.«
»Und wer sagt mir, daß deine Geschichten wahr sind?«
Die beiden setzten ihren Rundgang fort. Inzwischen kratzt die Sonne bereits an den Baumwipfeln am Horizont. Gabi bemühte weitere Beispiele, um Sina zu überzeugen: »Der Obersalzberg sagt dir doch auch was, oder?« Sina nickte beiläufig. »Nun, Sina, auch da gab es jede Menge unterirdischer Gänge, Räume, sogar ganze Säle für das Archiv des Innenministeriums. Und auch der Obersalzberg war natürlich Ziel alliierter Bombenangriffe. Hitlers Haus – du weißt schon: das mit dem Panorama-Fenster und Blick auf den Königsee – wurde zerstört. Auch die Villen aller anderen Nazibonzen, die der Oberboß um sich herum geschart hatte, sind bis auf die Grundmauern vernichtet worden. Nicht aber der Bunker.« Gabi ging regelrecht in ihrem Vortrag auf. »Die Amerikaner haben bis zum Frühjahr 1995 eine Freizeitanlage oberhalb von Berchtesgaden betrieben. Im General-Walker-Hotel. Von da aus wurden Führungen für Angehörige der US-Streitkräfte und deren Familien angeboten. In ›Führer's Bunker‹ und ›Eva Braun's Bunker‹. Die Amis haben's genossen wie einen Ausflug nach Disney-World. Kurz und gut: Auch diese Untergrundanlage hat überlebt. Was spricht also dagegen, daß nicht auch wir Glück haben?«
Sina wollte Gabis Redefluß unterbrechen, kam aber nicht zum Zuge. Ungebremst redete die Ältere weiter: »Nehmen wir einmal an, daß von unserm Bunker nur die Eingänge und angesichts der schweren Bombenlast auch das oberste Stockwerk zerstört sind. An die Ebenen darunter konnte in diesem Fall niemand mehr herankommen. Sie müßten folglich im selben Zustand sein, in dem sie damals aufgegeben worden sind.«

Gabi stolperte beinahe über einen überwucherten, fußballgroßen Betonklotz. Für Sina eine Gelegenheit, sie zu unterbrechen: »Deine Theorie funktioniert aber nur dann, wenn es mehrere Ebenen gab. Und überhaupt: Wenn du behauptest, daß bisher niemand bis da unten vordringen konnte, wieso glaubst du dann, daß ausgerechnet wir beide es schaffen sollten?« Gabriele zuckte mit den Schultern, ließ ihren Blick über die Trümmer gleiten. Sina bohrte weiter: »Das klingt alles reichlich vage. Wenn du mich fragst, dann sollten wir hier keine Zeit mehr verschwenden.«
Gabis Kopf schnellte herum. Aufgebracht und zornig funkelte sie Sina an. »Habe ich bisher nicht immer etwas gefunden, wenn ich einer heißen Spur nachgegangen bin?« fauchte sie.
Sina stemmte ihre Arme in die Hüften: »Du sagst es, Gabi. Aber die Betonung liegt auf dem Wörtchen *heiß*. Hier kann ich weit und breit nichts von einer heißen Spur erkennen. Die ist inzwischen nämlich genauso erkaltet wie die Triebwerke von Hitlers ollen V2-Raketen!«
Gabi lief rot an. Umrahmt von der jetzt ungezähmten Lockenpracht, um die sich ein gleißender Kranz aus dem Licht der untergehenden Sonne legte, sah ihr Gesicht furchterregend aus. Ihre Augen glühten teuflisch. »Nein, nein, nein!« beharrte sie starrsinnig. »Auch diesmal werde ich recht behalten. Und wenn du nicht dauernd rummäkeln würdest, dann hätten wir den Bunker vielleicht schon entdeckt und bräuchten jetzt nicht so entsetzlich überflüssige Gespräche zu führen.«
Sina war stinksauer. »Ach – soll das heißen, daß dieser ganze Spaziergang überhaupt nicht zum Ausspannen gedacht war, sondern nur deiner bescheuerten Bunkersuche diente?«
Gabriele setzte zu einer Antwort an, ließ es dann aber bleiben. Schweigend zogen die Frauen nebeneinander her.
Wieder einmal war es Sina, die einlenkte. »O. k., entschuldige. Ich glaube, ich muß endlich respektieren, daß es dir mit deiner Kunstschatzsuche wirklich ernst ist.«

Gabi schaute sie nicht an, als sie antwortete: »Wenn das wieder eine deiner ironischen Bemerkungen ...«

»Nein, wirklich. Es tut mir leid. Weißt du, eigentlich finde ich deinen Einsatz echt bewundernswert. Ich hätte nie die Ausdauer, ausreichend Energie in die Verwirklichung meiner Ideen zu stecken. Was ja allein schon die Sache mit meinem Roman beweist – dem *Unvollendeten* ... « Gabi ließ sich nicht anmerken, ob sie Sinas Entschuldigung annahm. Sina versuchte es weiter, zog den Faltprospekt aus der Jackentasche, den sie im Wirtshaus »Schwedenschanze« eingesteckt hatte: »Aber eins mußt du zumindest zugeben: Übers Knie brechen kann man eine solche Suchaktion nicht. Wir haben kaum noch Tageslicht, und laut dieser Karte kannst du die Sache mit dem Bunkereingang in diesem Bereich der Insel eh vergessen.«

Gabi blieb stehen, schaute ihre Freundin interessiert an: »Gut, Kleine. Schwamm über unseren Disput. Was schlägst du also vor?«

»Nichts. Jedenfalls heute nicht mehr.« Sina bemerkte, daß sich Gabis Nasenflügel bereits wieder bedrohlich zu blähen begannen, und fügte schnell hinzu: »Schau: Den Westteil des Geländes haben wir mit unserm Spaziergang quasi erledigt. Hier brauchen wir nicht weiter zu suchen, denn die Architekten müssen von Anfang an einkalkuliert haben, daß auf dieses Versorgungszentrum im Falle eines Angriffs die größte Wucht treffen würde. Folglich werden sie ihre Bunkereingänge wohl kaum in der Nahe plaziert haben.«

Gabi kniff ihre Augen zusammen, konzentrierte sich auf Sinas Kurzvortrag. Ihre Freundin nahm den Faden wieder auf: »Wenn es also einen vergessenen Eingang zu den unterirdischen Anlagen gibt, dann in einem gut getarnten Gelände. Und das heißt in diesem Fall: Es muß ein Bereich sein, der von oben, aus der Luft, schwer einsehbar ist. Da kommt nur *ein* Inselteil in Frage ...«

Gabis Lippen formten ein breites Lächeln, als sie fortsetzte: »Der Wald!«

Die Frauen blieben stehen, blickten zu den Baumgruppen hinüber, die jetzt nur noch schemenhaft zu erkennen

waren. »Genau«, sagte Sina, »der Wald, in den sich wegen der Blindgänger keiner mehr reintraut.«
Gabis Stimme überschlug sich fast vor Euphorie, als sie verkündete: »Gut. Dann werden wir uns als nächstes den Wald vornehmen. Gleich, nachdem wir uns ein bißchen unter der Bevölkerung umgehört haben.«
Sina mußte Gabis Optimismus bremsen: »Die Minen, Gabi! Auch wir sind nicht unverletzbar. Glaubst du denn, daß die Warntafeln für uns keine Geltung haben?«
Gabi ließ diesen Einwand nicht gelten: »Mein Gott, dann mußt du eben aufpassen, wo du hintrittst. Außerdem halte ich die ganze Sache für reichlich übertrieben. Da will nur jemand nicht, daß die Touristen den Wald verschandeln. Ich wette, die Schilder stammen aus den Fünfzigern. Die Minen sind längst geräumt, aber ein weiser Förster hat die Tafeln einfach stehenlassen, damit seine Schonungen ungestört gedeihen können.«
Sina schaute ihre Freundin scheel an. »Für heute sind wir aber genug gelatscht, oder?«
»Ja. Laß uns umkehren. Ich habe einen Bärenhunger von der ganzen Lauferei. Ich lade dich zu einem Glas Wein ein.«
Jetzt mußte auch Sina grinsen: »Das erste vernünftige Wort, das ich heute von dir höre. Aber zwei, drei Bier wären mir lieber.«
Auf ihrem Rückweg zur Pension schlenderten die Freundinnen einträchtig nebeneinander her. Die Sonne war längst hinter dem Horizont verschwunden und das Trümmerfeld, durch das die Frauen spazierten, in ein diffuses Licht getaucht. Gabis Wissensdurst über die Insel und ihre verborgenen Geheimnisse war jedoch nicht gelöscht. »Mir ist nicht ganz klar, wozu das alles mal gedient hat.«
Sina atmete tief durch. Jetzt konnte sie ihre Rolle als Fremdenführerin, an der sie im Auto so viel Spaß gehabt hatte, noch einmal aufnehmen. Sie wählte wieder den schulmeisterlichen Ton, als sie ausholte: »Du kennst doch die V2. Diese überdimensionale Silvesterrakete, wie du es, glaub ich, neulich ausgedrückt hast.«

Gabi kramte in der hintersten Ecke ihres Gedächtnisses: »Ja, ja, ich weiß: Dieses fliegende Ungetüm, das London in Angst und Schrecken versetzt hat, stimmt's?«
Sina nickte: »Die wurde von genau hier aus abgefeuert – und auch auf dieser Insel entwickelt und gebaut.«
»In diesem entlegenen Winkel?« Gabi vermochte es sich kaum vorzustellen, daß in dieser Einöde, die noch dazu weit ab von jeder bedeutenden Industrieregion lag, ein wichtiges Forschungszentrum bestanden haben sollte.
»Das war ja gerade der Trick«, begründete Sina. »Das Gelände war leicht abzuschirmen. Niemand hat hier damals die modernste Raketenentwicklungsanlage Europas vermutet. Hat den Nazis aber auf Dauer auch nichts genutzt. Die Engländer haben's irgendwie spitzgekriegt und die ganze Insel mit einem Bombenteppich überzogen. Draufgegangen sind dabei aber nur die Arbeiter, die allerletzten im Glied. Arme Schweine. Die schlauen Köpfe aus der Raketenforschung sind, soviel ich weiß, nach dem Krieg in die Staaten rüber. Haben da die Mondrakete entwickelt. Wernher von Braun, Name schon mal gehört?«
Gabi warf ihr einen leicht pikierten Blick zu: »Also, ein bißchen Bildung habe ich schon selbst. Sogar in diesen, äh, technischen Dingen. Und außerdem faßt du die ganze Geschichte recht lachs zusammen. Der von Braun hat seine Forschungsarbeit unter den Nazis meines Wissens nach ja nicht ganz freiwillig geleistet.«
Sinas Antwort fiel ausgesprochen scharf aus: »Was? Nicht freiwillig? Wer verbreitet denn diesen Käse?«
»Von Braun und die anderen Weltraumpioniere haben in der Zeit vor dem Krieg vom Mondflug und meinetwegen auch von einer Marsexpedition geträumt. Also von zivilen Zielen. Sie wollten aber niemals Waffen bauen. Nicht freiwillig jedenfalls«, beharrte Gabriele.
»Natürlich hat er freiwillig mitgemacht«, hielt Sina dagegen. »Für ihn war das doch die Gelegenheit, seine Himmelsphantasien zu verwirklichen. Das ist ihm ja nicht einmal zu verdenken. Aber er hätte dafür nicht sein Gewissen verkaufen dürfen. Und gerade das hat er getan,

Gabi. Oder denkst du allen Ernstes, daß von Braun nichts von den Schweinereien der Nazis gewußt hat? Er hätte die Notbremse ziehen müssen. Er hätte nicht für diese Unmenschen arbeiten dürfen. Aber alles, was er tat, bestand darin, beide Augen ganz fest zuzudrücken. Bis zum Schluß. Bis 1945. Spricht nicht gerade für einen Menschen mit hehren moralischen Ansprüchen, wenn du mich fragst.«
Die andere wollte sich damit nicht zufriedengeben: »Du unterschlägst, daß es die Raumfahrt ohne den Krieg bis heute wahrscheinlich gar nicht geben würde. Zumindest wäre sie erst viel später in Gang gekommen. Keiner hätte in friedlichen Zeiten Geld dafür ausgegeben.«
Die beiden erreichten das Gästehaus. Sina verzichtete darauf, ihrer Freundin abermals zu widersprechen. Doch innerlich brodelte es in ihr.

12

Sina stand bei halb geöffneter Tür im Badezimmer und putzte sich die Zähne. Sie trug ein pinkfarbenes Schlafshirt, ihren Pagenkopf hielt sie mit einem Haarband locker zurück. Gabi – im weiten Morgenrock über ihrem Seidenpyjama – hatte ihre Haarpracht ebenfalls wieder mit einem Band gebändigt. Sie hockte auf dem Sessel in der Zimmermitte und kramte in der Reisetasche. Mit einem seitenstarken Fachschmöker über Antiquitäten ging sie zum Bett, schlug die Tagesdecke zurück und knipste die Nachttischlampe ein. Sie wollte es jedenfalls. Aber die Birne zersprang mit einem lauten Knall. Erschrocken fuhr Gabriele zurück: »Aah!«
Sina spülte gerade ihren Mund aus, als sie Gabis kurzen Aufschrei hörte. Neugierig steckte sie ihren Kopf zur Badezimmertür hinaus und sah ihre Freundin irritiert vor der kaputten Lampe stehen. Sina tupfte sich den Mund mit dem Handtuch trocken, schmunzelte über die Hilflosigkeit der anderen.

Gabi schnappte ihren amüsierten Gesichtsausdruck auf, reagierte wütend: »Schau nicht so blöd! Tu lieber was!« Gabi knipste den Schalter mehrmals an und aus, warf Sina dabei vorwurfsvolle Blicke entgegen.
Sina konnte sich ihr Lächeln noch immer nicht verkneifen: »Is' doch nur die Birne durchgeknallt. Kein Grund zur Panik.«
»Und wie – bitte schön – soll ich jetzt mein Buch lesen?«
Sina verzog belustigt den Mund, schritt dann langsam zur Zimmertür. Sie schaltete die Deckenleuchte an. »So, schon besser, was? Und wenn dir das immer noch nicht reicht – wir schrauben einfach eine andere Birne in deine Lampe.«
Gabi setzte sich auf die Bettkante und entgegnete schnippisch: »Wo willst du die hernehmen, wenn ich fragen darf?«
Sina machte einen Bogen um die Freundin und ging zu ihrer Seite des Bettes. »Ach Gabilein, wenn du mich nicht hättest.« Sie drehte die Birne aus der Nachttischlampe, robbte zurück zur anderen Bettseite. Während sie die Birnen austauschte, sagte sie: »Das erinnerte mich an dein Problem mit der Weihnachtsdekoration. Weißt du noch? Du warst kurz vorm Nervenzusammenbruch!«
Gabi tat uninteressiert: »Erinnere mich bloß nicht daran. Tausende von diesen kleinen blinkenden Lämpchen – und die ganze Bedienungsanleitung auf japanisch! Da gab es doch nur zwei Möglichkeiten: Übersetzer oder Elektriker.«
Sina verpaßte der Birne einen letzten Dreh. »Gut, daß du dich für den Elektriker entschieden hast. Sonst hätten wir uns vielleicht nie kennengelernt.«
»Dabei war ich zuerst ganz schön sauer: Ich fordere einen Fachmann an, und was schicken die mir? Ein junges Mädchen.«
»Dieses junge Ding hatte die Sache dann aber sehr schnell im Griff. Wie auch diesmal. Was hältst du von einer kleinen Gefälligkeit im Gegenzug?«
Gabriele blinzelte Sina mißtrauisch an. Sina robbte auf ihre Seite zurück, bückte sich nach ihrer Sporttasche und

zog einen Bildband heraus: das Werk über Vermeer aus Gabis Antiquitätenladen. Sie legte es Gabriele erwartungsvoll vor. »Ich habe mir die Bilder angeschaut – und ich versteh's einfach nicht. Kannst du mir mal erklären, was an diesem Vermeer so doll sein soll, daß er dermaßen viel Kohle bringt?«

Gabi nahm ihr das Buch aus der Hand, blätterte darin. »Tja, wie soll ich dir das erklären ... also, Vermeer ... das heißt, fangen wir lieber beim Barock an.« Sie schlug eine Seite auf, die eine Farbtafel mit dem Gemälde »Der Soldat und das lachende Mädchen« zeigte. »Schau dir einfach mal dieses Bild an. Obwohl jedes Detail darin bewußt arrangiert wurde, wirkt es wie ein Schnappschuß. Wie aus dem ganz alltäglichen Leben gegriffen.« Gabriele blätterte um. Abgebildet war Vermeers Werk »Dienstmagd mit Milchkrug«. »Was hat er gemalt? Keine Fürsten, keine Historienschinken, sondern ganz normale Bürger bei der Arbeit. Genremalerei nennt man so was. Und wie er das gemacht hat! Dieses Licht und diese Farben!« Gabriele geriet ins Schwärmen. Sie schlug eine Tafel mit der »Ansicht von Delft« auf.

Sina ließ das Gemälde einige Augenblicke auf sich wirken, bevor sie meinte: »Die Bilder sehen gar nicht aus wie Barock. Keine Engelchen, keine fetten, nackten Weiber ...«

Gabi ließ sich in ihrem Ausflug durch die Kunstwelt von Sinas laienhaftem Einwurf nicht stören. »So, wie er das Licht einfängt – das ist fast schon impressionistisch.«

»Muß mir das jetzt was sagen?« wandte Sina ein.

Gabi ging darauf nicht ein. Sie blätterte weiter in dem Buch: »Und wo wir gerade dabei sind – *es* müßte eigentlich auch hier drin sein ...« Sie schlug die Seiten weiter um, stoppte dann plötzlich. »Ja, da ist es.« Sie hielt Sina den Abdruck von »Christus bei Maria und Martha« unter die Nase.

Sina reagierte ablehnend: »Huch, was Religiöses!«

»Genau. Die Fußwaschung. Vermeers einziges bekanntes religiöses Bild. Mit dem dramatischen Halbdunkel und den beiden dominanten Farben rot und blau erinnert es an Caravaggio.«

Sina stützte gelangweilt ihren Kopf in den Händen. Inzwischen bereute sie es bereits, ihre Freundin nach Vermeer gefragt zu haben. »An was?«
»Caravaggio! Der Italiener! Manche Experten vermuten, daß Vermeer eine Italienreise gemacht hat, dort von Caravaggio beeinflußt worden ist.«
Sina versuchte abzuwiegeln: »So genau wollte ich es eigentlich gar nicht wissen, aber trotzdem danke.« Sie wollte sich zu ihrer Bettseite herüberrollen, doch Gabriele hielt sie an der Schulter fest.
»Ich vermute«, sagte Gabi in eindringlichem Ton, »ich vermute, daß die Bilder im Bunker nicht einfach *nur* Vermeers sind.« Sie richtete sich auf, ließ ihren Blick in Richtung Decke gleiten. »Ich glaube, daß wir im Untergrund noch weitere religiöse Darstellungen im Stil von Caravaggio finden werden.«
Sina griff sich Gabrieles Kinn, lenkte den Kopf ihrer Freundin wieder zu ihr herab. »Unterliegst du da nicht einem gewissen Denkfehler? Sagtest du nicht, daß von Vermeer unter Caracas oder Karatschis Einfluß nur ein einziges Bibelbild entstanden ist?«
Gabi legte eine Pause ein, bevor sie antwortete: »Das steht in den Büchern. Aber ich bin noch nie dem Irrglauben erlegen, daß Literatur unfehlbar ist.«
Sina ließ sich gelangweilt zurückfallen. »Ach nein?«
Gabi bediente sich eines energischen Tons, um das Interesse ihrer Freundin wieder wachzurufen. »Sina! Wenn das wirklich so ist, dann kommt das einer Sensation gleich! Die Kunsthistoriker müssen völlig umdenken. Wir sind einer ganz großen Sache auf der Spur ...«
»Irgendwo habe ich das schon mal gehört«, murmelte Sina mürrisch. »Dauernd erzählst du mir von irgendwelchen ›heißen Spuren‹, die sich dann höchstens als lauwarm entpuppen.«
Gabi ließ sich nicht stören: »Das ist die Chance meines Lebens! Ich kann mir richtig ausmalen, was für ein dummes Gesicht diese elitäre Clique von sogenannten Experten ziehen wird, wenn ich die Ergebnisse meiner Forschungs-

arbeit auf den Tisch lege«, schwärmte Gabi verzückt weiter.
»Unsere.«
Gabi war irritiert. »Wie – ›unsere‹?«
Sina verzog verstimmt den Mund: »*Unsere* Forschungsarbeit. Immerhin bin ich auch noch da!«
Das holte Gabriele auf den Boden der Tatsachen zurück. Sie klappte den Kunstband zu. »Ende der Vorlesung. Du machst am besten gleich deine hübschen Äuglein zu und schläfst. Morgen wird ein anstrengender Tag. Ich blättere noch ein wenig in den Fremdenverkehrsbroschüren.« Gabi griff sich die Faltblätter von Sinas Nachttisch, schaltete das Deckenlicht aus. Sie streckte sich genüßlich, entspannte ihre verkrampften Schultern. Mit einem wohligen »Mmmm« ließ sie sich neben Sina ins Bett fallen. Sie knipste ihre Leselampe an – aber mit einem scharfen Zischen gab auch die zweite Birne ihren Geist auf. »Scheiß-Ostlampen!«

13

Sina warf sich hin und her. Schweiß stand auf ihrer Stirn. Die Bettdecke war zerwühlt, das Laken hatte sie bis aufs Fußende zurückgetreten. Sie träumte schlecht in dieser Nacht. Düstere Bilder von unterirdischen Gängen jagten ihr durch den Kopf. Sie sah sich mit einer Taschenlampe durch steinerne Irrgärten hasten. Neben ihr ging Gabriele – mit einem ungewöhnlich besorgten Gesichtsausdruck. Gabriele mahnte zur Eile. Beide hetzten durch die scheinbar endlosen Stollen. Es war feucht, klamm, gespenstisch. Dann diese tiefen Männerstimmen. Sie kamen von überall. Und diese unheimlichen Schatten! Sina fühlte sich hilflos, allein. Dazu kam ein beklemmender Anflug von Angst, den sie in Gabis Augen lesen konnte. Sie sah sich plötzlich für ihre Freundin verantwortlich. Ausgerechnet Sina, die sich sonst eher wie die wohlgehütete Tochter der starken Gabriele vorkam.

Wenn jemand wen beschützt, dann war es Gabriele Sina. Aber umgekehrt?
Die Stimmen wurden immer lauter. Sina zog Gabi am Arm in eine dunkle Ecke. Die unheimlichen Schatten huschten an ihnen vorbei. Offenbar hatte Sina ihre Verfolger abgehängt. Sie atmete auf. Doch was war das? Gabriele drängte sich näher an Sina heran – sie zitterte am ganzen Leib. Einer der Schatten kehrte plötzlich um, bewegte sich langsam auf das Versteck der Frauen zu. Gabi begann hektisch zu atmen. Sina gab ihr zu verstehen, still zu sein. Der Schatten wurde immer größer. Gabriele hechelte regelrecht. »Ruhig«, flüsterte Sina. Doch Gabrieles angsterfülltes Atmen wurde immer heftiger. Sie schnappte nach Luft wie ein Fisch auf dem Trockenen.
Gabrieles Röcheln hallte im Gang wider. Keiner konnte es mehr überhören. Der Schatten nahm eine bedrohliche Größe an. Er bewegte sich kaum noch. Dann war alles dunkel. Gabriele verstummte schlagartig. – Sina konnte sie nicht mehr an ihrer Seite spüren. Sekundenlang geschah gar nichts. Absolute Stille und völlige Finsternis umgaben sie. Plötzlich ein kalter Hauch, der Sinas Haut streifte. Dann sah sie es: das Gesicht. Weiß, schemenhaft wie eine Fratze. Eine grinsende Grimasse, die in ein hysterisches Lachen verfiel.
Sina fuhr auf. »Ich bin wach, ich bin wach«, machte sie sich klar. Angewidert schüttelte sie den Kopf. »Mein Gott, was für ein Alptraum!« Sie streifte ihre Badelatschen über und schlurfte ins Bad. Den Becher Wasser stürzte sie mit einem Zug herunter. Als sie sich im Spiegel sah, erschrak sie. Die Geister, die ihr im Schlaf durch den Kopf gespukt waren, hatten sie sichtlich in Mitleidenschaft gezogen.
Sie glättete das völlig verrutschte Laken, zog ihr zerwühltes Bettzeug zurecht. Mißmutig legte sie sich wieder hin. »Gerade mal drei Uhr durch«, ärgerte sie sich leise.
»Ich kann auch nicht schlafen«, wisperte es von der anderen Seite des Bettes.
»Gabi? Bist du wach?«

»Glaubst du etwa, daß ich bei deinem Herumgezappel und Gestöhn Ruhe finden könnte? Welchen deiner abgelegten Liebhaber hast du denn in deinen Träumen vernascht? So wie es sich anhörte, wohl alle auf einmal.«
Sina versuchte, die Augen ihrer Freundin im diffusen Halbdunkel des Zimmers zu fixieren. »Na hör mal! Erstens hatte ich in letzter Zeit nicht mal *einen* Lover – und zweitens waren das Alpträume! Und was für welche!«
»Also gut.« Gabi klappte ihr Deckbett zurück, hockte sich in den Schneidersitz. »Wie kriegen wir diese verflixte Nacht rum?«
Sina zuckte mit den Schultern. »Weissauchnichwiie.«
»Spaßen kannst du wenigstens schon wieder. Trotz deiner ›Alpträume‹. Nun – ich würde vorschlagen, du erzählst mir einfach ein bißchen von Klaus.«
Sina schlug mit der flachen Hand auf Gabis Decke. »Klaus? Das fehlt mir gerade noch! Wie kommst du denn ausgerechnet auf diese bescheuerte Idee?«
»Ganz einfach: Alpträume kommen ja nicht von ungefähr. Es gibt immer einen Grund dafür. Irgendwas – tief in deinem Inneren – belastet dich. Und da du ja sonst ein unbeschwertes und sorgenfreies Leben führst, muß es mit Klaus zusammenhängen.«
Sina feixte: »Ach? Merkwürdigerweise kam aber nicht Klaus in meinem Traum vor, sondern du!«
»Lenk nicht ab, Kleine. Deine Schlaflosigkeit kann nur mit Klaus zusammenhängen. Also rück schon raus damit: Was lief denn so neulich abend, als ihr zusammen in eure alte Stammkneipe ›El Paso‹ gegangen seid? Was hat er dir da angetan?«
»Angetan – wenn ich das schon höre! Klaus tut mir nichts an. Er tut niemandem was an. Weißt du, es sind die Kleinigkeiten, durch die er mich immer wieder so aus der Bahn wirft.«
»Hatte ich also doch recht ...«
»Der Abend mit Klaus war wirklich ganz prima. Wir haben uns – wie sagt man so schön? – ganz toll verstanden. Friede, Freude, Eierschaum.«

»Kuchen heißt das.«
»Ja, meinetwegen. Dann eben Eierkuchen. Auf jeden Fall hatte ich zwischendurch stark das Gefühl, mit uns beiden könnte es noch mal was werden.«
Stille. Sina schwieg.
»Und weiter? Was hat dieses Gefühl zerstört?« wollte Gabriele wissen.
»Wahrscheinlich war es ja meine eigene Blödheit: Wir waren uns also gerade richtig schön einig. So, als wenn man gemeinsam auf einer Welle surft. Hätte eigentlich nur noch gefehlt, daß er sich meine Hand greift. Und ich Depp frage ihn ausgerechnet in diesem Moment nach seinem Liebesleben. Frage ihn, wie es denn so mit seiner neuen Flamme klappt.«
»Ich hoffe, er hat gesagt, daß *du* für immer und ewig seine einzige Flamme bleibst«, spöttelte Gabriele.
»Sehr witzig. Hat er natürlich nicht. Er erzählte mir von –«
»Laß mich raten: vom akrobatischen Geschick dieser Zicke Sonja.«
»Falsch. Das hätte ich vielleicht geschluckt. Nein, er rückte plötzlich mit einer Tina raus. 'ne Braut, die er bei seinem Kumpel Ulrich auf einer Fete kennengelernt hat. Beide waren schon ziemlich blau, als sie ›sich fanden‹. Sie hockte stockbesoffen auf 'ner Treppenstufe, er setzte sich plump daneben. Das erste, was die beiden festgestellt haben, war, daß sie eigentlich gar nicht zusammenpassen. Weil sie nämlich einen guten Kopf größer ist als er.«
»Na dann. Was ist so schlimm an der Geschichte?«
»Den Größenunterschied hat sie neckisch ausgeglichen. Die Schlampe hat meinen Klaus bei der Hand genommen und ihn einfach eine Treppenstufe über sich drapiert.«
»... und schon konnten sich die beiden in die Augen blicken«, vollendete Gabriele. »Trotzdem: Alpträume hätte ich deswegen nicht.«
»Es kommt noch dicker, Gabi«, jammerte Sina.
»Also? Ich bin ganz Ohr.«
»Sie hat ihm ihren Bauchnabel gezeigt.«

Gabi glaubte, sich verhört zu haben: »Bitte?«
»Große Tina zeigt kleinem Klaus ihren Bauchnabel. Das haut kleinen Klaus um. – Weißt du, wie er das beschrieben hat?«
»Ich fürchte Schlimmstes ...« Gabriele griff sich ihr Kopfkissen, knautschte es, bewegt von einer Mischung aus Verlegenheit und Neugierde.
»Er hat wörtlich gesagt: ›Dieser süße, gedrillte Bauchnabel war wie ein Strudel, in dem ich sofort versinken wollte.‹«
»Geschmacklos!«
»Wem sagst du das?«
»Typisch Mann.« Das Kissen flog ans Kopfende des Bettes.
»Typisch Klaus, würde ich eher sagen.«
»Ich glaube, auf diesen Schreck verdienen wir jetzt doch noch ein paar Stündchen Schlaf, was meinst du?«
»Du hast wohl recht. Versuchen können wir es zumindest.«
»Gute Nacht.«
»Schlaf schön, Gabi.«
»Bauchnabel, pfff!«

14

»Du Hure!« Das saß. Wie konnte es dieser schmuddelige alte Mann wagen, sie so zu beleidigen. Gabi fackelte nicht lange und knallte dem Alten ihre Handtasche voll ins Gesicht.
Der Mann taumelte einige Schritte rückwärts, hatte sich aber schnell wieder gefangen. Er setzte ein provozierendes Grinsen auf. »Das hat dir wohl dein Zuhälter beigebracht, was?«
Und wieder bekam er Gabis Tasche zu spüren. Diesmal erwischte sie ihn am linken Ohr. Der Alte schrie spitz auf, warf Gabriele einen bösen Blick zu. Inzwischen hatten die beiden Streithähne Gesellschaft bekommen. Ein junger Mann, vielleicht Ende Zwanzig, war aus einem Schreib-

warenladen gerannt und wollte die Auseinandersetzung beenden. »Aber, aber, beruhigen Sie sich. Um was geht es eigentlich?« Hinter dem jungen Herrn war eine kleine blonde Frau in der Ladentür erschienen. Sie trug ein Baby im Arm und beobachtete die Szene aus sicherer Distanz. Gabriele würdigte die beiden keines Blickes. Sie wollte den Alten keinesfalls aus den Augen lassen. Wer konnte denn wissen, was er als nächstes anstellen würde?
Dabei hatte alles ganz harmlos angefangen: Gabriele hatte den Senior auf der Straße getroffen und sich bei ihm ein wenig über Land und Leute kundig machen wollen. Sina tat das Gleiche gerade in einem anderen Winkel des Örtchens. Der alte Mann hatte Gabrieles Nachfrage aber offenbar mißverstanden und angefangen, sie übelst zu beschimpfen.
»Opa Bernhard!« setzte der junge Mann an und griff den wütenden Alten am Arm. »Diese Dame hat dir bestimmt nichts Böses tun wollen. Du solltest dich bei ihr entschuldigen.«
Der Greis ließ sich nicht beirren. Kaum hatte er sich vom letzten Schlag erholt, wagte er den nächsten Angriff: Er schnappte sich seinen zur Gehhilfe umfunktionierten Einkaufswagen und hielt auf Gabi zu: »Du Teufelsweib! Noch mal erwischst du mich nicht!« Doch das ›Teufelsweib‹ tat's. Jetzt war das rechte Ohr des aufmüpfigen Opas dran. Wieder jaulte er auf, aber noch immer wollte der sture Dickkopf nicht locker lassen: »Ja, fein. Du gefällst mir. Wenn ich ein paar Jahre jünger wäre, würde ich dich zur Frau nehmen.« Damit hatte der Greis sein Ziel erreicht. Gabi war so perplex, daß sie einige Sekunden lang nicht aufpaßte. Der Warnruf der jungen Frau, die immer noch in der Tür des Schreibwarenladens stand, kam zu spät: Der Alte hatte seinen Einkaufswagen direkt gegen Gabrieles Schienbein sausen lassen. Jetzt war sie es, die aufschrie. Mit einem albernen Lachen machte sich der Alte davon.
Gabi rieb sich wütend das Knie. »So ein widerlicher Giftzwerg. Wenn der mir noch mal über den Weg läuft, kriegt er zu spüren, was ein wirkliches Teufelsweib ist.«

»Ich muß mich für Opa Bernhard entschuldigen. Aber wissen Sie, er ist schon über achtzig, und seinen Verstand hat er bei seiner Pensionierung mitsamt seiner Uniform abgegeben.«
»Was? Dieser Wurm hatte mal einen Job? Und sogar in Uniform?« Gabi konnte es kaum fassen.
Der junge Mann legte seinen Arm freundschaftlich um Gabrieles Schulter und deutete in Richtung seines Geschäfts: »Ja, er hatte einen Beruf. Er war Wachmann, im Staatsdienst. Aber kommen Sie doch erst mal herein und erholen sich von Ihrem Schrecken. Meine Frau brüht Ihnen sicher gern einen Kaffee auf.«
»Danke, wirklich sehr nett von Ihnen.«
Der Schreibwarenladen entpuppte sich als kunterbuntes Universalgeschäft mit allem, was man in Büro, Haushalt oder sonstwo benötigte. Stapelweise Papier, dahinter diverse Geräte wie Locher und Tacker, in einer Ecke Nähzeug, in der anderen eine Auswahl kitschiger Souvenirs. Vor einer Wand standen dichtgedrängt übervolle Kleiderständer mit T-Shirts und Hemden in schrillsten Farben. Es gab sogar ein Regal mit Fertigsuppen – was auch immer diese in einem Bürofachhandel zu suchen hatten.
»Gibt es bei Ihnen auch Brot oder Wurst?« scherzte Gabriele.
»Nein, aber das ist gar keine schlechte Idee. Wir wollten unser Sortiment ohnehin erweitern.« Die Antwort kam von der kleinen Frau, die Gabi zuvor schon in der Tür gesehen hatte. Ihr Baby hatte sie in eine Wiege gelegt, die halb von einem schweren grünen Vorhang verdeckt war. Die Frau kam näher, schüttelte Gabriele freundschaftlich die Hand. »Unser Laden ist zu abgelegen, und Büroartikel gehen auf der Insel ohnehin nicht besonders gut. Wir sind auf Nebeneinnahmen dringend angewiesen«, erklärte sie.
Ihr Mann nahm ihr die Tasse ab, in der sie gerade tiefschwarzen Kaffee geschüttet hatte, und gab sie an Gabi weiter: »Vor allem, seit der Kleine geboren ist, wird's finanziell recht eng. Da ist uns jedes Zusatzgeschäft recht.«

So skurril dieser Laden auch sein mochte: Das junge Ehepaar war Gabriele auf Anhieb sympathisch. Dankbar nahm sie einen tiefen Schluck aus der Tasse. »Sagen Sie: Attakkiert Ihr ›Opa Bernhard‹ eigentlich öfter Touristen?«
Der Mann lief rot an. »Oh, das ist nicht *unser* Opa Bernhard. Das ist nur der Name, unter dem ihn das ganze Dorf kennt«, erklärte er sichtlich verlegen.
Gabi war das peinlich: »Entschuldigen Sie bitte, so habe ich das nicht gemeint. Es ist mir klar, daß Sie mit diesem Unmenschen nicht verwandt sind.«
Die Frau widersprach: »Opa Bernhard ist kein Unmensch, nur etwas absonderlich. Aber wirklich getan hat er bislang niemandem etwas.«
»Nein?« Gabi rieb sich ihr schmerzendes Knie, das sich inzwischen leicht bläulich verfärbt hatte: »Dann möchte ich lieber nicht in der Nähe sein, wenn er jemandem wirklich etwas tun will«, sagte sie bitter.
Der junge Mann bemühte sich sichtlich um eine Wiedergutmachung, zog Gabi schnell einen Stuhl heran: »Setzen Sie sich, vielleicht geht es Ihnen dann besser. Sie dürfen nicht denken, daß so was öfter vorkommt. Normalerweise ist Opa Bernhard recht friedlich. Er kommt hier alle Tage rein, läßt für 20 Pfennige Fotokopien von immer den gleichen uralten Gasrechnungen machen und quatscht mich jedesmal eine halbe Stunde voll. Ich glaube, er sucht nur ein wenig Unterhaltung. Das ist alles, was er will.«
Gabi gab sich damit nicht zufrieden: »Das war es eigentlich auch, was ich wollte. Allerdings keine Unterhaltung, die mit Fäkalausdrücken gespickt ist. Was für einen Job hatte man diesem Typen denn anvertraut? Kann ja nichts Weltbewegendes gewesen sein.«
Die Antwort traf Gabriele wie ein Pfeil: »Er war Wachmann auf dem Gelände des früheren Raketenforschungszentrums hier auf der Insel«, erklärte der Mann mit unschuldiger Miene. »Opa Bernhard hat da schon unter den Nazis gejobbt, später dann ist er wegen seiner guten Ortskenntnisse von den Russen und schließlich von der NVA übernommen worden.«

Seine Frau ergänzte: »Opa Bernhard hat mehr Zeit seines Lebens zwischen den Ruinen der Raketenbasen zugebracht als bei sich zu Hause. Er kennt dort jeden Winkel, hat mehr Ahnung von der Geschichte dieser Insel als irgend jemand anderes.«
Gabriele schaute das Paar ungläubig an. Dann schlug sie sich mit der flachen Hand vor die Stirn. »Ich Idiotin! Ich verdammte Idiotin!« Die Gesichtszüge des Mannes bildeten ein einziges Fragezeichen. Auch seine Frau war verwirrt. Gabriele stand auf, ging eiligst zur Tür. »Vielen Dank für den Kaffee. Sie haben mir sehr geholfen.« Kurz vor der Tür hielt sie inne, fragte: »Wohin muß ich gehen, um Opa Bernhard zu finden?«

15

»Was? Ein unrasierter schlampiger Opa, der mit einem Einkaufswagen durch die Gegend rollt und harmlose Touristen terrorisiert – den soll ich mit dir zusammen besuchen? Das ist nicht dein Ernst!«
»Doch, ist es.« Gabriele hatte Sina nur zwei Straßen weiter an einem Kiosk getroffen. Sie unterhielt sich gerade angeregt mit der Kioskbesitzerin und zeigte ausgesprochen wenig Verständnis dafür, daß Gabriele sie so einfach aus ihrem Gespräch riß. Aber Gabi hatte offenbar guten Grund für ihr Drängen: »Sina, wir haben den Mann gefunden, den wir gesucht haben.«
Sina verzog den Mund. »Bis vor zwei Sekunden habe ich nicht einmal gewußt, daß wir überhaupt einen Mann suchen. Und jetzt erzählst du mir, daß wir ihn schon gefunden haben? Was soll das, wozu brauchen wir diesen verrückten Opa?«
Gabriele zog sie von dem Kiosk weg, denn die Zeitungsverkäuferin spitzte unverkennbar deutlich die Ohren. »Wir brauchen diesen Opa, weil er uns eine Menge Arbeit ersparen kann. Wir würden wahrscheinlich noch Tage benötigen, um das Terrain so weit einzugrenzen, daß wir

uns gezielt auf die Suche nach dem Bunker machen können. Aber er –« Gabi juchzte. »Er kann uns womöglich sofort sagen, wo wir zu suchen haben.«
»Wenn er mitspielt. Deine Schilderung seines Charakters spricht nicht gerade dafür. Lieber wird er uns beide mit seinem Einkaufswagen über den Haufen fahren, bevor er sein Wissen preisgibt. Und außerdem ...«
»Außerdem?«
»Außerdem sollte unsere Suche doch geheim bleiben. Wie soll sie das, wenn wir diesen Opa einweihen müssen.«
Gabi setzte ein überlegenes Lächeln auf. »Laß das mal meine Sorge sein. Notfalls lüge ich wie gedruckt, um einen Mann an der Nase herumzuführen.«
Wenig später erreichten sie einen armseligen Straßenzug an der Peripherie des Ortes. Die Häuser, sämtlichst klein und gedrungen, hatten ihren letzten Putz wahrscheinlich Anfang der fünfziger Jahre gesehen. An vielen Stellen war er abgeplatzt und legte schlampig gemauerte Wände frei. Auch die Dächer hatten eine Erneuerung dringend nötig; zersprungene Ziegel waren nie ersetzt worden.
»Die Hausnummer sieben soll es sein, hat der nette Herr aus dem Bürogeschäft gesagt.« Gabi suchte vergeblich nach der besagten Nummer.
Sina half: »Also die Fünf habe ich gefunden. Und hier, gleich dahinter kommt die Neun.«
Gabi machte einen kleinen Weg zwischen den beiden Häusern aus. »Dann muß die Sieben genau dazwischen liegen. Wohl am Ende von diesem Stichweg. Komm!«
Wenige Meter weiter erwartete sie ein noch trostloserer Anblick: ein völlig windschiefes Haus. Schmal, geduckt, grau. Die »Sieben« hing – ebenfalls schief – neben einer verrosteten Klingel. »Na dann – versuchen wir unser Glück.« Gabi hatte kaum den Klingelknopf durchgedrückt, da wurde die Tür aufgerissen.
Der alte Mann, diesmal am Stock, stand den Frauen breit grinsend gegenüber. »Oha! Hätte ich mir denken können, daß Sie bei mir vorbeikommen, um sich zu entschuldigen.«

Gabi schnappte verdutzt nach Luft. »Also – um, eh, um eine Entschuldigung geht es eigentlich nicht.«
Der Mann schob die Tür wieder ein wenig zu. »Dann weiß ich nicht, was Sie hier verloren haben. Sehen Sie zu, daß Sie Land gewinnen!«
»Land gewinnen?«
»Er meint, wir sollen verduften«, erklärte Sina.
Gabi stemmte sich gegen die Tür. »Nein, nein, Opa Bernhard. So schnell sind Sie uns nicht los.«
»Bin ich doch.« Ehe sich Gabi versah, knallte ihr Gegenüber seinen Stock gegen ihr Bein. Genau an die Stelle, wo schon von der Kollision mit dem Einkaufswagen ein dicker blauer Fleck prangte.
Gabi verkniff sich einen Aufschrei, bemühte sich sogar um ein Lächeln: »Mein lieber Herr. Wissen Sie nicht, daß man Damen gegenüber eine gewisse Höflichkeit walten lassen sollte?«
Der alte Mann kratzte sich an seinem weit zurückliegenden Haaransatz. »Damen gegenüber ja.«
Gabi war mißtrauisch: »Bin ich für Sie denn keine Dame?«
»Für meinen Geschmack sind Sie eine profilneurotische überdrehte Spinatwachtel.«
Sina konnte sich ein Kichern nicht verkneifen: »Nicht schlecht. Woher kennt er dich so gut?«
»Ich gewinne allmählich den Eindruck, der Kerl ist gerissener, als ich gedacht habe«, zischte Gabi.
Opa Bernhard schien das entbrennende Wortgefecht zu gefallen. Er lehnte sich in den Türrahmen, stellte sich offenbar auf einen längeren Disput ein. Gabi wagte einen neuen Vorstoß: »Nehmen Sie das zurück! Immerhin wollten Sie mich vorhin noch zur Frau haben, da können Sie mich jetzt nicht so verletzen.«
Sina schaute verblüfft auf: »Was? Er wollte dich …«
»Still!« bestimmte Gabi.
Opa Bernhard kratzte sich abermals am Kopf: »Als ich Ihnen den Antrag gemacht habe, hatte ich ja noch nicht Ihre vielen Schwächen bemerkt.«

»Schwächen?« Gabi brauste auf.
»Ja. Ich habe mich von Ihrer Haarpracht blenden lassen. Und von Ihren schönen Funkelaugen. Hab' aber nicht bemerkt, wie stämmig Sie gebaut sind. Ich ziehe schlankere Frauen vor. Ihre Freundin zum Beispiel ...«
Gabriele packte blitzschnell zu, hielt den verschrumpelten dünnen Hals des Alten fest in ihrer rechten Hand: »Vollschlank ja. Aber nicht *stämmig*! Das hat noch keiner zu mir gesagt.« Sina ging dazwischen, löste Gabis Griff.
Der Alte stolperte erschrocken zwei Schritte zurück. »Hoppla! Was für ein Temperament! Was für ein Teufelsweib!«
Gabriele fauchte: »Von diesem Temperament bekommen Sie gleich mehr zu spüren, als Ihnen recht ist!«
Gabrieles Vorhaben schien aussichtslos. Wie sollte sie dieses Ekel soweit besänftigen, daß er ihr verriet, was sie wissen wollte? Sina konnte diese Gedanken deutlich vom verkniffenen Gesichtsausdruck ihrer Freundin ablesen. Sie beschloß, die Sache selbst in die Hand zu nehmen. »Gabi, kann ich dich kurz sprechen?«
Opa Bernhard witterte eine neue Chance, seine Position auszubauen, und kam flink zwei Schritte näher: »Na, geben Sie etwa schon auf?«
Gabis rechte Hand zuckte bereits wieder gefährlich, als Sina sie ein Stück beiseite führte. Der Alte verrenkte sich fast den Hals, um mitzubekommen, was da vor seinem Haus getuschelt wurde. Doch Sinas Flüstern war zu leise für seine schwachen Ohren: »Ich glaube, es ist besser, wenn ich mit ihm rede.«
Gabi war verwundert: »Du? Meinst du, du kommst besser zurecht mit ihm? Was, wenn er sich als nächstes über *deine* Figur ausläßt?«
»Keine Sorge. Das werd' ich verkraften. Ich schlage vor, du gehst einen Kaffee trinken oder so, und ich übernehme den Kerl hier, o. k.?«
Gabi traute der Sache nicht, gab aber angesichts ihrer eigenen geringen Erfolgsaussichten nach. »Einverstanden, versuch dein Glück. Aber beschwer dich hinterher nicht

über die blauen Flecken.« Im Weggehen rief sie ihrer Freundin zu: »Und laß dich vom Charme des Alten nicht verführen, Süße!«

16

Gabriele hatte sich in Richtung Kiosk zurückgezogen. Nicht genug damit, daß dieser garstige Opa ihr abermals gründlich in die Parade gefahren war. Nein, jetzt stahl ihr Sina auch noch die Show. Aber weit würde sie wahrscheinlich nicht kommen. Warum sollte sich der senile Bastard ausgerechnet mit Sina besser verstehen? Auf diesen doppelten Schrecken brauchte sie eine Stärkung. »Ein Krabbenbrötchen, bitte«, bat Gabriele die Kiosk-Frau. Sie würde dieses Brötchen in aller Ruhe verspeisen. Und dann vielleicht noch eins. Und wenn Sina sich bis dahin nicht gerührt hatte, würde sie die Zügel wieder selbst in die Hand nehmen.
»Bitte, Ihr Brötchen.« Die Frau im Kiosk – drinnen war es so düster, daß man sie kaum erkennen konnte – reichte Gabriele ein blasses Etwas. Es sah eher wie ein weiches Toastbrot als wie ein Brötchen aus. Und auch die Krabben – waren es vier oder nur drei? – machten nicht gerade einen appetitlichen Eindruck. Aber sei's drum. Gabriele war jetzt nicht nach einem neuen Streitgespräch zumute. Sie nahm das Brötchen, zahlte brav, biß kräftig hinein.
Ein zweites Brötchen konnte sie sich sparen. Kaum hatte sie das erste verspeist, kam Sina aus der Häuserschlucht hervor, hinter der Opa Bernhards Hütte stand. Sina machte nicht den niedergeschlagenen Eindruck, den Gabriele erwartet hatte. Ganz im Gegenteil. »Schöne Grüße von Opa Bernhard«, rief sie ihr entgegen. Gabriele wollte ihren Ohren nicht trauen. Sina strahlte über beide Wangen, als sie stolz verkündete: »Ich habe mit ihm gesprochen. Richtig vernünftig. Ohne Pöbeleien und weitere blaue Flecken.« Gabriele wußte nicht, ob sie sich nun

freuen oder angesichts dieser persönlichen Niederlage doch eher ärgern sollte. Sina ahnte ihre Gedanken: »Mach dir nichts daraus. Du konntest ihn gar nicht selbst zum Reden bringen. Weil ...«
Sina mußte schmunzeln. »Weil: Er ist nämlich in dich *verliebt,* hat er gesagt. Bis über beide Ohren. Ganz stolz hat er von seinem *Teufelsweib* gesprochen.«
Gabi war platt. Was hatte ihre Freundin da behauptet? Das durfte nicht wahr sein! »Verliebt? Dieser alte Knacker? Und ausgerechnet in mich? Der ist doch mindestens achtzig!«
Sina grinste immer noch. »Neunundsiebzig genau.«
»Ja – und warum kann er nicht ein wenig freundlicher zu seiner Angebeteten sein?«
»Weil er so schüchtern ist.«
»Bitte? Der und schüchtern. Frag mal mein Knie, was das von seiner Schüchternheit hält.«
Sina mußte sich beinahe biegen, so sehr amüsierte sie sich über die Reaktion ihrer Freundin. »Er sagt, er sei schon immer so grob gegenüber seinen Auserwählten gewesen. Da gehe es halt mit ihm durch, sagt er. Unter dem Motto: Rauhe Schale, weicher Kern.«
Die beiden Frauen machten sich auf den Weg zurück ins Hotel. »Na, da habe ich mir ja einen tollen Verehrer aufgehalst«, spöttelte Gabriele.
Sina knuffte sie in die Seite: »Kann durchaus seinen Reiz haben: Heißt es nicht, daß die reiferen Semester die besseren Lover stellen? Versuch's doch mal.« Für diese kesse Aufforderung fing sich Sina einen bitterbösen Blick ein. »Na gut, war ja nicht so gemeint.«
Gabriele grummelte: »Statt mir einen scheintoten Liebhaber anzudichten, solltest du mir lieber erzählen, was Opa Bernhard übers Testgelände ausgeplaudert hat.«
Sina versuchte sich zu fassen. »Der hat geredet wie ein Lexikon.« Gabi wollte gerade widersprechen, aber Sina fuhr augenblicklich fort: »Ja, ja, ich weiß: Lexikonne reden nicht.«
»Lexika.«

»Ja, die wohl auch nicht. Auf jeden Fall kennt er das Gelände tatsächlich so gut wie seine Westentasche. Das heißt: Er *kannte.*«

Gabriele stutzte: »Wieso kannte?«

»Seit ungefähr einem halben Jahr hat er das Gebiet nicht mehr betreten. Weil er drüber weg ist, sagt er. Er wollte endlich mit seiner beruflichen Vergangenheit abschließen. Einen Schlußstrich ziehen. Aber irgendwie nehme ich ihm das nicht ab. Klang eher so, als würde er was verbergen.«

Die Frauen hatten ihre Herberge beinahe erreicht. Schon hallte ihnen lautes Gelächter entgegen. In der Gaststube der Pension schien eine Menge los zu sein. Und das bereits kurz nach 17 Uhr. Gabi kam wieder zur Sache: »Was glaubst du, was das für eine Sache sein mag, mit der der Alte hinterm Berg hält?«

Sina druckste. »Keine Ahnung. Hat sich nicht drauf eingelassen. Auf jeden Fall können wir ihn als Führer wohl vergessen.«

Gabi blieb stehen: »Was? Hast du ihn etwa gefragt, ob er uns übers Gelände führen kann? Bist du verrückt? Wenn der was ahnt!«

»Keine Bange. Der hat keinen Schimmer. Ganz so blöd bin ich nicht. War mir klar, daß ich bei dem nicht mit der Tür ins Haus fallen kann. Habe mich strikt an deine Anweisung gehalten: höchste Geheimhaltungsstufe. Ich habe ihm einfach erzählt, daß uns diese Sache rein privat interessiert. Daß ich schon immer ein Raumfahrtfreak war und so. Aber es hat nicht gezogen.«

»Warum denn bloß nicht? Hat er nicht wenigstens eine Andeutung gemacht?«

»Nein. Er hat bei diesem Punkt einfach wieder auf stur geschaltet. Doch ich bin sicher, daß er die Eingänge zum Untergrund kennt – wenn es denn überhaupt noch welche gibt.«

Gabriele wirkte niedergeschlagen: »Tja, das klingt nicht so, als hätten wir den großen Durchbruch geschafft.«

Sina freute sich diebisch, als sie endlich mit ihrem Vorschlag rausrücken konnte: »Es sei denn, du spielst sein Spiel mit.«
»Du meinst doch nicht etwa …«
»Doch. Seiner großen Liebe wird er den Wunsch nach einer Geländebegehung kaum abschlagen.«
Auch das noch! Das hatte Gabriele gerade gefehlt. Da sollte sie mit dem von ihr wohl bestgehaßten Menschen im ganzen Dorf turteln. Gab es keinen anderen Weg? Sina hatte bereits wieder ihr breites Lächeln aufgesetzt. Sie genoß es, ihre Freundin in der Klemme zu sehen. Und noch dazu in einer so delikaten.

17

In der Gaststube war tatsächlich mächtig viel los. Die Freundinnen schoben sich nur widerwillig durch den übervollen Raum im Erdgeschoß ihrer Pension. Beißender Rauch hing in der Luft. Die Männer an der Theke und an den fünf Tischen im Raum glotzten, als würden sie das erste Mal in ihrem Leben weibliche Wesen sehen. Scheußlichste Kneipenatmosphäre. Gabriele und Sina sahen zu, daß sie schnell bis zum Tresen vordrangen. Die Wirtin begrüßte sie mit einem aufmunternden Nicken. »Auch ein Bierchen?«
Gabi und Sina schüttelten den Kopf. »Bloß nicht«, meinte Gabriele.
»Jedenfalls nicht um diese Uhrzeit«, setzte Sina hinzu.
Die Wirtin nahm es kommentarlos zur Kenntnis, wies dann auf den einzigen freien Tisch in einer Ecke. »Sie können sich schon mal hinsetzen. Das Essen kommt gleich. Linseneintopf mit Speck. Ich hoffe, das ist Ihnen recht.« Die beiden Frauen dachten gar nicht daran zu widersprechen. Sie wollten sich den guten Kontakt zu ihrer Vermieterin auf jeden Fall warmhalten. Sie würden wohl kaum einen besseren Draht zu Land und Leuten bekommen als den über die eigene Wirtin.

Beide wollten sich gerade in Richtung ihres Tisches abwenden, als der Frau hinterm Tresen etwas einfiel. »Ach, hätte ich beinahe vergessen. Mein Sohn, der Bernhard –«
»Oh nein, nicht noch ein Bernhard«, unterbrach sie Gabriele.
»Was?« Die Wirtin war irritiert.
»Schon gut. Also, was ist mit Ihrem Sohn?«
Die Wirtin zog skeptisch die linke Augenbraue hoch, bevor sie antwortete: »Der Bernhard hat vorhin einen Anruf für Sie entgegengenommen. Ein Herr aus Nürnberg. Er hat nach Ihnen verlangt, Frau Rubov.«
»Nach mir?« fragte Sina überrascht.
»Ja, er wollte Sie sprechen. Hatte irgend etwas mit einem Hund zu tun. Er brauchte wohl Ihren Rat. War das Ihr Gatte, Frau Rubov?«
Sina fuhr sich nervös mit der Hand um den Mund. »Ja, das heißt: nein. Es war mein, äh, mein ...« Hilfesuchend schaute sie auf Gabi.
Die sprang ihr bei: »Die beiden sind geschieden. Tragische Geschichte. Deshalb sind wir ja auch hier. Meine junge Freundin braucht ein wenig Ruhe, muß mal ausspannen. Diese Scheidung, die ganzen Rennereien zum Anwalt, das war alles zu viel für sie.« Sina staunte nicht schlecht über die fix erdachte Lügengeschichte ihrer Freundin. Was sie dann allerdings sagte, damit überspannte Gabi den Bogen: »Am besten ist es, Sie ignorieren diese Anrufe künftig. Meine Freundin kann jetzt keinen Kontakt zu ihrem Ex-Mann gebrauchen. Das schadet ihr nur.«
»Moment!« protestierte Sina. »Natürlich will ich ihn sprechen, wenn er noch mal anruft. Wer weiß, was mit Tom los ist.« Die Wirtin verfolgte das Zwiegespräch mit wachsendem Interesse.
»Du wirst ihn nicht sprechen! Noch mehr Probleme sind das, was wir jetzt am wenigsten gebrauchen können, oder?« zischte Gabriele.
Sina plusterte sich auf: »Du hast wohl kaum das Recht, mir vorzuschreiben, wann und wie oft ich mit meinem Mann spreche.«

»Ex-Mann, Sina!«
»Pah! Und wenn schon. Auf jeden Fall lasse ich mich nicht von dir zum Affen machen.«
Gabriele wollte sie vom Tresen wegziehen. Mit einem entschuldigenden Blick in Richtung Wirtin sagte sie: »Es macht dich doch gar keiner zum Affen, Liebes. Du bist in dieser Beziehung im Moment überempfindlich. Und ich will weiteren Schaden von dir abhalten.«
Sina war nahe am Platzen, als die Wirtin dem Disput plötzlich eine neue Wende verlieh: »Er kommt hierher.« Die beiden Frauen starrten sie fragend an. »Der Herr meinte, daß er Sie besuchen möchte. Er kommt morgen mit dem Wagen. Hat auch ein Zimmer bestellt. Im gleichen Gang wie Ihres. Ich hoffe, es bereitet Ihnen keine größeren Unannehmlichkeiten, aber Bernhard konnte ja schließlich nicht ahnen –«
Sina war die erste, die sich gefaßt hatte: »Schon gut, schon gut.« Sie gab Gabriele einen Stups und lotste sie an ihren Tisch.
Beide waren wie geplättet. Ermattet ließen sie sich auf ihre Stühle fallen. »Erst zwei Bernhards und nun auch noch ein Klaus. Gerade jetzt, wo wir Männer überhaupt nicht brauchen können«, stöhnte Sina.
»Sag ich ja«, pflichtete ihr Gabriele bei. »Wir haben unsere Mission nicht mal ansatzweise begonnen und stecken schon bis zum Hals in Schwierigkeiten.« Beide schauten so niedergeschlagen, daß die Männer von der Skatrunde am Nachbartisch ihnen statt weiterer lüsterner Blicke nun teilnahmsvolle zuwarfen. Eine Tatsache, die Sina und Gabriele nicht gerade aufmunterte.
Klaus würde also kommen. Und damit wäre es den Frauen noch schwerer gemacht, ohne großes Aufsehen nach ihrem Bunker zu suchen. Schon jetzt waren sie ja ganz offensichtlich Gesprächsthema Nummer eins im Dorf.
Der Linseneintopf war besser als erwartet. Deftige Hausmannskost. Für die Verfassung, in der sich die beiden befanden, genau das richtige. Doch der Mißmut hatte sie schnell wieder eingeholt. Und er sollte sich am nächsten Morgen steigern.

18

Die Nachricht traf sie wie ein Schlag. Die Wirtin erzählte es beim Frühstück. Diese stattliche Person, die so wirkte, als sei sie durch nichts zu erschüttern, kam den beiden plötzlich sehr zerbrechlich vor. Ihre roten Augen verrieten, daß sie geweint hatte. Sie klang verschnupft, als sie sagte: »Heute morgen hat man ihn gefunden. Es hat ihn mitten auf der Kreisstraße erwischt. Jemand muß ihn mit vollem Tempo erfaßt haben. Sein Einkaufswagen war völlig zertrümmert. Keine Chance hatte er – unser lieber Opa Bernhard.« Eine dicke Träne rann der robusten Frau über die Wange. Hektisch zerrte sie ein großes Stofftaschentuch aus ihrer Kitteltasche und bemühte sich, die Trauer aus ihrem Gesicht zu wischen.

»Wie konnte denn das passieren?« fragte Sina betroffen.

»Man rätselt noch. Es war wohl Fahrerflucht. Das erzählt man sich wenigstens. Von dem Auto keine Spur. Aber es mußte ja so kommen. Ich meine, Opa Bernhard hat gar nicht mehr so genau gewußt, wo er mit seinem Wagen langrollte. Bürgersteig oder Straße. Das war für ihn ein und dasselbe. Es war absehbar, daß es ihn irgendwann erwischt. Armer Opa Bernhard.«

Gabriele schob ihren Teller mit dem eben aufgeschnittenen Brötchen beiseite. »Verdammt!« sagte sie, als die Wirtin zum Tresen zurückgegangen war. »Verdammt, verdammt, verdammt! Soviel Pech auf einmal ist ungerecht! Hätte sich dieser senile Trottel nicht einen Tag später überfahren lassen können? So nimmt er sein ganzes Wissen über unseren Bunker mit ins Grab. Verdammt!«

Sina war empört: »Ist das alles, woran du in so einem Moment denken kannst? Wir haben diesen Mann gekannt, Gabi! Er hatte sich sogar in dich verliebt.«

Gabi machte eine wegwerfende Handbewegung. »Ach, Kind, laß endlich diesen Unsinn! Der Alte ist tot und damit absolut wertlos für uns. Vergiß ihn.«

Es fiel Sina schwer, mit der Gefühlskälte ihrer Freundin fertig zu werden. Meinte sie ihre pietätlosen Worte tatsächlich ernst? War das Schicksal des alten Mannes ihr wirklich so egal? Oder überspielte sie nur die eigene Betroffenheit?
Gabrieles nächste Geste sprach dagegen: Sie zog den Teller zu sich heran, belegte das Brötchen mit dicken Scheiben Salami und biß kräftig hinein. »Los, Sina. Greif zu.Wir haben heute ein volles Programm vor uns. Mit leerem Magen kommst du nicht weit.«

19

Ihre kniehohen Stiefel ließen das Unterholz knackend bersten. Beide trugen Handschuhe. Die brauchten sie auch, denn wenn es hier jemals begehbare Pfade gegeben haben sollte, so waren diese längst zugewuchert. Gabriele und Sina mußten sich ihren Weg regelrecht freikämpfen. Sie kamen nur langsam voran, mußten immer wieder Äste zur Seite drücken, die ihnen das Weitergehen erschwerten. Beide hatten sich lange Regencapes übergeworfen. Ein guter Schutz nicht nur vorm Tau, der ihnen von den Büschen entgegenrieselte, sondern auch vor bösen Kratzern durch das Geäst.
Sina bildete die Vorhut. Hinter ihr hörte sie plötzlich ein ärgerliches Schimpfen: Gabriele hatte sich mit ihrem kleinen Rucksack in einer Zweiggabel verfangen, zappelte hilflos in der Falle. »Besser von 'nem Ast Schach matt gesetzt zu werden als von einer verfluchten Mine«, frotzelte Sina und befreite ihre Freundin.
»Glaubst du etwa immer noch an die Mär von den Minen? Ich habe dir doch schon gesagt, daß das nur ein alter Förstertrick ist. Hier gibt's keine Minen mehr, Sina, glaub mir endlich.«
Dieser Versuch einer Beruhigung hielt Sina nicht davon ab, einen großen Bogen um ein aus dem Boden ragendes Metallstück zu machen, das sie vor sich im Dickicht entdeckt hatte.

»Wir sollten uns trennen, Sina«, schlug Gabriele vor. »Dann kommen wir doppelt so schnell mit unserer Suche voran.«
Sina willigte ein: »Aber laß uns in Rufweite bleiben. Sonst wird mir die Sache zu gewagt.«
Gabriele blickte sie vorwurfsvoll an: »Noch immer ängstlich? Meine Güte, Sina! Das ist ein ganz normaler Wald. Vergiß die blöden Warntafeln. Das Schlimmste, was uns passieren kann, ist, in den Bunker zu fallen, den wir suchen. Aber das hätte dann ja auch sein Gutes – weil wir ihn nämlich gefunden hätten, stimmt's?«
In ungefähr zehn Metern Abstand voneinander durchstreiften die beiden das Waldstück und fahndeten nach einem unversehrten Seitenzugang zum unterirdischen Raketenbunker. Drei Tage hatte Gabriele für diesen ersten Teil ihrer systematischen Erkundung des Terrains eingeplant. Keineswegs eine großzügige Zeiteinteilung. Eher im Gegenteil: Gabriele hatte nicht damit gerechnet, daß der Wald so dicht bewachsen sein und ihnen das Vorankommen entsprechend schwerfallen würde.
Gabriele überstand die Strapazen, indem sie unentwegt an ihr Ziel dachte: das Auffinden der verschollenen Kunstschätze. Sie malte sich aus, wie sie endlich in die dunklen Stollen treten und die längst aufgegebenen Gemälde ihrer geschätzten Meister in den Händen halten würde. Sie sah sich in der Rolle der großen Entdeckerin. Fotos von Troja-Entdecker Schliemann geisterten ihr durch den Kopf. Über diesen Anflug von Größenwahn mußte sie aber selbst lächeln.
Sina hatte ganz andere Gedanken im Sinn. Und die kreisten um Klaus. Die Ankündigung, daß er nach Peenemünde kommen wollte, hatte sie nicht gerade begeistert. Spätestens heute abend würde sie ihm gegenüberstehen. Und dann? Was würde er von ihr erwarten? Warum war er überhaupt hierhergefahren? Ging es wirklich um den kleinen Kläffer Tom? Oder war ihr gemeinsamer Hund doch bloß wieder ein vorgeschobener Grund? Ein Vorwand, um dieses ungelegene Treffen zu rechtfertigen?

Sina kam ins Schwitzen. Wegen ihrer Gedanken, die sich im Kreis drehten, aber auch wegen der anstrengenden Sucherei. Die Sonne stand inzwischen weit oben am Himmel und hatte für die Jahreszeit eine ungewöhnliche Kraft entwickelt. Vor sich sah Sina die Baumreihen allmählich dünner werden. »Da hinten ist eine Lichtung, Gabi. Sollen wir umdrehen und in die andere Richtung weitermachen?«

»Nein«, rief Gabriele herüber. »Wir machen eine Pause. Geh weiter bis zur Lichtung. Da werden wir uns ein gemütliches Fleckchen aussuchen. Muß dringend ein wenig verschnaufen.«

20

Sina war ziemlich erschöpft, als sie sich die kleine Anhöhe am Rande der Lichtung hinaufschleppte. Gabriele folgte in mehreren Metern Abstand und machte einen mindestens genauso erschlagenen Eindruck. »Renn nicht so.« Sina blickte sich nach ihrer Freundin um. Sie mußte zugeben, daß sie eine gewisse Schadenfreude empfand: Zu sehen, wie die große Antreiberin Gabriele, die anderen normalerweise nie eine Chance zum Ausspannen gab, völlig erschöpft einen Hügel hinaufkraxelte, war für Sina recht aufbauend. Endlich hatte sie mal die Nase vorn und war ihrer Freundin überlegen. Das kam selten genug vor.

Beide machten es sich auf dem struppigen Grasboden gemütlich. Soweit das eben ging. Sina hatte ihren Rucksack schon abgesetzt, Gabriele stellte ihren daneben. Ein morscher, auf dem Boden liegender Baumstamm diente den beiden Frauen als Lehne, als sie begannen, den Inhalt ihrer Rucksäcke vor sich zu verteilen. Sina kramte eine Thermoskanne und eingewickelte Brote heraus. Gabriele war wieder ganz bei der Sache und zerrte ihre kopierten Lagepläne aus dem Sack.

Ein kräftiger Biß ins Schinkenbrot bewirkte bei Sina wahre Wunder. Sie spürte, wie ihre Lebensgeister zurück-

kehrten. Sie reichte die Stulle an Gabriele weiter, massierte dann ihre strapazierten Waden. »Da haben wir ganz schön was geschafft heute.«
Gabriele gönnte sich ebenfalls einen Bissen von dem Brot, kaute genüßlich und sagte dann: »Naja. Wie man's nimmt. Wir haben zwar eine recht große Fläche abgeklappert. Aber das, worauf es ankommt, haben wir nicht gefunden. Von ›Geschafft‹ kann also keine Rede sein.« Gabriele gab das Brot an ihre Freundin zurück und vertiefte sich in ihre Unterlagen.
»Nach allem, was ich mir bisher über diesen Bunker zusammenreimen kann, müssen wir nach einem ausgeprägten Gebilde Ausschau halten«, erklärte sie. »Die Fachliteratur verrät kaum etwas über die unterirdischen Anlagen bei Peenemünde. Aber man kann sich wohl an der Konstruktion der fünfzehn Führerhauptquartiere orientieren, die im Laufe des Krieges aus dem oder besser: in den Boden gestampft wurden.«
Sina schaute verblüfft auf: »Sagtest du fünfzehn?«
»Ja. So viele Höhlen hat sich dieser Verrückte bauen lassen. Das hat ihm auch den Vorwurf eingebracht, daß er für seine Privatbunker mehr Stahlbeton verbraucht hat als der gesamten deutschen Bevölkerung für ihre Luftschutzbauten zur Verfügung stand.«
Sina schüttelte verächtlich den Kopf: »Kaum zu glauben, was für Irrsinnsbauten die sich damals erlaubt haben.«
»Tja, die haben sich so einiges erlaubt.«
»... und dabei die eigenen Leute kaputtbomben lassen.« Sina beschloß, diese düsteren Gedanken beiseite zu wischen. Neugierig guckte sie in die Kopien, die Gabriele vor sich ausgebreitet hatte: »Dann erzähl mal: Was genau zeichnet diese Bunkeranlagen aus? Auf was müssen wir besonders achten?«
Gabriele deutete auf die Skizzen und Fotos, die sie aus Büchern und Zeitschriften zusammengestellt hatte: Gehen wir vom Führerhauptquartier in Berlin aus: Die Sohle lag zwölf Meter unter der Erdoberfläche.«
»Ein ziemlich tiefes Loch«, warf Sina ein.

Gabriele nickte beiläufig. »Vor Bombenangriffen von oben war der Bau durch eine 3,50 Meter starke Betondecke geschützt. Die Seitenwände maßen immerhin stattliche 2,20 Meter.«
Sina schwenkte abwägend den Kopf: »Recht imposant, das Ding. Dürfte nicht schwer sein, ein solches Monstrum aufzuspüren.«
Gabriele schaute sie mißmutig an: »Eben doch, Sina. Denn die Betondecke ragte nicht etwa aus dem Boden heraus, so daß sie jeder Passant leicht erkennen konnte. Nein, über dem ganzen Bauwerk lag eine zwei Meter dicke Erdschicht. Zwei Meter, Sina! Da können wir schaufeln, bis wir umfallen.«
Sina grübelte einige Augenblicke lang. Gabrieles Vortrag hatte ihren Ehrgeiz angestachelt. So schnell wollte sie nicht aufgeben. Ein Bunker, noch dazu von dieser Größenordnung, mußte sich aufspüren lassen! Es wäre gelacht, wenn Sina da nicht weiterkäme. Eindringlich musterte sie die Pläne vor sich im Gras, strich dann mit dem Zeigefinger über sie hinweg: »Auch wenn eine solche Anlage hundert Meter tief in der Erde steckt, gibt es etwas, das ihren Standort verrät.«
Gabriele warf ihr einen neugierigen Blick zu: »Und was soll das deiner Meinung nach sein?«
Sina fuhr mit ihrem Finger weiter suchend auf dem Plan entlang. »So ein Keller braucht eine Entlüftung. Schau hier, beim Berliner Bunker: Da ragte mal ein richtiger kleiner Turm aus der Erde. Außerdem muß es irgendwo einen Eingang geben.«
Gabriele griff sich die Thermoskanne. »Klar, da hast du recht. Aber vergiß nicht, daß die Anlage wahrscheinlich kurz nach dem Krieg geschleift worden ist. Vielleicht sogar schon während des Krieges, um den Gegnern nicht die komplette Forschungsarbeit in die Hände zu spielen.«
Sina dachte einige Momente angestrengt nach. Sicher: Gabrieles Einwand war nicht von der Hand zu weisen. Andererseits waren sie hier auf einer Halbinsel. Also nahe

am Wasser. Das bedeutete, daß die Baumeister mit ganz anderen Problemen fertig werden mußten als die Konstrukteure des Berliner Bunkers. »Ich glaube, Gabi, unsere Suche ist gar nicht mal so aussichtslos. Überleg doch: Wenn du hier ein Loch buddelst, dann stößt du ziemlich schnell auf Grundwasser. Du bekommst deutlich früher nasse Füße als in Berlin.«
Gabriele blickte sie fragend an. »Nun denk mal nach, Gabi. Warum gibt es denn zum Beispiel in Bremen keine U-Bahn? Weil der Boden viel zu sandig für den Tiefbau ist und wegen der Probleme mit dem eindringenden Wasser. Also bleibt nur eins ...«
Gabriele griff den Faden auf: »Man muß den Tiefbau in die Höhe verlegen.«
»So ungefähr. Auf jeden Fall ist es unmöglich, eine größere Bunkeranlage so weit in die Tiefe zu verlagern, daß man sie von außen nicht erkennen kann. Wonach suchen wir dann also?« Sina kostete die von ihr gefundene Antwort aus: »Nach einem Hügel.«
»Zumindest ist das *ein* Anhaltspunkt. Wir tappen also nicht mehr vollends im dunkeln.«

21

Einerseits war sie nervös. Natürlich. Immerhin waren sie nicht gerade im Frieden auseinandergegangen. Eher im Gegenteil: Sina hatte ihr letztes Treffen mit Klaus in keiner guten Erinnerung. Sein zärtliches Getue auf der einen Seite und seine Anbiederungen an »die Neue« auf der anderen Seite – all das war Sina übel aufgestoßen. Sie hatte gemerkt, daß sie noch verdammt viel für ihren Ex übrig hatte. Sie hatte aber auch einen Schlußstrich gezogen. Und den wollte sie nicht mir nichts, dir nichts ausradieren. Nein, sie hatte sich fest vorgenommen, nicht weich zu werden. Mit seiner Schwärmerei für Tina mit ihrem verschlungenen Erotik-Bauchnabel machte ihr es Klaus dabei sogar recht leicht.

Doch jetzt, da er Sina direkt gegenüberstand, übermannte sie wieder dieses Gefühl. Dieses Gefühl der Wärme. Dieses Gefühl der Milde. Dieses Gefühl einer enormen Anziehungskraft. Sina wußte, daß sie dem nicht widerstehen konnte. Wenigstens nicht heute abend.
Gabriele konnte die Gedanken wohl recht genau von Sinas Gesicht ablesen. Als sie zu dritt im Foyer des Gasthauses standen, mußte sie zumindest nicht lange nachdenken, um ihre Pläne für den Abend zu schmieden – mit Sina war ja ganz offensichtlich nicht mehr viel anzufangen. Am besten wäre es also, sich leise zurückzuziehen und die verbleibenden Stunden fürs Studium der Lagepläne zu nutzen, die sie für ihre Exkursion aus den vergilbten Papierfunden herauskopiert hatte. Gabriele fackelte nicht lange: »Also Freunde, ich sehe schon: Ihr wollt unter euch sein.« Eine Reaktion wartete sie nicht ab, sondern setzte gleich nach: »Tut euch keinen Zwang an, ihr Lieben. Genehmigt euch ein oder zwei Bier und trinkt meinetwegen noch eins für mich mit. Aber was auch immer ihr beide vorhabt – denkt dran, daß Sina morgen früh zeitig raus muß.« Mit diesen Worten wandte sie sich ab und verließ das Paar.
»Na dann ...« Klaus lächelte seiner früheren Flamme aufmunternd zu. »Wenn Gabl ausnahmsweise so verständnisvoll ist, sollten wir das honorieren. Was hältst du von einem gepflegten Pils?« Sina zögerte nur einen Moment, nickte dann aber einwilligend. Was hatte es für einen Zweck zu protestieren? Jetzt war Klaus nun mal da. Es war nicht zu verhindern, daß man miteinander redete. Und wenn schon, dann doch bitte jetzt gleich. Beide nahmen in der Schankstube am selben Tisch Platz, an dem sich tags zuvor die beiden Frauen niedergelassen hatten. Klaus winkte der Wirtin, wenig später hatten sie zwei gut gefüllte Gläser Bier vor sich stehen.
»Also«, eröffnete Sina die Diskussion, »warum bist du hier? Und vor allem: Was hast du mit Tom angestellt?«
Klaus genehmigte sich erst einmal einen kräftigen Schluck aus seinem Glas, bevor er antwortete: »Um deine

zweite Frage vorweg zu nehmen: Er ist gut untergekommen –«

Sina wollte bereits unterbrechen, doch Klaus signalisierte ihr, einen Moment abzuwarten: »Er ist nicht bei Sonja, falls du das annehmen solltest. Sonja gibt's nicht mehr. Jedenfalls nicht für mich. Ich habe den kleinen Kläffer bei meinen Eltern abgegeben. Du weißt, wie abgöttisch sie ihn lieben. Da geht's ihm unter Garantie nicht schlecht. Wahrscheinlich übertreiben sie's sogar wieder mit ihrer Fürsorge. Tommy hier, Tommy da. Du kennst das ja noch.«

Sina war beruhigt. Um ihren Hund brauchte sie sich keine Sorgen zu machen. Trotzdem war ihre erste Frage noch offen. Sie setzte ein zweites Mal an: »Nun? Warum bist du gekommen?«

Wieder nahm sich Klaus zunächst einen Schluck aus dem Glas. »So eine lange Fahrt macht durstig. Hätte nie gedacht, daß dieses Peenemünde so weit weg ist. Frau Wirtin, bitte noch ein Jever! Oder, nein, warten Sie: Ich probiere mal das Rostocker.«

Sina riß der Geduldsfaden: »Spann mich nicht auf die Folter, Klaus. Das macht Gabi schon zur Genüge.«

»Also gut: Ich bin ganz einfach hier, weil ich mir Sorgen um dich mache.«

»Sorgen?« So etwas hatte sie von Klaus seit Monaten nicht mehr gehört.

»Ja, Sorgen. Schließlich ist das eure erste Räubertour seit kurz nach der Grenzöffnung. Verdammt lang her. Ich glaube kaum, daß ihr noch so gut in Form seid wie damals.«

Sina mußte lächeln: »Das hast du nett ausgedrückt. Alles, was du wirklich sagen wolltest, war ja wohl: Du glaubst kaum, daß zwei alternde Jungfern einer solchen Herausforderung gewachsen sind.«

Klaus zuckte verschämt mit den Schultern: »Naja. Du übertreibst zwar. Aber in die Richtung gehen meine Gedanken.«

Sina wollte es trotzdem nicht recht glauben. Warum sollte sich Klaus, der sich – bis auf wenige Ausnahmen – seit

Monaten nicht um sie gekümmert hatte, ausgerechnet jetzt um sie sorgen. Und daß, obwohl er dafür eine gut siebenhundert Kilometer lange Strecke zurücklegen mußte. Hätte er mit seinen »Sorgen« nicht warten können, bis sie wieder zurück in Nürnberg wäre? Oder war es etwa tatsächlich die neu erwachte Liebe? Bei diesem Gedanken fühlte Sina, wie es sie angenehm warm durchströmte. Ihre Lippen formten ein sanftes, glückliches Lächeln.

Klaus sorgte schnell für Abkühlung: »Zugegeben: Es geht nicht *nur* um dich.« Das Lächeln schwand aus Sinas Gesicht. »Es geht selbstverständlich in erster Linie um Tom«, fügte Klaus schnell hinzu.

»Ja, aber …« Sina mußte nach Worten ringen: »Aber du hast doch gerade erzählt, daß die Sache mit Sonja vorbei ist. Du hast genug Zeit für den Kleinen und mußt dich nicht dauernd nach jemandem umsehen, der mit ihm Gassi geht. Ich verstehe nicht, was Tom –«

Klaus legte ihr den Zeigefinger auf die Lippen: »Psst. Ganz ruhig. Du bist ja richtig rot geworden. Warum regst du dich denn so auf?« Die Wirtin stellte das neue Pils ab, Klaus griff dankbar danach und nahm einen weiteren tiefen Schluck. »Ich bin hier, um unseren ›Vertrag‹ noch einmal mit dir abzustimmen. Du weißt schon: Diese Vereinbarung in bezug auf den Beagle. Daß du ihn ein Jahr nimmst und dann wieder ich. Diese stille kleine Absprache, damit jeder was von dem Hund hat – die Freude und die Last.«

Klaus gab sich auffallend große Mühe, die Sache nicht beim Namen zu nennen. Sina hörte ihm eine Weile zu. Mit einer Mischung aus Mitleid, Enttäuschung und Verachtung. Schließlich sagte sie: »Du willst ihn also wieder loswerden.«

Klaus schlug mit der Faust auf den Tisch. Allerdings nur so laut, daß es Sina zwar einen kleinen Schrecken einjagte, die anderen Gäste davon aber nichts mitbekamen. »Sina! So kannst du das nicht sagen. Es geht nicht darum, Tom loszuwerden. Alles, was ich will, ist lediglich ein bißchen Zeit. Weißt du …« Er zögerte einen Moment, warf Sina dann einen charmanten Blick zu: »Du erinnerst dich an die Frau mit dem – du weißt schon – die Frau mit dem bezaubernden Bauchnabel.«

Da war er wieder: der Bauchnabel. Sina fühlte sich vor den Kopf gestoßen. Und zwar wie mit einem schweren Hammer. Wie konnte Klaus, wie konnte dieser wichtige Mann aus ihrem Leben bloß so taktlos sein, so gemein? Sina versuchte, die Kränkung wegzustecken.

Nachdem sich Klaus einen weiteren Schluck Bier genehmigt hatte (auch sein zweites Glas war jetzt leer bis zum Grund, und er orderte bei der Wirtin ein drittes), lehnte er sich in seinem Stuhl genußvoll zurück. »Sina, laß es mich so beschreiben: Diese Frau – die Tina – diese Frau hat nicht nur einen Bauchnabel, in dem man versinken möchte.« Sina wollte kaum glauben, was sie sich da anhören mußte. Doch Klaus setzte ungerührt fort: »Sie hat etwas, naja – wie soll ich sagen?« Für einen Moment schien er verlegen zu sein. Dann faßte er sich: »Was soll ich um den heißen Brei herumreden: Mit dir kann ich offen reden – nach all den Jahren. Also: Sie hat halt –« Er schaute sich zweimal zur Seite um, setzte dann in gedämpftem Ton fort: »Sie hat einen wunderschönen, völlig optimal geformten Busen.«

Sina wußte für einen Moment nicht, wo sie hinschauen sollte. Die ganze Sache war ihr einfach nur peinlich.

»Sowas hast du noch nicht gesehen, sag ich dir!« schwärmte Klaus ungebremst weiter. »Neulich habe ich in der Zeitung einen Bericht darüber gelesen: Da stand, daß der Traumbusen für alle Männer so um die 280 Kubikzentimeter mißt. Es ist also völlig egal, ob Brüste eine Apfel- oder meinetwegen auch eine Birnenform haben. Einzig und allein auf die Kubik kommt es an. Nur das zählt.« Klaus wischte sich den Bierschaum vom Mund. »Das ist wie bei Autos. Und, wie soll ich sagen: Tina hat's. Sie hat diese Traummaße. Zumindest was die Oberweite betrifft.« Klaus redete sich richtiggehend in Stimmung. »Weißt du, Sina. Das habe ich früher so bei dir vermißt.«

Sina klappte die Kinnlade herunter.

»Ich meine: Ich habe vermißt, daß man sich mit dir so frei und offen unterhalten konnte«, stellte Klaus klar. »Wie mit 'nem richtigen Freund. Jetzt geht das plötzlich. Unsere Trennung hat also auch ihre Vorzüge.«
Das war das Stärkste, was sich Sina seit langem anhören mußte. Sie konnte es kaum fassen. Waren sie beide tatsächlich so weit, daß Klaus sie als einen seiner Biertischkumpels ansah? War ihm völlig entgangen, daß sie mal ein Paar gewesen sind? Hatte er seinen Sinn für Romantik, für Takt und für Anstand absolut verloren? Sie ersparte sich, danach zu fragen. Lieber wollte sie nach der Rechnung verlangen. Doch daraus wurde nichts. Der Abend sollte für Sina noch lang werden.

22

Gabriele kannte dieses Spiel inzwischen recht gut: Erst drehte und wendete sich ihre Freundin wie wild in ihrem Laken. Dann setzte eine Mischung aus Stöhnen, Wimmern und Fluchen ein. Danach war es einen Moment lang still, bevor der ganze Zirkus von vorn los ging. Gabriele war kein Mensch, der nur in mucksmäuschenstillen Räumen schlafen konnte. Schließlich lag ihre Wohnung in Nürnberg nicht gerade an einer wenig befahrenen Straße. Doch diese Unruhe, die da von ihrer Bettgefährtin ausging, war schlimmer als Schnarchen. Gabi platzte der Kragen.
»He! Jetzt langt's!«
Sina wurde ruppig aus dem Schlaf gerissen. »Wer, was, wie?« Sie brauchte einige Sekunden, um ihre Traumwelt zu verlassen. Erst dann nahm sie das entnervte Gesicht ihrer Freundin wahr.
»Tut mir leid, Schätzchen, aber bei dem Lärm, den du fabrizierst, kann kein vernünftiger Mensch die Augen zubehalten.«
»Sorry, auf meine Schlafgewohnheiten habe ich keinen Einfluß«, bemühte sich Sina um eine Entschuldigung.

Gabriele ließ sich zurück auf ihr Kissen fallen und starrte an die Decke. »Dein Alptraum – oder war es etwa diesmal ein Lusttraum ...«
»Quatsch!« fauchte Sina. »Von Lust kann weißgott nicht die Rede sein.«
»Da also dein Alptraum ganz offensichtlich mit deiner Abendverabredung zusammenhängt, würde ich vorschlagen, wir wiederholen unsere Therapie von neulich.«
Sina mußte einen Moment nachdenken, bevor sie begriff: »Ach – ich soll mich wieder einmal outen?«
»Immerhin hast du dich nach unserem letzten gemeinsamen Nachtplausch deutlich besser gefühlt, oder?«
Da konnte Sina nicht widersprechen. Außerdem würde es ihr nur gut tun, wenn sie durch ein Gespräch ein wenig von ihrer Wut auf Klaus abbauen könnte. »Na gut. Dann will ich gleich in die vollen gehen, wenn's recht ist.« Es war recht. Gabriele atmete tief durch, konzentrierte sich aufs Zuhören. »Wie soll ich sagen?« setzte Sina an. »Mein verehrter Herr Ex-Freund hat sich heute abend als eines der beschissensten Macho-Arschlöcher entpuppt, die frei herumlaufen.«
Gabriele drehte ihren Kopf: »Komm schon Schätzchen. Das Ganze wird sich ein wenig gesitteter ausdrücken lassen, oder?«
Sina prustete verächtlich: »Gesitteter? Daß ich nicht lache! Gesittet ist nämlich genau das, was Klaus nicht ist. Der hat sich meinem angeknacksten Selbstwertgefühl gegenüber benommen wie der Elefant im Porzellanladen.«
»Nun mal sachte, Sina. Was genau hat er verbrochen?«
»Nachdem er mir detailliert, wenn auch indirekt unter die Nase gerieben hat, daß er meine Brüste alles andere als attraktiv findet ...«
»Aber die sind doch süß«, unterbrach sie Gabi in wohlwollendem Ton.
»Du sagst es: süß! Süß, weil *klein*. Klaus denkt inzwischen aber offensichtlich in ganz anderen Dimensionen. Und als ob das nicht genug wäre, muß er nach dem fünften Bier unseren alten Beziehungsknatsch aufrollen.« Sina fiel es

schwer, den Inhalt ihrer Unterhaltung mit Klaus noch einmal durchzukauen: »Der Kerl hat tatsächlich versucht, mir weiszumachen, daß Männer nicht treu sein *können*. Stell dir das mal vor! Er hat allen Ernstes darüber diskutieren wollen.«

Gabriele schien davon nicht sonderlich berührt zu sein. Lapidar erkundigte sie sich: »Wie hat er das denn erklären wollen?«

Sina legte einen verächtlichen Tonfall auf: »Er hat den Akademiker herausgekehrt. Hat sich in Genetik versucht: Klaus meint, Untreue sei bei Männern erblich bedingt. Irgendwelche obskuren Wissenschaftler – wahrscheinlich Männer – hätten angeblich festgestellt, daß der Mann genetisch darauf gepolt ist, den Erhalt der Rasse sicherzustellen und seinen Samen möglichst weit zu streuen. Untreue sei also geradezu ein von der Natur gefordertes Muß.«

»So hat er das gesagt?« fragte Gabriele amüsiert nach.

»Ja. Und ich weiß nicht, was daran lustig ist«, entgegnete Sina schnippisch.

Gabriele schmunzelte trotzdem weiter. »Hast du wenigstens gekontert, Sina?«

Die Jüngere stutzte: »Gekontert? Wie denn? Was soll man auf so einen Blödsinn noch antworten?«

Gabi lächelte überlegen: »Du hättest ihm zum Beispiel den wichtigsten Unterschied zwischen Mensch und Tier näherbringen können: nämlich, daß der Mensch seine Triebe zügeln kann. Oder wie wär's mit der Geschichte der Heiligen Maria Goretti?«

Sina wußte damit nichts anzufangen: »Was hat ausgerechnet eine Heilige mit meinem Klaus zu tun?«

»Maria Goretti war eine besondere Verfechterin der Keuschheit. Sie hat ihre Jungfräulichkeit sogar mit dem Leben verteidigt.«

»Ach.« Sina war einmal mehr erstaunt über die schier unerschöpfliche Bildung ihrer Freundin. »Und wie hat sie das getan?«

»Das war um die Jahrhundertwende: Die kleine Maria – sie mag damals zwölf gewesen sein – wurde in den

Sümpfen bei Rom überfallen. Sie sollte vergewaltigt werden, wehrte sich dagegen jedoch mit allen Kräften.«
Sina nickte anerkennend: »Mutig, die Kleine. Und was wurde aus ihr?«
»Der verprellte Vergewaltiger hat sie erstochen.«
Sina schaute ihre Freundin strafend an: »Na toll. Ausgesprochen hilfreich, diese Geschichte. Soll ich Klaus etwa vorschlagen, daß er sich lieber selbst umbringen könnte, statt der nächsten Verführung zu erliegen?«
Gabriele schmunzelte noch immer: »Diese Geschichte hätte ihn zumindest aus dem Tritt gebracht. Ich bin überzeugt, er hätte sich mit seiner nächsten Männerweisheit ein wenig zurückgehalten.«
Sina ging darauf nicht mehr ein. Sie streckte sich aus, ließ sich Gabrieles Erzählung noch einmal durch den Kopf gehen. Sicher, die Leidensgeschichte dieser heiliggesprochenen Märtyrerin war weit hergeholt. Andererseits gab es tatsächlich eine Parallele zu den Reden von Klaus: Beides waren Extreme, beides war ziemlich überspitzt. Sina grübelte eine Weile weiter, schlief dann über ihren Gedanken ein. Diesmal fiel sie in einen ruhigeren Schlaf.

23

Wenn sie wollte, konnte Gabriele richtig kameradschaftlich sein. Und sogar hilfsbereit. Vielleicht auch eine Spur selbstlos. Aber beim letzteren war sich Sina nicht so sicher: Denn es war zwar nett von ihr, Klaus für eine Weile »verschwinden« zu lassen. Aber Gabriele hatte das wohl kaum nur Sina zuliebe arrangiert. Es spielte sicher eine Rolle, daß Klaus ihr ohnehin ein Dorn im Auge war. Außerdem sah sie offensichtlich ihre Bildersuche durch Klaus' Anwesenheit gefährdet. Wie dem auch sei: Gabriele hatte dafür gesorgt, daß Sina ungestört im Speiseraum Platz nehmen und ihr Frühstück genießen konnte, ohne sich dabei von ihrem Ex-Freund neue Gemeinheiten an den Kopf knallen lassen zu müssen.

Zufrieden klopfte Sina ihr Frühstücksei auf. »Das hast du nett gedeichselt für mich, Gabi. Ich habe fast auf das Frühstück verzichten wollen, bloß um ihm nicht über den Weg zu laufen.«
Gabi griff sich ein Brötchen. »Kein Problem. Im Männer-Austricksen war ich immer gut. Manchmal offenbar zu gut – sonst wäre ich heute wahrscheinlich verheiratet.«
Sina grinste: »Und was genau hast du Klaus für eine Geschichte aufgetischt, um ihn loszuwerden?«
Gabriele schien nicht zu wissen, ob sie ihr Brötchen lieber mit Marmelade oder mit etwas Herzhaftem belegen sollte. Sie entschied sich für eine Scheibe Schinkenwurst. »Ich habe ihm gesagt, daß er bei unserer ›Räubertour‹, wie er das immer so nett nennt, dabei sein darf. Da hat er leuchtende Augen bekommen. Ich weiß nicht, ob wegen des Abenteuers, das er sich davon versprach, oder weil er eine Chance gewittert hat, sich wieder an dich ranzumachen.«
Gabi biß in ihr Brötchen, genehmigte sich danach einen Schluck Kaffee. »Auf jeden Fall hat er eingewilligt. Er war ganz Feuer und Flamme.«
»Und wo ist der Trick an der Sache?« wollte Sina wissen.
»Kein Trick. Klaus ist tatsächlich auf Räubertour gegangen. Ich habe ihm gesagt, daß wir unsere Expeditionen grundsätzlich nachts durchführen, damit uns niemand erwischt. Er sollte sich gegen drei Uhr morgens auf den Weg zu unserem Treffpunkt machen.«
Sina konnte nicht recht folgen. »Treffpunkt?«
Gabi trumpfte auf: »Ja. Der liegt ungefähr zweihundert Kilometer westlich von hier. Ich habe ihm gesagt, daß die Spur von Peenemünde aus die Küste entlang in Richtung Schleswig-Holstein führt und daß wir dort mit der Suche weitermachen. Ich habe mir aus dem Autoatlas einfach irgendein Rasthaus rausgesucht – und da wartet dein Ex jetzt auf uns.«
Sina prustete vor Lachen in ihren Kaffee: »Was? Das ist ja toll. Darauf ist er reingefallen?«
»Und ob! Der hat nicht mal ansatzweise gezweifelt. Die nächsten Stunden über dürften wir unsere Ruhe haben.«

Sina freute sich diebisch. Gabis Finte war gemein, aber eine wirklich gelungene Revanche für Klaus' Frechheiten vom vorangegangenen Abend. Gabi hatte eine Belohnung verdient. Und Sina mußte nicht lange darüber nachdenken, wie sie sich bei ihr erkenntlich zeigen konnte: »Ich glaube, ich habe da eine Idee, wie wir mit unserer Bunkersuche zügig weiterkommen.«
Gabi schaute interessiert auf: »Hört, hört. Sollte meine werte Freundin plötzlich echte Lust an unserer Aktion bekommen haben?«
»Ich würde es eher als Wiedergutmachung für deine Gefälligkeit mit Klaus bezeichnen.«
»Auch recht. Was schwebt dir da so vor? Wie willst du die Suche effizienter gestalten?«
Sina verputzte die Reste ihres Eies, strich mit der Serviette über ihren Mund und schob den Stuhl zurück. Im Aufstehen sagte sie: »Gib mir dein Auto und ein paar Stunden Zeit. Dann wirst du's sehen.« Sie ließ Gabriele keine Gelegenheit zu widersprechen.

24

Sina war hochzufrieden. Alles hatte wie am Schnürchen geklappt. Mit Gabrieles Kastenwagen hatte sie den Weg über Wolgast nach Greifswald zügig zurückgelegt. Die Stadtbibliothek hatte gerade geöffnet, so daß sie keine Zeit mit Warten verplempern mußte. Die Dame an der Bücherausgabe hatte sich als sehr hilfsbereit und vor allem kompetent erwiesen. Sie stellte Sina eine Liste von Büchern zusammen, schickte sie damit weiter zu ihrem Kollegen in Stralsund. »Mit etwas Glück hat er eines oder zwei der Werke vorrätig«, hatte sie Sina mit auf den Weg gegeben. Und tatsächlich: In der Bücherei von Stralsund fand Sina das, wonach sie gesucht hatte. Sie holte aus dem VW-Bulli heraus, was nur ging, und war deutlich früher zurück in Peenemünde, als sie zuvor einkalkuliert hatte.

Sie fand Gabriele in ihrem Hotelzimmer damit beschäftigt, in einem ihrer Kunstführer zu schmökern. »Hier. Lies lieber das. Kann uns jetzt wesentlich besser weiterhelfen als deine Bilderbücher.«

Fragend griff sich Gabriele das broschierte Büchlein, das Sina ihr aufs Bett geworfen hatte. »Botanik? Ein Buch über Pflanzen? Tickst du nicht richtig? Was soll ich damit anfangen?«

Sina holte sich das Büchlein zurück, deutete auf die Inhaltsangabe auf der Rückseite: »Das ist nicht irgendein Pflanzenführer, Gabi. Das ist der Schlüssel für unser Rätsel.« Gabi konnte noch immer nicht einsehen, was eine Abhandlung über die Pflanzenwelt mit ihrem Problem zu tun haben solle und gab das Sina auch unmißverständlich zu verstehen. »Mensch, Gabi, denk doch mal nach: Pflanzen können uns wahrscheinlich ziemlich zuverlässig bei unserer Suche helfen. Denk bloß an die vielen archäologischen Funde, die nur mit Hilfe von Pflanzenkundlern gemacht werden konnten.«

»Ich verstehe nur Bahnhof.«

»Schau, Gabi, hier sind Beispiele aufgeführt: Nehmen wir diese frühmittelalterliche Befestigungsanlage. Kein Mensch wußte vorher, daß es sie überhaupt jemals gegeben hatte. Nur durch Zufall wurde sie entdeckt: als nämlich beim Überfliegen des Bereichs Verfärbungen in den Wiesen aufgefallen sind.«

So langsam waren bei Gabriele die Groschen gefallen. Sie schnappte sich das Buch und betrachtete die abgedruckten Fotos: »Stimmt. Davon habe ich auch schon mal was gehört.«

Sina setzte mit ihrem Exkurs in die Botanik fort: »Wenn Ruinen im Laufe der Zeit verschüttet und überwuchert werden, können Mineralien aus dem Gestein der vergessenen Bauwerke ausschwemmen und die Farbgebung der Pflanzen beeinflussen, die einige Meter drüber wachsen. So ungefähr wenigstens. Jedenfalls kann uns dieses Wissen sehr nützlich sein.« Sina schlug eine Seite des Buches auf, die sie bereits durch ein Eselsohr markiert hatte. Eine

Angewohnheit, die ihr schon oft eine Schelte von Gabi eingebracht hatte. »Hier kann man nachlesen, was bestimmte Gesteinsarten für Stoffe absondern und worauf man bei den Pflanzen in seiner näheren Umgebung achten muß, um sie aufzuspüren. Zugegeben: Ich bin genau wie du ein absoluter Laie in diesen Dingen. Aber ich finde, dieses Verfahren klingt vielversprechend.«
Gabriele nickte anerkennend: »Nicht schlecht, Kleine. Damit hätten wir dann schon zwei Anhaltspunkte, an denen wir uns orientieren können.«
»Ja«, bestätigte Sina mit fast kindlicher Freude: »Ein Hügel soll es sein, und das Gestrüpp drauf darf nicht so grün aussehen wie bei normalem Gras.«
Einen Einwand wollte sich Gabi trotz ihres Stolzes auf Sinas Einsatzfreude nicht verkneifen: »Das mit dem Drüberfliegen können wir allerdings vergessen. Erstens wäre es zu auffällig, zweitens ist der Bereich größtenteils durch Bäume abgeschirmt.«
Sina gestand das zähneknirschend ein: »Klar, das ist mir natürlich auch schon durch den Kopf gegangen. Trotzdem glaube ich, daß die Chancen nicht schlecht stehen.« Sie zauberte einen zweiten Band aus ihrer Umhängetasche, blätterte eifrig darin herum. »Da haben wir's schon: Hier steht, daß sich diese Methode auch bei einer Feld*begehung* anwenden läßt. Wir müssen auf *shadow marks* achten.«
»Bitte?«
Sina kroch förmlich in ihr Buch: »Äh, *shadow marks*. Sorry, das Ding hier ist englisch. Schattenmerkmale muß das wohl auf deutsch heißen.«
»Und weiter?« fragte Gabriele zweifelnd.
»Ehemalige Gräben, Gruben und *hills,* also Hügel, und Wege sind laut dem Eierkopf, der das hier verfaßt hat, auch nach Jahrhunderten niemals ganz eingeebnet. Selbst geringe Unebenheiten werfen bei tiefem Sonnenstand lange *shadows* – Schatten.«
»Können wir uns bitte auf eines verständigen?« hakte Gabriele genervt ein. »Entweder, du trägst auf englisch vor oder auf deutsch. Aber bitte nicht dieses Mischmasch.«

»Bäbäbä!« gab Sina zurück, worauf Gabriele nur leicht die Nase rümpfte. Sina fuhr fort: »Auch Verfärbungen lassen sich aus Fußgängerperspektive erkennen. Da nämlich, wo durch Erdarbeiten die natürlich gewachsene Struktur des Bodens zerstört worden ist.«

»Soso.«

»Und jetzt kommt's noch besser. Hör zu: Wenn mit Kalkmörtel gebundenes Mauerwerk in der Erde versteckt ist, läßt sich das ebenfalls von Verfärbungen des Bodens ableiten.« Sina schaute kurz auf: »Selbiges gilt natürlich für Beton!« Und schon steckte Sinas Kopf wieder im Buch: »Mauern, die nicht tief im Boden verborgen sind, behindern außerdem die Wasserzirkulation und bringen den Bewuchs darüber vorzeitig zum Vergilben. Das heißt ...«

»... daß wir auf verdorrtes Gestrüpp achtgeben müssen«, vollendete Gabriele den Satz. »Jedenfalls ist es einen Versuch wert«, bestimmte sie. »Und den sollten wir nicht länger als nötig hinauszögern – schließlich dürfte Klaus inzwischen auf dem Weg zurück sein. Und ich verspüre nicht unbedingt das Bedürfnis, ihm in den nächsten Stunden in die Arme zu rennen. Komm, Sina, packen wir's!«

25

Eigentlich war es von vornherein abzusehen, daß Sinas Methode nicht zwangsläufig von Erfolg gekrönt sein würde. Gabis Zweifel an der neuen Vorgehensweise wuchsen, je länger die beiden durch den Wald streiften. Sicher: Sinas Vorschlag war besser als gar nichts. Aber die Schatzsuche auf Botanikerart kam Gabriele bei jedem weiteren Schritt skurriler vor. Sie ertappte sich dabei, daß sie ein Grasbüschel, das sie am Rand des Waldes ausgerissen hatte, vergleichend neben ein Wiesenstück vor ihr hielt – und sich dabei unwahrscheinlich albern vorkam. »Sina«, rief sie ihrer Freundin herüber, die einige Meter weiter, aber noch in Sichtweite, ihrerseits den Boden nach auffällig verfärbtem Gras absuchte. »Sina, ich gewinne allmählich den Eindruck, wir machen uns lächerlich. Jeder Pflanzenkundler würde sich bei unserem Anblick wahrscheinlich vor Lachen biegen.«

Sina stapfte in ihren schweren Gummistiefeln hinüber. »Warte doch erst einmal ab. Wenn wir unsere Suchmethode verfeinert haben, bringt's bestimmt was. Wir sind ganz am Anfang, unsere Augen müssen erst geschult werden.« Sina redete mit Engelszungen auf die Ältere ein, denn sie war stolz auf ihre Idee und wollte sie nicht sang- und klanglos untergehen lassen.

Gabriele schmiß das Grasbüschel weg, kreuzte die Arme: »So leid es mir tut, Kleine: Ich habe nicht das Gefühl, daß dieser Krampf irgend etwas bringt.«

Sina schmollte: »Eine halbe Stunde. Nur eine halbe Stunde noch, Gabi. Wenn wir bis dahin nichts gefunden haben, mache ich einen Rückzieher und dann Schwamm drüber. Einverstanden?«

Gabi wiegte den Kopf hin und her, stimmte schweren Herzens zu. Beide trennten sich wieder einige Meter voneinander, stierten konzentriert auf den moosig grünen Waldboden.

Die vereinbarte halbe Stunde verstrich, ohne daß den Frauen auch nur im entferntesten eine nennenswerte Verfärbung der Pflanzendecke aufgefallen wäre. Sina bildete sich für Sekundenbruchteile zwar immer wieder ein, verschiedene Grün- und Gelbtöne auszumachen. Doch bei näherem Hinsehen blieb das Gras ganz normales Gras, war höchstens in Schattenlagen mit bräunlichen Flecken durchsetzt. Sie sah ein, daß ihr Plan zu optimistisch war. Gabriele hatte recht: Jeder Botaniker, jeder Mineraloge, ja selbst jeder Hobbyarchäologe wäre skeptisch gewesen, hätte sich womöglich köstlich über sie amüsiert. »Du hast gewonnen, Gabi. Ich habe gefloppt, ich gebe auf!« rief sie ihrer Partnerin zu.

»Mit ›gewonnen‹ hat das nichts zu tun«, meinte Gabi im Näherkommen. »Denkste etwa, daß es mich freut, wenn meiner besten Freundin etwas nicht gelingt?«

»Nein, Quatsch. So habe ich das nicht gemeint«, korrigierte Sina und schloß Gabi freundschaftlich in die Arme. »Ach, Gabi. Was sind wir beide doch für Looser.«

»Auf keinen Fall, Sina. Nenn uns nie Verlierer. So schnell werfen wir die Flinte bestimmt nicht ins Korn. Was hältst du von einer Kaffeepause?«

Sina stimmte bereitwillig zu: »Wäre wohl jetzt das beste. Außerdem wird's Zeit für ein neues Brainstorming. Neue Ideen müssen her, wenn wir diesen verfluchten Bunker jemals finden wollen.«

Sie waren nur wenige Minuten von der Lichtung entfernt, auf der sie schon einmal Rast gemacht hatten. Wieder gingen sie bis zu der kleinen Anhöhe in der Mitte des baumlosen Rondells, schnürten dort ihre Rucksäcke ab. Sina zog sich ihre Stiefel aus, krempelte dann ihre dicken Baumwollsocken nach unten. »Hätte ich gewußt, wie warm es heute wird, hätte ich dünnere genommen. Schau mal, meine dampfen richtig.« Gabi konnte darauf nicht eingehen, denn zwischen ihren Zähnen klemmte gerade ein Stoß Kopien, die sie aus ihrem Rucksack gezogen hatte. Weitere Blätter breitete sie vor sich auf dem Waldboden aus. »O. k., ich sehe schon, du willst sofort loslegen. Also gut, Gabi: Wie wollen wir die Suche eingrenzen?«

Gabi hatte jetzt sämtliche Zettel verteilt und mit zwei Bechern, einem Feldstecher und der Thermoskanne beschwert. »Ich hoffe, meine Unterlagen werden uns darauf eine Antwort geben können. Sehen wir uns doch noch einmal alles genau an: Was zeichnet einen Bunker aus? Wie kann man eine solche Katakombe von außen erkennen?«

Sina vertiefte sich in die Auszüge auf dem Boden. »Es ist immer das Gleiche, Gabi. Nur ein Luftschacht oder der Eingangsbereich kann den Bunker verraten. Sonst gibt es nun mal nichts Auffälliges an so 'nem Riesengrab.«

Gabi wollte partout nicht glauben, daß sie nicht doch etwas Verräterisches entdecken würde: »Laß uns den Faden von neulich aufgreifen.«

»Du meinst die Sache mit dem feuchten Küstenboden. Von wegen Hochbunker und so.«
»Nicht gerade Hochbunker, aber wie gesagt: Ein Hügel könnte es schon sein.«
Sina schüttelte den Kopf: »Aber Gabi, das bringt genausowenig wie meine gescheiterte Grasfahndung. Die Suche nach einem oberirdischen Bunker ist doch nichts anderes, als einer Illusion nachzujagen. Der letzte Hügel, den ich seit unserer Abreise aus Nürnberg wahrgenommen habe, war irgendwo in Bayerisch Sibirien, kurz hinter Hof. Hier oben gibt's keine Berge oder Hügel. Nicht mal Häufchen. Wenn es also eine einigermaßen anständige künstliche Erhebung gäbe, wäre sie uns längst aufgefallen.«
Das war's! Sina hatte die Lösung gefunden. Freilich ohne daß sie auch nur den blassesten Schimmer davon hatte. Gabriele sprang wie von der Tarantel gestochen auf, schüttelte Sina an der Schulter: »Mensch, Kleine! Du bist ein Goldstück. Wie konnten wir bloß so blind sein?«
Sina ahnte nicht im geringsten, worauf sie hinauswollte. Gabi lief ein Stück in Richtung Wald zurück, hüpfte dabei wie ein Reh auf und ab. Albern, fand Sina. Völlig albern.
Gabriele blieb stehen, schaute zu Sina hinüber – nein, nicht bloß hinüber: Sie schaute zu Sina *hinauf.* Sina stutzte. Dann sprang auch sie auf und rannte auf ihre Freundin zu. Gut zwanzig Meter von ihrem Rastplatz entfernt standen die Frauen und nahmen Maß. Ja, tatsächlich. Es gab keinen Zweifel: Die Rucksäcke und Sinas Stiefel thronten deutlich über ihnen. Zwischen ihrer jetzigen Position und der ihrer Sachen lagen grob geschätzt zwei bis zweieinhalb Höhenmeter. Keine steile Steigung. Eher ein sanfter Bogen. So sanft, daß er ihnen zuvor nicht richtig bewußt geworden war. Aber es gab diesen Bogen, diese Steigung, diesen – Hügel.
»Ist das etwa kein Hügel?« jauchzte Gabriele vergnügt.
»Und was für einer!« jubelte Sina und feixte: »Ich find den Eingang vor dir! Wetten?« Sie preschte los.

»Zieh dir lieber erst mal wieder deine Stiefel an, Sina. Bunker sind in ihrem Innern gewöhnlich ziemlich klamm. Da holst du dir ohne Schuhe glatt eine Erkältung.«
Sina grinste zurück: »Wenn wir den Eingang wirklich so schnell finden, ist mir das 'ne Erkältung wert.«

26

Sie fanden ihn natürlich nicht so schnell. Obwohl sich Sina eine leichte Erkältung einfing. Schniefend saß sie jetzt auf dem grüngrauen Filzpulli, den sie sich für alle Fälle in ihren Rucksack gesteckt hatte und der nun als wärmespendende Unterlage diente. Gut eine Stunde hatten die beiden gesucht. Erst mit überschwenglichem Optimismus, später dann mit deutlich nachlassender Zuversicht. Sina war die erste, die die Flinte ins Korn geworfen hatte. Wohl auch, weil sie aus Trotz oder Übermut tatsächlich die ganze Zeit über auf ihre Schuhe verzichtet hatte und die letzten Minuten ihrer Suche auf rechten Eisklötzen gehen mußte. Gabi durchforstete noch immer das Terrain rings um den Hügel, schaute hinter jeden Strauch, rückte einen Stein nach dem anderen zur Seite. Sie hatte sich verrannt in die Vorstellung, der Lösung nun ganz nah zu sein. Sina konnte das nur zu gut nachvollziehen. Schließlich hatte ihre Freundin inzwischen genug Schlappen einstecken müssen. Erst die Mühe, sie zu dieser Tour überhaupt bewegen zu können, dann der trostlose Zustand der alten Nazibauten hier auf der Insel. Später folgte die Erkenntnis, daß das in Frage kommende Gebiet viel größer und viel unzugänglicher war, als die Frauen erwartet hatten. Schließlich die Sache mit dem tragischen und irgendwie auch ziemlich rätselhaften Autounfall von Opa Bernhard. Ja, und zu guter oder besser: zu schlechter Letzt diese beiden verrückten und ganz sicher zum Scheitern verurteilten Theorien zur Spurensuche. Kein Wunder, daß Gabi jetzt krampfhaft versuchen mußte, sich an diesem offenbar

letzten Strohhalm, der ihnen blieb, so lange wie möglich festzuhalten.
Sina beugte sich vor, massierte ihre unterkühlten Füße. Gabriele sah das, rief belustigt: »Du verrücktes Huhn! War doch klar, daß du dir mit deinen Eskapaden einen Schnupfen holen würdest. Warum machst du eigentlich immer wieder solchen Unfug?«
Sina wunderte sich, daß ihre Freundin gerade jetzt ein Auge für sie übrig hatte, ging aber um so lieber darauf ein: »Vielleicht, weil ich mir damit einen Teil meiner Kindheit bewahren will.«
Diese Antwort war so unerwartet, daß Gabi für einen Moment ihre Suche vergaß: »Was? Willst du mich auf den Arm nehmen?«
»Auch das würde ich tun. Warum nicht. Schau Gabi: Wenn ich mir einen Schnupfen, meinetwegen auch eine Grippe geholt habe – was soll's? Denkst du denn immer genau nach bei allem, was du tust? Kalkulierst du jede Folge deiner Handlungen ein?«
»Also hör mal, Kleine. Fang nicht an, mir 'ne Moralpredigt ob meiner verlorengegangenen Kindheitsideale zu halten.«
Sina streckte sich auf ihrem Filzpulli aus, hob ihre Beine an und ließ die Füße in der Luft kreisen. »Doch. Und zwar genau jetzt und hier. Einen besseren Moment dafür gibt es nicht, Gabi. Denn wir sind gerade eben am Ende unseres ›Abenteuers‹ angelangt. Wahrscheinlich dem letzten überhaupt. Ich finde, das ist Grund genug, sich einmal Gedanken darüber zu machen, wie das Leben denn so weitergehen soll.«
Gabriele stemmte ärgerlich die Arme in die Hüften: »Ausgerechnet du willst mir da Ratschläge erteilen? Daß ich nicht lache.«
Sina konzentrierte sich auf die Bewegung ihrer Füße, die allmählich wieder von wärmendem Blut durchströmt wurden. »Ich wäre keine schlechte Lehrerin in Sachen Lebenshilfe. Ich war immer die clevere von uns beiden. Zumindest, was das wahre Leben betrifft.«

»Pah! Wahres Leben. Für unausgegorene Faxen, für Albernheiten, ja, dafür warst du wirklich schon immer zu haben. Aber fürs wahre Leben? Da muß ich wohl nur das Stichwort ›Klaus‹ anbringen, um dich wieder auf den Teppich zu holen, oder?«
Tatsächlich senkten sich Sinas Beine abrupt. Sie setzte sich in die Hocke, warf Gabi einen finsteren Blick zu: »Mensch, Frau! Sei nicht immer so verdammt ernst. Ich wollte ein bißchen spielen mit dir, ein bißchen flachsen. Mehr nicht. Und was machst du? Du legst jedes Wort auf die Goldwaage und wirst zum Schluß auch noch gemein. Dabei will ich unsere Pleite nur ein wenig versüßen. Mit kleinen Neckereien geht das doch am besten. Ist immerhin besser, als eine beleidigte Fresse zu ziehen und irgendwann wortlos den Heimweg anzutreten.«
Gabriele beschloß, nicht darauf einzugehen. Sie setzte ihre Suche fort, machte sich daran, den Radius um einige Meter zu vergrößern. Sina schüttelte über diese aussichtslosen Bemühungen nur den Kopf und ließ sich wieder auf ihren Pulli zurückfallen. Spätestens in einer Stunde, dachte sie sich, würde auch Gabriele zur Vernunft kommen. Und dann wäre dieses ganze Kasperletheater hoffentlich vorüber.
Gabrieles Arbeit hatte sich durch den erweiterten Aktionsradius erheblich vergrößert. Das abzusuchende Gebiet war sprunghaft gewachsen. Die Hilfe von Sina hätte sie jetzt nur allzugut gebrauchen können. Aber egal, es mußte auch so gehen. Zu allem Überfluß wurde das Gestrüpp, je näher sie an den Waldrand kam, dichter und erschwerte ihr das Vorankommen. Außerdem trugen einige Zweige Dornen, an denen sich Gabriele immer wieder feine Hautrisse zuzog. Schweißtropfen, die in die winzigen Wunden rannen, bereiteten ihr einen brennenden Schmerz in den Unterarmen.
Die Schneise, die Gabriele im Gebüsch vor sich auszumachen glaubte, war dicht zugewuchert. Gabi mußte ihre Phantasie spielen lassen, um in der vage zu erkennenden Furche einen schmalen Weg zu sehen. Sie zog ihre Mini-

machete, einem Gelegenheitskauf von Sina, aus der Gürtelscheide und bearbeitete das Strauchwerk. Das gestaltete sich deutlich mühseliger als angenommen. Doch nach einigen Minuten war Gabriele so weit, daß sie tatsächlich eine schmale Schneise vor sich hatte. Sie haute weiter auf die Äste ein, bis die Machete plötzlich einen harten Schlag an ihre Arme weitergab. Sie war gegen irgend etwas Festes gestoßen. Gabriele bückte sich, um die Ursache des Widerstandes näher zu untersuchen. War es ein Felsen?

Hinter einer dicken Wand aus verwobenen Bodendeckern kratzte sie eine grasgrüne Masse frei. Sie war eben und fest. »Beton«, stammelte Gabriele. »Es ist wirklich Beton.« Aufgebracht scharrte sie weiter an der Stelle, bemühte sich, so viel wie möglich davon freizulegen. Vielleicht war das ein Teil des Belüftungsschachtes. Oder, mit etwas Glück, sogar der Eingang.

Sina beschäftigte sich noch immer ausschließlich mit ihren Füßen. Erneut ließ sie sie in der Luft kreisen und pfiff dabei unbeschwert vor sich hin. Für sie war die Sache gelaufen. Den Bunker hatte sie abgeschrieben. Wenn sie ganz ehrlich war, war sie nicht einmal traurig deswegen. Wahrscheinlich hätte dieses Ding eh nur Ärger gebracht. Ganz sicher hätte es für sie eine Menge Arbeit bedeutet. Und darauf konnte sie eigentlich gut und gern verzichten.

Gabriele mußte all ihre Kraft zusammennehmen, um das Messer stark genug in die Sträucher zu rammen. Diese waren über viele Jahre hinweg dermaßen dicht miteinander verwachsen, daß sie kaum zu trennen waren. Einen besseren Schutz vor unliebsamem Besuch, wie ihn hier die Natur geschaffen hatte, hätten sich die Sicherheitsingenieure der Wehrmacht auch nicht einfallen lassen können. Trotzdem machte Gabriele unverdrossen weiter, bearbeitete das Grünzeug vor sich mit unnachgiebiger Entschlossenheit. Inzwischen hatte sie auch auf der anderen Seite des Weges Beton gesichtet. Offenbar wurde die Schneise durch stabile Mauern an beiden Rändern ge-

stützt. Die Feste zog sich nun bereits über gut fünf Meter. Und – wenn sich Gabi nicht täuschte, führte der Weg leicht abwärts.
Sina hatte allmählich genug davon, den Füßen bei ihren Luftübungen zuzusehen. Sie richtete sich auf und suchte den Hang ab. Es war mal wieder an der Zeit, Gabi ein wenig zu ärgern. Aber wo steckte sie bloß? Sina drehte sich, suchte mit zusammengekniffenen Augen die Ränder der Lichtung ab. Keine Spur von Gabi.
Inzwischen hatte Gabriele sich knapp fünf Meter vorgearbeitet. Der Schweiß rann ihr in dicken Tropfen von der Stirn, die klatschnassen Löckchen hingen schlaff herab. Gabriele schnaufte vor Erschöpfung. Abermals holte sie weit aus und ließ die Machete in den Busch fahren. Es schepperte ohrenbetäubend. Erschrocken fuhr Gabriele zurück, um sich sogleich zu fangen und neugierig vorzubeugen. Interessiert betastete sie den Boden. Die Oberfläche war hart und rauh wie zuvor bei den Betonwänden. Diesmal aber auffällig kühl. Gabriele klopfte mit den Fingerspitzen vorsichtig darauf. Sie nahm ein leicht metallenes Geräusch wahr. »Stahl! Verdammt, ich habe es gefunden. Ich habe dieses verdammte Mistding endlich gefunden.«
Der harte Schlag, den Gabriele der Stahltür verpaßt hatte, war auch Sina nicht entgangen. Wie angespitzt saß sie jetzt auf ihrem Pulli, reckte den Kopf aufgeschreckt nach oben. Sie versuchte sich zu orientieren, bemühte sich herauszufinden, von wo genau das Geräusch gekommen war.
Gabriele holte erneut aus, trennte eine Schicht Strauchwerk mit einem einzigen Hieb durch und stieß bis zum Grund. Ein weiterer Krach – diesmal war kein Zweifel möglich: Metall auf Metall. Aufgeregt zerrte Gabriele die restlichen Äste beiseite. Ganz deutlich konnte sie die verrostete und mit Moos bedeckte Stahlplatte erkennen. An ihrem Rand war sie von einem zylinderförmigen Gebilde überlagert. Gabriele glaubte zunächst, einen weiteren, besonders dicken Ast vor sich zu haben. Aber als sie hin-

langte, fühlte sie, daß der Gegenstand genauso kalt war wie das Tor selbst. Vorsichtig versuchte sie, das sperrige Teil beiseite zu drücken.
Sina hatte sich inzwischen auf den Weg zum Rand der Lichtung gemacht. Auch den zweiten Metallschlag hatte sie nicht überhören können, war durch ihn zu der kleinen Schneise geführt worden. Mißtrauisch folgte sie dem Weg ins Dunkel.
Da sich der merkwürdige Zylinder nicht bewegen, geschweige denn verbiegen ließ, beschloß Gabriele, weniger zimperlich vorzugehen. Sie griff zur Machete, bearbeitete das störende Metall mit der Klinge. Doch es erwies sich als zäh, gab nur wenige Zentimeter nach. Gabriele drosch noch härter drauf ein.
Sinas Mißmut wuchs. Die klirrenden Schläge, die sie dicht vor sich wahrnahm, behagten ihr gar nicht. Sie steigerte das Tempo, sofern das bei den grünen Stolperfallen auf der Erde überhaupt möglich war.
Gabriele bekam davon nichts mit, hämmerte unverdrossen auf den Stahlzylinder ein. Er verbeulte, wollte aber partout nicht den Weg freigeben.
Sina konnte ihre Freundin jetzt sehen. Sie bemerkte die Machete, die Gabriele über dem Kopf schwingen und krachend auf den Boden niedergehen ließ. Und sie bemerkte das Metallrohr, auf das Gabriele so vehement eindrosch. Sina wich das Blut aus dem Kopf. Mit aufgerissenen Augen taumelte sie einen Schritt zurück. »Oh, mein Gott. Das darf nicht wahr sein.«
Gabriele hatte bereits zu einem weiteren Schlag ausgeholt, als sie eine Hand an ihrer Schulter spürte. Ehe sie sich versah, hatte sie Sina herumgerissen, ihr die Machete aus der Hand geschlagen und sie grob zu Boden geworfen. Gabriele war so überrascht, daß sie unbeholfen in die Knie ging und seitlich gegen die Betonmauer fiel. Beim Versuch, sich abzustützen, ratschte sie sich am Ellenbogen.
»Sina! Du Miststück!« Gabrieles Augen waren gläsern vor Schmerz. Sie umfaßte verkrampft ihren blutenden Arm. »Das geht zu weit. Überraschungen dieser Art kannst du

dir in Zukunft sparen. Was zum Teufel ist in dich gefahren?« Sina, kreidebleich, wankte benommen zurück. Fassungslos starrte sie auf das rohrförmige Metallstück, dem Gabriele gerade einen letzten harten Schlag hatte verpassen wollen. Gabriele blaffte sie an: »Steh nicht so unbeholfen rum, sondern sag mir, warum du dich wie eine Furie auf mich gestürzt hast.«

Sina gewann allmählich ihre Fassung zurück: »Tut mir leid, Gabi, aber du warst gerade dabei, dich ins Jenseits zu befördern.«

Gabi starrte sie fragend an. Dann folgte sie Sinas Blick – geradewegs auf das Metallrohr. Erst jetzt wurde Gabriele bewußt, in welcher Gefahr sie in den letzten Minuten geschwebt hatte. »Eine ... – meinst du etwa, das ist eine Bombe? Mein Gott. Habe ich da gerade auf einen verdammten Blindgänger dreingeschlagen?«

Sina näherte sich vorsichtig dem zerbeulten Etwas. »Sieht ganz so aus, Gabi. Sieht ganz so aus.«

Jetzt wurde auch Gabriele reichlich blaß um die Nase. »Meine Güte, Sina! Du hast mir das Leben gerettet!«

»Jaja, reg dich ab. Ist ja schon gut.« Sina hatte sich wieder voll im Griff. Mit zaghaften Tastversuchen ergründete sie den gefährlichen Munitionsfund. »Viel verstehe ich von den Dingern nicht. Aber es schaut so aus, als ob diese Höllenmaschine noch scharf ist. Sieht verflucht intakt aus – wenn man einmal von der Hülle absieht. Ist mir ein Rätsel, warum das Ding bei deiner Attacke nicht in die Luft gegangen ist.«

Auch Gabriele hatte den Schreck schnell wegstecken können, beugte sich jetzt neugierig über ihre Freundin. »Und? Wie kriegen wir die Bombe da weg?«

Sina drehte sich ihr mit fragendem Blick zu: »Wegkriegen? Dieses Ding? Natürlich überhaupt nicht. Bin ich etwa ein Sprengkommando?«

Gabriele legte freundschaftlich ihre Hand auf Sinas Schulter. In säuselndem Tonfall sagte sie: »Süße, wenn du nur wirklich willst, nimmst du es mit jedem Sprengmeister dieser Welt auf. So schwer kann es ja wohl nicht sein, die

Elektronik eines völlig antiquierten Zünders lahmzulegen, oder?«
Sina erhob sich, wischte die Erdkrumen von ihrer Jeans. »Doch. Kann es. Und zwar verdammt schwer. Diese Dinger sind unberechenbar. Das einzig Vernünftige wäre es, um die Bombe herum einen Kranz aus Plastiksprengstoff zu legen und die ganze Sache aus möglichst großer Entfernung hochgehen zu lassen.«
Von Gabis Gesicht war unschwer abzulesen, daß sie von diesem Vorschlag gar nichts hielt. »Du hattest schon bessere Einfälle, Sina. Ich warte auf ernstgemeinte Beiträge.«
Sina stellte sich stur: »Es gibt keine Alternativen. Ich gehe an dieses Ding jedenfalls nicht dran. Ein falscher Handgriff und du kannst mich portionsweise als Fleischsalat verkaufen. Willst du das riskieren?«
Gabriele nahm einen weiteren Anlauf: Sie wollte Sina bei ihrem Stolz packen. »Sina, Kleines. Du hörst dich an wie deine eigene Großmutter: Bloß keine Risiken eingehen, bloß keine unnötigen Gefahren. Bloß nichts wagen. Sina! Sei nicht so übervorsichtig! Das ist stumpfsinnig und bringt uns nicht weiter.«
Sina rieb sich die Nase. »Weißt du, Gabi: Großmütter sind im allgemeinen nicht mehr sehr belastungsfähig. Brauchen viel Schlaf.« Sie gähnte gespielt übertrieben. »Oma Sina wird sich deshalb zurückziehen. In unsere Pension.« Sie wandte sich bereits zum Gehen, als sie sagte: »Und wenn ich dir einen großmütterlichen Rat geben darf: Laß auch du die Finger von diesem Blindgänger. Noch mal rette ich deine Haut heute nämlich nicht.«

27

Die Stimmung am kleinen Tisch in der Ecke der Gaststube »Zur Schwedenschanze« war denkbar schlecht. Da saßen sie nun vor ihrer deftigen Krabbensuppe, aßen mehr oder weniger teilnahmslos vor sich hin, aber weder Sina noch

Gabriele oder Klaus sagte einen Ton. Nur die eisigen Blicke, die sie sich zuwarfen, verrieten etwas über die Gedanken, die den dreien durch den Kopf schwirrten. Die angespannte Atmosphäre lockerte sich erst, als Gabriele mitten während des Hauptgangs ihre Serviette beiseite legte und ohne ein Wort der Erklärung aufstand und verschwand. Ihr Teller mit Röstkartoffeln und Seelachsfilet blieb halbgeleert stehen.

»Ich glaub, sie ist sauer«, versuchte Sina das Schweigen zu brechen.

»Ach«, bemerkte Klaus trocken. »Wenn du das nicht gesagt hättest, wäre ich nicht drauf gekommen. Du hast offenbar ein einmaliges Talent darin, alle deine Freunde zu verprellen.«

Nun schob auch Sina ihren Teller beiseite. »Mach aber mal 'nen Punkt, Klaus! Wenn Gabi sauer ist, liegt das nicht an mir, sondern an ihrer eigenen sturen Bockigkeit. Sie ist halt ein Dickkopf, der es nicht vertragen kann, wenn nicht alles nach seinem Willen geht. Und was dich betrifft ...«

Klaus schaute interessiert auf.

»Was dich betrifft: Du bist selbst schuld, daß wir dich reingelegt haben. Keiner hat dich eingeladen, hierherzukommen. Du darfst dich also nicht wundern, wenn wir versuchen, dich so schnell wie möglich wieder loszuwerden.« Leise fügte sie hinzu:

»Vor allem nach dem, was du dir gestern abend geleistet hast.«

»Beruhige dich mal wieder, Kleines«, sagte Klaus und versuchte, ihre Hand zu greifen.

Doch da hatte er Sina falsch eingeschätzt. Die lief prompt rot an vor Wut und herrschte ihn an: »Nenn mich nicht Kleines! Damit regt mich Gabi schon genug auf. Und behalt deine Grapscher unter Kontrolle, sonst vergesse ich mich.«

Für einen Moment sah es so aus, als wolle Klaus Sinas letzte Bemerkung mit einer Anzüglichkeit begegnen. Doch er überlegte es sich anders. »Bist du vielleicht schon

mal auf den Gedanken gekommen, daß du mich falsch einschätzen könntest?«
Mit dieser Frage schien Sina wirklich nicht gerechnet zu haben, denn sie hakte verdutzt nach: »Wie meinst du das?«
Klaus gewann seine Selbstsicherheit zurück: »Nun. Ich *hätte* heute wahrlich sauer auf euch sein können. War ja eine rechte Schweinerei, mich zweihundert Kilometer durch die Pampa zu jagen. Aber ich war nicht sauer. Zumindest nicht lange.«
Sina wurde ungeduldig: »Schwätz nicht, Klaus. Rück schon raus damit: Warum sollte ich dich falsch eingeschätzt haben?«
Klaus sonnte sich sichtlich in der Aufmerksamkeit, die seiner kleinen Geschichte zuteil wurde. »Wie gesagt: Meine Wut hielt sich durchaus in Grenzen, zumal ich ohnehin ein schlechtes Gewissen wegen meines Überraschungsbesuchs bei euch hatte.«
»Es geschehen also noch Zeichen und Wunder«, warf Sina ironisch ein.
»Ja, da hast du recht. Ich saß also in meinem Auto und hab mir überlegt, wie ich die Sache mit euch wieder ins reine bringen könnte.«
Sina horchte auf.
»Da kam mir die Idee, daß ich eure Räubertour auf meine eigene Weise unterstützen, euch sozusagen ein wenig zuarbeiten könnte.«
Sina beugte sich vor, fragte scharf: »Was hast du getan, Klaus? Was?«
Klaus lehnte sich genüßlich zurück: »Naja, ich habe eins plus eins zusammengezählt. Ich meine, was ihr hier sucht, ist mir ohnehin klar: Kunst, Kunst, Kunst. Und wo ihr die sucht, ist auf diesem begrenzten Fleckchen Erde auch nicht schwer zu erraten. Also habe ich mir gedacht, daß ich mich nützlich mache, indem ich die Leute hier ein wenig ausquetsche.«
Sina war in heller Aufregung: »Ausquetschen? Klaus, sag schon: Was genau hast du den Leuten von uns erzählt?

Willst du die ganze Sache zum Platzen bringen? Willst du, daß Gabi und ich im Gefängnis landen?«
Klaus schaute sie erschreckt an: »Um Himmels willen, nein. Ich habe ganz harmlos ein wenig herumgefragt. Habe mich erkundigt, ob jemandem irgendwelche merkwürdigen Vorkommnisse in den letzten Kriegsmonaten aufgefallen sind. Ich meine ungewöhnliche Transporte oder Versiegelungen von Bunkeranlagen.«
»Du hast unsere Namen nicht erwähnt?«
»Nein, natürlich nicht. Ich sagte doch schon einmal, daß du mich offenbar ziemlich falsch einschätzt. Ganz so ein Vollidiot bin ich nicht.«
Langsam beruhigte sich Sina. Dankbar nahm sie das Bier entgegen, das die Wirtin den beiden an den Tisch brachte. »Und? Was haben die Leute so erzählt? Ich meine: Auffällige Transporte hat es zur Zeit der Raketenfertigung hier auf der Insel ja wohl genug gegeben. Ich glaube kaum, daß ihnen da ein unscheinbarer Möbelwagen mit Bildern drin aufgefallen sein könnte.«
»Sag das nicht. Die Insulaner haben von all dem mehr mitbekommen, als man denken sollte.« Klaus nahm – zum Mißfallen Sinas – einen kräftigen Schluck aus seinem Glas. »Keine Angst, heute bleibt's bei einem Bier, Sina.«
Diese bohrte weiter: »Was hast du denn aus den Leuten rausholen können?«
»Zunächst einmal, daß es hier ein Museum gibt.«
»Das ist nichts Neues«, entgegnete Sina abtuend. »Am Ortseingang steht ein riesiges Hinweisschild.«
»Ja, ja. Aber ihr wart noch nicht dort, stimmt's?«
Sina mußte dem zustimmen. Sie nickte, ohne dabei aber ihren skeptischen Blick abzulegen.«
»Solltet ihr aber. Denn dieses Museum muß einen ziemlich cleveren Leiter haben. Vielleicht merkst du dir den mal für eure Recherche vor. Der soll alles über die jüngste Geschichte Usedoms wissen, was für euch von Belang sein kann. Und zweitens –« Wieder war erst das Bierglas dran. Sina trommelte mit ihren Fingern ungeduldig auf dem Tisch. »Zweitens seid ihr offenbar nicht die einzigen,

die sich hier in der Nebensaison herumtreiben und auffällig viele Fragen stellen.«

»Nein, ich weiß. Du bist auch da«, scherzte Sina.

»Quatsch. Nicht ich. Es geht um so 'n paar komische Gestalten, die kurz nach euch auf der Insel eingetroffen sind.«

Sinas Interesse an Klaus' Erzählungen schwand spürbar. »Komische Typen? Eine Familie mit Dackel vielleicht? Oder ein Rentnerclub auf Kaffeefahrt?« stichelte sie.

Klaus wippte genervt mit dem Kopf: »Nein, wirklich: Da sind ein paar Jungs genauso scharf auf Peenemünde-Infos, wie ihr es seid. Glaub mir Sina: Das sind keine normalen Urlauber.«

»Woher willst du das wissen? Haben sie vielleicht ein Brötchen zu wenig gekauft und sind deswegen bei der Dorfbevölkerung in Ungnade gefallen?«

»Nein. Aber sie haben euren Großvater besucht, diesen Bernd, von dem du mir erzählt hast.«

Sina war schlagartig wieder voll bei der Sache: »Bernhard. Du meinst Opa Bernhard.«

»Ja, meinetwegen auch Opa Bernhard. Auf jeden Fall haben sie ihn besucht. Das muß kurz nach eurem Gespräch mit ihm gewesen sein. So sagte es jedenfalls die Frau in diesem gammeligen Kiosk, der beim alten Bernhard am Eck steht.«

Sinas Mißtrauen war erwacht: »Sag mal, Klaus. Hast du noch mehr rauskriegen können? Ich meine über diese ominösen Männer?«

»Ja, habe ich.«

»Dann rück schon raus damit.«

»Erst wenn du zugibst, daß mein Aufenthalt hier doch nicht ganz ohne Sinn ist.«

»Ja, o. k., du bist der beste und tüchtigste Helfer von in Not geratenen Abenteurerinnen, den es gibt. Und nun leg los: Was weißt du?«

»Daß es mindestens fünf sind. Daß sie überhaupt nicht wie Touristen ausschauen. Daß sie vorher noch niemand hier gesehen hat. Und –« Klaus legte eine Pause ein.

»Spuck schon aus. Daß was?«
»Daß sie Dialekt sprechen.«
Sina mußte unwillkürlich lächeln. »Was? Etwa auch Fränkisch wie Gabi und ich?«
Klaus blieb ernst: »Nein, es ist auch weniger Dialekt als vielmehr ein Akzent. Und zwar ein Akzent, der den Inselbewohnern nur allzu vertraut ist. Es sind Russen, Sina. Russen.«

28

»Der muß sich in alles einmischen«, jammerte Sina, als sie ihren bis zum letzten Winkel bepackten Rucksack auf ihren Rücken wuchtete. Gabriele antwortete nicht. Sie war viel zu sehr selbst mit Packen beschäftigt. Außerdem hatte sie nicht die geringste Lust, sich neue Klagelieder über Klaus anzuhören.
»Er hat mir gestern fast ein Ohr abgequatscht, hat sich eingebildet, daß er die Entdeckung schlechthin gemacht hat.«
Gabriele hatte noch immer kein Interesse, ihr zuzuhören.
»Gabi, ich sag dir, dieser Mensch raubt einem den letzten Nerv. Wenn's nach ihm ginge, müßten wir sofort die Zelte abbrechen, um nicht den Russen in die Hände zu fallen.«
Gabriele lachte einmal kurz auf: »Den Russen? Die sind doch längst mit Sack und Pack abgerückt. Hat dein Klaus das etwa verschlafen?«
»Nein, er meint allen Ernstes, daß sich hier ein paar rumtreiben.« Sina kicherte verstohlen. »Das Beste kommt noch: Er hat sich in den Kopf gesetzt, das wären welche von der Russenmafia. Ha! Und die Schlimmen führen – natürlich – Böses im Schild«, spöttelte sie.
Auch Gabis Rucksack saß jetzt fest auf ihrem Rücken. Ohne auf das eben Gehörte einzugehen, fragte sie: »Also, Kleine: Bist du fertig. Kann's losgehen?«
»Klar doch. Auch wenn ich …«
Gabi unterbrach sie: »Ja, ich weiß: Auch wenn du nicht viel Sinn darin siehst, noch einmal zu diesem Blindgänger

zu gehen. Aber überleg mal: Wenn wir einen Eingang gefunden haben, finden wir sicher auch einen zweiten Weg. Irgendwo in der Nähe muß es einen Luftschacht geben. Wir brauchen also bloß ein wenig zu suchen.«
Sina, die Klaus' Story inzwischen selbst ad acta gelegt hatte, stimmte leise protestierend zu und folgte Gabriele in Richtung Wald. Immer noch besser, als in der Pension zu bleiben und den Vormittag mit Klaus verbringen zu müssen.
Keine halbe Stunde später waren sie an der Stelle angelangt, an der sie tags zuvor aufgegeben hatten. Die zerbeulte Bombe lag unberührt da, wo sie wahrscheinlich die letzten Jahrzehnte gelegen hatte. Gabriele blieb stehen, musterte den sperrigen Gegenstand intensiv. Sina drängte: »Diese Granate kennen wir ja, Gabi. Hier brauchen wir also keine Wurzeln mehr zu schlagen.« Als hätte sie diese Worte nicht gehört, setzte Gabriele ihren Rucksack ab und ging zwei weitere Schritte auf den Blindgänger zu. »He, Frau! Da gibt's kein Reinkommen. Das haben wir gestern geklärt.« Gabriele ließ sich nicht beirren. Sie suchte sich einen einigermaßen haltbar aussehenden Wurzelstrang, hievte sich daran an der seitlichen Betonmauer empor. »Wo willst du hin?« erkundigte sich Sina mit einer Mischung aus Sorge und Entnervtheit über diese neue Extratour ihrer Gefährtin.
Gabriele war etwa anderthalb Meter oberhalb der Granate, als sie endlich erklärte: »Bevor ich einen weiteren Tag opfere, um einen zweiten Eingang zu finden, will ich wenigstens alles versucht haben, die dämliche Bombe umgehen zu können.«
Sina schüttelte den Kopf. »Wie oft soll ich es noch sagen: Hier gibt's kein Reinkommen. Dieses Ding davor ist viel zu gefährlich. Das ist die Sache wirklich nicht wert, Gabi.«
Die Ältere protestierte: »Aber genau hier ist der Eingang, Sina! Ich kann von hier oben die Stahltür erkennen. Sieht ziemlich vergammelt aus. Wäre für dich sicher nur ein Klacks, die aufzukriegen.«

Sina kam sich allmählich vor, als hätte sie es nicht mit ihrer Freundin, sondern mit dem kleinen Tom zu tun. Der konnte genauso unvernünftig sein. Sie versuchte es deshalb mit wohlwollendem Tonfall: »Würdest du da jetzt bitte runterkommen, Gabi? Wenn du dir diesen Eingang hier nicht aus dem Kopf schlägst, kehre ich sofort um und gehe zurück in die Pension. Dann kannst du sehen, wie du allein zurechtkommst.«
Und tatsächlich sprach ihre Freundin darauf an. Lammfromm kletterte Gabriele von ihrem »Hochsitz«, ließ sich vorsichtig an dem Wurzelstrang zu Sina herab.
»Na also, es geht doch«, wollte Sina gerade sagen. Doch Gabrieles Gesichtsausdruck sah aus der Nähe betrachtet nicht mehr annähernd so einsichtig aus. Gabrieles Augen strahlten eine enorme Entschiedenheit aus. Sina ahnte Schlimmes.
»Ich muß da rein! Koste es was es wolle«, keifte Gabriele. Wie wild fuhr sie sich mit den Händen durchs Haar. »Es ist nicht zu glauben: Nur ein paar Meter unter mir ist das, wonach ich so lange gesucht habe. Und ich soll da nicht drankommen? Das gibt's einfach nicht!«
»Reg dich ab, Gabi. Wir wollen da ja rein. Nur nicht von hier aus. Will das denn partout nicht in deinen Kopf? Eine kleine Erschütterung, und dieses Ding pustet alles weg, was nicht niet- und nagelfest ist.«
In dem Augenblick, in dem Sina diese Worte gesprochen hatte, wußte sie bereits, daß dies ein Fehler war. Ein großer Fehler. Gabriele blickte sie listig an, schaute sich dann für Bruchteile von Sekunden um. Ehe Sina reagieren konnte, stürzte Gabriele auf einen morschen Baumstumpf am Rande der Schneise zu, versetzte ihm einen harten Tritt.
»Gabi! Um Himmels willen! Was tust du?« Sina versuchte, ihre Freundin festzuhalten. Doch es war zu spät. Mit einem zweiten Tritt hatte Gabriele den Stumpf ins Rollen gebracht. Sina stellte ihren Fuß vor das Holz, doch es preschte einfach darüber hinweg – der Hang hinab zum Tor war zu steil.

Ehe sie sich versah, hatte Gabriele ihren Arm gepackt und zog sie von dem Bunkereingang weg. Beide stolperten mehr als zu rennen, dann ergriff Sina wieder die Initiative. »Runter!« brüllte sie. Die Frauen warfen sich flach auf den Boden, legten ihre Arme instinktiv schützend über ihre Köpfe.
Gerade noch rechtzeitig. Im nächsten Moment hatte der Stamm die Bunkertür erreicht. Er barst in tausend Stücke, als er auf das harte Metall der Bombe prallte. Dann ging alles ganz schnell. Der Blindgänger löste sich aus seiner Verankerung zwischen Wurzeln und Unterholz, bewegte sich auf die Stahltür zu, stieß frontal dagegen.
Es tat einen ohrenbetäubenden Knall. Lauter als beim stärksten Gewitter. Eine Explosion, wie sie Sina und Gabriele noch nicht erlebt hatten. Sie nahmen einen hellen Lichtblitz wahr. Nahezu im gleichen Moment fegte eine kräftige Druckwelle über die beiden hinweg. Ein armdicker Ast schoß um Haaresbreite an Sinas Kopf vorbei. Ein Stück Strauchwerk, dicht besetzt mit Dornen, verfing sich an Gabrieles Bein und scheuerte daran entlang. Staub setzte sich in ihre Augen – es brannte entsetzlich.
Sina wußte nicht, ob sie schreien oder weinen sollte. Sie hatte fürchterliche Angst. Gabi war wie benommen. Sie fühlte sich, als hätte jemand mit einem Vorschlaghammer auf sie eingeprügelt. Auch sie war sich nicht im klaren, was sie tun sollte. Laut um Hilfe rufen, kreischen oder einfach nur bewegungslos daliegen?
Wenige Sekunden später war der Spuk vorbei. Die Freundinnen wagten sich dennoch nur langsam aus ihrer Deckung. Gabriele sah sich von oben bis unten genau an, befühlte die eigenen Gliedmaßen behutsam, als könnten überall grauenhafte Wunden lauern, deren Schmerz noch nicht bis zum Gehirn vorgedrungen war.
Sina schüttelte das Laub aus ihren Haaren, rieb sich den Staub aus dem Gesicht. »Dabei hätten wir draufgehen können, Gabi. Das weißt du.«
»Sind wir aber nicht«, antwortete diese trocken. Sie setzte sich auf die Knie, richtete sich dann ganz auf. Sie klopfte

den Dreck von der Jacke und fragte, als sei nichts geschehen: »Na, alles in Ordnung?«
Sina hatte kaum die Furcht verarbeitet, die ihr diese enorme Explosion eingejagt hatte, da stieg bereits ein neues starkes Gefühl in ihr auf: Wut. Sie belastete vorsichtig beide Beine, wagte sich ans Aufstehen. »Sieht so aus«, antwortete sie auf Gabrieles Frage und fügte bitter hinzu: »Aber langsam frage ich mich, ob auch bei dir alles in Ordnung ist.«
»Nun reg dich nicht so auf«, sagte Gabriele lapidar, »es hat doch alles geklappt. Wir leben.«
Sinas Tonfall war eiskalt: »Verantwortungslos! Das war völlig verantwortungslos von dir.«
Ohne darauf einzugehen, schritt Gabriele die Schneise entlang auf den Ausgangspunkt der Detonation zu und verschwand hinter den angesengten Sträuchern. Das Buschwerk hatte die Explosion erstaunlich gut überstanden. Es war teilweise angeschmort, einige Sträucher waren regelrecht verbrannt. Doch durch die Elastizität der Büsche konnten die meisten die Druckwelle verblüffend unversehrt überstehen. Ein paar Tage, und die weggerissenen Äste wären bereits wieder von neuem Grün überwuchert. Auch der Bunkereingang war nach wie vor schwer einzusehen.
Gabriele fackelte nicht lange, bahnte sich mit energischen Armbewegungen ihren Weg durch das Dickicht vor der Stahltür. Sie hatte einige Mühe, das Tor leidlich gut freizulegen. Denn immer wieder schnellten widerspenstige Äste dorthin zurück, von wo sie Gabriele gerade weggeschoben hatte. Dann gelang es ihr, den Verschluß der Pforte zugänglich zu machen. Er war durch die Explosion sichtbar beschädigt worden. Offensichtlich hatte ein Granatsplitter das schwere Schloß zerschmettert. Gabriele griff nach einer Art Knauf, der neben dem Schloß befestigt war und zog mit aller Kraft daran. Doch die Eisentür bewegte sich keinen Millimeter. Sie stemmte den rechten Fuß an die Betonwand, grub den linken stützend in den Boden und versuchte sich abermals daran, die Tür

aufzuziehen. Wieder ohne Erfolg. Wütend ließ sie von dem Tor ab, wandte sich suchend nach hinten. »Sina?« rief sie. Keine Antwort. Dann energischer: »Sina! Wo zum Teufel steckst du?«

Sina stand noch immer vor dem Gebüsch, das die Schneise vorm Bunker abschirmte. Sie zögerte, wußte nicht, ob sie Gabriele tatsächlich weiter folgen sollte. Nur widerwillig schob sie das Dickicht auseinander und brummelte dabei vor sich hin: »Daß diese Frau nie den Hals vollkriegen kann.« Sie fand ihre Freundin hilflos vor der zerbeulten Stahltür stehen – und schaltete sofort: »Oh, nein. Einmal in die Luft fliegen reicht pro Tag.«

Sie wollte sich bereits wieder zum Gehen umwenden, als Gabriele ihr in rüdem Ton zurief: »Du bleibst hier. Du wirst mich nicht allein lassen. Nicht, nachdem du so weit gegangen bist.« Sina hielt einen Moment inne. Doch dann entschloß sie sich, sich nicht beirren zu lassen. Gabriele hatte den Bogen einmal mehr überspannt. Diesmal war es um Leben und Tod gegangen. Das konnte Sina ihrer Freundin nicht durchgehen lassen. Sina beschloß, von diesem Ort zu verschwinden.

»Sina, bitte!« Diesmal klang Gabrieles Stimme geradezu flehend. »Wenn du mir den Kopf dafür abreißen willst, daß ich uns beide einer so schrecklichen Gefahr ausgesetzt habe, dann tu es. Du wärst damit sogar im Recht. Ich habe wirklich unverantwortlich gehandelt.«

Sina konnte sich ein zufriedenes Lächeln nicht verkneifen, hütete sich aber davor, sich wieder ihrer Freundin zuzuwenden. Wie eingefroren blieb sie stehen, wartete, was Gabriele vorzubringen hatte.

»Aber wenn du mir schon den Kopf abreißen mußt, dann warte wenigstens so lange, bis wir diese gottverdammte Tür geöffnet haben. Ich möchte nach all den Unannehmlichkeiten der letzten Tage zumindest einmal in dieses Loch hineinsehen, bevor ich sterbe. Dann kann ich wenigstens sagen: Ja. Ich hatte recht. Oder: Ich habe mich geirrt. Schwamm drüber.« Und nach einer Pause: »Also, Kleine? Gewährst du mir diesen Aufschub?«

Natürlich hatte Gabriele auch diesmal gewonnen. Aber weniger, weil sie Sina mit ihren Worten um den Finger gewickelt hatte. Nein, der ausschlaggebende Grund lag bei Sina selbst: Ihre Neugierde war beim Anblick der beschädigten Stahltür geweckt worden. Es konnte schließlich nicht schaden, wenn sie sich das Tor genauer ansah. Vielleicht war es wirklich nur ein kleiner Handgriff, und das Innere des ominösen Bunkers würde ihnen endlich offen stehen. Ohne sich umzuwenden sagte sie: »O. k. Ich hol das Werkzeug.«

ZWEITER TEIL

29

Finsternis. Nichts ist zu sehen, nicht einmal die Hand vor den eigenen Augen. Das gedämpfte Licht, das von außen durch die armbreit geöffnete Tür fällt, erhellt kaum die ersten beiden Treppenstufen, die vom Eingang ausgehend in die Tiefe führen. Sina schaltet den Strahler an der Front ihres Grubenhelms an. Mit dem gleißend hellen Strahl beleuchtet sie die von Moos bewachsenen Wände an beiden Seiten. Sie senkt den Kopf, läßt das Licht die Stufen zu ihren Füßen hinabfolgen. Vor ihr geht es beängstigend steil abwärts. Unsicher sucht sie am feuchten, bröckelnden Wandputz Halt. Ihre Hand fährt tastend über die glitschig-weiche Oberfläche, stößt dann auf ein vom Rost zerfressenes Geländer.

Sina hatte tatsächlich nur ein paar Minuten gebraucht, um die angeschlagene Bunkertür aufzuhieven. Zwei Versuche mit ihrer Rohrzange, schon hatte die zentimeterdicke Stahlkonstruktion unter schwerem Ächzen nachgegeben. Den Rest besorgte Sina mit dem Wagenheber aus Gabrieles VW: Sie klemmte ihn in die schmale Öffnung zwischen Tor und Stahlrahmen und pumpte. Als sie die Pforte einen halben Meter weit geöffnet hatte, stiegen beide Frauen hinein.

»Knips deine Lampe auch an, Gabi. Sonst machst du gleich Purzelbäume in Richtung Erdmittelpunkt. Hier geht's nämlich verdammt steil abwärts.« Gabriele befolgt brav Sinas Rat. Langsam wagen sich die Frauen die Treppe hinunter. Nach ein paar Metern verschwindet schlagartig der schwache Schimmer Tageslicht, der durch den schmalen Spalt der Toröffnung gefallen ist. Kühle, modrige Luft

schlägt den beiden entgegen. Von der Decke tropft ihnen Wasser ins Gesicht.
Sina fühlt sich an eine ihrer ersten Exkursionen mit ihrer Freundin erinnert. Es muß schon Jahre her sein. Damals hatten sich die beiden gerade kennengelernt. Gabriele hatte ihr so gekonnt von ihrem Hobby vorgeschwärmt, daß Sina sich zu einem Ausflug in die Unterwelt hatte verführen lassen. Zu einem vergleichsweise harmlosen Trip allerdings: Die beiden waren in die unterirdischen Schutzräume unter Nürnbergs Innenstadt abgestiegen. Ein riesiges System aus Gängen und Räumen, das sich vom zentral gelegenen Paniersplatz über Verzweigungen sechzehn Kilometer weit bis zum Rathenauplatz am Rande der mittelalterlichen Stadtmauer erstreckt. Die Stollen waren an die Felsenkeller nahe der Nürnberger Burg angeschlossen und boten bei Luftangriffen während des Krieges bis zu fünfzehntausend Menschen zuverlässigen Schutz.
Gabriele kannte sich bestens in den – offiziell nicht zugänglichen – Stollen aus. Denn der größte Raum unterhalb des Paniersplatzes war während des Krieges dem Kunstluftschutz vorbehalten: Der »Englische Gruß« von Veit Stoß und andere Kostbarkeiten aus Kirchen und Museen waren hier eingelagert worden. Auch die weltbekannten Reichskleinodien, Krone, Zepter und Reichsapfel, waren vorübergehend in den dunklen Gängen eingemauert. Kein Wunder, daß sich Gabriele immer wieder in den Stollen herumtrieb, um nach dem ein oder anderen vergessenen Kunstschatz zu fahnden.
»Willst du länger Löcher in die Dunkelheit starren, oder geht's bald weiter?« Mit diesen Worten reißt Gabriele Sina aus ihren Gedanken.
»Nein, entschuldige, aber ich will erst meine Augen an die Dunkelheit gewöhnen, bevor ich mich weiter auf diesen nassen Stufen vorwage.« Sina schreitet vorsichtig voran. Ganz langsam, behutsam einen Schritt nach dem anderen. Auf der Betonwand links neben ihr nimmt sie einen kaum mehr leserlichen Schriftzug wahr, der schwach rötlich unter dem Moos hindurchscheint. Sie bleibt ste-

hen, kratzt die Pflanzenschicht beiseite. »Wer Gerüchte verbreitet, begeht Hochverrat«, liest sie mit mattem Tonfall.
Gabriele legt ihr die Hand auf die Schulter: »Ich glaube, wir sind hier richtig, Kleine. Das klingt ganz nach Einschüchterung im besten Nazistil.« Sina nickt stumm, geht dann weiter.
Die Stufen enden jäh auf einem steinernen Plateau. Links und rechts grauer Beton, auf dem Boden ein grünlichgrauer Belag. Sina bückt sich, streicht vorsichtig darüber. »Fühlt sich weich an. Und irgendwie ekelig.«
»Vielleicht war das mal so was ähnliches wie ein Teppich«, meint Gabriele interesselos. Ihre ganze Aufmerksamkeit gilt den Korridoren, die zu beiden Seiten des Vorraumes abzweigen. Sie geht langsam auf den ersten Gang zu, tastet sich mit dem Lichtstrahl ihrer Helmleuchte voran. Zuerst mit vorsichtigen, kleinen Schritten, bald kräftiger und zügiger. Sina schließt sich kommentarlos an. Nach wenigen Metern teilt sich der Korridor erneut. Links geht es in einen langen Gang mit Türen und weiteren Abzweigungen. Rechts in einen Flur, der schon bald vor einer tristen Wand endet.
Die Frauen verständigen sich mit einem Kopfnicken darauf, den linken Weg einzuschlagen. Die Betonwände sind jetzt holzvertäfelt. Diese fast luxuriöse Einrichtung steht ganz im Gegensatz zum kargen Bild, das der Bunkereingang bot. Sina bricht die Stille: »Und nun? Wo suchen wir zuerst nach deinen Van Meers?«
Während sich Sina unbewußt nur mit einem leisen Flüstern geäußert hat, antwortet Gabriele selbstbewußt lautstark: »Woher soll ich das wissen? Schauen wir uns erst mal um!« Entschlossen geht sie auf eine der seitlich angeordneten Stahltüren zu, drückt die Klinke. Sie rüttelt, doch nichts geschieht.
Sina wendet sich einer anderen Tür zu: »Mist! Auch abgeschlossen.«
Gabriele rüttelt erfolglos an der dritten Tür. »Diese Hurensöhne haben hier tatsächlich alles verriegelt, bevor sie

das Weite gesucht haben. Typisch deutsche Gründlichkeit – einfach zum Kotzen.«

Sina schnallt ihren kleinen Rucksack vom Rücken, kramt im Licht ihrer Helmlampe darin herum. »Na also, da sind ja meine kleinen Freunde.« Sie zieht ein schmales Etui hervor. Im Innern liegen Dietriche in diversen Ausführungen. Sina greift gezielt nach einem der gebogenen Werkzeuge, setzt es am Schloß der dritten Stahltür an.

Gabriele schaut ihr gespannt über die Schulter: »Nun? Was ist?«

Die andere senkt ihren Kopf, um möglichst nahe an das Schloß heran zu kommen. Nervös stochert sie im Herzen des Schlosses herum. »Ich kann die Bolzen spüren, aber sie lassen sich nicht bewegen! Wahrscheinlich sind die Dinger festgerostet. Ich versuch's mal mit Gewalt.« Sina packt den Dietrich mit beiden Händen, reißt ihn kräftig herum. Ein Ruck – und das Werkzeug ist abgebrochen.

Sina hält Gabriele die beiden Enden ihres Dietrichs entgegen: »Ich glaube, wir haben da ein Problem.«

»Das wäre ja nicht das erste«, antwortet Gabriele resigniert. Dann entschiedener: »Diese verflixte Tür muß doch zu öffnen sein. Es wäre gelacht, wenn sich da nichts machen ließe!«

Sina richtet sich auf, streckt zur Entspannung ihren Rücken durch. »Sicher. Allerdings müssen wir schweres Geschütz auffahren.« Sie malt mit dem Zeigefinger einen Halbkreis um das Türschloß. »Hier den Schweißbrenner ansetzen …«

»Hast du denn einen?« will Gabriele wissen.

»Ja. Hab' ich.« Gabrieles Mine hellt sich auf. Doch Sina bremst: »Freu dich nicht zu früh. So 'ne Tür aufzuschweißen, dauert … na, so ungefähr zehn Minuten. Mindestens.« Jetzt weist sie mit ihrer Hand in Richtung auf die anderen Türen. »Alle Eingänge in diesem Gang würden mich gut und gern drei Stunden kosten. Aber vorher wird mir das Gas ausgehen. Und selbst mit

genügend Gas wär'n für den ganzen Bunker sicher zwei Wochen reine Schweißerei nötig.«
Gabriele fährt sich verzweifelt durch ihr Haar, sieht sich dann fragend um. »Also gut. Wir sollten uns erst einmal einen Überblick verschaffen. Wie viele Räume es gibt und ob wirklich alle verschlossen sind.«
Die Frauen entschließen sich dazu, getrennt auf die Suche zu gehen. »Sonst können wir uns das Abendessen abschminken«, drängt Sina.
»Ich dachte, es heißt neuerdings ›abtoasten‹«, hänselt Gabriele, stimmt der Arbeitsaufteilung aber trotzdem zu.
Gabriele folgt zunächst dem ersten Korridor bis an sein Ende, rüttelt dabei an allen Türen. Immer mit dem gleichen frustrierenden Ergebnis: verschlossen.
Sinas Weg mündet in einen weiteren Flur. Sie biegt um eine Ecke, stößt auf eine portalähnliche Pforte, rüttelt an der Klinke. Erwartungsgemäß gibt es kein Weiterkommen. Enttäuscht wendet sie sich ab und folgt dem Gang in die entgegengesetzte Richtung. Schon nach wenigen Schritten stößt sie auf eine Treppe. Abwärts. Sina tastet sich auf den glitschigen Stufen in den Untergrund. Diese Treppe ist nicht so tief wie die erste. Sie endet auch nicht in einem Korridor, sondern stößt direkt auf ein Tor. Sina probiert es zu öffnen, ahnt dabei aber bereits, mit welchem Ergebnis: wiederum verschlossen.
Als sie sich niederbeugt, um das Schloß näher zu begutachten, nähert sich auch Gabriele. »Na, Kleine, auch keinen Erfolg gehabt?«
»Bisher jedenfalls nicht«, antwortet Sina geschäftig und schnallt abermals ihren Rucksack ab. »Aber diesmal geb' ich mich nicht geschlagen.« Sie greift sich ihr Etui mit den Dietrichen und fischt eine stabilere Ausführung hervor. »Dieses Schloß sitzt nicht so fest wie die anderen. Außerdem macht die Tür insgesamt den Eindruck, als hätte man hier mit rostfreiem Stahl gearbeitet. Zwei Pluspunkte für uns.« Mit diesen Worten setzt sie den Dietrich an. »Aha, ich hatte recht. Es bewegt sich was. Das ist offenbar eine Durchgangstür. Mußte unbedingt zuverläs-

sig zu öffnen sein. Wäre peinlich gewesen, wenn man da drunten festsitzen und nicht wieder herauskommen würde.«
Gabriele platzt fast vor Spannung: »Rede nicht so viel, sondern knack endlich dieses Schloß«, spornt sie Sina an.
Und als ob es was genutzt hätte: »Et voilà!« Sina läßt das Tor mit einem metallenen Quietschen aufschwenken.
Ein eiskalter Lufthauch schlägt ihnen entgegen. Sina fährt fröstelnd zusammen. »Scheiße. Da geht's ja noch 'ne Treppe runter.«
»Damit war zu rechnen«, belehrt Gabi sie. »Außerdem sollst du – verdammt nochmal – nicht immer solche derben Worte in den Mund nehmen.«
»Ja, Mami. Soll nicht wieder vorkommen, Mami«, albert Sina.
Gabriele läßt ihren Lichtstrahl die vor Nässe gespenstisch glänzenden Stufen hinabgleiten. Es geht gut und gerne sechs oder sieben Meter abwärts. »Pack ma's«, fordert Sina ihre Freundin auf. Die Frauen setzen sich langsam in Bewegung, sind wieder bei jedem Schritt darauf bedacht, bloß nicht ins Rutschen zu kommen.
Nach der letzten Stufe schließt sich erneut ein Gang an. Wie gehabt verwinkelt und feucht. Sina und Gabi tasten sich vorsichtig voran. Ihnen fällt auf, daß die Wände und Böden deutlich weniger wohnlich gestaltet sind als in der ersten Bunkerebene. Überall nur nackter Beton. Die Frauen gehen weiter, folgen dem Gang um eine rechtwinklige Abbiegung. Jetzt nehmen sie Ausbuchtungen an den Wänden wahr. Sina bleibt stehen und beugt sich vor, um eine dieser Stellen näher zu untersuchen. »Warte mal, Gabi. Ich habe was entdeckt. Sieht aus, als wäre irgendein Gerät in die Wand eingelassen worden. Das Glas davor ist aber völlig blind. Ich kann nichts erkennen.« Auch Gabi wendet sich der Ausbuchtung zu und richtet ihren Strahl auf die Wand. Sina wischt mit ihrem Ärmel an der Oberfläche des Geräts. »Gut, ich kann die Staub- und Schmierschicht wegwischen.« Zum Vorschein kommt eine Art Uhrwerk mit einem angerosteten Zeiger in der Mitte.

»Was ist das?« will Gabi wissen.
»Ein Anzeigegerät«, sagt Sina geschäftig und wendet sich gleich der nächsten Ausbuchtung zu.
»Das ist mir klar, daß dieses Ding irgendwas anzeigt. Aber was, will ich wissen«, rügt Gabi sie.
Sina hat inzwischen das zweite Gerät freigekratzt. »Interessant«, murmelt sie.
»He, Kleine. Es wäre nett, wenn du mich bei Gelegenheit an deinem Wissen teilhaben lassen würdest.«
Sina wendet sich Gabi zu: »Es sind Anzeigegeräte für Luftdruck, Feuchtigkeit und Temperatur. Könnte durchaus sein, daß wir der Sache näherkommen.«
Gabis Augen blitzen im matten Taschenlampenlicht erwartungsvoll auf: »Du meinst ... wir sind in der Nähe meiner Kunstwerke? Deswegen die Geräte? Sie sollten sicherstellen, daß die Bilder nicht vom Schimmelpilz befallen werden?«
»Könnte zumindest sein«, antwortet Sina verhalten. »Ich wüßte jedenfalls spontan keinen anderen Grund, warum die Dinger hier hängen sollten.«
Sie setzen ihren Weg fort. Nach der nächsten Abzweigung ist der Gang an beiden Seiten mit flachen, stark verrotteten Holzschränken vollgestellt. »Achtung, jetzt wird's eng«, warnt die vorausgehende Sina.
Gabi richtet ihren Blick nach oben, leuchtet die Decke ab. »Hoppla, was soll das? Schau mal hoch, Kleine.«
Sina hebt ihren Kopf, den sie bisher meistens zu ihren Füßen gebeugt hielt, um nicht über irgend etwas zu stolpern. An der Decke schlängeln sich Unmengen von Kabelsträngen, einige davon armstark. »Die scheinen hier unten eine Menge Strom gebraucht zu haben«, ist Sinas einziger Kommentar.
Die Frauen beschließen, sich abermals zu trennen, um ihre Suche effektiver zu gestalten. »Bleib aber in Rufweite«, gibt Sina Gabi mit auf den Weg.
»Keine Sorge. Ich geh dir schon nicht verloren.«
Sina folgt dem Weg geradeaus, kommt dabei an weiteren Manometern an den Wänden vorbei. Der Pfad endet vor

einer massiven Stahltür. Im Gegensatz zu den meisten anderen wirkt sie wenig angerostet. Aber sie ist gleich mit drei Schließvorrichtungen gesichert. Ohne große Hoffnung macht sich Sina daran, gegen das mächtige Tor zu drücken – und hat Erfolg: Die Tür ist nicht verriegelt. Überrascht zieht Sina das Tor weit auf und läßt ihren Lichtstrahl in den Raum gleiten.

Die Strahlen ihrer Taschenlampe verlieren sich in der Finsternis. Offenbar ist Sina in einen besonders großen Raum gelangt. Ein Saal, dessen Wände so weit auseinanderliegen, daß sie von dem Lichtstrahl kaum erfaßt werden. Sina geht neugierig hinein. Nach wenigen Schritten steht sie vor einem langgezogenen Tisch. Er ist vollgestellt mit Oszillographen und anderem technischen Gerät. Sina greift sich interessiert eine Art primitives Minischaltpult und mustert es rätselnd. »Meine Güte, was für eine vorsintflutliche Technik!«

Sie wendet sich dann nach links, geht bis zu einer Wand. Sie ist vollbesetzt mit mächtigen, vor Mappen und Papierbündeln überquellenden Aktenschränken. Dazwischen schreibtisch-große Maschinen, die über einen schier unentwirrbaren Kabelsalat miteinander verbunden sind.

Sina ist fasziniert, geht die Wand erwartungsvoll weiter ab. Sie erreicht eine freigelassene, weiß getünchte Fläche, an der von der Feuchtigkeit aufgewellte Schautafeln hängen. Merkwürdige Skizzen von Kreisen und Ellipsen. Daneben, auf einer Schiefertafel, lange Zahlenkolonnen und Bruchstücke von handgeschriebenen Berechnungen. Sina grübelt, versucht, den Sinn des ganzen zu erkennen.

»Sina, komm schnell! Es gibt noch eine weitere Ebene!« Gabrieles Ruf reißt sie aus ihren Gedanken. Ärgerlich. Gerade jetzt, wo sie diese wirklich bemerkenswerte Entdeckung gemacht hat, der sie sich nur zu gern länger widmen würde. Sina beschließt dennoch, nicht lang mit ihrer Freundin zu debattieren. Gabriele würde sich sowieso nicht für diese Halle voller »technischem Gelump«, wie sie es sagen würde, interessieren. Sina würde dieses

Eldorado antiquierter Elektronik später allein weiter erforschen. Sie folgt Gabrieles Rufen, verläßt den Saal.
Nach einem längeren Gang fällt der Strahl ihrer Lampe auf Gabrieles gelbes Regencape, das sie sich wegen der Feuchtigkeit übergeworfen hat. Gabi hat ihre Hand bereits auf eine Klinke gelegt und versetzt der Tür vor ihr einen kräftigen Stoß. Mit einem höllischen Quietschen gibt die Tür nach und schwingt auf. »Wenn da unten nicht meine kleinen Lieblinge lagern, dann zahle ich freiwillig deine nächsten Drinks«, tönt Gabi hoffnungsvoll.
Gabriele leuchtet die Treppenstufen hinunter. Das Licht wird glitzernd reflektiert. »Verdammt«, haucht sie.
Sina drückt sich an ihr vorbei und nähert sich dem Glitzern. »Ich kann nur hoffen, daß du deine Wette verloren hast, Gabi. Denn wenn die Bilder wirklich hier unten gelagert worden sind, ist nicht mehr viel davon übrig.« Mit diesen Worten schleudert sie Gabi eine Handvoll Wasser entgegen. Gabriele tritt erschreckt zurück. »Hier brauchen wir jedenfalls nicht weiterzusuchen, Gabi. Dieses Stockwerk steht mindestens zwanzig Zentimeter unter Wasser.«
Anstatt zu antworten, schnallt Gabriele ihren Rucksack ab und löst die Gummistiefel, die sie an der Seite des Sacks befestigt hat.
»Was soll das werden?« erkundigt sich Sina irritiert. Gabriele schnürt ihre Wanderschuhe auf, wechselt sie gegen die wasserdichten Stiefel aus. »Du willst doch nicht etwa ...«, ahnt Sina.
»Doch, natürlich will ich. Es kann immerhin sein, daß einige der Werke in Regalen oberhalb der Wasseroberfläche lagern. Das läßt sich leicht feststellen.«
Sina schnauft genervt und macht es ihrer Freundin nach. Jetzt, beide in Gummistiefeln, waten sie durch das trübe Wasser. Sina wendet sich sofort einer Tür seitlich von ihr zu. »Wie ich es mir gedacht habe«, sagt sie in schroffem Tonfall. »Es hat überhaupt keinen Zweck weiterzumachen. Alles völlig verrostet. Diese Tür würdest du selbst dann nicht aufkriegen, wenn sie nicht verschlossen wäre.«

Gabriele watet einige Meter weiter, kehrt dann um. Mit platschenden Schritten kommt sie auf Sina zu. »Du hattest recht«, meint sie kleinlaut. Deprimiert fährt sie fort: »Um alle Türen aufzuschweißen, benötigen wir Wochen.« Sina atmet erleichtert auf. Endlich ist ihre Freundin zur Einsicht gekommen. Doch sie hat sich zu früh gefreut. Während beide zurück zur Treppe waten, fährt Gabriele fort: »Es wird uns nichts anderes übrigbleiben, als nach Hause zu fahren und mit einer Menge Schneidbrennern und Gas zurückzukommen.«
Sina will bereits protestieren, da schießt ihr ein Gedanke durch den Kopf. Sie bleibt so plötzlich stehen, daß ihre Freundin beinahe auf sie aufläuft. Sina grinst Gabriele breit an: »Vielleicht brauchen wir das gar nicht, Gabi. Vielleicht läßt sich alles viel einfacher lösen, als du denkst.«
Ohne den blassesten Schimmer davon zu haben, was Sina vorhat, folgt Gabriele ihr hinauf in die zweite Ebene. Sina eilt mit großen Schritten voraus, nimmt denselben Weg, den sie kurz zuvor Gabrieles Stimme gefolgt war. Wenig später betreten beide die große Halle, in der Sina auf das Sammelsurium an technischen Gerätschaften gestoßen war. Zielstrebig geht sie auf die Wand mit den Aktenschränken zu und macht sich am Schloß eines der Schranke zu schaffen. »Bevor du mich fragst, wozu dieser Raum mal gedient hat – spar es Dir, Gabi. Ich weiß es nämlich auch nicht.«
»Aber warum –«, setzt Gabriele an.
Sina unterbricht sie, indem sie lautstark die Rolltür des Schranks herunterrattern läßt. Eine große Staubwolke wirbelt auf. Gabriele hält sich schützend die Hand vor Mund und Nase. Der Schrank ist vollgepfropft mit überquellenden Aktenordnern. »Ich war vorhin schon mal hier drin. Und eben gerade ist mir da eine Idee gekommen, die uns einiges an Mühe sparen kann.« Während sie sich einen Aktenordner aus dem Schrank greift, fährt sie fort: »Die Nazis waren bekanntlich richtige Pedanten. Über jede Kleinigkeit haben sie Buch geführt. Daher auch die Liste aus dem Bergwerkstollen, durch die du über-

haupt erst auf Peenemünde aufmerksam geworden bist.«
Sina schnappt sich einen weiteren Ordner und blättert ihn hastig durch. »Irgendwo finden sich bestimmt Grundrißzeichnungen und Inventarlisten. Was hier wann und von wem in welchem Raum eingelagert worden ist!«
Gabriele begreift und macht sich ebenfalls auf die Suche in dem Aktenberg. »Mein Gott, Sina, Kind! Du könntest recht haben! Wenn wir bloß ein bißchen mehr Licht hätten.«
Sina wühlt sich inzwischen durch ihren dritten Ordner und hat Mühe, die Seiten so auszuleuchten, daß die Schrift darauf erkennbar wird. »Wie wär's«, schlägt sie vor, »wenn wir die einfach mitnehmen und in Ruhe zu Hause durchsehen?«
Gabriele schaut auf, und Sina erklärt ihr: »Wir suchen uns die erfolgversprechendsten Sachen raus und packen den VW-Bulli bis oben hin voll mit Akten ...«
»... und wenn wir wissen, wo die Kunstschätze verstaut sind, kommen wir wieder und schweißen genau die Tür auf, die uns noch im Weg ist«, setzt Gabriele fort und lobt: »Eine elegante Lösung. Klingt fast zu schön, um wahr zu sein.«
»Naja, es kann genausogut auch ein Schlag ins Wasser werden«, räumt Sina ein.
»Trotzdem. Laß es uns zumindest versuchen. Immer noch besser, als wenn wir uns in dieser Finsternis die Augen verderben.«
»O. k.«, sagt Sina mit einem frechen Grinsen. »Dann schnapp dir doch gleich mal den ersten Stapel und trag ihn nach oben.«

30

»Ich glaub, deine Reifen könnten ein bißchen mehr Luft vertragen.«
»Luft? Pah! Ich denke nicht, daß damit viel zu ändern ist. Der Wagen ist ganz einfach hoffnungslos überladen. Wieviele Akten haben wir überhaupt darein gewuch-

tet? Sind es fünfzig oder siebzig oder hundert dieser schweren Ordner?«

»Keine Ahnung«, meint Sina und schwingt sich vom Beifahrersitz des VW. »Aber wir werden es damit schon bis Nürnberg schaffen. Auch wenn's deiner alten Kiste sicher nicht besonders gut tut. So – was ist? Kommst du?«

Auch Gabriele steigt nun aus und verschließt die Wagentür. Die beiden Frauen haben ihren Kastenwagen wieder neben dem Gasthof »Zur Schwedenschanze« abgestellt. Gabi hat die Scheiben am Heck von innen mit Packpapier verklebt, um neugierige Blicke vom Wageninhalt abzuhalten. Auf ihrem Weg zum Gasthof haben die beiden Freundinnen beschlossen, noch eine Nacht in Peenemünde zu verbringen und sich erst am nächsten Morgen ausgeruht auf den langen Weg nach Nürnberg zu machen.

»Was meinst du? Sollen wir uns auf einen Schlummertrunk in die Schankstube wagen, bevor wir uns aufs Ohr hauen?« schlägt Sina vor.

»Wenn du mir vorher einen Zwischenstopp unter der Dusche genehmigst, dann klar.«

Die pensionseigene Kneipe ist wieder gut gefüllt. Diesmal nehmen die Gäste die beiden Frauen kaum noch wahr. Da ihr gewohnter Stammplatz im hinteren Winkel des Lokals schon besetzt ist, wählen Gabi und Sina zwei Hocker an der Bar. Die Wirtin, die sie mit einem freundlichen Nicken begrüßt, hat heute abend Verstärkung: ein junger Mann, rund 1,85 Meter groß, mit leicht ausgedünntem blonden Haar und forschem Schnauzer, steht neben ihr hinterm Tresen und spült Biergläser.

»Zwei Pils, wie üblich?« erkundigt sich die Wirtin.

»Ja, gern«, antwortet Gabriele. Ihr entgeht nicht, wie Sina sich beinahe den Hals verrenkt, um den jungen Mann eingehender mustern zu können. »Ähem, Frau Wirtin«, setzt Gabi erneut an. Die Frau, die sich gerade dem Zapfhahn zugewendet hatte, schaut fragend auf. »Wer ist denn der sympathische Herr? Ich glaube, meine kleine Freundin würde sich sehr dafür interessieren, ihn kennenzulernen.«

Sina läuft augenblicklich rot an. Auch dem Mann am Tresen ist Gabis unerwartete Bemerkung nicht entgangen. Er stellt seine Gläser ab und schenkt den Frauen ein freundliches Lächeln. Im Nähertreten sagt er: »Ich bin Bernhard. Der Sohn des Hauses sozusagen. Freut mich, Sie beide endlich einmal zu sehen. Meine Mutter hat von Ihnen erzählt.«
Sinas Wangen sind noch immer gerötet, und sie wirft Gabi einen verärgerten Blick zu. »Oh, nichts für ungut«, entschuldigt sich der Mann, dem die Spannung zwischen den Frauen keineswegs entgangen ist. Beschwichtigend sagt er: »Ich will mich nicht in Ihr Gespräch drängen.«
Sina ist abermals peinlich berührt: »Nein, nein, das ist schon o. k. Bleiben Sie ruhig – ich war nur eben etwas perplex über die Art, wie meine Freundin mit der Tür ins Haus gefallen ist.«
Bernhard lacht kurz auf: »Ha! Das macht nichts. Ganz im Gegenteil.« Und mit Blick auf Gabriele: »Frauen, die sagen, was sie denken, sind mir die liebsten.«
Gerade hat Sina den Boden unter den Füßen zurückgewonnen, um bei dem anlaufenden Gespräch richtig mithalten zu können, da wird sie auch schon von einer zweiten Überraschung überrumpelt: In der Tür zum Speisesaal taucht plötzlich Klaus auf. Er blickt sich kurz in dem verqualmten Raum um, erkennt Sina und Gabi und geht geradewegs auf sie zu.
»Meine Güte, was ist denn mit dir los?« Gabi ist die erste, die Klaus' verunstaltetes Gesicht im gedämpften Licht des Lokals erkennt. Klaus legt beschwörend den Finger auf die Lippen, nickt dann in Richtung des Barmanns.
Bernhard begreift sofort und wendet sich ab: »Alles klar. Ich laß Sie allein, meine Damen. Vielleicht können wir uns ein andermal unterhalten.«
Bevor Sina überhaupt darüber nachdenken kann, ob sie der kurze Auftritt des attraktiven und ohne Frage ausgesprochen höflichen Bernhard beeindruckt hat oder nicht, ist ihr Ex unversehens auf der Bildfläche erschienen und hat die neue Bekanntschaft mit einem plumpen Handstreich vom Platz verwiesen.

Aber Sina hat anderes im Kopf, als sich darüber weitere Gedanken zu machen. Auch ihr sind die Verletzungen in Klaus' Gesicht sofort aufgefallen: Das linke Auge trägt die blau-violette Farbmischung eines klassischen Veilchens, die rechte Wange ist beängstigend angeschwollen, und über seinen Augenbrauen prangt eine häßlich-rote Platzwunde, die bis vor kurzem geblutet haben muß. Instinktiv streicht Sina ihrem Ex-Freund über die Wange: »Wie ist das passiert? Oh, Mann, das muß ja irre weh tun.« Klaus nimmt ihre Hand und drückt sie zärtlich. So zärtlich, daß Sina sie verstört zurückzieht.

Gabi ergreift die Initiative: »Erzähl schon. Was ist geschehen?«

Aus Klaus platzt es heraus wie bei einem Wasserfall: »Ich habe euch doch die Sache mit den Russen erzählt. Die Geschichte, die ihr mir partout nicht abnehmen wolltet. Gelacht habt ihr über mich.«

»Jaja, schon gut. Komm auf den Punkt, Klaus. Was ist mit diesen Russen?« bohrt Gabi.

»Ich weiß jetzt jedenfalls ganz sicher, daß mein komisches Gefühl diesen schrägen Brüdern gegenüber durchaus gerechtfertigt war.«

Sina schaut ihn groß an: »Du willst doch nicht etwa sagen, daß die dich so zugerichtet haben?«

Klaus ordert mit einem Nicken auf Gabis und Sinas Biergläser ein Pils. »Doch. Genau das will ich sagen.«

Sina ist baff. Sie hatte tatsächlich nicht im entferntesten daran gedacht, daß an Klaus' abstruser Russengeschichte, die er ihnen neulich auftischen wollte, auch nur ein Fünkchen Wahrheit sein könnte. Sie hatte angenommen, er wollte sich ganz einfach nur wichtig machen, damit er mit von der Partie sein konnte, als Sina und Gabriele ihre Bunkerexpedition fortsetzten. Aber nun sieht sie es – im wahrsten Sinne des Wortes – deutlich vor sich, daß doch etwas dran war an dieser Story: Klaus' Veilchen spricht Bände.

Klaus wird leiser, als er fortfährt: »Da ihr mich nicht dabei haben wolltet, habe ich die Zeit genutzt und mich an

diese Kerle drangehängt. Ein bißchen Detektiv Rockford, Anruf genügt, gespielt. Wie konnte ich wissen, daß die mir das so übelnehmen, wenn ich ihnen ein paar Meter hinterhergehe.«
»Na, ein wenig mehr, als nur hinterherzugehen, mußt du schon gemacht haben, um so vermöbelt zu werden«, hakt Sina nach.
Klaus schaut sich verstohlen im Raum um, sagt leise: »Nein. Das ist ja gerade das Absonderliche. Ich bin denen wirklich nur ein halbes Stündchen hinterhergebummelt. Habe so getan, als gucke ich mir den Ort an. Die sind von Geschäft zu Geschäft gegangen und haben mit den Leuten geplaudert. Meistens sind sie aber abgeblitzt«, sagt er mit einem schadenfrohen Unterton. »Ich habe darauf geachtet, daß ich immer genügend Abstand halte und habe nie zu auffällig in ihre Richtung gestarrt. Wie man es eben in den Fernsehkrimis lernt.«
»Aber ganz offensichtlich hast du nicht das Format eines Krimihelden – sonst wärst du jetzt nicht so lädiert«, kommentiert Gabriele scharf.
Klaus senkt pikiert den Blick. »Was erwartest du, Gabi? Schließlich habe ich so was nicht gelernt. Wogegen die anderen offenbar ziemlich ausgebuffte Profis sind.«
»Wie haben sie dich erwischt?« erkundigte sich Sina nun eher besorgt als höhnisch.
»Weiß ich nicht. Das ist ja gerade das Ärgerliche.«
»Was?« Gabi starrt ihn entgeistert an: »Du willst uns erzählen, daß du von rauflustigen Russen zusammengeschlagen worden bist und keinen blassen Schimmer hast, wie das Ganze passiert ist?«
Klaus wird immer kleinlauter: »Wenn ich es doch sage: Ich weiß es ganz einfach nicht. Ich hatte sie einen Moment aus den Augen verloren, bog um eine Ecke – und nichts mehr. Ich erinnere mich einfach nicht. Wahrscheinlich haben sie mir einen über den Schädel gezogen.« Wie um seine Annahme zu untermauern, befühlt er suchend seinen Hinterkopf, um eine Beule zu ertasten.

Gabriele schaut ihn scheel an: »Naja. Klingt ziemlich abenteuerlich. Wenn du dich an nichts richtig erinnerst – woher willst du dann so genau wissen, ob's wirklich deine bösen Russen gewesen sind.« Das Wort Russen betont sie bewußt überspitzt.

Klaus begegnet dem mit einem aggressiven Blick: »Hör mal zu, Gabriele. Wie selbst du unschwer erkennen kannst, bin ich verprügelt worden. Und zwar ziemlich heftig. Ein paar Minuten zuvor habe ich einem Haufen verdächtiger dunkler Gestalten aufgelauert. Da liegt es nahe, daß sie es waren, die mich in den Hinterhalt gelockt haben. Wer sonst sollte mich hier wohl verprügeln wollen?«

Gabrieles Augen funkeln angriffslustig, als sie entgegnet: »Es soll schon Leute gegeben haben, die gegen eine Laterne gelaufen sind und dabei das Bewußtsein verloren haben.«

Ohne ein weiteres Wort zu verlieren, rückt Klaus seinen Hocker nach hinten, steht auf und verläßt den Saal.

»Das war gemein, Gabi«, schimpft Sina. »Warum machst du den Armen so fertig. Ihm ging's wirklich nicht gut.«

»Weil er ein verfluchter Schwätzer ist«, sagt Gabriele abfällig. »Entschuldige, wenn ich für deinen Ex nur noch böse Worte übrig habe. Aber er ist drauf und dran, unseren gesamten Coup zu vermasseln. Mit seiner eigenmächtigen Schnüffelei schreckt er die gesamte Bevölkerung auf. Ich frage mich ernsthaft, wie lange wir ungestört weitersuchen können.«

»Wir verschwinden ja jetzt eh erstmal ein paar Tage von der Bildfläche. Bis dahin werden die auch Klaus vergessen haben. Außerdem mußt du zugeben, daß das blaue Auge echt war. Und von einer Laterne stammt das mit Sicherheit nicht.« Sina ordert ein zweites Bier, bevor sie fragt: »Meinst du nicht, daß an dieser Russengeschichte was dran sein könnte?«

Gabriele verdreht die Augen: »Meine liebe Sina: Dein werter Abgelegter mag Prügel bezogen haben. Meinetwegen auch von einer Gruppe Touristen, die einen annähernd russischen Akzent gesprochen haben. Aber ich kann mir beim besten Willen nicht vorstellen, was das mit unserer Bildersuche zu tun haben soll. Wahrscheinlich ist er denen mit seiner Nachrennerei nur ganz einfach auf die Nerven gefallen. Und das kann ich mir bei Klaus nur allzugut vorstellen.«

Sina schmollt: »Meinst du nicht, daß du ziemlich mies über ihn redest. Er hat dir doch nichts getan. Was bist du so eklig?«

Gabriele läßt sich mit ihrer Antwort Zeit, leert erst mit einigen tiefen Zügen ihr Glas. »Sinalein. Du weißt: Ich habe nie einen Hehl aus meiner Abneigung gegenüber Klaus gemacht. Ich halte ihn, offen gesagt, für einen Lump. Er stand dir im Wege, als ihr noch zusammen wart. Nun steht er uns im Wege, weil er auf diese blödsinnige Idee gekommen ist, dich beschützen zu wollen.«

»Ich wüßte nicht, was daran lumpig sein soll, wenn er mich beschützen will.«

Gabriele ringt sichtlich nach Worten: »Muß ich noch direkter werden, Kleine?«

»Ja, das mußt du«, entgegnet Sina trotzig.

Gabriele schnappt sich das nächste Bierglas, das Bernhard nach einem dezenten Fingerzeig von Gabi gebracht hat. »Er ist scharf auf dich, Sina. Das ist alles. Er möchte dich wieder ins Bett kriegen. Wohl, weil ihm seine Romanzen mit Frauen, deren Intelligenzquotienten dem einer Topfpflanze entsprechen, nichts bringen. Ich sage nur – Sonja und Tina.«

»Ha!« Sina lacht herzhaft auf. Bernhard dreht sich interessiert in ihre Richtung, macht dann aber mit seiner Arbeit am Spülbecken weiter. »Gabi, du hättest Psychoanalytikerin werden sollen. Gestreng auf den Pfaden von Freud: Alles dreht sich nur um die Sexualität. Pah, daß ich nicht lache.«

Gabriele blickt sie finster an: »Du verstehst gar nichts, Sina. Du bist naiv, wenn du glaubst, daß Klaus seine Finger von dir läßt. Er wäre gar nicht hier, wenn er das nicht im Sinn hätte.«

Sina biegt sich beinahe vor Lachen: »Gabi, die große

Seelenforscherin. Jetzt komm mir nur noch mit der Weisheit, daß das ganze Leben im Grunde nichts anderes ist als die ewige Suche nach dem besten Fick.«

Gabi läßt ihr Bierglas hart auf den Tresen knallen: »Verarschen kann ich mich allein. Wenn dir meine Meinung so egal ist, kann ich mich ja Klaus anschließen und ebenfalls gehen.«

Bernhard, aufgeschreckt durch die erhobene Stimme Gabrieles, gesellt sich zu dem Duo: »So schöne Damen, wie Sie es sind, sollten sich nicht streiten.«

Auch das noch, denkt Sina. Ein weiterer Machospruch dieses Kalibers und Gabriele würde ausrasten. Schnell ergreift sie das Wort: »Nein, nein. Von Streit kann keine Rede sein. Ich habe meine Freundin nur ein bißchen geärgert.« Und mit Blick auf Gabriele: »Aber sie versteht Spaß.«

Gabi hat keine andere Wahl, als ihren mürrischen Gesichtsausdruck abzulegen und sich gespielt gelassen ihrem Glas zu widmen. Bernhard strahlt zufrieden und dreht sich wieder weg.

Doch Sina will es ihrer Freundin nicht so einfach durchgehen lassen. Sie prostet ihr zu und knüpft in betont ruhigem Tonfall an: »Ich habe den Eindruck, daß du dir weniger Gedanken um die Beziehung zwischen mir und Klaus machst, sondern daß dir seine Anwesenheit an sich ziemlich nahegeht.«

Gabriele starrt Sina erschreckt an.

Diese beruhigt: »Keine Sorge. Ich denke natürlich nicht, daß du und Klaus ...« Sie muß sich ein Lächeln verkneifen. »Nein, nein. Das will ich dir bestimmt nicht unterstellen. Aber ...« Gabrieles Gesichtszüge versteinern. »... aber, Gabi, kann es sein, daß du mal jemanden wie Klaus ziemlich gern gehabt hast und – enttäuscht worden bist?«

Damit hat sie offenbar den Nagel auf den Kopf getroffen. Gabriele windet sich auf ihrem Barhocker wie ein Fisch im Netz.

Sina will von ihr ablassen, aber die Neugierde siegt: »Also, rück schon raus damit.«

Gabriele muß mit sich ringen, bevor sie sagt: »Meine Meinung über Klaus behalte ich bei. Aber – ganz unrecht hast du nicht.« Sina hört gespannt zu. »Es gab da wirklich jemanden. Acht Jahre waren wir zusammen.«
Sina nimmt dies mit einer Mischung aus wachsendem Interesse und bitterer Enttäuschung auf. Interesse, weil sie endlich einmal mehr über das recht nebulöse Vorleben ihrer Bekannten erfährt. Und Enttäuschung, eben gerade weil sie es erst *jetzt* erfährt. Hat die Freundin ihr bisher nie vertraut?
Gabi quält sich weiter durch ihre Vergangenheit: »Ich wußte, daß ich nicht seine Traumfrau war. Aber wir liebten uns. Wir paßten absolut gut zusammen.«
»Auch im Bett?« unterbricht Sina und bereut es im nächsten Augenblick, als sie Gabis gekränkten Gesichtsausdruck sieht.
»Das dachte ich zumindest. Anderseits hat er nie über solche Dinge geredet. Und so habe ich nie erfahren können, daß ihm wohl doch etwas fehlte.« Sina beginnt zu ahnen, hält aber ihren Mund. »Jedenfalls finde ich eines Tages dieses Polaroidfoto.« Gabriele hält sich krampfhaft an ihrem Glas fest. »Er hat dieses scheußliche Bild einfach auf meinem Küchentisch liegenlassen. Muß ihm aus der Jackettasche gerutscht sein. Oder er wollte mich absichtlich verletzen. Ich weiß es nicht.«
Sina brennt vor Neugierde, will unbedingt wissen, was auf diesem Bild zu sehen war. Aber sie beherrscht sich und blickt Gabi nur groß in die Augen. »Kannst du dir denken, was dieses Foto zeigte?« fragt Gabriele matt. Sina zieht fragend die Brauen nach oben. »Eine Kollegin von ihm. Ich kannte sie. Ein nettes Mädchen. Sie hatte einen sympathischen Mann und eine goldige kleine Tochter. Ich wäre nie auf die Idee gekommen, daß sie nebenbei munter ihre Kollegen vernascht.« Gabriele muß tief durchatmen. »Auf dem Foto rollte sie gerade ihre Strümpfe wieder hoch. Sie saß dabei auf meinem Bett.«

31

Trotz des ausgesprochen miesen Wetters ist in Nürnberg der Bär los. Vor Gabrieles Laden eilen Menschen mit Einkaufstaschen vorbei. Die Straßenbahn, die an dem Antiquitätenhandel alle zehn Minuten vorbeirattert, ist überfüllt. Sina klebt am Fenster des Geschäfts und starrt nach draußen. »Möchte wissen, was heute los ist. Haben die etwa den Weihnachtseinkauf um sieben Monate vorverlegt? Oder hat der Oberbürgermeister Geburtstag und wünscht sich von all seinen Schäfchen ein Geschenk?«

»Keine Ahnung«, tönt es aus dem Hintergrund. »Ich ärgere mich nur, daß ich nicht aufsperren kann, um von diesem Boom zu profitieren.«

»Wieso denn nicht? Wir können unsere nächste Peenemündefahrt ein wenig verschieben – dann kannst du bei deinen Kunden abkassieren und ich habe endlich mal wieder ein paar Stunden für meinen kleinen Tom«, schlägt Sina vor.

Gabi will davon nichts wissen: »Kommt gar nicht in Frage. Am Ende bekommt das mein besch ... Bruder spitz, und wir haben den auch noch am Hals.«

»Was heißt hier ›auch noch‹? Klaus sind wir doch auf elegante Weise losgeworden.«

Gabriele kommt auf Sina zu und zieht sie sachte, aber bestimmt vom Fenster weg. »Ach, auf einmal findest du meinen Trick elegant. Heute morgen hast du hundsgemein dazu gesagt.«

»Habe ich? Ich kann mich gar nicht erinnern«, entgegnet Sina verschmitzt.

Tatsächlich hatte sie »hundsgemein« zu Gabrieles Vorschlag gesagt, Klaus abermals eine faustdicke Lüge aufzutischen, um ihn für einige Zeit schachmatt zu setzen. Da er nichts von der Rückfahrt der Frauen wußte, hinterließen die beiden bei der Wirtin ihrer Peenemünder Pension eine Nachricht für ihn. Darin hieß es, Sina und Gabriele hätten ihre »Schatzsuche« aufgegeben und wollten sich ein paar schöne Tage in Bremen machen. Gemeinerweise hatten sie sogar ein Hotel angegeben, in dem sie angeblich absteigen wollten. Gabi war sicher, daß Klaus dieser falschen Fährte folgen würde. Sina gab sich zunächst ein wenig empört, stimmte dem ausgekochten Täuschungsmanöver dann aber schnell zu.

Die beiden wollen sich gerade in den hinteren Teil des Geschäfts zurückziehen, da hören sie ein energisches Klopfen an der Tür. Sie bleiben stehen, schauen unwirsch in Richtung Eingang. »Da will wohl ein Kunde partout nicht einsehen, daß bei dir geschlossen ist, was?« stichelt Sina. Gabriele winkt ab, will gerade weitergehen. In diesem Augenblick klopft es erneut. Stärker als beim ersten Mal. Sina grinst ihre Freundin breit an: »Na, willst du nicht doch aufmachen? Vielleicht geht dir sonst ein millionenschwerer Fisch durchs Netz.«

Gabi verzieht den Mund. Doch der Geschäftssinn hat sie gepackt. Sie verrenkt sich beinahe den Hals, um den unbekannten Käufer erkennen zu können.

»Vielleicht ist er es ja selbst«, deutet Sina an und läßt dabei die Augen rollen.

»Wer?« fragt Gabriele knapp.

»Na, das Geburtstagskind, der Oberbürgermeister.«

Gabriele kann sich nicht länger beherrschen. Sie eilt in großen Schritten zur Tür, dreht den Schlüssel um und schwingt die Tür auf. Ein vornehm gekleideter Mittdreißiger, groß, schlank und mit intelligenten Augen, die Gabi durch eine Armani-Brille anblicken, tritt ein. Gabriele schaut sich kurz um, erhascht dabei Sinas anerkennendes Nicken. »Kommen Sie rein, mein Herr. Was kann ich für Sie tun?« fordert Gabriele ihr Gegenüber zum Nähertreten auf.

Als der Mann seinen Mund zum Sprechen öffnet, verfliegt mit einem Schlag der zunächst so seriöse und selbstsichere erste Eindruck, den er auf die Frauen machte. Mit fiepsiger Stimme bringt er hervor: »Ein Präsent. Für meine Großmutter. Verstehen Sie – sie hat eine Vorliebe für altes Zeug. Also, für Antiquitäten, meine ich.«

Gabrieles kurz aufgeflammter Elan schwindet sofort. Mit deutlich kühlerem Tonfall erkundigt sie sich: »An was hatten Sie gedacht?«
Der Mann legt fragend den Kopf schief: »Ich? Wieso ich? Ich bin Vertreter für Herzschrittmacher und kein Antiquitätenexperte. Ich hatte gehofft, daß Sie mir weiterhelfen könnten.«
»Ja, sicherlich. Aber Sie müssen zumindest eine ungefähre Vorstellung davon haben, was Sie der Dame schenken möchten.« Als Gabriele seinen unsicheren Blick sieht, schiebt sie gleich eine Frage nach: »Also gut: Können Sie mir sagen, wieviel Sie anlegen möchten?«
Der Mann gewinnt an Selbstsicherheit zurück und verkündet mit einem Lächeln: »Ja, das kann ich natürlich. Ich dachte so an zwanzig oder dreißig Mark. Statt Blumen.«
Sina muß augenblicklich auflachen. Gabriele wirft ihr einen strafenden Blick zu, und Sina zieht sich kichernd in den Nebenraum zurück. Gabriele schnappt sich einen schlichten Serviettenring aus ihrem Tresenschrank und hält ihn dem Kunden hin.
Der greift ihn sich mit spitzen Fingern und mustert ihn eingehend. Ohne ein Wort zu verlieren, legt er den Ring auf dem Tresen ab und wendet sich einem Regal zu. Er nimmt sich vorsichtig ein fein verziertes Pillendöschen heraus. »Vielleicht wäre das passender«, meint er. »Ist ja schließlich ganz hübsch gemacht. Aber – wozu braucht man so was eigentlich?«
Gabriele hat soeben den Serviettenring flüchtig von Fettfingerspuren gereinigt und will ihn zurück in den Schrank legen. Bei der Frage des Kunden dreht sie sich ihm zu und erwidert gereizt: »Ein Pillendöschen dient im allgemeinen zur Aufbewahrung von Pillen.«
Der Mann errötet leicht: »Ah ja«, sagt er, räuspert sich verlegen und setzt seine Suche nach dem richtigen Geschenk für seine Oma fort.
Gabriele verdreht genervt die Augen und schaut sich in Richtung Hinterzimmer um, wo Sina inzwischen unruhig hin und hergeht. Der Kunde hat eine neue Alternative

erspäht: Er schnappt nach einem leicht getrübten Kelchglas aus einer weiteren Vitrine und hält es unentschlossen gegen das Licht. »Wenn er mich jetzt fragt, warum das Glas so stumpf ist, bring ich ihn um«, denkt sich Gabriele, zwingt sich gleichzeitig aber zu einem angedeuteten Lächeln. Statt eine – wie zu erwarten – dumme Frage zu stellen, blickt der Herzschrittmacher-Vertreter sie nur ratsuchend an. Gabriele geht darauf nicht ein, mustert den Mann lediglich streng und klopft ungeduldig mit ihren Fingern auf ein Regalbrett.
»Also, vielleicht wäre das hier das Richtige«, sagt der Mann schließlich. Gabriele atmet tief durch, nimmt ihm den Kelch ab und geht zu ihrer Theke mit der Ladenkasse drauf. »Wissen Sie, meine Großmutter ist sehr eigen in ihrem Geschmack«, sagt er, als wolle er sich mit Gabriele wiedergutstellen.
Gabriele legt das Glas grob auf den Tisch und wickelt es mit fahrigen Bewegungen in Seidenpapier. »Einhunderteinundvierzig Mark macht das bitte.«
Der Kunde zuckt zusammen, als er den Preis hört, wagt es aber offenbar nicht mehr, dagegen aufzubegehren. Umständlich kramt er in seiner Jackettjacke nach seiner Geldbörse und erntet für diese zusätzliche Verzögerung einen weiteren bösen Blick von Gabriele. »So, bitte«, sagt er schüchtern, als er das Geld langsam auf dem Tisch abzählt.
Noch bevor er die letzte Mark aus dem Portemonnaie gefischt hat, sagt Gabriele schroff: »Das stimmt so. Lassen Sie mal stecken.« Sie drückt dem Mann den eingewickelten Kelch in die Hand und deutet in Richtung Tür.
Der Kunde wendet sich um, bleibt dann aber zögernd stehen. »Ähem – hätten Sie vielleicht eine Tüte für mich?«
Gabriele kramt ungehalten eine kleine Papiertüte mit der Aufschrift »Antiquitäten« und einem großen verschnörkelten »G« hinterm Tresen hervor und hält sie dem eingeschüchterten Mann direkt unter die Nase. »Bitte. Auf Wiedersehen«, sagt sie bestimmt.

Der Kunde wendet sich ab und antwortet leise: »Danke.«
Gabriele folgt ihm zur Tür und drängt den Mann förmlich hinaus. Kaum ist die Tür zu, dreht sie ein Papptäfelchen ins Fenster, auf dem deutlich lesbar »Geschlossen« steht. Sie hastet ins Hinterzimmer, wo Sina rittlings auf einem Stuhl sitzt und düster auf einen großen Stapel Akten vor sich auf dem Tisch starrt. Beim Hereinkommen meint Gabriele entnervt: »Oh, Gott, was für ein Muttersöhnchen. Und geizig noch dazu. Was meinst du, wie er gelitten hat, als er gut das Zehnfache von dem bezahlen mußte, was er eigentlich investieren wollte.«
»Ach – hast du ihn übers Ohr gehauen?«
»Ganz im Gegenteil. Ich habe ihm sogar eine Mark Rabatt gegeben. Sag mal: Willst du uns nicht mal einen schönen Kaffee aufsetzen?«
Sina erhebt sich und schaut sich nach den Filtertüten um. Gabriele wendet sich dem Anrufbeantworter zu, auf dem nervös ein rotes Lämpchen flimmert. Während Sina das Kaffeepulver abfüllt, drückt Gabi die Wiedergabetaste. Es erklingt ein Piepston, dann die Stimme von Klaus:
»... Sina! Ruf mich an.«
Der Kaffee plätschert durch den Filter. Sina bleibt ungerührt. Wieder piept es. Wieder ertönt die Stimme von Klaus. Jetzt energischer:
»Hier noch mal Klaus. Ich weiß, daß du da bist. Ich bin nicht blöd, Sina. Zweimal laß ich mich nicht von euch verarschen. Bitte ruf mich an. Ich bin zu Hause.«
Gabriele stoppt die Kassette. »Das darf nicht wahr sein.« Sina schaut noch immer nicht auf, wendet ihren Blick nicht von dem Kaffeeautomaten ab. Gabriele schaltet den Anrufbeantworter wieder an. Abermals hören die beiden Frauen Klaus' Stimme. Jetzt klingt sie geradezu flehend:
»Sina. Liebling! Ich bin noch immer zu Hause. Wir brauchen Dich.«
Bei dem Wort »Wir« schaut Sina unvermittelt auf. Ein leises Lächeln huscht über ihre Wangen.

»Typisch. Der versucht es mit allen Methoden«, spottet Gabriele.
»Hm?« macht Sina irritiert.
»Naja, jetzt, wo du weiß Gott Wichtigeres zu tun hast, macht er einen auf Herzschmerz.« Empört fügt sie hinzu: »Und quatscht mir das Band voll!«
Sina ist über Gabrieles Bemerkung verärgert: »Ich finde das ganz okay, wenn Klaus einsieht, daß er was falschgemacht hat.« Und leise: »Kommt nur reichlich spät, die Einsicht.«
Gabriele kann kaum fassen, was sie da gerade gehört hat: »Klaus sieht etwas ein? Davon hat er keinen Ton gesagt! Soll ich das Band zurückspulen?«
Sina schaltet auf stur: »Er hat ›Wir‹ gesagt. Damit meint er Tom und sich. Er hat also endlich aufgehört, selbstsüchtig zu denken, und bezieht unseren Hund mit ein.« Gerührt fährt sie fort: »Fast wie bei einer richtigen kleinen Familie.«
Gabriele schlägt sich mit der flachen Hand vor den Kopf: »Meine Güte, Sina. Wie vernarrt bist du eigentlich noch in ihn, daß du dich von seinem Geplapper immer wieder aus dem Gleichgewicht werfen läßt?« Sie greift zu den Akten und schiebt Sina einen ganzen Schwung davon über den Tisch herüber. »So. Hier hast du Arbeit, damit du auf andere Gedanken kommst.« Mit einem entschlossenen Blick in die Ferne meint sie: »Um so schneller werden wir in dem Bunker fündig …«

32

Der erste Tag war ergebnislos verstrichen. Gabriele und Sina hatten einen ansehnlichen Haufen Akten durchgesehen, waren aber nicht auf den geringsten Hinweis gestoßen, wie der Bunker aufgebaut war. Geschweige denn, in welchen Räumen sich welche Einrichtungen befanden. Die meisten abgehefteten und stark vergammelten Seiten enthielten lediglich Zahlenmaterial und undefinierbare

Skizzen. Die Freundinnen verabredeten sich deshalb für den nächsten Tag erneut. Gleich am frühen Vormittag. Sina kam pünktlich zur ausgemachten Zeit, brachte sogar eine Tüte Brötchen mit.
Gerade haben sie ihr flüchtiges Frühstück beendet und wollen sich dem Rest der Aktenordner zuwenden, da klopft es an der Ladentür. »Können die Leute denn nicht lesen?« flucht Gabi. »Wozu hänge ich denn ein Schild mit der Aufschrift ›Geschlossen‹ raus?« Die Frauen stimmen sich mit Blicken ab, beschließen, das Klopfen diesmal zu ignorieren. Gabriele vertieft sich in die Arbeit. Ein weiteres Klopfen beachtet sie nicht. Sie blättert einen der Aktenordner flüchtig durch, macht mit ihrem goldenen Füllfederhalter einige Notizen, erkennt die Wertlosigkeit des Akteninhalts und zerknüllt den Notizzettel. Mißmutig langt sie nach dem nächsten Ordner. Als Gabriele ihn aufschlägt, fällt ihr ein Kuvert entgegen. »Olala. Was haben wir denn hier?«
Sina schaut interessiert auf. Gabriele wendet den Briefumschlag und stößt auf ein Siegel. Sina pfeift durch die Zähne: »Das wird ja richtig spannend.«
Gabrieles Augen leuchten, als sie dem Siegel mit einer Schere zu Leibe rückt und es mit einem deutlichen Knacken bricht. Erwartungsvoll schlägt sie den Umschlag auf und zerrt ein mehrfach gefaltetes Blatt Papier heraus. Sina schaut gespannt zu.
Die Enttäuschung der Frauen ist groß: Das Papier ist bedeckt mit mathematischen Formeln. Noch dazu besonders langweiligen. »Das ist nichts als eine Schlange von Nullen und Einsen«, klagt Gabriele niedergeschlagen.
Sina nimmt ihr den Bogen ab, begutachtet ihn oberflächlich, kommt dann aber zu demselben Schluß: »Sinnloser Zahlen-Kauderwelsch. Keine Ahnung, was das zu bedeuten hat. Werde mir das später mal genauer ansehen«, sagt sie und steckt den Zettel ein.
Abgelenkt durch den Fund des Kuverts haben die Frauen für einige Augenblicke das energische Klopfen an der Eingangstür glattweg überhört. Jetzt, nachdem die Spannung

abgefallen ist, nehmen sie es dafür um so deutlicher wahr. »Na, da ist aber einer besonders hartnäckig. Wahrscheinlich ist es der Laschi von gestern, der sein Glas wieder umtauschen will«, witzelt Sina.

Wütend schiebt Gabriele ihren Stuhl zurück, eilt in Richtung Eingang. Im Verkaufsraum ist noch deutlich die Musik zu hören, die sich die klassikversessene Gabi während des Frühstücks in ihren CD-Player geworfen hat, um Sina ein wenig mehr »Kultur einzuhämmern«: die Arie »Urna fatale« aus »Macht des Schicksals«. Als sie den ungebetenen Gast vor der Tür erkennt, kommt ihr die musikalische Untermalung nur allzu passend vor: Draußen, im Regen, steht ein dürrer Mann im beigen Trenchcoat. Sein Gesicht ist beinahe vollkommen durch einen Regenschirm verdeckt. Aber Gabi muß nicht viel von diesem Menschen sehen, um zu erkennen, wer es ist. Sie schließt auf. »Ach nee! Du?« Erst als ihr Gegenüber drängend seinen Schirm hebt, gibt sie die Tür frei und sagt: »Komm rein, Friedhelm.«

Gabrieles Bruder stolpert herein, schüttelt hastig seinen Schirm aus. Er ist pitschnaß geregnet und zerrt ohne ein einziges Wort der Begrüßung ein großes Stofftaschentuch hervor, um sich ausgiebig zu schneuzen. Unwirsch brummelt er: »Na endlich! Wolltest du mich ertrinken lassen?«

Gabriele nimmt ihm den Schirm ab, bevor er den Fußboden des Ladens weiter benässen kann, und steckt ihn in einen Schirmständer. »Was gibt es Dringendes?« erkundigt sie sich in ebenso unfreundlichem Tonfall. Mit lautem Scheppern läßt sie dabei die Tür zufallen.

Ihr Bruder, noch immer tropfnaß, wischt sich das Gesicht mit dem Tuch trocken, mit dem er eben seine Nase gesäubert hatte. Empört fährt er Gabriele an: »Was? Du schließt wieder ab?«

Gabriele verschränkt die Arme: »Na und? Ich habe Wichtigeres zu tun.«

Friedhelm fängt höhnisch an zu lachen. »Ach so! Wichtigeres hat das verehrte Fräulein zu tun!« Und erbost: »Die ganze Woche ist das Geschäft zu. Nur gut, daß unsere

Eltern das nicht erleben müssen, wie der Laden langsam den Bach runtergeht!«
Gabriele setzt ein süffisantes Lächeln auf. »Was, bitte, geht dich das an?«
Ihr Bruder pellt sich aus seinem feuchten Mantel, schaut sich nach einem Kleiderständer um – was Gabriele absichtlich übersieht – und hängt ihn schließlich über seinen Arm. Betont ruhig redet er auf seine jüngere Schwester ein: »Immerhin gehört mir die Hälfte der Einnahmen. So haben Mama und Papa es gewollt. Aber wo kein Geschäft ist, gibt es auch keine Kohle.« Verbittert setzt er fort: »Das ist für eine Frau, die sich ausschließlich für die schöne Kunst interessiert, wahrscheinlich zuviel!« Verärgert geht er auf und ab. Gabriele bleibt ruhig, hört ihm kommentarlos weiter zu. »Aber ich brauche das Geld, Gabriele!« Und nach kurzer Pause: »Ich bin blank. Völlig abgebrannt.«
Gabi greift sich nervös ins Haar, prüft, ob ihr Knoten sitzt. »Ach, mal wieder?« fragt sie mit bitterbösem Unterton. Ohne eine Antwort abzuwarten, geht sie auf ihren Bruder zu und schiebt ihn zurück zur Tür. »Du bekommst jeden Monat dein Geld. Wenn Papa und Mama dieses Geschäft noch führen würden, wäre es schon längst pleite gegangen.« Sie schließt die Tür auf, drückt den dürren Friedhelm halb heraus. Dann merkt sie, daß sein Schirm noch in ihrem Laden steht. Sie holt ihn eilig, drückt ihn dem verblüfften Bruder in die Hand. In festem Ton bestimmt sie: »Du kannst mehr als zufrieden sein mit dem, was du jeden Monat von mir kriegst. Auf Wiedersehen!«
Sie stößt ihn unsanft auf den Gehweg, schlägt die Tür zu, schließt ab und läßt hastig das Rollo herunter.
Aufgewühlt geht sie zurück zum Hinterzimmer. Die Aktenberge auf dem Tisch bringen sie schnell auf andere Gedanken. Sina sitzt auf ihrem Hocker, den Kopf tief in die Unterlagen gesteckt. Gabriele ist dankbar dafür, daß ihre Freundin so beschäftigt ist. Sonst würde sie ihr jetzt wahrscheinlich Fragen stellen. Würde sie womöglich bitten, etwas von dem Disput mit ihrem Bruder zu erzählen. Aber

so kann sich Gabriele still an Sina vorbei in Richtung Kaffeemaschine verdrücken. Sie hat die Kanne gerade angehoben, um sich einzuschenken, da fährt Sina mit einem schrillen Pfiff auf. Vor Schreck gießt Gabriele daneben. Die schwarze Brühe fließt über die Anrichte. Sie will ihre Freundin wütend anfahren, da sieht sie deren überglückliches Lächeln.

»Ist heute zufällig der Dreizehnte?« will Sina wissen.

Gabriele zuckt die Schultern. »Ich glaube, ja. Der Dreizehnte oder Vierzehnte. Ist das wichtig? Soll ich schnell nachsehen?«

»Ne, brauchst du nicht. Ich bin sicher – es *ist* der Dreizehnte. Das ist nämlich meine Glückszahl. Und heute habe ich absolutes Glück!«

Gabriele läßt sich auf den Stuhl neben Sina fallen, schaut sie erwartungsvoll an. »Nun mach's nicht so spannend, Kind.«

Sina schiebt ihr einen gefalteten DIN-A-3-Bogen rüber. Gabriele schaut sie fragend an, Sina nickt auffordernd. »Schau dir das genau an. Lohnt sich«, sagt sie bedeutungsschwanger.

Gabriele greift zögernd zu, faltet den Bogen auf, streicht das Papier glatt.

Vor ihr liegt ein Grundriß der ersten Ebene des Bunkers. Eine sorgfältig angelegte, absolut exakte Zeichnung. Erst beim Anblick dieser Skizze wird Gabriele klar, wie massig das Bauwerk ist: Angesichts der meterdicken Zyklopenmauern, wie sie auf dem Grundriß zu erkennen sind, kommt sie aus dem Staunen kaum heraus. Allein die Pfeiler, die die Decke stützen, messen laut diesen Aufzeichnungen jeweils acht Meter im Quadrat. In die Decke selbst sind offenbar Holzbalken eingelassen worden. Eisenbahnschwellen. So, wie es früher als zusätzlicher Stabilisationsgeber beim U-Bahnbau üblich war. Gabriele wird klar, warum der unterirdische Koloß den Krieg unbeschadet überstanden hat: Jedes Bombardement mußte an der monolithischen Eigenwilligkeit dieses Panzerbaus scheitern.

Sina ahnt die Gedanken ihrer Freundin, die mit offenem Mund den Plan studiert. Sie hüstelt leicht, bevor sie verkündet: »Meine liebe Gabi. Bevor du vor lauter Ehrfurcht deinen Unterkiefer vollends ausrenkst, schau lieber mal dort hin.« Sie deutet auf einen zweiten Bogen Papier, den sie auseinandergeklappt neben den ersten gelegt hat: der Grundriß der dritten Ebene. Gabrieles Augen wandern suchend über die Skizze, bleiben aber nirgends hängen. Sina beschließt, der Älteren auf die Sprünge zu helfen. Sie fährt mit ihrer Hand übers Blatt und tippt mit ihren pink lackierten Fingernägeln energisch auf ein fein gezeichnetes Quadrat. »Siehste das nicht? Die kleine Kammer? Lies mal, was daneben steht.«
Gabriele beugt sich vor, um die winzige Schrift entziffern zu können. »Tro ... nein, Tra ... nein, das gibt's doch nicht ...« Gabriele starrt Sina baff an.
Diese lehnt sich stolz zurück. »Doch, das gibt's. Ich habe es ja gesagt: Heute ist mein Glückstag. Da steht – Tresorraum.«

33

Sinas Elan ist längst verflogen, als sie neben Gabriele im laut dröhnenden VW-Bulli kauert und dumpf in die Gegend starrt. Zum einen unterscheidet sich diese Fahrt in den Norden in nichts von ihrer ersten Tour: Denn Gabi sitzt genauso muffelig und wortlos hinterm Steuer und tritt den betagten Motor. Zum anderen gibt es eine Menge andere Gründe, die Sina gründlich die Laune verdorben haben.
Das hat schon damit angefangen, daß Sina nach ihrem so erfolgreichen Stöbern in den Bunkerakten nach Hause ging und dort über einen Haufen unerledigte Post stolperte. Zu allem Überfluß hatte ihr geschätzter Ex auch das Band ihres Anrufbeantworters vollgesprochen. Kaum wollte sie sich davon erholen und in der Küche ein paar frische Orangen auspressen, fiel ihr der Wandkalender ins Auge: Dort war klar und deutlich zu lesen, daß eben nicht

der Dreizehnte des Monats war, sondern schon der Vierzehnte. Das fehlte gerade noch. Aberglaube hin, Aberglaube her – Sina fühlte sich schlagartig unwohler in ihrer Haut.
Sie wollte sich nur noch faul in ihren Sessel fallen lassen. Unter dem Motto: Nichts mehr hören, nichts mehr sehen. Aber sie wußte genau, daß sie am nächsten Morgen wieder pünktlich auf der Matte stehen mußte. Gabriele kannte schließlich kein Pardon. Also raffte sich Sina auf, um ihre Sachen für die Reise zu packen. Eine neue Flasche Duschgel; den Fön, den sie beim letzten Mal glatt vergessen hatte; Unterwäsche für eine Woche. Und weil sie einmal dabei war, wollte sie einige Unterlagen durchforsten, die sie in den Jahren nach der Grenzöffnung gesammelt hatte. Sie erhoffte sich daraus mehr Aufschluß über den mit Elektronik vollgestopften Raum im Bunker – für den Fall, daß ihr Gabi überhaupt die Zeit dafür geben würde, noch einmal in diesen Raum zu gehen.
Tja, und wie es der Teufel will: Beim Durchsuchen dieser Unterlagen stieß sie auf einen alten Zeitungsartikel, dessen Inhalt ihr für diesen Tag den Rest gab. Es war ein alles andere als beruhigender Text:
»Abenteuer mit tödlichem Ende«
So lautete die Überschrift des Berichts, den Sina wohl schon vor Monaten aus der Tageszeitung gerissen und zunächst achtlos abgeheftet hatte. Der weitere Text war nicht weniger entmutigend:
»Die Suche nach dem Abenteuer in einem alten Stollensystem der deutschen Wehrmacht nahe des nordfranzösischen Rouen hat drei Jugendlichen und sechs Erwachsenen, die die jungen Leute retten wollten, das Leben gekostet«, hieß es darin. Und weiter: »Sie starben an einer ungewöhnlich hohen Konzentration von Kohlenmonoxid, die sich noch niemand erklären kann. Ältere Einwohner berichteten, die Deutschen hätten die verzweigten unterirdischen Gänge im Zweiten Weltkrieg zur bombensicheren Lagerung von V-2-Geschossen und Behältern mit Artilleriemunition genutzt. Das Höhlen-

system war deshalb immer wieder Anziehungspunkt für Kinder, Jugendliche und verantwortungslose Hobbyforscher. Niemand hatte sich offenbar Gedanken über die damit verbundenen Gefahren gemacht.«

Nun sitzt Sina neben ihrer Freundin und überlegt, ob sie ihr von dem Artikel erzählen sollte. Denn was diesen armen Menschen in Frankreich im Sommer 1995 passiert war, kann Gabi und ihr ebenso zustoßen. Immerhin hat ihr Bunker in Peenemünde auch etwas mit dieser Rakete V-2 zu tun. Mehr noch: Von Peenemünde aus wurden diese Teufelsdinger gestartet, dort wurden sie entworfen, teilweise auch gebaut. Wer weiß, welche chemischen Prozesse sich im Laufe der Jahrzehnte in den unterirdischen Anlagen der Ostseehalbinsel abgespielt haben? Wer kann ausschließen, daß sich nicht auch dort giftige Gase angesammelt haben?

Und es gibt noch etwas, das Sina beunruhigt: Beim Studium der Akten aus dem Bunker war sie nicht nur immer wieder auf mysteriöse Zahlenkolonnen gestoßen, die sie nicht deuten konnte. Was ihr weitaus rätselhafter erscheint: Es tauchten häufig Vermerke unter dem Stichwort »Kolumbus« auf. Vermerke, die jeweils in unmittelbarer Nähe zu den verwirrenden Zahlenkaskaden aufgeführt und keinen Deut verständlicher sind. Sina hat den Eindruck, als hätten die Verfasser besagter Eintragungen buchstäblich um den heißen Brei herumgeredet. Das einzige, was ihr bei der Interpretation der »Kolumbus«-Aufzeichnungen weiterhalf, waren Zeichnungen. Zeichnungen ließen sich schwerlich verschlüsseln; deshalb lag auf der Hand, was sie darstellten: Es waren Antriebsmodule. Triebwerke. Vorläufer von Raketen.

Die Betonung liegt auf dem Plural. Denn Sina fiel auf, daß in den »Kolumbus«-Akten von *mehreren* Raketen die Rede war. Wenigstens zweimal hatten die Konstrukteure in diesem Zusammenhang die Mehrzahl angewandt. Hatte das eine Bedeutung? Oder war es ein Versehen, eine Nebensächlichkeit, völlig belanglos?

Von Hitlers »Wunderwaffe«, der einstufigen V-2-Rakete, hat sie gehört. Die kennt jeder. Sina selbst hatte ein Exemplar dieses todbringenden Ungetüms aus Peenemünde im Deutschen Museum in München gesehen. Die V-2 also – das wäre eine Sache. Hinter den V-2-ähnlichen Flugkörpern in der Akte »Kolumbus« aber muß sich etwas anderes verbergen. Wahrscheinlich eine weitergehende Entwicklung. Eine Studie, die es niemals bis zur baufertigen Reife geschafft hat. Wahrscheinlich.
Die Gedanken an die undurchschaubaren »Kolumbus«-Notizen lassen Sina auch während der Fahrt nicht los. Sie grübelt darüber nach. Sie kramt gedanklich all ihr Wissen über die V-2-Rakete zusammen. Und sie denkt daran, welche politischen Ziele die Nazis verfolgt hatten. In der Zeit, als ihr Untergang bereits besiegelt war.
Rache. Ja, Rache, das war das einzige, was sie kurz vor ihrem sicheren Garaus noch beschäftigte. Darauf hatten sie am Schluß all ihr Trachten konzentriert. Rache an allen, die sich ihren Vorstellungen widersetzt hatten. Und Rache vor allem auch an der Nation, die letztlich den Ausschlag für den Niedergang des Naziregimes gegeben hatte.
Kolumbus? In Sinas Kopf formt sich langsam ein klareres Bild. Sie beginnt zu ahnen, worauf sie da in den verstaubten, vergessen geglaubten Aktenordnern gestoßen ist. Mit stumpfem Blick starrt sie durch die Frontscheibe des VW-Bullis. Sie ist nahe dran, ihrer Freundin von ihren Gedanken zu erzählen. Sie will ihr von ihrer Deutung der »Kolumbus«-Akten berichten. Und natürlich von dem Zeitungsartikel, der sie so beschäftigt.
Andererseits: Wie soll sie Gabriele mit ihrer plötzlichen Furcht beeinflussen können? Von einem Zeitungsartikel wird sich ihre Freundin wohl kaum erschrecken lassen. Wahrscheinlich würde sie mit dem Argument kommen, daß ihnen bei ihrem ersten Abstieg in den Bunker schließlich auch nichts passiert sei. Ansonsten könnte sie auf die Gasmasken verweisen, die den Frauen von ihren früheren Exkursionen noch zur Verfügung standen. Kurz

und gut: Gabriele würde überhaupt nicht auf Sinas Einwände hören.
»Willst du eigentlich die ganze Fahrt über stumpfsinnig vor dich hin grübeln?« reißt Gabriele sie aus ihren Gedanken.
Sina ist baff: »Was? Ich? Du bist es doch, die die ganze Zeit nichts sagt.«
»Stimmt«, entgegnet Gabriele. »Aber nur, weil ich dich bei deinen Überlegungen nicht stören wollte. War ja unschwer zu erkennen, daß dich irgendwas bewegt. Da wollte ich dich halt eine Weile in Ruhe deinen Gedanken nachhängen lassen. Aber nun ist Schluß damit. Leg irgendeine nette Musik auf. Oder erzähl mir ein paar freche Österreicher-Witze. Nur mach endlich was – mir ist schrecklich langweilig.«
Das ist typisch für Gabriele: völlig unkalkulierbar! Sie hat Sina kalt erwischt. Einige lange Sekunden verstreichen, bis diese reagieren kann. Dann beschließt sie, überhaupt nicht auf ihre düsteren Gedanken zu sprechen zu kommen. Warum auch? Sie würde sowieso nur ein nachsichtiges Lächeln ihrer Freundin ernten.
Ohne ein Wort zu verlieren, sucht Sina eine Musikcassette heraus. Die letzte von den »Cranberries«. Sina schiebt sie ein, dreht den Lautstärkeregler bis knapp unter Maximum. Gabriele verzieht keine Miene.

34

Auf der Insel Usedom ist der Frühling eingezogen. Kaum zu glauben, aber in den paar Tagen, die Gabriele und Sina nicht hier waren, hat die Natur einen gewaltigen Satz nach vorn gemacht. Die milde Witterung hat das Grün sprießen lassen. Die Menschen, an denen der Kastenwagen aus Nürnberg vorbeirauscht, wirken geschäftig und gut gelaunt. Etliche kleine Läden, die Sina bei ihrem ersten Besuch gar nicht bemerkt hatte, sind fein rausgeputzt.

»He! Hier tut sich ja richtig was«, bemerkt sie.
Gabriele nickt scheinbar gleichgültig. »Frühlingserwachen nennt man das wohl. Das erinnert mich an Tucholsky.«
»An Kurt Tucholsky?«
Gabriele wirft Sina für diese unqualifizierte Frage einen strafenden Blick zu. »Wen sonst? Der hat die Aufbruchstimmung auf dieser Insel einmal sehr schön beschrieben. Mal sehen, ob ich es noch zusammenkriege.« Gabriele scheint für einige Momente zu vergessen, daß sie gerade ein Steuerrad in den Händen hält, als sie rezitiert: »Da heißt es, angeschwemmte Strandgutplanken zum Familienbad zusammenzuzimmern, Strandkörbe auszubessern, ja, ein luxuriöser Badeort trägt sich bestem Vernehmen nach mit der Absicht, einen Rettungsring anzuschaffen ...«
»Wow!« lobt Sina. »Jeder Deutschlehrer hätte dir dafür 'ne glatte Eins gegeben. Wann war Tucholsky denn auf Usedom?«
»In den frühen Zwanzigern. Da hat er noch nicht ahnen können, wie die Nazis dieses schöne Fleckchen Erde vergewaltigen würden.« Gabriele verscheucht die düsteren Gedanken augenblicklich wieder. Sie lächelt zufrieden, als sie fortfährt: »Im übrigen war er nicht der einzige, der die Lieblichkeit und gleichzeitig das Rauhe und Ursprüngliche dieser Gegend schätzte.«
»Laß hören! Prahl ruhig noch eine Weile mit deinem Wissen.«
Gabriele überhört diese Spitze. »Ich zitiere Hans Fallada.« Sie räuspert sich. »Von allen Fenstern aus sehen wir Wasser, lebendiges Wasser, das Schönste auf Erden. Es blitzt auf zwischen den Wipfeln uralter Linden, es verliert sich in der Ferne, begleitet von schmächtigen Ellern – dickköpfige Weiden suchen es zu verstecken – hinter gelben und grünen Schilffeldern nistet noch die Rohrdommel – jenseits unseres Sees sehen wir andere Höfe, auf Hügel gelagert, dort ist schon Preußen, die Uckermark ...«
»Ist ja reizend. Aber was, bitte, sind Ellern?«

Gabrieles Antwort fällt barsch aus: »Erlen, Kind. Ein anderes Wort für Erlen. Bäume.« Und abfällig: »Was lernt man heutzutage eigentlich in der Schule, he?«
»Keine Ahnung. Liegt bei mir auch schon'ne ganze Weile zurück. Aber ich glaube kaum, daß es lebenswichtig ist, x verschiedene Wörter für irgendeinen blöden Baum zu kennen.«
»Pfff. Keinen Sinn für Poesie.«
Die prächtigen Alleen, die das Achterland durchziehen, sind in kräftiges Grün getaucht. Sinas Stimmungsbarometer beginnt zu steigen. Sie sieht die Insel jetzt mit ganz anderen Augen: Die feinen, teilweise säuberlich renovierten Villen an den Straßenrändern verraten noch viel von dem mondänen Charme, den die Seebäder der Insel einmal ausstrahlten. Sina sieht die feine Gesellschaft, die sich hier Ende des letzten Jahrhunderts beim Tanztee amüsierte, bildlich vor sich. Dazu die alten reetgedeckten Fischerhäuser, die noblen Villen von heute – einfach herrlich!
Der Kies knirscht leise, als der VW auf dem Parkplatz neben der »Schwedenschanze« zum Stehen kommt. Die Wirtin, wieder im weißen Kittel, steht gerade neben der Eingangstür und poliert ein Messingschild, auf das die Embleme der großen Kreditkartenkonzerne geklebt sind. Als sie die Frauen bemerkt, blickt sie ihnen mit einer Mischung aus Überraschung und Freude entgegen. »Ach …?« ist alles, was sie zunächst hervorbringt.
Sina grinst sie gewinnend an: »Ja, wir sind's wieder.«
Gabriele tritt näher, stellt ihre Reisetasche ab und spielt nervös an ihrer Perlenkette. »Mm, ja, wir müssen noch ein paar Fotos machen.«
Die Wirtin hat offenbar nicht die Absicht, diesen fadenscheinigen Grund für das neuerliche Auftreten der Frauen näher zu hinterfragen, und sagt trocken: »Naja, dafür ist es wohl heute zu spät.«
Sie geht ihren beiden Gästen voraus in das Gebäude, greift zielstrebig nach einem Zimmerschlüssel am beinahe leeren Schlüsselbrett. »Die Nummer 5. Wie beim letzten Mal. Sie haben Glück.«

Sina freut sich über die offene Herzlichkeit der Wirtin und fragt frei heraus: »Auch wenn es schon etwas zu spät ist, um auf Fotosafari zu gehen – ein paar kräftige belegte Brötchen und dazu ein, zwei gute Rostocker sind doch wohl drin, oder?«

»Aber ja! Ich sage meinem Sohn Bescheid, er soll zwei Bierchen für Sie zapfen, während Sie Ihre Sachen nach oben bringen.«

Es vergeht keine Viertelstunde, da sitzen die beiden Frauen an der Theke der Gaststube. Der Raum ist – wie nicht anders zu erwarten – voll besetzt. Das Publikum hat sich allerdings gewandelt. Die Dorfbewohner sind teilweise von Familien mit Kindern verdrängt worden. Zum Teil sind Tische auch mit Marinesoldaten besetzt, die in der »Schwedenschanze« offenbar ihren dienstfreien Abend verbringen wollen. Sie starren wie gebannt auf den Fernseher im Eck, nippen dabei gedankenverloren an ihren Biergläsern.

Sina hat sich ein lässiges Jackett übergeworfen; auch Gabi wirkt heute abend weniger streng zurechtgemacht als sonst. Der Mann hinter der Theke, Bernhard, lächelt ihnen freundlich entgegen. »Schön, daß Sie zurück sind«, sagt er, als er zwei gut eingeschenkte Gläser Rostocker vor den Frauen abstellt, sich gleich darauf aber den nächsten Gästen zuwendet.

»Schade, daß er nicht ein wenig länger bei uns bleibt. Oder?« meint Gabriele und knufft Sina dabei neckisch in die Seite.

»Ja«, gibt sie offen zu. »Er sieht nicht schlecht aus.« Sie schaut ihm nach, ohne weiter auf die Bemerkung ihrer Freundin einzugehen. Bernhard trägt heute ein kurzärmeliges, weißes Hemd, dazu einen dezenten dunkelblauen Schlips. Vom anderen Ende der Theke aus wirft er Sina einen frechen, wenn auch nur kurzen Blick zu. Sina muß unweigerlich kichern und schlägt die Augen nieder.

»Vorsicht, Kind, denk an deinen lieben Klaus«, kommentiert Gabriele in gespielt schulmeisterlichem Ton und bricht in ein herzhaftes Lachen aus. Sina, die ihr Bier inzwischen fast geleert hat, lacht mit. Dabei schaut sie blinzelnd zu Bernhard hinüber, der ihren Blick lächelnd erwidert und sogleich zwei frisch gezapfte neue Pils bei den Frauen abstellt.

»... darauf trinken wir jetzt noch'n Schnaps«, meint Sina überschwenglich.

Gabriele ist zunächst skeptisch: »Oh, Frau! Mir ist schon das erste Bier in den Kopf gestiegen. Und jetzt auch noch ein Schnaps?«

Sina, die das erste Pils nicht weniger spürt, läßt diesen Einwand nicht gelten: »Du kannst doch sonst auch nie genug kriegen!« Gabriele setzt zum Scherz eine beleidigte Miene auf. Im gleichen Moment werden die »Kurzen« serviert. Sina ist über den prompten Service erstaunt: »Haben Sie etwa gelauscht, Bernhard?«

Der Sohn des Hauses lächelt verschmitzt: »Mit Lauschen hat das nichts zu tun. Ein guter Wirt kann seinen Kunden eben jeden Wunsch von den Lippen ablesen. Und auf Ihren Lippen stand ›Küstennebel‹ geschrieben«.

Gabriele ist irritiert: »Nebel? Was hat der mit dem Schnaps zu tun?«

Bernhard lächelt nachsichtig, gießt dann ein drittes Gläschen mit der milchigen Flüssigkeit voll, hebt es an und sagt: »Das ist unser ›Küstennebel‹. Ein anishaltiger Magenaufräumer. Nebel heißt er, weil er so trüb ist. Und Küste – naja, Sie sind hier eben an der Küste.«

Die Frauen lassen sich nicht lange bitten. Sina greift zu erst zu, nippt vorsichtig am Glas, kippt den Rest dann entschlossen runter. Gabriele tut es ihr nach, schüttelt jedoch angewidert den Kopf. »Jetzt ist endgültig Schluß, ich sollte mich besser verdrücken.« Und als sich Bernhard zurückgezogen hat: »Ich will morgen schließlich hellwach sein, wenn ich meine geliebten Vermeers in die Arme schließe.«

Sina hat ihr nur mit halbem Ohr zugehört. Sie ist Bernhard mit ihren Blicken gefolgt und zwinkert ihm jetzt flirtend zu. Gabriele registriert das, sieht auch, wie bewundernd Bernhard zu ihrer jungen Freundin herüberschielt.

Ein wenig schmollend fährt sie fort: »Ja, wie gesagt, die Vermeers. Wenn ich die habe, muß ich mich nicht länger von meinem geistig minderbemittelten Bruder nerven lassen. Von mir aus kann er mit dem Laden machen, was er will.« Sina hört noch immer nicht zu, was Gabriele erst recht zum Reden treibt. Sie kippt einen kräftigen Schluck Bier herunter, hebt dann wieder zum Sprechen an: »Diese Vermeers –«
Sina unterbricht barsch: »Ach was! Bilder, Bilder, Bilder. Ich kann's nicht mehr hören. Hast du überhaupt 'ne Ahnung, was die da unten gemacht haben, vor fünfzig Jahren. Dagegen sind irgendwelche alten Schinken total bedeutungslos, sag ich dir!« Gabriele hat nicht den blassesten Schimmer, worauf Sina plötzlich hinaus will. Sie streicht irritiert einige verirrte Lockensträhnen aus dem Gesicht und ordert zwei neue Bier. »Und noch zwei von diesem nebligen Zeug«, ergänzt Sina lautstark die Bestellung.
Gabi legt ihr die Hand aufs Knie, sagt eindringlich: »Geht das vielleicht ein bißchen leiser? Und nun rück schon raus damit: Was soll da unten im Bunker außer den Bildern Interessantes versteckt sein? Ich kann mir nicht vorstellen, daß es dort was Wertvolleres zu finden gibt.« Ohne Sina antworten zu lassen, knüpft sie an: »Schau mal, Kind. Diese Gemälde sind mir wirklich sehr, sehr wichtig.« Sie blickt verträumt in ihr Glas. »Da geht es um mehr als nur um ein bißchen Farbe auf Leinwand.« Und in überheblichem Tonfall: »Aber das kannst du eben nicht nachvollziehen.«
Bernhard serviert die nächsten Pils und wird dabei von Sinas Blicken fast verschlungen. Er lächelt diskret zurück, zieht sich aber eiligst wieder in sichere Entfernung zu seiner Spüle zurück. Sina leert in einem Zug die Hälfte des Glases, wendet sich dann Gabi zu: »Ach, was du da redest, sind bloß Vermutungen. Wir laufen jetzt seit Tagen diesen Ölschinken hinterher, ohne den geringsten Beweis dafür zu haben, daß sie tatsächlich in der Nähe sind.« Sie zögert einen Moment, beugt sich vor und sagt in gedämpftem

Ton: »Aber was da unten wirklich, echt, beweisbar vorhanden ist, das ist eine kleine Sensation. Ach was, eine *Riesensensation*!«

Die Gaststube leert sich allmählich, als Bernhard seinen inzwischen stark angeheiterten Damen die sechste Runde Bier auftischt. Sina schaut Gabriele fest in die Augen – diese kann sich dem Blick kaum entziehen: »Die Akten haben's in sich. Knüller sind das. Knüller-Akten. Verstehst du?«

»Nein«, antwortet Gabriele wahrheitsgemäß. »Aber ich kann es mir denken. Du wirst nicht umsonst fast die komplette Fuhre dieses vergilbten Altpapiers zurück in den Bulli geladen haben.«

Sina lacht auf: »Aha ... Ahaltpaaapier? Du nennst das Altpapier? Das sind Knüllülüü –«

»Knüller-Akten, ich weiß.«

Bernhard kassiert bei den letzten anderen Gästen ab: drei Skatbrüdern, die in einer hinteren Ecke des Raums stillschweigend gezockt hatten. Während er die Geldscheine entgegennimmt, blickt er besorgt zu Sina hinüber, die mit deutlicher Schräglage auf ihrem Hocker sitzt.

»Ja. Knüller. Und was für welche«, flüstert sie, damit der Barkeeper nicht zu viel von ihren Plaudereien mitbekommt. »Ich hab' auch zuerst geglaubt, ich guck nicht richtig.« Sina versucht, das Bierglas in ihren Händen deutlich zu erkennen. Aber ihre Augen spielen angesichts des vielen Alkohols nicht mit. »So wie jetzt ungefähr. Aber dann habe ich's noch mal gesel, äh, gelesen. Und dann noch mal –«

»Und dann noch mal.«

Sina zieht erbost die Brauen zusammen: »Hör auf, mir dauernd dazzzzwischenzuquasseln. Also: In den Knüllern, den Knüllerakten steht –« Sina macht eine Pause, versucht dabei, einen wichtigtuerischen Blick aufzusetzen: »Da steht, daß die, ganz kurz vor Kriegsende, so was wie eine Rakete ins All geschossen haben.«

Gabriele verzieht das Gesicht, winkt genervt ab.

Doch Sina beharrt: »Doch, doch, doch. Die Knüll, die Knüll –«

»Die Knüllerakten?«
»Ja, genau, die. Die beweisen das. Weiß auf schwarz sozusagen. Oder so ähnlich jedenfalls.«
»Ähem«, meldet sich Bernhard, der inzwischen das Putzlicht angeknipst hat. »Wir möchten langsam schließen.«
Sina streckt ihren Arm heraus, greift Bernhard nach zwei Fehlversuchen am Revers: »Bernhard, du bist doch 'n Süßer. 'n ganz Lieber, oder?« Ehe der Mann antworten kann, erhebt sich Sina und kippt mit ihrem Oberkörper auf ihn zu. Sie klammert sich fest an seinen Hemdkragen, als sie mit ihrem Kopf näherkommt. Bernhard ist zu perplex, um Sina aufzuhalten. Die reichlich angetrunkene Frau preßt ihre Lippen auf Bernhards Mund, gibt dem Mann einen ausgiebigen Kuß. Bernhard windet sich vor Verlegenheit, will sich aus Sinas Umklammerung lösen. Doch da schnellt Sinas Zunge hervor, sucht sich ihren Weg durch seine fest geschlossenen Lippen. Bernhards eben noch zur Faust geballten Hände öffnen sich – er erwidert den Kuß.
Ehe Gabriele überhaupt richtig begreifen kann, was sich direkt vor ihrer Nase abspielt, ist Sinas lustvoller Angriff vorüber. »Zwei kleine Bierchen wirst du uns noch zapfen, oder?« fragt Sina den verdutzten Bernhard, als sie sich wieder auf ihren Hocker gesetzt hat. Der Barmann wiegt seinen Kopf, dreht sich wortlos um und geht zum Zapfhahn.
»Donnerwetter«, kommentiert Gabriele beeindruckt, besinnt sich aber gleich eines besseren: »Kind, Kind, du spinnst ja total. Ich sollte dir eine Woche am heimischen Herd verordnen. Du vergißt wohl, warum wir hier sind.«
Das ist für Sina ein willkommenes Stichwort: »Ja. Wegen der Rakete!«
Gabriele winkt ab: »Quatsch, Rakete! Unsinn. Wegen der Bilder. Gemälde, Sina. Die Vermeers!« Und in wegwerfendem Tonfall: »Außerdem weiß heute jedes Vorschulkind, daß der Sputnik das erste Ding im All war.« Sie hebt

unwillkürlich den Kopf. »Und den haben, soviel ich weiß, die Russen hochgeschossen. Nicht die Nazis.«
Die Frauen nehmen das frisch gezapfte Bier, ohne die Leidensmiene von Bernhard zu beachten. Sina ergreift übermütig das Wort: »Jajaja, das war doch aber viiiiel später. Schau dich nur mal hier um, in Peenemünde. Wenn du einen Blick für was anderes als Bilder hättest ...« Leiser setzt sie fort: »Hier wurde schließlich die V-2 gebaut, Hitlers Wunderwaffe. Diese Rakete ist Vorbild für alles, was bis heute in den Himmel geschossen wurde. Selbst nach über fünfzig Jahren noch top aktuell! Eine technische Mei-, Meiei-, Meisterleistung.«
Gabriele lehnt sich gähnend zurück.
Sina aber wird immer aufgeregter. »Das Beste kommt erst.« Sie schiebt mit fahrigen Handbewegungen einige der leeren Biergläser zusammen. »So – so wie diese Gläser kann man auch Raketen mündeln, eh, bündeln.« Sie versucht, die Gläser gemeinsam anzuheben. »Die nötige Schubkraft ...« Ein Glas rutscht ihr aus der Hand, fällt zu Boden und zerbricht.
Bernhard fährt erschrocken auf, schaut die Frauen mit einer Mischung aus Ärger und Ratlosigkeit an. Gabriele holt peinlich berührt ihre Handtasche vor, kramt entschlossen ihr Portemonnaie heraus. »Du meinst, auf deine himmelschreienden Erkenntnisse hätte die Wissenschaft gewartet? Ha! Daß ich nicht lache!«
Sina reagiert sauer: »Ach, und du? Was willst du denn erreichen?« Gabriele winkt Bernhard heran, legt hektisch einige Geldnoten auf den Tresen und mahnt Sina mit strengen Blicken zur Ruhe. Die ist durch Bernhards Auftritt für einen Moment aus dem Konzept gebracht, schenkt ihm einen Kußmund.
»Sina, Kind ...«, fleht Gabriele.
Da braust Sina wütend auf: »Ich bin nicht dein Kind!« Sie schlägt mit der flachen Hand auf den Tisch. Bernhard tritt erschrocken zurück. Sina keift weiter: »Immer willst du das letzte Wort haben. Das stinkt mir! Wenigstens ein einziges Mal kannst du mir glauben. Ich mach ja sonst immer

alles, was du sagst. Aber diesmal habe ich mal die Nase vorn. Den besseren Riecher.« Ihre Augen strahlen plötzlich eine starke Entschlossenheit aus. Sie packt ihre Freundin am Arm: »Los! Wir fahren hin! Ich beweise es dir. Jetzt sofort!«
Gabriele starrt sie entsetzt an. »Laß uns endlich aufs Zimmer gehen. Wir haben beide ziemlich viel getrunken«, drängt sie.
Doch Sina ist nicht zu bändigen. Sie steht auf, zerrt am Pullover ihrer Freundin: »Du verträgst wohl nichts! Ich will's jedenfalls wissen. Gib mir die Autoschlüssel.«
Gabriele will widersprechen, schaut unsicher zu Bernhard herüber. Der steht völlig verloren hinter der Theke, zuckt ratlos mit der Schulter. Um den armen Mann nicht weiter in die Bredouille zu treiben, beschließt Gabriele, ihrer Freundin nachzugeben. »O. k., du hast gewonnen, Kind. Aber laß wenigstens mich fahren.« Sina schnellt wie auf Kommando herum und geht zur Tür. Gabriele verabschiedet sich mit einem entschuldigenden Kopfnicken von Bernhard und eilt ihrer Freundin nach.

35

Gabriele schließt den Wagen ab. Das heißt: sie hat vor, den Wagen abzuschließen, kommt aber kaum mit dem Schlüssel zurecht. Betrunken wie sie ist, bereitet es ihr einige Probleme, gleichzeitig das Schlüsselloch zu finden und eine Taschenlampe zu halten. Sina eilt voraus, leuchtet mit ihrer Lampe den holprigen Weg ab. Der Lichtstrahl hüpft wie wild vor ihr auf und ab.
»He, Sina, warte! Dieses blöde Schlüsselloch will einfach nicht stillhalten.«
»Du mußt es überraschen«, tönt Sina aus fünf Metern Entfernung. »Stoß mit dem Schlüssel zu, wenn das Loch gerade nicht damit rechnet.«
Gabi streckt ihrer Freundin die Zunge heraus, was in der tiefen Dunkelheit allerdings reichlich sinnlos ist. Aber-

mals setzt sie den Schlüssel an. Diesmal gelingt es ihr, die Fahrertür abzusperren. Genervt macht sie sich auf den Weg, versucht, ihre albern kichernde Freundin einzuholen. »Nicht so hastig!« Und säuerlich: »So ein Quatsch aber auch. Als ob das nicht bis morgen früh Zeit hätte!«

Gabriele flucht vor sich hin, hat Mühe, Sina nicht aus den Augen zu verlieren. Im dichten Unterholz schlägt ihr plötzlich ein Ast ins Gesicht. Sie schreit auf, doch ihre Freundin läuft unbeirrt weiter. Gabriele ist kurz vorm Explodieren: »Wenn ich nicht so besoffen wäre, würde ich dich schnappen und zurück ins Bett verfrachten! Dann wär' auf der Stelle Schluß mit diesem Unsinn!«

Daß die Frauen mitten in der Nacht die Schneise zum Bunkereingang finden, gleicht einem Wunder. Sina, die wie in Trance vorausgelaufen ist, führt es auf das sprichwörtliche Glück von Betrunkenen zurück. Als sie vorm Eingang des Bunkers steht, läßt sie den Strahl ihrer Lampe wild durch die Baumkronen über ihr tanzen und brüllt: »Gabi! Ich haaaab ihn!« Ein geblendetes Käuzchen ergreift panisch die Flucht.

»Verdammt, Sina! Schrei nicht so«, mahnt Gabriele im Näherkommen.

»Wieso 'n nicht? Hier wohnt keiner. Wir stören niemanden.« Demonstrativ beginnt Sina, lautstark zu trällern.

»Sina, still!«

Sina trällert weiter, morst dabei mit ihrer Taschenlampe sinnlose Signale in die Dunkelheit. »Tralali, trulululuuuuuuu!«

Gabriele ist auf Sinas Höhe angelangt, versucht, ihr die Lampe aus der Hand zu nehmen. »Hör auf mit dem Unsinn!«

»Sei nicht so spießig, Gabi! Wir sind aaaaaleineeeee hier! Wir können machen, was wir wollen. Wir können grölen, wir können packen spielen.« Jetzt richtet Sina ihre Lampe auf sich selbst, um Gabi eine feixende Grimasse zu schneiden. »Oder du könntest zur Abwechslung mal 'n heißen Strip hinlegen. Nur für mich.«

Gabi will ihr in den Bauch knuffen, aber Sina weicht zurück und schlüpft schnell wie ein Wiesel durch den Spalt zwischen Stahltür und Mauerumfassung. Gabi folgt ihr leise fluchend.

»Weißt du, was das schlimmste an betrunkenen Frauen ist?« provoziert Gabriele, als sie die glitschigen Stufen in die unterirdische Betonfeste hinuntersteigt.

»Daß sie andere betrunkene Frauen zum Strippen bringen wollen? Wenn es das ist, kann ich dich beruhigen: Wäre 'n Mann in der Nähe, hätte ich lieber den aufgefordert. Du bist soschu, äh, sozusagen nur 'ne Notlösung. Du weißt ja: In der Not frißt die Fliege Teufel. Hup!« Beinahe hätte sich Sina auf den Hosenboden gesetzt. Geradeso kann sie sich am Geländer festhalten.

Gabriele greift ihr unter die Arme und richtet sie langsam wieder auf. »Das kommt davon, wenn du rumblödelst und in Gedanken Leute entblätterst, statt dich auf deine Füße zu konzentrieren.«

Abermals kommt Sina ins Stolpern, landet diesmal gleich in Gabrieles Armen. »Danke, Chérie! Du bist meine Lebensretterin.« Kaum zurück in aufrechter Position, flachst sie weiter: »Hach ja – Bernhard! Den würde ich wirklich gern entblättern.«

»Jetzt kommt's raus! Du bist eine Nekrophile. Willst dich an Leichen vergreifen.«

»Pappelapap! Nicht der Alte! Ich mein den anderen. Den jungen Bernhard.« Und lüstern: »Den Knackigen.«

»Das hättest du haben können, Gnädigste«, meint Gabi trocken. »Wenn du nicht unbedingt auf dieser bescheuerten Spritztour bestanden hättest.«

Sina reißt ihre Taschenlampe herum, leuchtet Gabriele direkt ins Gesicht.

Die hält geblendet die Arme vor die Augen. »He, was soll der Mist?«

»Meinst du das im Ernst?«

»Was? Und nimm die Lampe runter!«

Sina gehorcht. »Sag schon! Meinst du wirklich, daß ich ihn heute nacht rumgekriegt hätte?«

»He, Mädchen! Ich glaub, der Küstennebel war mit erotisierenden Mittelchen versetzt. Was ist denn auf einmal mit dir los?«

»Weiß auch nicht. Heute nacht könnte ich's irgendwie krachen lassen! Da wär mir alles egal.«

»Mir aber nicht. Und deshalb geh jetzt ganz brav weiter, damit wir diesen Unsinn bald hinter uns haben.« Sie fordert Sina mit einem Wink mit der Lampe dazu auf weiterzugehen. »Kannst dich ja später immer noch ins Bett vom Barkeeper schleichen.«

Die Lichtkegel ihrer Taschenlampen huschen suchend über die feuchten Betonwände. Sina muß sich immer wieder abstützen, um das Gleichgewicht zu halten. Bei der dritten dieser Zwangspausen betrachtet sie irritiert den Lageplan, den Gabriele geistesgegenwärtig aus dem Bulli mitgenommen hat. Gabriele leuchtet ihr mit der Lampe.

Sina starrt auf die Karte, bemerkt dann, daß sie sie verkehrt herum hält. Sie wendet das Blatt, doch das hilft ihr auch nicht weiter. Lallend stellt sie fest: »So 'n Mist! Bei diesen vielen Kreuzen und Strichen soll sich einer zurechtfinden!«

Gabriele schaut ihr über die Schulter, tadelt sie in vorwurfsvollem Ton: »Ist eine Schnapsidee, mit besoffenem Kopf hier unten rumzurennen.«

»Du wiederholst dich, Schätzchen«, meint Sina störrisch. Sie fährt mit dem Finger über den Plan, entscheidet sich dann willkürlich für einen Weg. »Hier geht's lang«, kommandiert sie. Sina prescht vor.

Gabriele folgt kopfschüttelnd. »Wie du meinst.« Und zähneknirschend: »Wie es ausschaut, bist du heute nacht der Boß.«

Die Frauen haben die nächste Treppe erreicht, tasten sich mühsam hinunter, als Sina unvermittelt fragt: »Willst du dabeisein?«

»Hä?« meint Gabriele verständnislos.

»Heut nacht. Beim Bernhard. Willste nicht mitmachen?«

»Also!« Gabi gibt sich empört.

»So 'n flotter Dreier, das wär doch was Feines!« Sina kichert.
Gabi versetzt ihr einen kräftigen Tritt in den Hintern. »Schluß jetzt! Geh weiter, oder ich trete das nächste Mal richtig zu.«
Wieder huschen die Lichtkegel über die kahlen, vor Feuchtigkeit glänzenden Wände. Sie erfassen flüchtig einige technische Geräte. Für Bruchteile von Sekunden meint Sina, eine Computertastatur zu erkennen. Und dann, ganz kurz im Schein ihrer Lampe, einen Bildschirm und Disketten. Sina ist verwirrt. Sie sieht Dinge, die sie bei ihrem letzten Besuch im Bunker nicht wahrgenommen hatte, verliert sie aber sofort wieder aus den Augen. Es sind Gegenstände, die eigentlich gar nicht hier sein dürften. Oder gab es damals etwa schon Computer, fragt sie sich irritiert. Sie bleibt stehen, leuchtet die Wände noch einmal ab, kann aber nichts finden. War das eben nur Einbildung? Sina bemüht sich, klare Gedanken zu fassen. Aber der Schnaps hat ganze Arbeit geleistet. Jede Bemühung um Konzentration ist sinnlos.
»Willst du hier Wurzeln schlagen?« bohrt Gabriele, die beinahe auf Sina aufgerannt wäre.
»Nee. Ist nur: Ich habe mir eingebildet, daß da 'n Computer stand.«
»Na, besser Einbildung als gar keine Bildung.«
»Dieser Witz ist älter als du, Gabi«, gibt Sina zurück. Noch einmal leuchtet sie Wände und Boden um sich herum ab. Nichts. Sina wischt sich mit der Hand über die Stirn, so als wolle sie die vagen Bilder von PC-Tastaturen und Disketten aus ihrem Kopf verscheuchen.
Sie gibt sich einen Ruck, setzt den Weg durch die finsteren Katakomben fort. Sie hört, wie Gabriele mit schweren Schritten hinter ihr herstolpert. Wirre Gedanken schwirren durch ihren Kopf.
»He! Boß! Bitte nicht ganz so fix! Eine alte Frau ist kein Dingens. Kein, äh, wie heißt das gleich?«
»ICE, glaub ich«, witzelt Sina. »Aber das freut mich ja.«
»Was?«
»Daß du das so annimmst.«

»Was nehme ich so an?« fragt Gabriele arglos.
»Na, das mit dem Boß. Daß auch mal wer anders die Führung übernimmt.« Sina greift in Gabis volles Haar, zupft frech an ihrer Lockenpracht. Schadenfroh lacht sie dabei auf.
Gabriele versucht, Sinas Hand abzuschütteln, doch die andere hat sie fest im Griff. Mit einer energischen Bewegung zieht sie Gabriele zu sich heran. »Führung kannste haben«, sagt Sina. »Darf ich bitten, gnä' Frau?« Sie läßt von Gabrieles Haaren ab, verbeugt sich übertrieben tief. Jetzt stellt sich Sina in Position, stimmt die Melodie des »Schneewalzers« an.
»Ja, den Bun-ker-Bun-ker-Walzer tanzen wir, – ich mit dir, du mit mir ...« singt Sina in fürchterlichen Mißtönen. Sie greift Gabriele bei den Händen und versucht, sie zu einigen Tanzschritten zu bewegen.
Gabriele macht nur widerwillig mit, mosert: »Sina, Kind, laß den Quatsch!«
»Das ist kein Quatsch, sondern ein Walzer.«
»Ich bin nicht der Ansicht, daß das der geeignete Ort für derlei –«
Sina zieht ihre Freundin heran, stößt sie sogleich ruckartig von sich weg. »Und links herum ...« Sie summt ein paar Takte, schwärmt dann: »Ich finde, wir beide geben ein richtig hübsches Paar ab. Ich kann kochen, du bist gebildet.«
Da muß auch Gabi lachen. Mit gespielter Empörung sagt sie: »Also, bitte! Wo bleibt der emmanzipatoririri- , na der ›Du-weiß-schon‹-Anspruch?«
»Ich habe mich sowieso immer gefragt, wie du das so machst. Ohne Mann«, neckt Sina, tanzt dabei aber weiter.
Gabriele bleibt abrupt stehen, Sina stolpert fast über ihre Füße. Beleidigt raunzt Gabriele ihre Freundin an: »Was mache? Also, Angebote gab es jedenfalls genug.«
Sina zwingt sie zurück in die Walzerhaltung, setzt wieder mit ihrem Gesang ein: »An-ge-booote, die gab es genug ...« Und in frechem Tonfall: »Und du hast sie alle, alle

abblitzen lassen?« Ehe Gabriele kontern kann, singt Sina: »Tra la la – la la la …« Nun setzt sie dem ganzen die Krone auf: »Du stehst wohl nach deinen schlechten Erfahrungen nicht mehr auf Männer, was?«
Gabriele will empört widersprechen, wird in diesem Moment jedoch von Sina herumgewirbelt – und fällt mit lautem Poltern ein paar Stufen herab. Sina unterdrückt ein Lachen: Gabriele liegt – pitschnaß – im knietiefen Wasser. Sie wirft der Jüngeren einen bitterbösen Blick zu.
Sina winkt kichernd ab: »O. k., Darling, ab sofort übernimmst du wieder die Führung!«

36

Gabriele kann ihrer Freundin in dieser turbulenten Nacht einfach nicht lange böse sein. Es reicht ein Blick auf Sinas Gesicht – die Augen vor lauter Lachen nur noch Schlitze, die Mundwinkel bis zur Zerreißprobe nach oben gezogen – und schon hat Gabriele allen Gram vergessen. Kichernd und sich gegenseitig stützend, torkelt das gutgelaunte Paar durch den dunklen, verregneten Wald.
Den Ausgang des Bunkers hatten die Frauen nur mit Mühe gefunden – und sich dabei fast totgelacht. In der schmalen Schneise vorm Tor, dort, wo sie Tage zuvor den Blindgänger entdeckt hatten, legte sich Sina flach. »Voll auf die Schnauze«, wie sie es selbst ausdrückte und dabei abermals in lautes Lachen ausbrach.
Ihr eigener Sturz erinnert sie schlagartig wieder an Gabrieles unsanfte »Wasserung« im Bunker. Während sie jetzt durch das Unterholz wankt, prustet sie: »Sah' wirklich zu komisch aus, wie du mit ausgestreckten Beinen in der Pampe gesessen hast! Dazu deine bierernste Miene!« Sie imitiert Gabrieles Gesichtsausdruck, nur um dann gleich wieder loszulachen.
»Wenn ich eine Lungenentzündung bekomme, setze ich dich in eine eiskalte Badewanne! Glaub nicht, daß du un-

geschoren davonkommst«, droht Gabi zum Scherz. Sie erreichen den Lieferwagen, Gabriele kramt sogleich in ihrer Jackentasche nach dem Schlüssel. »Wo habe ich diese Mistschlüssel?«
»Laß dir Zeit beim Suchen, ich muß sowieso noch schnell in die Büsche.« Sina verschwindet in der Dunkelheit.
Gabriele schmunzelt über das putzige Verhalten ihrer Freundin, ruft ihr hinterher: »Verlauf dich bloß nicht! Das hätte mir heute gerade noch gefehlt!«
Aus einem Busch unweit des Wagens ertönt als Antwort ein weiteres Kichern. Als Gabriele gerade die Autotür öffnen will, stockt sie und schaut auf. Motorengeräusche! Am anderen Ende der Lichtung, in der die Frauen ihren Wagen abgestellt haben, nimmt Gabriele schwache Lichter wahr. Sie starrt in die Dunkelheit, bemüht sich, mehr zu erkennen.
Sekunden später sieht sie es ganz deutlich: Zwei Autos fahren mit abgeblendeten Scheinwerfern auf das Gelände. Sie halten direkt auf Gabriele zu. Die Fahrzeuge mögen gut fünfhundert Meter entfernt sein. Gabriele beobachtet die Wagen gebannt, zischt in Richtung Busch: »Sina! Beeil dich!«
»Was is'n?« tönt es laut zurück.
Inzwischen haben die Wagen angehalten. Ungefähr dreihundert Meter entfernt. Vier Gestalten steigen aus. Oder sind es sogar fünf? Gabriele kneift die Augen zusammen, um in der Finsternis mehr zu erkennen. Die Unbekannten treten zusammen, sprechen sich offenbar ab. Dann setzen sie sich in Bewegung – in die entgegengesetzte Richtung, fort von Gabrieles Transporter. Sie haben uns also nicht bemerkt, durchfährt es Gabriele erleichtert. Sie atmet auf. Doch nur für einen Moment. Dann erst realisiert sie, wohin die Gestalten gehen – ihr Weg führt direkt zum Bunkereingang. Gabrieles Miene verfinstert sich: »Nein! So haben wir nicht gewettet!«
Sina kommt aus dem Busch, zupft gerade Hose und Bluse zurecht. »Was los ist, habe ich gefragt!«
»Fünf waren es! Fünf Männer!« Gabriele deutet aufgebracht in Richtung Wald, blickt sich dann suchend um.

»Nun mal langsam. Fünf Männer? Du würdest heute nicht mal mehr *einen* verkraften können!«
Gabriele schwingt den Kofferraumdeckel auf, greift sich einen schweren Schraubenschlüssel. »Sie sind zu unserem Bunker gegangen! Das sind meine Vermeers! *Ich* habe die Liste gefunden!«
Sina hält ihre Freundin besorgt am Arm fest. »Ist dir der Sturz nicht bekommen?« Und mit einem Nicken in Richtung Schraubenschlüssel: »Was hast du damit vor?«
»Außer mir kommt keiner an die Gemälde!« Gabriele macht sich los, hält auf den Wald zu. »Das werde ich denen schon klarmachen!«
»Und ich dachte, *ich* wäre betrunken«, sagt Sina mehr zu sich selbst, eilt ihrer Freundin dann aber sofort nach. »Wir wollten zurück zur Pension. Deine blöden Van Dammes laufen dir schon nicht weg!«
»Da sind fünf Männer im Wald! Was suchen die an meinem Bunker?«
Sina überholt, tänzelt dann rückwärts vor Gabriele her: »Fünf Typen? Meine Güte, Gabi, wir sind nur zu zweit! Und nicht gerade nüchtern! Spinnst du?«
»Meine Vermeers ...«, murmelt Gabriele düster und geht entschlossen weiter.
»Sie spinnt! Ist total durchgeknallt! Mehr noch als ich selbst! Scheiß-Alkohol!« Schweren Herzens folgt Sina ihrer Bekannten tiefer in den Wald.
Die schmale, bewachsene Schneise vorm Bunkereingang haben sie schnell erreicht. Von den Unbekannten keine Spur! Gabriele stürmt zum Stahltor, will sich durch die schmale Öffnung hineinzwängen. Sina packt sie abermals am Arm, um sie aufzuhalten. Zwecklos. Die Ältere macht sich los.
Schon stapft Gabriele, immer noch wild entschlossen, den Gang in der ersten Bunkerebene entlang und zur Treppe abwärts. Sina greift noch einmal fest zu, preßt Gabriele roh an die kalte Flurwand. Gabriele zappelt, aber Sina hält sie eisern fest.
»Das ist idiotisch! Komm weg hier!« befiehlt Sina.

»Nein! Was da unten liegt, gehört mir! Nur mir! Nicht irgendwelchen dahergelaufenen Fremden!«

Sina versucht es mit nüchtern-sachlicher Überzeugungsarbeit, bemüht sich um einen ruhigen Ton: »Was meinst du, passiert, wenn du auf die Typen triffst?«

Gabriele klopft mit dem Schraubenschlüssel in die hohle Hand. »Dann passiert das hier!«

»Aber es sind fünf!«

»Wenn schon«, entgegnet Gabriele trotzig. Sie schüttelt Sinas Hände ab, setzt leise und kläglich fort: »Seit fünfzehn Jahren bin ich hinter so einer Sache her. Die ganzen Jahre nichts als Spott meiner Kollegen: Spinnerin, Dilettantin, keine Ahnung von Kunstgeschichte.« Sie schluckt schwer. »Dann die ganze Arbeit der letzten Zeit. Tag und Nacht Akten wälzen! Ich habe dieses Lager gefunden – die Schätze gehören mir.«

»Trotzdem haben wir keine Chance gegen diese fünf!«

Gabriele will aufbegehren: »Das ist –«

Sina hält ihr unvermittelt den Mund zu. Da war ein Geräusch! Sie hat es ganz deutlich gehört! Beide Frauen lauschen gebannt in die Dunkelheit. Sina gibt Gabrieles Mund wieder frei, signalisiert ihr aber, leise zu reden.

»Was war das?« erkundigt sich Gabriele.

»Klang wie 'ne zugeschlagene Tür. Sie sind unten, in der zweiten Ebene!«

»Egal, ob die zu fünft sind! Ich muß sehen, was die machen!«

Gabriele dreht sich um, huscht zur Treppe. Sina versucht, ihr mit dem Strahl ihrer Taschenlampe zu folgen, setzt sich dann selbst in Bewegung. Sie hat fürchterliche Angst. Die beruhigende Wirkung des Alkohols ist längst verflogen. Am liebsten würde sie auf dem Absatz kehrtmachen. Aber das geht jetzt natürlich nicht. Nicht, solange Gabriele unten ihren Hirngespinsten nachjagt.

Sina tastet sich vorsichtig die Stufen hinab. An den Fußtritten ihrer Freundin kann sie hören, daß Gabriele bereits unten angekommen ist. Sina durchfährt eine Welle der Wut. Was soll dieses Theater? Wie lange will

Gabriele Katz und Maus spielen? In dieser Gruft hier kann so viel passieren, wenn man nicht genau aufpaßt. Daß sich nun auch noch irgendwelche Typen hier herumtreiben, ist alles andere als beruhigend.
Sina, im Wechselbad der Gefühle, beschleunigt ihr Tempo. Sie konzentriert sich voll auf den zappelnden Taschenlampenstrahl, der vor ihr über die Wände huscht. Noch vier, fünf große Schritte und sie hat ihre Freundin erreicht. Mit Gewalt reißt sie Gabriele herum, nimmt sie in den Schwitzkasten. Gabriele protestiert, aber diesmal will Sina nicht nachgeben. Sie tritt ihr die Beine weg, schleift die wehrlos eingeklemmte Gabriele die Treppe wieder rauf.
Sekunden später zucken beide erschreckt zusammen. Sina stoppt abrupt. Wieder ein Geräusch! Diesmal vom Bunkereingang! Die Frauen starren sich entgeistert an. In diesem Moment ein weiteres Geräusch! Jetzt lauter – näher!
Sina läßt ihre Freundin los, zischt: »Nach unten! Schnell!«
»Sag ich doch!«

37

Die beiden laufen die Stufen hinunter. Sie beeilen sich, wollen möglichst keine Zeit verlieren. Die rutschigen Absätze, vor denen sie einen solchen Respekt hatten, nehmen sie jetzt, als wär's nichts. Atemlos hetzen sie den Flur der mittleren Etage entlang. Mit ihren Lichtern beleuchten sie wahllos die Wände und den Boden vor sich. Auf Lautlosigkeit sind sie nicht aus. Nur Schnelligkeit zählt jetzt noch! Bloß weg hier!
Beiden steckt die Angst im Nacken. Bis vor ein paar Minuten war alles wie ein Spiel. Der Alkohol hatte ihnen den Sinn für die Realität geraubt. Alles wirkte unwirklich, unbeschwert. Das ist schlagartig vorbei. Ganz offensichtlich ist ihnen jemand auf die Schliche gekommen. Die Polizei vielleicht, schießt es Sina durch den Kopf. Aber nein, warum sollten die Bullen nachts Jagd auf sie machen? Die

haben wahrlich Besseres zu tun, als betrunkenen Frauen hinterherzuspionieren. Aber wer ist es dann? Sollte sich tatsächlich jemand für Gabrieles Bilder interessieren? Diese vermaledeiten Vermeers? Sina kann sich das einfach nicht vorstellen.
Die Frauen hechten durch den Flur. Auf der verzweifelten Suche nach einem Versteck. Sina rüttelt an einigen Türklinken. Aber die sind, wie sie ja eigentlich schon von ihrem ersten Besuch hier unten genau weiß, fest verschlossen. Trotzdem probiert sie jede Tür durch.
Die Geräusche hinter den Frauen werden immer deutlicher. Sina und Gabriele bemühen sich jetzt, möglichst leise weiterzugehen. Instinktiv ziehen sie die Köpfe ein, versuchen, sich klein zu machen.
Der Flur mündet in eine Gabelung. Nach rechts oder nach links? Die Frauen verständigen sich wortlos auf rechts. Aber schon nach wenigen Metern durch die tiefe Finsternis stehen die beiden vor einem Hindernis: eine Wand versperrt den weiteren Weg. Sackgasse! Sina fackelt nicht lange, zieht Gabriele in die nächstbeste Türnische.
Auf Sinas Zeichen hin knipsen die Frauen ihre Taschenlampen aus. Das Dunkel verschluckt die Umrisse der beiden vollständig. Die Geräusche kommen näher. Es sind Schritte. Schritte eines einzelnen Menschen. Ja, ganz deutlich: tap, tap, tap. Nur einer. Sina verspürt eine gewisse Erleichterung, bleibt aber angespannt und dicht an die Tür gepreßt stehen.
Nur Augenblicke später geschieht etwas, das die Frauen vollends aus dem Konzept bringt. Etwas, durch das sie sich hoffnungslos überrumpelt fühlen. Etwas, mit dem sie in dieser Situation am allerwenigsten gerechnet hätten:
Das Licht geht an.
Das gesamte Stockwerk ist mit einem Schlag hell erleuchtet! Die beiden Frauen kneifen geblendet die Augen zusammen, verdecken ihre Gesichter mit den Armen. Zu grell ist die plötzliche Helligkeit.
Und dann wird ihnen bewußt: Ihr Versteck ist keines mehr!

Sina, die sich als erste einigermaßen an die Taghelle gewöhnt hat, schaut sich hektisch nach der Quelle des starken Lichts um – und wird schnell fündig.
»Bergungslampen! Verdammt, Gabi, überall stehen Bergungslampen! Die Typen müssen schon mal hier gewesen sein!« Sie schleicht schnell, aber leise zum Hauptflur, blickt um die Ecke, vergewissert sich, daß der Weg frei ist. Doch Gabriele kommt nicht nach! Wie angewurzelt steht sie noch immer in der Türnische, hält die Hände verkrampft vors Gesicht. Sina macht kehrt, will ihre Freundin aus der Ecke zerren. Erst jetzt bemerkt sie Gabrieles aschfahle Gesichtsfarbe.
»Um Himmels willen! Was ist los?«
Gabriele schluckt schwer, bevor sie röchelnd hervorbringt: »Ich glaube, mir wird schlecht ...«
»Nicht jetzt, Gabi!« zischt Sina. Sie nimmt ihre Freundin bei der Hand und zieht sie vor bis zur Abzweigung. Sie schaut ein zweites Mal in beide Richtungen.
»O. k., die Luft ist rein!«
Diesmal laufen beide nach links – Gabriele hält ihre Hand fest vor den Mund gepreßt. Kaum haben sie einige Meter zurückgelegt, hören sie wieder diese Schritte. Taptap, taptap, taptap. Diesmal sind es mehrere in Folge. Und dann – Sina gerät beinahe in Panik – hören sie noch etwas anderes: Stimmen!
Der Gang knickt nach rechts ab, einige Meter weiter gibt es eine andere Abzweigung. Sina schießen flüchtige Gedanken durch den Kopf: Erinnerungen, verwischte Bilder. Ja, sie kennt diesen Flur. Hier war sie schon einmal. Wenn sie nicht alles täuscht, befinden sie sich auf dem direkten Weg zu dem großen Saal, aus dem die beiden die vielen Akten geholt hatten. Der Raum mit den vermoderten Schaltschränken.
Nach einer weiteren Abbiegung bestätigt sich Sinas Vermutung: Nur fünf Meter vor ihnen ist die Eingangstür zu der Halle. Sie steht weit offen. Auch hier ist alles hell erleuchtet. Sina preßt den Zeigefinger vor ihre geschlossenen Lippen, winkt Gabriele, ihr leise zu folgen. Die

Frauen schleichen sich behutsam an die Tür heran, wagen einen Blick ins Innere der Halle.
Sina wundert sich, wie groß der hell erleuchtete Raum ist. Noch wesentlich geräumiger, als sie erwartet hätte. Es gibt deutlich mehr Aktenschränke als vermutet. Die Frauen hatten im schwachen Licht ihrer Helmlampen etliche übersehen. Und es steht noch mehr antiquierte Technik in diesem Raum. Das ganze sieht aus wie ein gigantisches Laboratorium aus Opas Zeiten. Sina, von der Fülle der Gegenstände fasziniert, will nähertreten, als sie Gabrieles energisches Zupfen am Pullover spürt.
»Bleib stehen«, zischt ihre Freundin und nickt stumm in die hintere Ecke des Saals. Erst jetzt erkennt Sina die Gefahr: Dort steht, nahezu bewegungslos, ein Mann. Er ist ihnen halb abgewandt, konzentriert sich wohl auf einen Stoß Papiere in seiner Hand. Offenbar hat er die Frauen nicht bemerkt. Sina schnellt zurück, drückt sich ängstlich an die Betonwand. Ihr Herz schlägt wie wild.
»Das war knapp«, gesteht sie ihrer Freundin flüsternd ein. Gabriele kommt nicht zum Antworten. Denn wieder sind die Schritte zu hören, vor denen die Frauen bis hierher geflohen sind. Beide schauen sich ratlos an. Wohin? Hinter ihnen die Unbekannten, vor ihnen, im Saal, der Mann. Sie sitzen in der Klemme! Gabriele wird noch bleicher, preßt ihre Hand fester vor den Mund. Sie beginnt zu würgen.
»Durchhalten«, flüstert Sina, »gleich links vor der Tür ist ein kleiner Raum. So war's wenigstens auf dem Lageplan eingezeichnet. Wenn der Typ sich das nächste Mal umdreht, schleichen wir uns hin. Klar?«
Gabriele nickt nur stumm, verdreht dabei gequält die Augen.
»Wenn du anfängst zu kotzen, dreh ich dir den Hals um!« zischt Sina genervt. Gedrängt durch das immer lauter werdende Geräusch der Schritte lugt Sina wagemutig um die Ecke. Augenblicklich macht sie einen Satz zurück, drückt sich eng an ihre Freundin.
»Hast du den Satan gesehen?« will Gabriele wissen.

»Nein, aber so ähnlich. Es sind zwei, Gabi. Zwei gestandene Mannsbilder bewegen sich auf uns zu. Und sie sehen alles andere als friedfertig aus.«
Sekunden später sind die Männer so nahe, daß die Frauen sie reden hören können: »... gestern die Spannungsregler erneuert, drei defekte Operationsverstärker ausgetauscht. Trotzdem, die Anlage funktioniert noch nicht«, sagt jemand in gebrochenem Deutsch.
Dann eine andere Stimme. Heller. Vielleicht von einer Frau? »Das muß sie aber! Die Zeit läuft uns davon!« Ein Klirren aus dem Hintergrund. Sina wagt sich einige vorsichtige Zentimeter vor, blickt gebannt um die Ecke. Sie sieht im grellen Schein der Bergungslampen zwei schemenhafte Silhouetten. Zwei Personen, die ihr den Rücken zuwenden. Sina erkennt ihre Chance. Jetzt oder nie, denkt sie sich.
»Schnell, Gabi! Laß uns verschwinden!« An die Wand gedrückt, den Blick starr auf die Rücken der Unbekannten gerichtet, schleichen beide den Gang entlang. Einen Meter vor ihnen, an der linken Flurseite, ist der Eingang zur Abstellkammer. Zu dem kleinen Raum, von dem sich Sina ihre Rettung erhofft. Noch zwei Schritte! Nur noch zwei lächerliche Schritte!
In diesem Moment hören die Frauen einen alarmierenden Laut. Ein Knirschen. Sollten sich die Unbekannten umgedreht haben? Sollten sie sie entdeckt haben? Sina und Gabi kommen nicht zum Nachdenken. Sekundenbruchteile später haben sie ihr Ziel erreicht und verschwinden im Halbdunkel des kleinen Raumes.
Geschafft! Sie sind den Fremden durch die Lappen gegangen! Sofort verstecken sich die beiden in den hintersten Wandvorsprüngen der engen Kammer. Im gleichen Moment passiert einer der Unbekannten den Gang, eilt in Richtung des großen Saals. Sina und Gabriele nehmen ein undefinierbares Stimmengewirr wahr. Es sind jetzt mindestens drei verschiedene Personen, die sich unterhalten: Die Stimme in schlechtem Deutsch, dann die hellere und eine dritte. Wohl die eines weiteren Mannes: tief, dumpf,

eiskalt. Das Gespräch der Fremden ist wirr und laut. Sie scheinen sich zu streiten. Aber in welcher Sprache? Noch immer Deutsch? Sina und Gabriele versuchen, Bruchstücke des Dialogs aufzuschnappen. Aber sie verstehen nur vereinzelte Silben. Nichts ergibt einen Sinn. Bis plötzlich ein Wort scharf und deutlich bis zu ihnen durchdringt:
»Unmöglich!«
Kurz danach ein ganzer Satz. Gesprochen von der hellen Stimme: »Für heute brechen wir ab!« Der Rest ist nicht zu verstehen. Ein unsinniges Kauderwelsch.
Die Wand des Abstellraums, die direkt an den großen Saal grenzt, weist in Kniehöhe einen kleinen Durchbruch auf. Sina entdeckt ihn durch Zufall. Nur, weil sie unbewußt mit ihrem Bein an der Wand scheuert und dabei auf den scharfkantigen Rand des Loches aufmerksam wird. Vorsichtig bückt sie sich, schaut durch die winzige Öffnung. Sie ist baff! Ihre Blicke wandern hin und her: Der riesige Raum ist zum Leben erweckt! Sina kann kaum glauben, was sie sieht: Farbbildschirme! Digitalanzeigen! Laserdrucker und moderne PCs! Dazwischen Kupferdrahtleitungen, die die offensichtlich brandneuen Anlagen mit den alten Primitivrechnern verbinden – denn auch deren antiquierte Röhren glühen! Wild ausschlagende Zeigerinstrumente im Wettstreit mit schnell wechselnden Digitalziffern.
Sina rutscht unruhig hin und her. Wegen ihres ungünstigen Blickwinkels sieht sie von den Unbekannten in dem Saal nur Beine, Rücken und Hände. Die Stimmen sind noch immer aufgeregt und völlig unverständlich. Ein heilloses Durcheinander. Neue Leute kommen dazu. Inzwischen sind es wohl alle fünf. Das Stimmengewirr nimmt zu, ohne daß Sina einen einzigen zusammenhängenden Satz aufschnappen könnte. Sie nimmt lediglich wahr, daß einige der Fremden nicken. Und sie meint herauszuhören, daß die Stimmung sich verschlechtert. Alles klingt plötzlich mürrischer, Widerspruch regt sich.
Dann geht alles ganz schnell: Das Licht wird dunkler, ist plötzlich ganz aus. Taschenlampen flammen auf. Die

Fremden ziehen sich Mäntel an. Im matten Schein der Leuchten sieht Sina große Aluminiumkoffer, die eilig herumgereicht werden. Sekunden später ziehen die Unbekannten geschlossen ab. Dabei kommen sie auf Armeslänge an Sina und Gabriele vorbei. Die Frauen halten den Atem an. Starr vor Angst drücken sie sich in ihre Nischen.

38

Endlich werden die Schritte leiser. Gabriele und Sina atmen auf. Plötzlich ein dumpfes Donnern. Ein Schlag, der im Labyrinth der Gänge mehrfach widerhallt. Die Frauen fahren verängstigt zusammen. Aber jetzt bleibt alles ruhig. Sina ist die erste, die sich rührt: Sie knipst ihre Taschenlampe an. »Gabi?«

Nun wagt auch Gabriele, ihr Licht anzuschalten. »Das hätte schiefgehen können.«

»Ganz recht! Gabi! Du hast echt ein Rad ab, uns so 'ne Kacke einzubrocken!«

Gabriele wendet verlegen den Schraubenschlüssel, den sie noch immer in ihrer Hand hält.

Sina verliert keine Zeit, greift ihre Freundin energisch am Arm. »Los, wir sollten endlich verduften!«

»Aber die Bilder ...«

Sina ignoriert Gabrieles Einwand. Die beiden gehen zügig in Richtung Ausgang. Sie nehmen die rutschigen Stufen, als wollten sie einen Weltrekord aufstellen. An der Stahltür zum oberen Stockwerk stockt Sina.

»Sie läßt sich nicht öffnen!« Sie rüttelt wie wild an der Klinke. Ohne Erfolg.

»Laß mich mal!« Doch auch Gabriele hat kein Glück. Sie versucht es wieder und wieder. Nichts passiert. Die schwere Pforte gibt keinen Deut nach. Schließlich schlägt und tritt Gabriele gegen die Tür. »Verfluchtes Ding! Du sollst aufgehen, sag ich! Auf!«

»Hat keinen Sinn, Gabi. Ist wohl von außen verriegelt.«

»Von außen verriegelt? Ich glaub, ich ticke nicht richtig!« entgegnet Gabriele aufgebracht. »Von außen verriegelt! Und das sagst du so einfach, als wär's nichts.« Gabriele leuchtet ziellos mit ihrer Lampe herum, versucht, eine zweite Klinke oder irgendeine andere Öffnungsmöglichkeit für die Pforte zu finden. »Das gibt's nicht! Tu doch was!« Und keifend: »Wir müssen hier rauskommen!«
»Das weiß ich auch. Aber ich kann nicht hexen! Das ist Stahl, Gabi! Beinharter Stahl!«
Gabriele schnauft. Sie holt aus, läßt ihren Schraubenschlüssel krachend gegen das Metall sausen. Sie attackiert das tonnenschwere Hindernis ein zweites und ein drittes Mal. Als das nichts nutzt, bearbeitet sie die Tür mit ihren bloßen Händen. Tränen der Wut und der schieren Verzweifelung stehen ihr in den Augen, als sie ihre Fingernägel kreischend über den Stahl kratzen läßt. Gabriele fährt herum, ihr Gesicht rot vor Zorn. »Alles nur wegen deiner komischen Satellitenspinnereien!«
Sina reagiert unerwartet scharf: »Alles nur, weil jemand im Suff so bescheuert war, fünf Fremden hinterherzulaufen!«
Für einen Moment, wirklich nur einen Moment, wird Gabriele verlegen. Sina merkt, daß ihre Freundin sich ihres eigenen Fehlers bewußt wird. Und sie weiß auch, daß jeder weitere Vorwurf sie verletzen würde. Also gibt sie nach: »Schon gut. Schnee von gestern. Die Frage ist: Wie kommen wir hier raus?«
Gabriele bleibt eine Antwort schuldig. Der Strahl ihrer Taschenlampe sinkt langsam, gleitet an der grauen Oberfläche der Stahltür zäh herab. Gabriele wird bleich, sackt in sich zusammen. »Es fängt wieder an –«
Sina zerrt ihre Freundin hoch, will sie in eine aufrechte Position zwingen. Aber sie merkt, daß Gabriele kurz davor ist, sich zu übergeben. Sina fackelt nicht lange, schleift sie kurzerhand von der Tür weg. Ganz in der Nähe muß es so etwas wie eine Toilette geben. So war es jedenfalls auf diesem Lageplan eingezeichnet. Eine Toilette, gleich gegenüber im nächsten Quergang.

Sie muß nicht lange suchen. Es gibt ihn tatsächlich noch, den Sanitärraum. Nicht gerade appetitlich. Und, unschwer zu erkennen, seit Jahrzehnten nicht benutzt, geschweige denn gereinigt. Aber besser als gar nichts. Es gibt Spülbecken mit Abflüssen. Und es gibt Kloschüsseln. Gabriele klammert sich an den nächstbesten Beckenrand. Sie spuckt und röchelt. Sina klopft ihr beruhigend auf die Schulter. »Laß dir Zeit, Gabi.« Und im Weggehen: »Ich versuche erst mal, Licht zu machen.«

Als sich Sina von ihrer Freundin entfernt, hört sie sie noch immer verzweifelt würgen. Aber da muß sie durch, denkt sich Sina. Wer zuviel trinkt, muß selbst sehen, wie er mit den Folgen fertig wird. Schließlich hatte sie Gabriele nicht dazu genötigt, den Küstennebel becherweise herunterzukippen. Naja, vielleicht ein bißchen. Aber trotzdem: Gabriele ist alt genug, um zu wissen, wann Schluß ist. Also: Was soll's? Es gibt wichtigere Dinge zu klären!

Es dauert nicht lange, bis Sina auf eine der Bergungslampen gestoßen ist, mit denen die Fremden die Hallen ausgeleuchtet hatten. Sie faßt nach dem sperrigen Ungetüm, ertastet schließlich den Ausgang für das Stromkabel. Sina klemmt die Taschenlampe zwischen ihre Zähne, um beide Hände frei zu haben. Sie schnappt sich das Stromkabel, hebt es an, um es bis zum Ende – bis zur Stromquelle – zu verfolgen.

Das Kabel führt sie in einen unscheinbaren Raum mit dicklaibigen, nach oben führenden Rohren. Dort steht ein klobiger Motor. Sina muß nicht lange grübeln, um zu erkennen, was sie vor sich hat: einen Generator neuerer Bauart, der mit dem Entlüftungssystem gekoppelt ist. Geschickt: So konnten die Fremden stundenlang Strom für ihr Licht und ihr technisches Equipment erzeugen, ohne die knappe Luft im Bunker mit schädlichen Abgasen zu verpesten. Gleich neben dem Gerät: ein Dutzend große, prallgefüllte Benzinkanister. Sina macht sich sogleich daran, den Generator in Betrieb zu setzen.

»Was zerrst du an diesem Kabel?« will Gabriele wissen. Sie hat ihren Magen inzwischen entleert und ist ihrer Freundin gefolgt.

»Hast du nie einen Rasenmäher bedient?«
»Einen Rasenmäher?« fragt Gabi irritiert. »Doch, schon. Früher mal.«
Sina reißt wieder an dem Kabel. »Na, siehst du«, sagt sie ächzend, »so ein Generator läßt sich auf die gleiche Weise anwerfen.« Im selben Augenblick setzt sich der Motor tuckernd in Gang, stößt dabei eine übelriechende Qualmwolke aus.
Gabriele hustet. »Lange können wir den aber nicht anlassen ...« Sie redet nicht weiter, denn jetzt flammen die Bergungslampen auf. Gabi reißt instinktiv die Arme vors Gesicht.
»Keine Panik. Die Fremden sind längst weg. Außerdem können wir das Licht gut gebrauchen«, beruhigt Sina. »Und das mit dem Abgas dürfte eigentlich kein Problem sein. Das meiste zieht durch die Lüftung ab. Sollte es jedenfalls.« Als sie ihre Augen an die Helligkeit gewöhnt haben, sieht sie sich das erste Mal in dieser Nacht in aller Ruhe um. Was sie erblickt, verschlägt ihr den Atem.
Die Katakomben, von denen sie sich im dünnen Licht der Taschenlampen und Helmleuchten nur ein sehr vages Bild machen konnte, sind deutlich erkennbar. Die starken Strahler der Fremden leuchten die Flure bis in den letzten Winkel aus. Alles ist viel größer, viel geräumiger und imposanter als erwartet. Die Frauen verlassen den Saal, gehen staunend den Gang bis zur Treppe entlang.
Die Stahltür zur oberen Ebene, mit Kratz- und Schlagspuren von Gabis wütenden Attacken übersäht, macht im hellen Schein der Lampen einen unüberwindlichen Eindruck: massiv, stabil, einfach nicht zu knacken. Sina durchfährt ein Frösteln. Vom Treppenhaus, in dem die beiden Freundinnen stehen, gehen im rechten Winkel zueinander zwei Gänge ab. Rechts neben der Treppe ist der Eingang zu einem gekachelten Raum. Die Toilette, in der sich Gabriele eben ihrer Drinks entledigt hat. Durch die halbgeöffnete Tür erkennt Sina ein schmutziges Waschbecken.
Gabriele kauert sich auf einer Treppenstufe nieder, das Gesicht vergräbt sie in den Händen. Diese Haltung, diese

entmutigende Gestik ihrer Freundin, macht Sina nervös. Nicht genug damit, daß sie eingeschlossen sind, läßt ihre Freundin jetzt auch noch den Kopf hängen. Alles andere als konstruktiv ist das, ärgert sich Sina. Sie geht nervös auf und ab. »Scheiße, Scheiße, Scheiße!«

39

Gabriele hebt mühsam den Kopf und sagt in resigniertem Tonfall: »Wie lange sitzen wir schon hier fest?«
Sina rappelt sich auf. Sie war für ein paar Minuten eingenickt. Eigentlich kaum zu glauben, in dieser Situation. Aber andererseits – die ganze Aufregung der Nacht. Und dazu die dauernde Sorge, ob es überhaupt einen Ausweg aus diesem düsteren Gefängnis gab. Die erste Zeit hatten die Frauen nach einem anderen Ausgang gesucht, waren aber – wie zu erwarten – nur auf verschlossene Türen gestoßen. Später hatten sie den Generator ausgeschaltet. Die Luft wurde durch die Abgase zu schlecht. Die Kopplung mit der alten Entlüftungsanlage funktionierte eben doch nur sehr begrenzt. Außerdem wollten sie nicht unnötig viel Benzin verschwenden. Wer weiß, wofür sie es später verwenden konnten.
»Nun? Wie lange?« drängt Gabriele.
Sina knipst ihre Taschenlampe an, schaut auf die Armbanduhr. »Viel zu lange, Gabi, viel zu lange. Stunden!«
Gabriele reagiert scheinbar gelassen: »Stunden? Mir kommt es vor, als wären es Tage«, sagt sie matt.
»Wie geht's denn deinem Magen?« erkundigt sich Sina und sucht mit dem schwächer werdenden Strahl ihrer Lampe nach dem Generator.
»So leidlich. Aber immerhin: Der Rausch ist weg. Und –« Sie legt die Hand auf ihren Magen. »Ich glaube, ich habe Hunger.«
Sina ignoriert diese Äußerung, macht sich statt dessen wieder an der Anlaßschnur zu schaffen. Drei kräftige Züge, und das beruhigende gleichmäßige Tuckern des

Generators setzt ein. Das Licht flammt auf. Beiläufig greift Sina in ihre Jackentasche und fördert einen Schokoriegel zutage. Sie reicht ihn Gabi. »Ist mein letzter. Genieß ihn.«
Gabriele greift dankbar zu. Sie wickelt die Süßigkeit aus, will gerade hineinbeißen, überlegt es sich dann aber anders. Sie bricht den Riegel in der Mitte durch, gibt die Hälfte an Sina zurück.
Sina nimmt Gabis Anflug von Großmut anerkennend nickend zur Kenntnis und beißt herzhaft zu. Die beiden Frauen verlassen den Saal, wenden sich wieder der zerkratzten Tür zu, die ihnen den Ausgang verwehrt. Sina betastet das Material, fährt mit ihren Fingern über den Stahl. Dann, als würde sie von einer plötzlichen Wut gepackt, läßt sie ihre Faust donnernd auf das Metall sausen. »Mist! Großer Mist.« Und in etwas milderem Tonfall: »Weißt du – das erinnert mich an eine ähnlich verzwickte Lage im Urlaub. Als ich mit Klaus letztes Jahr in der Bretagne war, sind wir über irgendwelche Schotterpisten durch gottverlassene Gegenden gefahren. Über Wege, die in keiner Karte eingezeichnet waren.« Sina muß bei ihren Erinnerungen unwillkürlich lächeln. »Und – wie's der Teufel will – nach 'ner Rast mitten in der Walachei wollte der Motor nicht mehr anspringen. War damals noch mein alter Polo. Du weißt ja, daß er immer mal Schwierigkeiten gemacht hat. Aber gerade in so einer Einöde – zu ärgerlich!«
»Und?« fragt Gabriele eher teilnahmslos. »Was habt ihr gemacht? Den Pannendienst gerufen?«
Sina wendet sich erneut der Tür zu, begibt sich langsam in die Hocke und betastet die Scharniere. »Pannendienst? Wie das? Es war weit und breit kein Telefon in Sicht!«
Halbwegs interessiert, läßt sich Gabriele neben Sina nieder: »Also?«
Sina gibt auf, die Tür weiter zu betasten, dreht sich um und lehnt sich mit dem Rücken an den Stahl. »Wir haben gar nichts gemacht.«
Gabi schaut sie verständnislos an.

»Als wir total genervt waren«, setzt Sina lapidar fort, »habe ich die Zündung einfach noch einmal ausprobiert, und die Kiste sprang an.«
Gabriele richtet sich brüsk auf, wirft Sina einen vorwurfsvollen Blick zu. »Na toll! Du meinst, so ein Glück werden wir beide jetzt auch haben?« Sie geht einige Treppenstufen hinab, setzt sich ermattet hin.
Sina kommt nach. »Ein solches Glück vielleicht nicht. Aber sieh es mal realistisch: Diese Männer werden zurückkommen. Wenn wir Pech haben, entdecken sie uns. Andererseits – wenn wir ein bißchen aufpassen, könnten wir ihnen leicht entwischen. In diesem Labyrinth gibt es genug Verstecke, und wenn die Tür erst einmal offen ist …« Sina deutet mit dem Daumen nach oben, »… dann sind wir im Nu draußen. Wir haben immerhin einen ziemlich unschlagbaren Trumpf in der Hand: Die Fremden wissen offensichtlich nicht, daß wir uns hier unten herumtreiben. Sonst hätten sie sich anders verhalten und uns gezielt gesucht. Aber, wie der Fall liegt, werden sie uns keine Steine in den Weg legen. Wenn die Tür also …«
»Wenn! Ja, wenn!« unterbricht Gabriele barsch. »Wenn dein Suff und deine fixen Ideen uns nicht hier hereingebracht hätten …«
Sina fällt ihr ins Wort: »Du hast mindestens genauso viel gesoffen wie ich! Wer mußte denn kotzen? Ich oder du? Spiel gefälligst nicht die züchtige Edeldame! Und überhaupt: Ich soll uns das eingebrockt haben? Ich?« Sina steht auf. Ärgerlich fährt sie ihre Freundin an: »Der Suff hat dir das letzte bißchen Grips aus deinem Schädel geblasen, was? Wer ist mit dem Schraubenschlüssel zurück in den Bunker gerannt, hä? Ich vielleicht? Und wer war denn nicht aufzuhalten, obwohl eine Horde unbekannter Männer direkt neben uns herumgegeistert ist?«
Gabriele dreht auf: »Das wäre alles nicht passiert, wenn du nicht diese Flausen im Kopf gehabt hättest!« Sie lacht bitter, sagt verächtlich: »Von wegen Satelliten! Und Raketen! So ein Unsinn!«

»Weißt du, was ich Unsinn nenne? Hä? In diesem Betonsarg auf Jagd nach irgendwelchen vermeintlichen Kunstschätzen zu gehen. Das nenn' ich Unsinn!«
»Vermeintlich?« Gabis Gesicht färbt sich glutrot vor Wut. »Du hast keine Ahnung, was du gerade für einen Unsinn von dir gibst! Es geht nicht um Belanglosigkeiten. Hast du überhaupt eine Vorstellung davon, was im Krieg alles verlorengegangen ist, welche ungeheuren Kunstschätze nie wieder aufgetaucht sind? Nur ein lächerlicher Bruchteil ist in den letzten fünfzig Jahren gefunden worden.« Gabriele redet sich in Rage: »El Grecos Meisterwerk ›Johannes der Täufer‹ aus der berühmten Köhler-Sammlung, eine Handvoll Schinkels aus der Nationalgalerie Berlin und drei ansehnliche Renoirs – ja, die sind wieder aufgetaucht und verstauben jetzt im Moskauer Puschkin-Museum. Aber so vieles andere, Sina, Hunderttausende andere Kostbarkeiten, die in den Kriegswirren verschollen sind, denen ist noch keiner auf die Spur gekommen.«
Sina faßt sich provokativ an den Kopf. »Geht diese Leier jetzt wieder los? Wenn ich das schon höre: Renoir, Schinkel, El Greco! Ja, Gabi, das sind Meister! Nach ein paar Ölschinken von denen würde ich liebend gern mitsuchen. Und mich dafür meinetwegen auch ein paar Stunden in einen klammen Bunker einsperren lassen. Aber doch nicht wegen dieser Van Meers. Nicht wegen ein paar lausigen Bildern von dieser Type. Diese Pinselcien locken heute wahrscheinlich eh niemanden mehr hinterm Ofen vor. Sollen sie verschimmeln, hier unten!« Und leiser: »Wenn sie überhaupt hier sind – wenn sich nicht alles als reines Hirngespinst der unfehlbaren Gabi Doberstein herausstellt ...«
Gabi holt tief Luft. »Ver-meer! Er heißt Vermeer!« Herablassend fügt sie hinzu: »Wer nicht einmal den blassesten Schimmer einer Ahnung von Kunst hat, der sollte sich mit solchen Äußerungen zurückhalten! Das war unüberlegt von dir. Damit hast du dir selbst ein Armutszeugnis ausgestellt.«

»Vorsicht, Vorsicht!« droht Sina. »Du brauchst mich noch, wenn du aus dieser Gruft rauskommen willst. Und gib bloß nicht so an mit deinem angeblichen Sachverstand. Welcher vernünftige Mensch hängt sich schon Bilder ins Wohnzimmer, die deinen verkorksten Idealen entsprechen.«
Gabriele steht auf, wendet sich gekränkt ab.
Doch Sina setzt noch einen drauf: »Es muß ja nicht jeder den Geschmack von Göring teilen, oder?« Mit diesen Worten stampft sie wütend davon.
Gabriele preßt die Lippen zusammen. Sie geht einige Schritte aufgebracht umher. Mit den Fußspitzen stößt sie einen verrotteten Blechstreifen beiseite, der auf dem Boden herumliegt. Sie greift nach ihrem Schraubenschlüssel, den sie nahe dem Ausgang abgelegt hatte. Mit grimmigem Gesichtsausdruck wendet sie sich der Stahltür zu. Sie setzt das Werkzeug an der Spalte am unteren Rand der Tür an, versucht, die schwere Pforte auszuhebeln. Aber sie rutscht ab. Einmal, zweimal, immer wieder. Gabriele versetzt der Tür einen wütenden Tritt, wirft den Schraubenschlüssel an die kahle Bunkerwand.
Sie ist verzweifelt. Nein, nicht verzweifelt – es ist eher eine Art Ratlosigkeit. Ratlosigkeit, die sich mit dem Zorn auf ihre aufmüpfige Begleiterin paart. Gabriele will sich gerade wieder auf eine Treppenstufe setzen und sich ihren düsteren Gedanken hingeben, da streift ihr Blick noch einmal den Schraubenschlüssel. Ihr kommt eine Idee. Sie hebt das Werkzeug auf, wiegt es prüfend in ihrer Hand. Mit der anderen fischt sie einen zerknitterten Zettel aus der Hosentasche: der kopierte Lageplan, die Orientierungshilfe für ihren Weg durch das unterirdische Labyrinth. Sie entfaltet ihn hastig, streicht ihn mit fahrigen Bewegungen glatt. Mit ihrem Finger sucht sie nach dem Kreuz, das den mutmaßlichen Lagerplatz ihrer Kunstschätze markiert. Sie umklammert den Schraubenschlüssel fester, als ein siegreiches, grimmiges Lächeln über ihre Lippen huscht.
Minuten später hat Gabriele die unterste Bunkerebene erreicht. Sie keucht aufgeregt, als sie ihr Werkzeug an der

schmalen Tür vor ihr ansetzt. Es ist die Tür, hinter der sie das Ziel ihrer Anstrengungen vermutet. Was heißt vermutet? Gabriele ist sich sicher, daß sie ihr Ziel unmittelbar vor sich hat. Hinter dieser Tür müssen ihre Vermeers liegen. Sie müssen!
Der Schraubenschlüssel hat Halt in einem nach oben gebogenen Winkel der Tür gefunden. Gabriele legt ihr ganzes Gewicht auf das Werkzeug. Doch ihre Kraft reicht nicht aus. In dem knöcheltiefen Wasser, das ihre Füße umspült, findet sie einfach keinen Tritt.
Gabriele versucht es noch einmal, rutscht ab, taumelt, verliert beinahe das Gleichgewicht. Sie hat es nicht geschafft! Es will ihr einfach nicht gelingen, die Tür aufzustemmen! Voller Wut sucht Gabriele nach einem Ventil. Sie muß jetzt Dampf ablassen. »Satelliten!« preßt sie höhnisch heraus. »So ein Unsinn! Sina spinnt! Total durchgedreht, die Kleine!« Noch einmal setzt sie das Werkzeug an. »Raketen! So ein Quatsch!«
Die Tür zittert.
»Geschmack von Göring! Die ist nicht ganz bei Trost!«
Die Tür ächzt.
»Von wegen verkorkster Geschmack!« Bei diesen Worten verpaßt sie dem Schraubenschlüssel soviel Druck, daß die Tür aus den Angeln bricht. Gabriele fällt vorn über, hält sich gerade noch am Türrahmen fest. Mühelos kann sie die Tür beiseite drücken und in den Raum schlüpfen.
Gabriele hält den Atem an. Ihre Wut auf Sina und die Sorge, in den finsteren Katakomben eingesperrt zu sein, sind wie verflogen. Gabriele ist am Ziel. Sie hat die letzte Barriere genommen. Sie ist ihren Vermeers zum Greifen nahe.
Langsam läßt Gabriele den Strahl ihrer Taschenlampe durch den Raum gleiten, tritt mit behutsamen Schritten näher.
Doch dann sieht sie etwas, mit dem sie nicht gerechnet hätte: Im Taschenlampenlicht tauchen SS-Standarten auf. Hakenkreuze und Führerbilder. Gabriele schiebt einen Ständer mit zerschlissenen Fahnen und Wimpeln beiseite.

Der Strahl ihrer Lampe touchiert eine Reihe von Fresken: simple Pinseleien. Heroisch dargestellte Kämpfer, im Hintergrund Panzer und Flugzeuge. Eine Mischung aus Herrenmenschenideologie und Kitsch. Gabriele schüttelt angewidert den Kopf. »Oh, Gott, wie banal«, entfährt es ihr.

Sie geht weiter, ist aber schnell im letzten Eck des kleinen Raums angelangt. Dort, endlich, stößt sie auf ein Regal. Es ist bis oben gefüllt mit flachen, in gewachstem Stoff eingeschlagenen Schubern. Werden hier ihre Vermeers aufbewahrt? Gabriele schüttelt sich bei dem Gedanken, daß dieses ignorante Nazipack hochwertige Meisterwerke gleich neben primitivster Propagandakunst eingelagert hat. Aber sie will keine Zeit mit solchen Gedanken verlieren. Hauptsache ist, ihre Vermeers haben überlebt.

Sie schnappt sich die erste der Schachteln, schlägt das Wachstuch beiseite, klappt den großformatigen Deckel auf – und erstarrt.

Ihr Blick fällt auf ein grünlich angelaufenes Ölbild übelster Machart: Zwei blonde Frauen, barbusig und prall, sitzen stolzerhobenen Hauptes unter einem Baum. Davor, breitbeinig, den muskulösen Oberkörper freigelegt, zwei blauäugige Schönlinge. »Oh, nein«, stöhnt Gabriele, »was für entsetzliche Banalitäten! Perverser NS-Realismus! Ich halt das nicht aus!« Voller Abscheu läßt sie den Deckel zufallen, wirft den Schuber zurück ins Regal.

Gabriele schnappt sich den nächsten Karton, ahnt aber bereits, mit welchem Ergebnis. Und tatsächlich: Zum Vorschein kommt ein Ölbild vom selben miesen Kaliber. Diesmal eine Dreiergruppe uniformierter Germanen. Stahlbehelmt und auf den Schultern jeweils einen Adler tragend. Die Flügel der gefiederten Symbolträger sind drohend ausgebreitet. Entlarvend, denkt sich Gabriele. Übelste Nazischmierereien. Verdammt, das war wirklich nach Görings Geschmack. Ohne es geahnt haben zu können, hatte Sina mit ihrer gemeinen Bemerkung recht gehabt.

Ihre Hoffnungen schwinden. Mit kaum mehr Elan schaut sie sich die anderen Bilder an. Eines scheußlicher als das

andere. Gabriele schiebt gerade das elfte zurück ins Regal – da spürt sie die Anwesenheit einer anderen Person im Raum. Augen, die aus der Dunkelheit auf sie starren!
Gabriele fährt erschrocken zurück. Sie reißt ihre Taschenlampe herum, läßt das Licht wie wild durch den Raum schießen. Der Strahl trifft auf einen mächtigen Körper. Zunächst ist es für Gabriele nur eine drohende Silhouette. Erst beim näheren Hinsehen erkennt sie, was ihr da gerade so einen Mordsschrecken eingejagt hat: eine Statue. Breitschultrig, mit starrem, totem Blick. Gabriele schnauft erleichtert auf.
Kaum hat sie sich gefaßt, übermannt sie wieder die Wut. Stärker als bei ihrem letzten Ausbruch. Sie sieht ihren großen Traum förmlich geplatzt. Keine Vermeers! Nicht einmal ein paar trostspendende Antiquitäten. Gar nichts, außer wertlosem Naziplunder. Ramsch, mit dem man höchstens ein paar hirnlosen Neonazis Geld aus der Tasche ziehen könnte. Und das wäre selbst unter Gabrieles Niveau.
Aufgebracht greift sie zu ihrem schweren Schraubenschlüssel. Sie holt weit aus, läßt das schwere Gerät krachend auf den Kopf der Arier-Skulptur niedersausen. Die Statue zerspringt in tausend Stücke.

40

Ein heilloses Gewirr von Leitungen! Armdicke Stränge, feine Drähte, rote und gelbe Kabelschläuche. Es ist kaum durchzufinden. Sina verfolgt einige der Leitungen, will herausfinden, welcher Draht mit welchem Gerät verbunden ist. Vielleicht hat sie so eine Chance, den Sinn dieser ganzen Apparaturen zu ergründen.
Sie ist gleich nach ihrem Zoff mit Gabriele hierhergekommen. Statt sich weiter über diese arrogante Idiotin zu ärgern, will sie lieber in dem mit Technik vollgestopften Saal stöbern. Eines ist ihr dabei sehr schnell klargeworden: Dieser Raum, offenbar der größte im ganzen Bunker, ist

das Herz der Anlage. Seine Wände sind dicker als die der anderen Kammern. Und hier konzentriert sich die Technik. Eine Art Leitstand, folgert Sina. Eine Kommandozentrale. Bloß für was?
Mit ihren Händen fährt sie an einem grünen Kabel entlang. Es verläuft knapp drei Meter an der Wand, knickt dann im rechten Winkel ab, kriecht hinter einen der Aktenschränke und kommt auf der anderen Seite wieder hervor, um sich dann bis zur Decke hinaufzuschlängeln. Dort verschwindet es in einem verborgenen Kabelschacht. »Mist«, flucht Sina. »Das war wohl nichts.« Sie wendet sich einer anderen Leitung zu, will sie gerade schnappen – da hört sie ein Geräusch. Es kommt aus Richtung Tür. Sina schaltet blitzschnell: Sie greift sich eine herumliegende Rohrzange, geht leicht in die Hocke, um sprungbereit zu sein.
Als sie sieht, wofür sie die Angriffsposition eingenommen hat, ist sie beinahe ein wenig enttäuscht: Alles, was durch die Tür kommt, ist eine verwunderte Gabriele.
»Was machst du denn da?« fragt diese irritiert.
»Puh!« Sina atmet auf. »Mensch, Gabi! Ich habe mir fast in die Hosen gemacht! Untersteh dich, mich noch mal so zu erschrecken!« Sie fuchtelt mit der Zange herum, legt sie schließlich auf einen Tisch. Schon wendet sie ihre Aufmerksamkeit wieder dem Kabelsalat zu.
Gabriele nähert sich betont langsam. »Sina ...« Sie legt eine Pause ein. Es fällt ihr schwer, sich zu den folgenden Worten aufzuraffen. Sie schlägt einen versöhnlichen Ton an, als sie erklärt: »Ich war unten. In diesem Tresorraum.« Das Wort ›Tresorraum‹ spricht sie bewußt abfällig aus. »Das war nichts. Überhaupt nichts. Nur Naziplunder.« Sie setzt sich auf eine Tischkante direkt neben Sina. »Wir hatten wohl beide unrecht, hm?«
Sina geht auf diesen Versöhnungsversuch nicht ein, untersucht statt dessen verbissen weiter. »*Du* hattest unrecht. Nicht ich.«
»Also, von mir aus.« Sie merkt, mit welcher Akribie ihre Freundin die schier unüberschaubaren Apparaturen be-

fingert. »O. k., dann haben die Nazis eben den ersten Satelliten der Welt gestartet, und du hast recht.«
Sina richtet sich auf, fuchtelt Gabriele mit einem Schraubenzieher vor der Nase herum. »Oh, nein! Nicht auf diese Weise! So leicht mache ich es dir nicht. Ich werde es dir beweisen, Gabi. *Beweisen!*«
»Aber Sina, Kind, du brauchst mir nichts zu beweisen …«
»Nee, nee, nee. Du glaubst doch immer noch, daß ich spinne. Stimmt's? Und jetzt wiegelst du nur ab, weil du nicht weißt, wie du ohne mich hier rauskommen sollst! Ich kenne dich nicht erst seit gestern, Gabriele. Für wie bescheuert hältst du mich eigentlich?«
Gabriele wendet sich entnervt ab. Sie schreitet durch den Raum, ringt nach Worten. Dann dreht sie sich plötzlich um. Ihre Stimme ist knallhart: »Also gut! Beweise es mir! Beweise es mir, damit wir das endlich alles hinter uns haben!« Sie schaut sich um. »Wo ist hier ein Satellit? Wo ist hier eine Startrampe?«
Sina läßt Schraubenzieher und Kabelstrang fallen. »Natürlich nicht hier, du Scherzkeks. Das war nur eine Leitzentrale. Von hier aus wurde die ganze Sache gesteuert. Das vermute ich jedenfalls.«
»Das stand alles in den Akten, ja?« Gabriele klingt ausgesprochen zweifelnd.
»Das stand in den Akten, ja. Und ich zeige dir noch mehr.« Sina deutet auf die Zeichnungen und Karten an den Wänden. »Siehste das? Das sind Berechnungen für eine Umlaufbahn.«
»Hypothesen«, entgegnet ihr Gabriele geringschätzig. »Nichts als Theorien. Aber wo ist der Beweis, Sina? Woher soll ich wissen, daß der Start deines Satelliten jemals stattgefunden hat?«
Sina denkt einen Moment angespannt nach. Sie ist in Zugzwang. Früher, als sie sich erhofft hätte. Denn noch ist wirklich das meiste von dem, was sie großspurig als absolute Wahrheit verkündete, weitgehend blanke Theorie. Dennoch ist sie sich sicher, daß sie recht hat. Sie überlegt

sich, ob sie Gabriele ihre Entdeckung zeigen soll. Ihre Entdeckung, auf die sie gestoßen ist, bevor sie sich an den Kabeln zu schaffen gemacht hat. Wahrscheinlich wäre es verfrüht, ihre Freundin damit zu konfrontieren. Aber andererseits: Wie sonst sollte sie den geforderten Beweis liefern? Selbstsicher klopft sie auf eine Schreibtischplatte. »Hier. Hier ist der Beweis.«

»Ein Schreibtisch?« Gabriele inspiziert das Möbelstück skeptisch. »Eichenholz, voller Wasserränder. Durch und durch marode. Für das Ding würde niemand Geld ausgeben.«

»Quatsch! Nicht der Schreibtisch an sich ist die Sensation.« Sina zieht eine Schublade heraus und holt eine schwarze Kladde hervor. »Testaufzeichnungen von 1944 und '45«, erklärt Sina wichtigtuerisch. Sie liest vor: »20. März 1944: Das A9 mit Nutzlast fünf Tonnen erfolgreich gezündet. Nutzlast erreichte niedere Erdumlaufbahn hundertzwanzig Kilometer. Weitere Schubkraftverstärkung nötig. H. dennoch sehr zufrieden.« Sina hebt ihren Blick, streicht sich vielsagend übers Kinn. »Die Abkürzung H. könnte für Himmler stehen. Oder sogar für –«

Gabriele macht eine wegwerfende Handbewegung. »Schmarrn, Kind. Der Buchstabe H könnte genausogut für Hintermeyr stehen. Oder für Holländer oder wie auch immer der Vorgesetzte desjenigen hieß, der das abgefaßt hat.« Sie nimmt Sina das Buch aus der Hand. Mit kritischem Blick überprüft sie die Echtheit. »Hm. Die Kladde scheint wirklich original ›Drittes Reich‹ zu sein. Was allerdings mit den Eintragungen, mit der Tinte ist, kann nur eine chemische Analyse erbringen.« Und mit einem mehr als zweifelnden Stirnrunzeln: »Du weißt ja wohl, wie man bei solchen Sachen reinfallen kann, Kind. Erinnere dich an die gefälschten Hitler-Tagebücher. Ohne chemische Analyse –«

»Soll ich sie jetzt gleich machen?« unterbricht Sina scharf.

Gabriele mault: »Also gut. Lies weiter.«

»Hier. Zum Beispiel das: Projekt Kolumbus gefährdet. Trägerrakete zündete unkontrolliert.« Triumphierend in

Richtung Gabi: »Hast du gehört? Wenn das kein Beweis ist!« Sie fährt fort: »Rakete antwortet nicht auf Signale der Bodenstation. Einmalige Nutzlast scheint für immer verloren.«

Gabriele wendet sich ab. »Gut. Jetzt hast du es mir bewiesen. Zufrieden?«

Sina überhört Gabrieles sarkastischen Unterton. Noch immer voll bei der Sache, erläutert sie: »Ich frage mich nur die ganze Zeit, was diese Fremden hier wollen. Ich meine: Wegen deiner Bilder sind sie bestimmt nicht hergekommen. Das wissen wir inzwischen wohl ziemlich sicher. Warum also, warum interessieren sie sich für das hier unten? Wozu all diese moderne Technik, die sie angeschleppt haben?« Sina deutet auf die Laptops, die die Fremden stehengelassen haben. »So 'ne Workstation kostet locker zwanzigtausend Mark. Arm sind die jedenfalls nicht.«

»Ist unser Streit jetzt vergessen? Gut. Dann laß uns noch mal ganz genau überlegen, wie wir hier heil rauskommen.« Gabriele geht nachdenklich durch den Raum. »Die Tür kriegen wir nicht auf. Und einen anderen Ausgang gibt es nicht. So viel steht fest. Also müssen wir warten. Warten, bis die Fremden zurückkommen. Es ist zum Verzweifeln!« Dann, nach einer kurzen Pause: »Und wenn wir es genauso machen wie gestern nacht?«

»Meinst du, wenn wir uns wieder besaufen, hilft das irgendwem weiter?« spöttelt Sina.

»Unsinn. Wenn wir uns in dem kleinen Nebenraum, dieser Abstellkammer, verstecken!«

Sina schüttelt entschieden den Kopf. »Vergiß es. Das läuft nicht, Gabilein. Habe ich auch schon dran gedacht. Von hier kann man den ganzen Gang einsehen. Und natürlich auch den Eingang zur Abstellkammer. Und wenn die Tür von diesem Saal wieder offensteht, dann kommen wir nicht raus. Es wäre nur eine Frage der Zeit, bis wir entdeckt werden. Daß wir nicht schon beim letzten Mal aufgeflogen sind, ist ein Wunder.«

»Dann eben in einen anderen Raum!«

»Aber die sind doch alle zu! Das heißt – warte mal ...« Unvermittelt läuft Sina aus der Schaltzentrale. Gabriele zögert nicht lange, rennt hinterher.
Sina nimmt mit jedem Schritt zwei Treppenstufen. Kurz darauf erreichen die Frauen die obere Ebene. Nicht mehr weit bis zur Stahltür, die ihnen den Ausgang verwehrt. Sina bleibt vor der Tür mit der Aufschrift »00« stehen. Der gekachelte Raum, der für Gabriele Stunden zuvor bereits sehr wichtig gewesen war.
Gabi schaltet sofort: »Die Toilette! Klar, du hast recht! Wir lassen sie einfach an uns vorbeiziehen und sind dann auf dem kürzesten Weg draußen! Das müßte klappen!«
Sina ist plötzlich gar nicht mehr so angetan von ihrer eigenen Idee: »Und wenn einer von denen mal muß?« fragt sie skeptisch.
Gabriele zuckt gleichgültig mit den Schultern. »Es geht doch nur um ein paar Minuten. Da wird schon niemand müssen.«
»Deinen Optimismus möchte ich haben.«
Gabrieles Blick fällt auf den Fußboden vor dem Sanitärraum. Sie nimmt voller Schrecken die schwerlich zu übersehenden Spuren wahr, die sie beim letzten Mal auf ihrem Spurt zu den Toilettenräumen hinterlassen hat. »Mist! Meine – äh – mein Erbrochenes. Das muß natürlich weg. Sonst kommen die gleich drauf, daß hier unten jemand sitzt.« Und zu sich selbst: »Schöne Schweinerei wird das, den Schlamassel ohne fließend Wasser wegzuputzen.«
Die Freundinnen machen sich sogleich daran, für Ordnung zu sorgen. Sina hat eine volle Packung Papiertaschentücher in ihrer Jeans gefunden. Gabi greift sich drei Tücher heraus, befeuchtet sie mit Speichel und macht sich schweren Herzens ans Schrubben. »Wir müssen alles genau so herrichten, wie es war. Besser, die merken überhaupt nicht, daß wir jemals da waren. Womöglich kommen die sonst auf die Idee, uns zu suchen.«
Sina stockt plötzlich: »Du, Gabi: die Kabel! Die Kabel, die ich in der Schaltzentrale herausgerissen habe!«

»Was?« fragt Gabriele entgeistert. »Wieso herausgerissen?«
»Ja, meine Güte, ich mußte doch irgendwie rauskriegen, wozu das ganze sinnvoll ist. Und da war es eben notwendig, ein paar von diesen Drähten abzuklemmen.«
Gabriele ist starr vor Schreck: »Abklemmen? Hör ich richtig?«
»Ja, verflixt! Ich muß das irgendwie wieder hinkriegen. So wild wird's schon nicht sein.«
»Na gut, Kind. Dann kümmere dich mal darum. Ich spiele inzwischen weiter die Klofrau«, meint Gabriele mit unverhohlenem Ekel in der Stimme.

41

Sina kommt sich vor wie in einem Gemüsebeet. Überall Salat. Kabelsalat. Sie versucht, das heillose Wirrwarr, das sie bei ihren überstürzten und – zugegeben – reichlich unbedarften Untersuchungen angerichtet hat, einigermaßen in den Griff zu kriegen. Was schwieriger ist als erwartet. Besonders bei den Leitungen, deren Funktion ihr noch immer völlig schleierhaft sind, hat sie erhebliche Probleme. Einiges stöpselt sie darum auf Verdacht ein.
»Nicht erschrecken Sina, ich bin's nur«, sagt Gabriele beim Eintreten.
»Danke für die Warnung«, lautet die trockene Antwort. Sina hebt nicht mal den Kopf, so sehr ist sie in ihr Problem vertieft.
»Olala! Du hast ja 'ne ganz schöne Unordnung angerichtet. Kommst du denn klar?«
»Würde es deine Ohren beleidigen, wenn ich statt einer Antwort einmal ganz laut ›Kacke‹ schreie?«
»Ja, das würde es«, meint Gabriele abfällig.
»O. k., dann sag ich's eben leise: Kacke.« Sina wirft ihrer Freundin einen beinahe verzweifelten Blick zu. »Wenn ich bloß die Schaltpläne zu diesem ganzen verfluchten Scheißkram hier hätte.«

»Sina, es langt!« rügt Gabriele.
»Ach, ist doch wahr! Wann soll ich fluchen, wenn nicht jetzt! Stell dir vor, ich vertausche irgendwelche Kabel. Wer weiß, was ich damit in den PCs auslöse. Die haben ihre Laptops doch direkt mit der alten Anlage verdrahtet.«
Gabriele legt ein wissendes Lächeln auf: »Du sagst es. Die haben diese Anlage verdrahtet. Die, nicht wir. Und wenn ich mich recht entsinne, haben sie sich gestritten, weil die Sache nicht so funktionierte, wie sie sich das wohl vorgestellt hatten. Wenn also bei ihrem nächsten Besuch hier unten noch mehr schiefgeht, werden sie den Schuldigen in den eigenen Reihen suchen. Bestimmt nicht bei uns.«
Sina wiegt ihren Kopf. »Naja. Vielleicht. Du könntest recht haben. Die genaue Lage jedes einzelnen Kabels werden sie sich kaum gemerkt haben. Wenn nicht alles haargenau stimmt, ist es halb so schlimm.«
Trotzdem achtet auch Gabriele peinlich genau darauf, daß kein Kabel uneingestöpselt zurückbleibt. Die Zeit verrinnt dabei deutlich schneller, als den Frauen lieb ist.
Dann, endlich: »Geschafft!« Sina lehnt sich an einen der Schränke, läßt sich langsam zu Boden sinken. Gute zwei Stunden haben die beiden Frauen aufgeräumt. In jede Ecke haben sie geschaut, unter jeden Tisch. »Ich glaube, jetzt haben wir's wirklich geschafft. Nur zwei oder drei kleine Steckverbindungen und die Sache ist geritzt. Oder fällt dir noch irgendwas ins Auge, was jemanden stutzig machen könnte?«
»Stutzig machen? Nein. Höchstens das Geräusch meines Magens. Sein Brummen läßt sich kaum überhören.«
Sina zieht mitleidig die Brauen hoch. »Tja, sorry, aber meinen letzten und einzigen Schokoriegel haben wir ja verputzt.« Sie holt demonstrativ das Innere ihrer Hosentaschen heraus. »Siehste: Nichts mehr drin.«
Gabriele läßt sich neben ihrer Freundin nieder, lehnt sich entspannt an die Rolltür des Schrankes. »Also gut. Kein Essen. Versuchen wir, auf andere Gedanken zu kommen.«

»Könnte nichts schaden. Das lenkt vielleicht auch ein wenig von dieser verflixten Kälte ab. Ich bin völlig ausgekühlt.« Sina reibt sich die Arme. »Und meine Zehen sind nur noch Eiswürfel. Frieren und hungern – was für eine erbärmliche Kombination!«
»Als Kind hatte ich öfters Hunger.«
»Kann ich mir vorstellen«, spottet Sina. »Man sieht's.«
»Hältst du mich etwa auch für zu dick?«
»Wieso *auch*? Wer findet das denn noch?«
»Na, dieser Penner, dieser Bernhard –«
»Also bitte, Gabi! Opa Bernhard ist tot. Rede nicht so abfällig von ihm.«
»Wollte ich ja eigentlich gar nicht. Du bringst einen ganz aus dem Konzept«, beschwert sich Gabriele.
»O. k. Du wolltest mir ein traumatisches Erlebnis aus deiner frühen Jugend erzählen. Von wegen Kälte und Hunger. Also? Ich lausche.«
Gabriele pufft sie in die Seite: »Mach dich nicht dauernd lustig über mich. Ist nämlich gar nicht witzig, meine Geschichte.«
Sina verdreht die Augen. »Verzeih!«
Gabriele geht auf die neue Provokation nicht ein, erzählt einfach weiter: »Mein Bruder, der Friedhelm, und ich hatten manchmal wirklich verdammt wenig zu beißen. Der Antiquitätenladen lief nicht gerade berauschend damals. In den Fünfzigern, als ich auf die Welt kam. Was sollten die Leute da denn mit Antiquitäten? Klar, es gab ein paar Neureiche. Leute, die den Krieg ganz gut verdaut hatten. Aber die Masse? Das breite Publikum? Wenn wir Kohle verkauft hätten, ja, dann hätten meine Eltern leichtes Spiel gehabt. Im wahrsten Sinne des Wortes Kohle gescheffelt hätten sie dann. Aber Antiquitäten? Das ging erst wieder in den sechziger Jahren richtig los.«
Sina macht einen nachdenklichen Eindruck. »Das kenn' ich.«
»Was kennst du? Das mit dem Kohle scheffeln?«
»Nein. Ich kenne das Gefühl, wenn der Magen knurrt. Wenn er sehr, sehr lange knurrt.«

Gabriele kann sich ein Grinsen nicht verkneifen. »Was? Du? Ausgerechnet du Rotzgöre? Schon mir nimmt man es ja kaum ab, daß ich noch was von dem Mangel der Nachkriegsjahre mitgekriegt habe. Aber dir? Wo gab's in deiner Zeit noch einen knurrenden Magen? Nee, Kind, mit solchen Äußerungen würde ich mich an deiner Stelle lieber zurückhalten.«
Sina schaut Gabriele nicht an. »Vielleicht solltest du dich auch manchmal etwas zurückhalten. Ich weiß es sehr wohl, was es heißt, nichts zu essen zu bekommen. Was es heißt, beim Tischnachbarn in der Schule ein Pausenbrot schnorren zu müssen, weil die Mami es wieder mal nicht geschafft hat, eins zu schmieren. Und ich kenne das Gefühl, wenn man nach dem Unterricht nach Hause geht und einem unterwegs von überallher der Geruch nach Gebratenem und Gekochtem in die Nase kriecht, aber man selbst vor leeren Kochtöpfen steht.«
»Du brichst mir das Herz.«
»Tu nicht so blöd! Ich habe echt nicht die Kindheit gehabt, die ich mir gewünscht hätte.«
»Rabenmutter, was?«
»Eigentlich nicht. Eher überforderte Mutter.«
»Na, mit dir als Kind kann ich mir das vorstellen«, stichelt Gabriele.
»Ich glaub, an mir lag das ausnahmsweise mal nicht. Vielmehr an meinem Vater.«
»Was war denn an dem so schlimm? Hat er seinen Job verloren? Oder war er Trinker? Oder war eine Geliebte im Spiel?«
»Es gab ihn gar nicht erst.«
Die andere stutzt. Hat sie das Gespräch bis eben noch mehr oder weniger gelangweilt, ist ihre Aufmerksamkeit nun erwacht. Sie will plötzlich mehr über ihre Freundin wissen – und wundert sich, warum sie erst jetzt, in dieser Zwangslage, über solche Dinge sprechen. »Ganz ohne Vater würde es dich wohl kaum geben, Kleine.«
»Wohl kaum.«

Gabriele muß bohren, denn Sina scheint plötzlich nicht weiterreden zu wollen. »Also? Was hat er getrieben, dein Erzeuger? Hat er sich abgesetzt, nachdem er dich das erste Mal in der Klinik zu Gesicht bekommen hat?«
Sina findet das nicht lustig. Kein Stück. »Er hat sich tatsächlich abgesetzt. Aber noch *bevor* er mich in den Armen halten konnte. Meine Mutter war im vierten Monat schwanger. Ungewollt. Er ist fortgezogen. Nach Würzburg.
»Naja, Nürnberg–Würzburg. Das ist ja nicht die Welt.«
»Es hat gereicht.«
Gabriele ist mittlerweile sichtlich ergriffen von Sinas Lebensbeichte. »Du willst mir doch nicht erzählen, daß dein Vater die läppischen 100 Kilometer nicht wenigstens ab und zu hinter sich gelegt hat, um sein Töchterchen zu besuchen. Wenigstens Weihnachten. Oder zum Geburtstag?«
Sina starrt auf den Boden. »Nein. Hat er nicht.«
Gabriele fährt wütend auf. »Ja, aber ...« Sie merkt plötzlich, daß sie ihre Freundin mehr aus der Reserve gelockt hat, als ihr lieb ist. »Aber, dieser Mistkerl muß doch so etwas wie ein Gewissen gehabt haben.«
»Was glaubst du, wie oft ich mir genau darüber Gedanken gemacht habe. Ja, meine Mutter, die konnte ihn irgendwann abschreiben. Die konnte die kurze Affäre mit ihm irgendwann ad acta legen. Aber ich. Seine Tochter. Ich habe immer wieder an ihn gedacht. Wollte wissen, was er für ein Mensch ist. Konnte mir einfach nicht vorstellen, von so einem Mister Herzlos abzustammen.«
»Und?« fragt Gabriele leise.
»Ich habe die Sache selbst in die Hand genommen.«
Gabriele schaut auf. Alles in ihr spannt sich an.
»An meinem achtzehnten Geburtstag«, fährt Sina fort. »Meine Mutter war strikt dagegen. Aber mir war das egal. Völlig Wurscht war mir das. Ich habe mich in den Zug gesetzt und bin nach Würzburg gefahren.«
Gabriele ist ergriffen. Sie hängt förmlich an Sinas Lippen. »Woher wußtest du, wo du ihn finden konntest?«

»Ha.« Sina lächelt das erste Mal seit dem Beginn dieses Gesprächs. »Das war nicht schwer. Ich kenne seinen Beruf.« Sie lächelt noch immer. »Er ist Professor. Doziert an der Uni. Du siehst, ich habe die Erbanlagen eines Hochgebildeten in mir. Unterschätz mich also nicht wieder.«
Die Ältere winkt ab, will endlich wissen, wie die Story weitergeht. »Bist du in sein Büro gegangen, oder was?«
»Wollte ich eigentlich. Aber ich habe mich nicht getraut. Was sollte ich ihm auch sagen? Daß ich Sina bin. Sein Töchterchen Sina?« Sie scheuert ihren Rücken unruhig am Schrank. »Nee. Ich habe mich in eine seiner Vorlesungen gehockt. Mitten zwischen die Studenten. Mein Herz hat geklopft wie wild. Erst habe ich erwartet, daß der Mann, auf den wir da alle warteten, mir genauso fremd sein würde wie den anderen jungen Leuten um mich herum. Aber, verdammt, als er kam –« Sina stockt einen Augenblick. Dann schaut sie Gabriele direkt in die Augen: »Gabi, ich sag dir, es gibt so etwas wie eine Kommunikation zwischen den Genen. Jede Minute, in der ich ihn beobachtete, wurde er mir vertrauter. Bewegungen, selbst ganz unbedeutende, kamen mir bekannt vor. Ich entdeckte an ihm Verhaltensmuster, die genausogut auf mich zutreffen könnten. Plötzlich wußte ich auch über viele Gesichtsausdrücke, von wem ich sie geerbt habe. Ja, das war *mein* Vater!«
Gabriele verspürt den Drang, Sina die Hand auf die Schulter zu legen. Aber sie läßt es, fragt statt dessen nur: »Hast du ihn angesprochen?«
»Nein. Jedenfalls nicht sofort. Ich habe eine Nacht gewartet. Habe mir ein Zimmer genommen und nachgedacht. Dann habe ich ihn angerufen. In seinem Büro. Er blieb ganz sachlich. Keine Überraschung. Weder Freude noch Gram. Er sprach mit mir, als wäre ich eine seiner Studentinnen. Er schlug vor, daß wir gemeinsam essen gehen. Wollte mich vom Hotel abholen.«
»Wollte?«
»Nein, er *hat* mich vom Hotel abgeholt.« Sina wendet ihren Blick wieder ab.

Gabriele kann sie nur noch im Profil erkennen, sieht aber, daß ihre Augen gläsern werden.

»Er war pünktlich – und ich nervös. Ich hatte schon vorher eine Zigarette nach der anderen geraucht.« Pause. »Und dann stieg ich ein. In seinen Wagen. Mit Zigarette.« Wieder eine Pause. »Und was sagt das Arsch? Was sagt der Mistkerl? Er sagt: ›Sei nicht böse, Sina. Aber in meinem Wagen wird nicht geraucht.‹ Kannst du dir das vorstellen? Du triffst deinen Vater das erste Mal in deinem Leben – und alles, was er zu sagen hat, ist: ›In meinem Wagen wird nicht geraucht‹.«

Gabriele würde am liebsten im Boden versinken. Sie weiß nicht, womit sie ihre Freundin trösten könnte. Wahrscheinlich ist Trost ohnehin genau das, was sie in dieser Situation am allerwenigsten braucht. Gabriele beschränkt sich auf eine knappe Nachfrage: »Ich nehme an, zu eurem gemeinsamen Essen ist es nicht gekommen?«

»Nein. Bestimmt nicht. Ich bin ausgestiegen. Habe mich umgedreht und bin weggelaufen.«

Eigentlich will Gabriele wissen, ob Sina damals geweint hatte. Oder geflucht. Aber sie fragt nicht danach. Sie will plötzlich nur noch ausbrechen aus diesem Gespräch. Diese Geschichte geht ihr nahe. Viel zu nahe. Gabriele schaut sich hilfesuchend um. Ihr Blick fällt auf die Geräte der Fremden. Auf die Computer, die undefinierbaren Meßapparaturen. Sie steht auf, mustert die für sie nichtssagenden Dinge scheinbar interessiert. »Was ist das eigentlich?« fragte sie, um abzulenken.

Sina versteht den Wink. Und es ist ihr sogar recht. Sie möchte selbst nicht weiter über ihren Vater reden. Über diesen Mann, der ihr immer fremd geblieben ist. Und der ihr doch so vertraut scheint. Sina erhebt sich ebenfalls, geht zu dem Tisch mit den Geräten. »Das, vor dem du gerade stehst, ist eine Workstation.«

Gabriele wundert sich über den festen Ton von Sinas Stimme. Kann Sina die Sache wirklich so schnell wegstecken? Egal. Ihr kann es schließlich nur recht sein.

»So?« fragt sie scheinbar unbeschwert. »Das sieht aber aus wie ein ganz normaler Computer.«
»Eine Workstation ist ein Computer. Nur schneller und teurer.«
Jetzt bloß nicht nachlassen, denkt Gabriele. Sie deutet auf die nächste Apparatur. »Und das?«
»Der Drucker dazu. Dahinter Analog-Digital-Wandler.«
»Und der Kasten«, meint Gabriele betont unbedarft, »was ist das?«
Sina ist wieder ganz bei der Sache. »Ein AM-Empfänger. Dazu jede Menge Verstärkeranlagen und Frequenzfilter.«
»Vielleicht ein Piratensender?«
Sina lacht.
Endlich, denkt Gabriele. Die Sache wäre überstanden.
»Radio ›Nazibunker‹ oder was?« witzelt Sina.
Gabriele wendet sich schnell dem nächsten Gerät zu. Sie deutet auf einen großen Bildschirm. »Und dies hier? Noch ein Computer?«
»Oh, nein.« Sina streicht über den Schirm. So, als handle es sich um eine Kostbarkeit. »Das ist etwas ganz Besonderes.« Und auffordernd: »Drück doch mal auf den kleinen Knopf. Rechts oben.«
Gabriele zögert einen Moment. »Soll ich wirklich? Mache ich damit nichts kaputt?«
»Quatsch! Drück schon.«
Gabriele drückt. Der Schirm flackert auf. Ein Bild erscheint. Erst undeutlich, dann klarer. Gabriele glaubt ihren Augen nicht zu trauen. Das, was sie da gerade sieht, ist ein Basketballspiel. »Ein – Fernseher? Diese Männer kommen doch nicht nachts hierher, um fernzusehen?«
Sina zuckt mit den Schultern. »Keine Ahnung. Aber das ist, zugegeben, ein besonderes Programm. Nix mit ARD und RTL.« Sie dreht den Lautstärkeregler auf. Sätze in breitem Englisch ertönen. Original amerikanische Sportkommentierung! »Das ist der Livebericht eines New Yorker Senders. Irgendwo da draußen, oben im Wald, muß eine Antennenschüssel stehen. Mit Verbindung bis zu diesem Fernseher. Irre, was?«

»In diesem Fall würde ich sogar sagen: total irre.« Gabriele knipst den Fernseher aus. »So langsam möchte ich gern wissen, was das alles soll.«
Sina hat sich den Kabeln zugewendet. »So: Diese beiden noch und die Sache ist endgültig erledigt.« Sie steckt das letzte unverknüpfte Schnurpaar in die dazugehörigen Buchsen, legt die Drähte behutsam beiseite, reibt sich dann zufrieden die Hände. »Na bitte. Wer sagt's denn. Wäre ja gelacht gewesen, wenn ich das nicht irgendwie hingekriegt hätte.«
Dann ein Knall. Kurz, laut, scharf.
Beide zucken zusammen. Aus einer Schalttafel an der Wand zischen Funken. Sina läßt ihren Kopf herumfahren. Auch an anderen Schalttafeln nimmt sie Blitze wahr. Und Qualm. Die Zeiger aller Meßinstrumente schlagen gleichzeitig aus. Sie pendeln wie wild hin und her. So als wollten sie jeden Augenblick aus ihren Gehäusen springen. Relais schalten laut klackernd durch, Nadeldrucker kreischen.
Gabriele fühlt sich völlig überrumpelt. Sie bleibt wie angewurzelt vor dem Fernsehgerät stehen. Sina stößt sie beiseite, hechtet zu einem der Kabelstränge. Wahllos zieht sie ein Dutzend Drähte aus ihrer Verankerung. Jetzt ist nicht mehr die Zeit, um auf Unauffälligkeit zu achten. Jetzt gilt es, den Stromkreis irgendwie zu unterbrechen. Notfalls mit brachialer Gewalt. Sina reißt und zerrt – aber nichts tut sich. Die Apparate arbeiten weiter wie verrückt. Unwillkürlich schießt Sina die Geschichte vom Zauberlehrling durch den Kopf. Die Geister, die ich rief ...
Während Gabriele erschrocken zur Tür zurückweicht, springt Sina von einer Schalttafel zur nächsten, drückt aufs Geratewohl diverse Knöpfe. Ohne jede Wirkung. »Verdammt! Diese Mistdinger müssen doch zu stoppen sein!«
»Der Generator?« tönt es zaghaft aus Richtung Tür.
Sina fährt herum, starrt Gabriele einen Moment verblüfft an. »Ja! Natürlich! Klar! Warum bin ich nicht gleich draufgekommen!« Sie will gerade zur Strommaschine sprinten,

als ihr Blick auf einen der Drucker fällt: Undurchschaubare Zahlenkolonnen sind auf die Papierrolle geschrieben. Sina stutzt. Ihre Aufmerksamkeit wird von einem der PC-Bildschirme abgelenkt, der sich plötzlich erhellt. Was Sina da in großen deutlichen Buchstaben zu lesen bekommt, läßt sie den Generator augenblicklich vergessen.

ZIEL ERFASST – NEW YORK – SPRENGSATZ SCHARF

Sina ist wie zur Salzsäule erstarrt. Sie stiert auf den Bildschirm. Soll das ein schlechter Scherz sein, fragt sie sich. Haben hier unten perverse Computerhacker ihr Unwesen getrieben? Üben sie in diesen Katakomben den Dritten Weltkrieg? So versteckt, damit sie niemand bei ihren bösen Spielen erwischt?

Gabriele, verwundert über Sinas unvermitteltes Erstarren, tritt näher, folgt dem Blick ihrer Freundin, sieht ebenfalls den Text auf dem Monitor. Auch sie studiert die Zeile ungläubig. Auch ihr schießen ähnliche Gedanken durch den Kopf wie Sina. Gabriele kann sich ein leichtes Lächeln nicht verkneifen. »Aha. Das ist es also«, sagt sie geradezu erleichtert. »Mit harmlosen Spinnern haben wir es zu tun. Irgendwelche Informatikfanatiker, die sich hier unten verschanzt haben.«

Sina antwortet nicht, schaut weiter gebannt auf den Schirm. Die Schrift verschwindet. Die Worte machen Platz für eine Grafik. Ein kleiner blinkender Punkt bewegt sich auf eine Scheibe in der Mitte des Schirms zu. Dazu, ganz unten im Bild, eine Zeitanzeige.

24 STUNDEN BIS ZUR DETONATION

»Was ist denn jetzt passiert?« fragt Gabriele etwas verstört, aber noch immer nicht wirklich besorgt. Sie glaubt weiter an einen dummen Streich. »Klingt faßt so, als sollte was in die Luft gejagt werden. Ein Miniaturmodell von New York vielleicht? Oder eher eine Computersimulation der Stadt?«

Sina wird aschfahl. »Ach du Scheiße! Gabi! Scheiße!«

»Kannst du dich jetzt nur noch in Fäkaliensprache ausdrücken?«

»Scheiße, Scheiße, Scheiße!« Sina rüttelt wie gestochen an dem Bildschirm. Doch die Grafik bleibt. »Verdammt, Gabi! Das ist kein Computerspiel! Es geht wirklich um New York!«

»So 'n Quatsch«, sagt Gabriele fast beleidigt. »Warst du überhaupt schon mal drüben? Hast du den Big Apple jemals genossen?«

»Nein, aber das ist jetzt absolut nebensächlich! Kapierst du nicht, um was es geht?« herrscht Sina sie an.

Gabriele prustet aufgebracht: »Blödsinn, Sina! Wie sollten die denn New York zerstören? Von hier aus? Völlig unmöglich!«

Sina deutet zitternd auf den Bildschirm: »Und was ist das?« Sie tippt mit dem Finger auf den roten Punkt. »Eine Bombe aus dem Weltraum im Anflug auf New York!«

Gabriele stemmt wütend die Arme in die Hüften: »Dieses lächerliche Bildchen besagt gar nichts! Ein perverses Computerspiel! Sonst nichts.« Und abfällig: »Außerdem ist die Grafik ziemlich schlecht. Das sehe sogar ich als absoluter Computerlaie.«

Sinas Nervosität steigert sich sichtlich. »Aber wozu das ganze Zeug hier?« Ihre Hände flattern, als sie auf die tosenden Geräte rings um sie deutet. »Mist, ich bin schon ganz fickerig! Das sind alles echte, funktionierende Sende- und Empfangsanlagen! Nix mit Virtual Reality!«

Gabriele wendet sich ab. »Ach was! Mir geht dieser ganze Hokuspokus auf den Geist. Ich will raus aus diesem Verließ und sonst nichts.«

Ihre Freundin hört ihr kaum noch zu. Wie in Trance schaut sie sich um, dreht sich dabei immer wieder um die eigene Achse. Überall tickende Geräte, wild flackernde Lämpchen, hektisch ausschlagende Zeiger. Sina versucht, die vielen Eindrücke in ihrem Geist zu sortieren. Versucht, dem Chaos einen Sinn abzugewinnen. Die Computergrafik, die Sendeanlage, die alte Nazikladde, das Stichwort »Kolumbus«. Sina wird bleich. Ja, das ist es! Die Groschen sind gefallen! Sie sinkt haltsuchend auf einen Stuhl.

»Was ist? Hat dich der Schlag getroffen?« Gabriele merkt sofort, daß Sina ein schrecklicher Gedanke durch den Kopf gegangen sein muß. Sie sieht es ihr an, daß sie durch irgend etwas tief bewegt ist.
»Ich ...« Sina stockt. »Ich habe sie ausgelöst.«

42

Gabriele verliert die Geduld. Sie zittert vor Anspannung: Erst die unfreiwillige Gefangenschaft in dieser klammen Höhle. Dann der Streit mit Sina. Der ganze Ärger mit der verrücktspielenden Technik. Und ausgerechnet an so einem durch und durch verkorksten Tag muß Sina in eine Krise stürzen, muß sich mit Selbstzweifeln plagen. »Sina, Kind, beruhige dich. Es ist ja nichts passiert.«
Sina springt auf. »Ich habe sie ausgelöst! Die Bombe!« Sie deutet mit düsterer Mine nach oben. »Die Nazibombe!«
Gabriele versteht nur Bahnhof. Abwehrend, in hartem Tonfall, will sie ihre Freundin maßregeln: »Reiß dich zusammen! Deine Phantasie geht mit dir durch!«
»Mein Gott, all diese Menschen!« ruft Sina verzweifelt. »Wir –« Und dann entschieden: »Wir müssen das Ding stoppen!«
»Wen stoppen?«
»Verstehst du nicht? Will das partout nicht in deine Birne?« Sina läuft zum Schreibtisch, aus dem sie die Kladde mit den handgeschriebenen Notizen über Raketentests genommen hatte. Sie greift jetzt erneut danach, blättert darin herum. »Hier! Begreif doch! Vor fünfzig Jahren: Die Nazis schicken den ersten Satelliten ins All. Wozu wohl? Zur Wetterbeobachtung? Nein, bestimmt nicht. V2s transportierten nur eines: Sprengstoff! Bomben!« Sina schluckt. »Und – und Kolumbus steht natürlich für Amerika. Für das Ziel der Bombe. Für New York!«
Gabriele spürt, daß ihr die Situation vollends aus den Händen gleitet. Sie unternimmt einen letzten Versuch, beschwichtigend auf Sina einzuwirken. Tröstend und ver-

nunftbetont sagt sie: »Sina. Das ist Schnee von gestern.« Sie nimmt ihr die Kladde aus der Hand, klappt sie demonstrativ zu. »Außerdem: Hier steht doch, daß der Versuch schiefgegangen ist. Dieses Ungetüm geriet außer Kontrolle! Hast du mir selbst vorgelesen. Es ist verschwunden, Sina. Weg! Aus den Augen, aus dem Sinn.«
»Eben nicht«, kontert Sina aufbegehrend. »Im All geht nichts verloren! Irgendwo da draußen kreiste es die ganzen Jahre um die Erde. Keiner konnte es finden – weil ja keiner von ihm wußte und deshalb auch niemand danach suchte.« Sie flucht: »Nur diese Fuck-off-Typen, diese Arschlöcher, haben es rausgekriegt! Wie auch immer.«
»Sina, Kind, was spinnst du dir da für ein Zeug zusammen? Das ist reiner Irrwitz!«
»Ich spinne nicht! Schau dich um! Wenn du keine Tomaten auf den Augen hättest, dann würdest du erkennen, was das hier für eine Funktion hat. Wir sitzen mitten in der Leitzentrale, Gabi! In der Leitzentrale der fliegenden Bombe!«
Bei Gabriele dämmert es allmählich. Sie kann nicht leugnen, daß Sinas Erklärungen eine gewisse Unruhe in ihr auslösen. Auch sie kann schließlich eins und eins zusammenzählen. Trotzdem: Noch einmal versucht sie, der Sache eine andere Wendung zu geben: »Aber diese Anlage funktioniert nicht. Das haben die Männer selbst gesagt!«
»Jetzt funktioniert sie! Weil *ich* dran gedreht habe!« Sie ballt die Fäuste. »Ich könnte mir in den Hintern treten!«
Gabriele ist – endlich – besorgt. »Mein Gott! Dann ist es wahr? Die Bombe wird auf New York stürzen?«
»In 24 Stunden ...«, sagt Sina leise.
»Aber dagegen muß man was tun können!«
»Sag ich doch!« Sie fackelt nicht lange, setzt sich sofort an die Workstation. »Irgendwie wird das Ding von hier gesteuert.« Sie hackt auf die Tastatur ein, will herausfinden, ob sich der Prozeß umkehren läßt. Mit zusammengebissenen Zähnen sagt sie: »Ich schwör dir: Ich kriege raus, wie!« Sie tippt einen Befehl ein, erhält daraufhin eine Fehlermeldung. Sie versucht es wieder – kein Erfolg, er-

neut eine Fehlermeldung. Nach dem fünften Versuch schlägt sie verärgert auf die Tischplatte. Ihre Augen beginnen zu schmerzen. Kein Wunder, immerhin ist sie schon seit Stunden am Werkeln. Sie schiebt den Stuhl zurück, geht in die Hocke. Sie kriecht zwischen die Kabel, verfolgt Leitungen, stöpselt sie um.

Aus Gabrieles Sicht ist kein Sinn darin zu finden. Sinas Aktionen scheinen ziellos, unüberlegt. Ihre junge Freundin geht ohne jedes Konzept vor. Was ist, wenn sie die Sache durch ihr hektisches Gefummel nur schlimmer macht?

Sina schraubt das Gehäuse eines größeren Kastens auf, greift beherzt hinein. Sie wütet in seinen Innereien. Über den Gedanken, daß sie sich dabei einen gewaltigen Schlag einhandeln kann, setzt sie sich kühn hinweg. Sie merkt, daß auch das Gewühl in dem Kasten nichts bringt. Genausogut könnte ich ins Klo fassen, denkt sie und ärgert sich über sich selbst. Sie richtet sich wieder auf, blickt auf den Monitor: Nichts hat sich getan. Der rote Punkt blinkt unverändert weiter, der Countdown läuft.

Gabriele hält sich im Hintergrund. Was sollte sie anderes tun? Etwa auch noch helfen, Sinas Kabelsalat kräftig durchzumischen? Bestimmt nicht. Sie schaut auf die Uhr, schrickt dabei leicht auf. Die Zeit! Das hat sie beinahe vergessen! Die Männer können jeden Moment auftauchen. Höchste Eisenbahn, sich zu verstecken. »Sina …« Sie legt ihrer Freundin die Hand auf die Schulter. »Wir mü-«

»Ja, wir müssen das Ding stoppen! Sicher müssen wir das«, keift sie verbissen.

»Sina, nein, ich meine … es wird immer später.«

»Das brauchst du mir nicht zu sagen.« Sina deutet fahrig auf den Countdownzähler. »Verflucht, ich weiß nicht weiter!«

»Sina, das meine ich nicht. Die Fremden! Inzwischen muß es draußen schon wieder dunkel sein. Sie können jederzeit zurückkommen! Und was ist, wenn sie sehen, daß das Licht brennt? Wenn sie uns hier finden?«

Sina ist den Tränen nahe. »Aber die Bombe …«

Aufbrausend entgegnet Gabriele: »Vergiß sie! Vergiß diese Bombe! Das sind doch alles nur Vermutungen! Aber diese Männer, diese Typen sind sehr real! Und ich möchte denen nicht über den Weg laufen.«
Sina ist hin- und hergerissen. »Ich ja auch nicht.« Sie schaut sich hektisch um, bestimmt dann: »Aber ein paar Dinge habe ich noch nicht probiert und die –«
Gabriele ist jetzt sehr energisch: »Herrgottnochmal! Nein! Verstehst du nicht? Wenn diese Männer uns finden, sind wir früher tot als die Menschen in New York!« Ihr schießt ein listiger Gedanke durch den Kopf, mit dem sie Sina umstimmen könnte: »Und sag mir: Wer soll die Welt warnen, wenn es uns nicht mehr gibt?«
Sina ist für einen Moment sprachlos. Gabriele hat recht. Ihr letztes Argument war logisch. Geradezu zwingend logisch! »Richtig! Wir müssen hier raus – und sie warnen! Wir sind die einzigen, die von der Sache wissen. Wenn wir den Mechanismus nicht ausschalten können, dann müssen wir die Menschen wenigstens warnen!« Sina ist zum Handeln entschlossen: »Ich gehe und schalte das Licht aus. Wir treffen uns an der Stahltür.«

43

Der Toilettenraum erscheint ihnen nach wie vor als bestes Versteck, um auf die Fremden zu warten. Von hier aus ist es nicht weit bis zu der verriegelten Stahltür, an der die Frauen in den zurückliegenden Stunden abwechselnd ihre Aggressionen ausgelassen haben. Von der himmelblau gekachelten Toilette aus können sie genau mitbekommen, wann die Männer wieder erscheinen. Und von hier aus dürfte es nicht besonders schwierig sein zu flüchten. Beide sitzen im Dunkeln. Den Generator haben sie längst ausgeschaltet.
Sinas Taschenlampe blitzt auf. Sie leuchtet auf ihre Armbanduhr. Ihre Stimme klingt müde und erschöpft: »Sie könnten jetzt endlich kommen.«

»Eigentlich müßten sie das schon lange. Letzte Nacht waren sie um diese Zeit längst da. Nicht sonderlich zuverlässig, diese Herrschaften.«
Sina muß unwillkürlich lächeln. »Herrschaften? Na, du läßt diese Bande aber gut davonkommen.« Wieder blickt sie auf die Uhr. »Eine Stunde! Seit einer Stunde sitzen wir hier! In dieser Zeit hätte ich vielleicht doch noch –«
»Nein, Sina. Wir müssen jetzt abwarten. Entspanne dich ein wenig.«
Das Taschenlampenlicht erlischt. Sina lehnt sich schlaff an die kühlen Wandkacheln. Sie atmet tief durch. »Was mein kleiner Tom wohl jetzt macht?« sagt sie schlaftrunken. Ihr Kopf kippt langsam zur Seite.
Gabriele starrt in die Dunkelheit. Sie lauscht – absolute Stille. Sie nimmt nur Sinas gleichmäßiges Atmen wahr. Ist sie eingeschlafen? So schnell? Die Kleine muß todmüde gewesen sein. Gabriele tastet nach ihrer Freundin. Sie nimmt sie vorsichtig am Arm und zieht ihren Oberkörper zu sich herüber. »Leg dich ein bißchen auf meinen Schoß. Das ist bequemer«, sagt sie leise.
Sina ist tatsächlich in einen tiefen Schlaf gefallen. Gabriele streicht ihr behutsam übers Haar. Auch ihre Lider werden schwer. Gabriele schließt die Augen. Für einige Minuten streichen ihre Hände noch über Sinas Haar. Dann werden die Bewegungen langsamer. Gabrieles Arme erschlaffen. Allmählich sackt sie zusammen.
Das laute metallische Scheppern nimmt Sina nur beiläufig wahr. Sie glaubt zunächst, es sei bloß ein Bestandteil ihres Traumes. Es klingt unwirklich und weit weg. Doch das Scheppern wiederholt sich. Diesmal hält es länger an und geht in ein Quietschen über. Das Quietschen von Scharnieren. Sina reißt die Augen auf. Sie ist plötzlich hellwach. Jetzt hört sie auch Schritte. Sina richtet sich auf, stößt dabei mit ihrem Kopf beinahe gegen Gabrieles.
Auch die wird jetzt wach. »Uuuaaa. Hab ich gut geschla –«
»Still!« zischt Sina. »Die Fremden sind da! Sie sind schon drin!«

»Was? Das kann nicht sein!«
Sinas Taschenlampe flackert auf. »Scheiße. Zwei Stunden! Wir haben über zwei Stunden geschlafen, Gabi!«
Plötzlich wieder Schritte. Ganz nahe. Unmittelbar vor der Toilettentür. Und dann Stimmen. Trotz der Nähe dumpf und unverständlich. Die Frauen rücken instinktiv dichter zusammen, pressen sich eng an die Kacheln. Die Stimmen werden leiser. Sina hört an den Schritten, daß sich die Gruppe entfernt. Sie will bereits aufatmen, als sie ein weiteres Geräusch registriert. Ein Scharren. So, als würde jemand mit seinem Schuh eine Zigarette auf dem Betonboden ausdrücken. Sina hebt ihre Nase, schnuppernd in die klamme Luft. Und wirklich, sie hatte recht: Zigarettenqualm! Die Frauen lauschen gebannt in die Dunkelheit. Sie hören wieder Schritte. Schritte eines einzelnen. Unsichere Schritte – oder suchende.
Bei dem Gedanken, daß jemand der Fremden mißtrauisch geworden sein könnte und nun nach ihnen sucht, wird Sina angst und bange. Sie müssen jetzt ganz still sein! Und hoffen, daß der einzelne so schnell wie möglich verschwindet. Denn wenn der Rest der Gruppe erst einmal in der Schaltzentrale ankommt und die Bescherung sieht, dann werden Sina und Gabi nichts mehr zu lachen haben. Dann werden sich die Fremden sofort an ihre Fersen heften.
Die Schritte werden schneller. Der Unbekannte scheint gefunden zu haben, was er suchte. Sina beißt sich vor Schreck in die Unterlippe, als sie das feine Quietschen der Toilettentür hört. Ein starker Taschenlampenstrahl erhellt den Raum, streift aber glücklicherweise nicht die beiden Frauen. Gabriele packt Sina am Arm, drückt fest zu. Beide zittern wie Espenlaub.
Der Fremde gibt murrende Töne von sich. Sina fragt sich fieberhaft, was er will. Der Lichtstrahl bleibt an den Pinkelbecken haften. Die Frauen hören ein etwas freundlicher gestimmtes Grummeln des Mannes. Er geht auf eines der Becken zu, leuchtet hinein. Der Lichtstrahl wird unruhig, offenbar klemmt sich der Fremde die Lampe

unter den Arm. Die Freundinnen hören das Ratschen seines Reißverschlusses. Auch das noch, denkt sich Gabriele. Kurz darauf ein Plätschern. Der Mann summt dazu.
Die Zeit scheint stillzustehen. Die beiden Frauen fühlen sich, als würden Stunden vergehen, während sich der Mann neben ihnen in aller Ruhe erleichtert. Endlich schließt er den Reißverschluß. Ohne noch einmal durch den Raum zu leuchten, dreht er sich um, verschwindet durch die Tür. Sina streckt ihre Beine aus und läßt sich laut ausatmend an der Wand entlang auf den Boden gleiten. »Meine Güte!« keucht sie. »Das war spannender als damals auf der Grundschule, wo wir den Jungens heimlich beim Pinkeln zugeschaut haben.«
Gabriele knipst ihre Taschenlampe ein. »Deinen Humor möchte ich haben! Ich habe geglaubt, unser letztes Stündlein hat geschlagen! Jetzt aber nichts wie raus!«
Leise, jedoch so zügig wie möglich laufen die Frauen die Treppe zum Ausgang hinauf. Auf den letzten Stufen hören sie gerade noch, wie sich aus den tieferen Geschossen aufgeregtes Geschrei erhebt.
»Jetzt wird's ernst!« warnt Sina.
Sie stürmen aus dem Bunker, hasten durch die Schneise. Die Freundinnen haben Glück. Der Morgen dämmert bereits, sie können also deutlich den Weg unter ihren Füßen erkennen. Sie kommen schnell voran. Immer wieder dreht sich Sina um, aber sie kann niemanden hinter sich sehen.
Der VW-Bus steht genau dort, wo ihn Gabriele abgestellt hatte. Sina geht prüfend um den Wagen, untersucht ihn oberflächlich. Nichts deutet darauf hin, daß sich die Fremden an ihm zu schaffen gemacht haben. Gabriele schließt auf, springt auf den Fahrersitz. Sie ist noch immer völlig außer Atem, als sie den ersten Gang krachend einwirft.

44

Mittlerweile ist es heller Morgen. Es verspricht ein schöner Frühlingstag zu werden. Doch das ist für Sina und Gabi im Augenblick so ziemlich das letzte, was sie interessiert. Gabriele hat ihren Bulli diesmal hinter dem Gasthaus abgestellt. So, daß er von Passanten, die an der »Schwedenschanze« vorbeikommen, nicht gesehen werden kann. Sie will bereits die Tür öffnen, doch Sina hält sie zurück. »Warte noch.«
»Worauf denn?«
»Ich frage mich, was wir hier sollen.«
Gabriele schlägt auf ihr Lenkrad, entgegnet leicht verärgert: »Wir wohnen hier!«
»Ja, aber was können wir von hier aus groß unternehmen? Wir müssen so schnell wie möglich zur Polizei! Am besten sofort!«
»Ohne Papiere? Hast du etwa welche dabei?«
Sina tastet ihre Hosentaschen ab, zuckt dann mit den Schultern. »Verdammt, nein! Die liegen oben im Zimmer.«
»Na siehst du«, meint Gabriele besserwisserisch und steigt aus.
Auf ihrem Weg zum Zimmer achten sie peinlichst genau darauf, von niemandem gesehen zu werden. Jetzt bloß keine dummen Fragereien!
Sina kramt zielstrebig nach ihrem Ausweis. Sie sucht sich schnell ein paar frische Sachen zusammen. Sie streift sich ihr verschwitztes Sweatshirt vom Oberkörper, geht zum Spülbecken. Fahrig benetzt sie die Achselhöhlen, spült sich dann hektisch das Gesicht. Erst jetzt bemerkt sie, daß Gabi keine besondere Eile an den Tag legt. Seelenruhig läßt sie sich auf der Bettkante nieder. »Was ist? Beeil dich! Wir müssen zur Polizei!« Und mehr zu sich selbst: »Hoffentlich können wir überhaupt noch was tun …«
Gabriele schaut Sina direkt in die Augen: »Was meinst du, passiert, wenn wir jetzt zur Polizei gehen?«
Sina, die noch immer mit nacktem Oberkörper am Waschbecken lehnt, antwortet geradezu naiv: »Na, wir

erzählen die Geschichte und –« Sie bemerkt Gabrieles skeptischen Gesichtsausdruck und stockt.
»Niemand wird uns diese Geschichte abkaufen.«
Sina wird sauer: »Wir haben Beweise!«
»Welche denn?« Gabriele schüttelt bitter lächelnd den Kopf. »Nazis und Satelliten ...«
»Aber der Bunker, die Sendeanlage! Das sind Fakten!« brüllt Sina aufgebracht.
»Von sehr zweifelhaften Leuten gebastelt.«
»Das spielt überhaupt keine Rolle, wer die Dinger gebastelt hat. Es geht um Menschenleben, Gabi!« kontert Sina aufgebracht und stemmt die Arme in die Hüften.
Gabriele mustert sie von oben bis unten, sagt dann süffisant: »Eine barbusige Frau phantasiert über Raketen und böse unbekannte Männer. Na, wenn das nicht ein Heidenspaß für die Peenemünder Polizei wird.«
Wütend greift sich Sina ein frisches T-Shirt und zieht es sich über. Dabei wirft sie ihrer Freundin bitterböse Blicke zu.
»Sieh es endlich ein, Sina! Wie lange bleibt uns, bis diese Bombe einschlägt? Vierzehn Stunden? Maximal fünfzehn. Die Zeit reicht nicht mal aus, um die Polizei hier vor Ort zu überzeugen, geschweige denn irgendwelche internationalen Behörden.«
Die Erkenntnis trifft Sina mit voller Wucht. Sie muß sich am Beckenrand abstützen. »Du hast es gewußt«, sagt sie matt. »Du hast von Anfang an gewußt, daß uns niemand glauben wird. Du wolltest nie wirklich Hilfe holen! Mit diesem billigen Trick wolltest du nur erreichen, daß ich von der Sendeanlage wegkomme! Du wolltest nichts als deine Haut retten!«
»Und deine! Unsere Haut, Sina!«
Sina kann es sich geradeso verkneifen, vor Abscheu auf den Boden zu spucken. Sie dreht sich zum Spiegel über dem Waschbecken, blickt in ihr eigenes mitgenommenes Gesicht. Eine Leidensmiene. Gezeichnet vom Selbstmitleid. Sina hat sich keinen Deut besser verhalten als Gabriele, keinen Deut anständiger. Sie ist genauso egoistisch.

Nur, daß sie es nicht so offen zugibt wie ihre Freundin. Wenn Sina wirklich gewollt hätte, dann wäre sie stur geblieben. Dann säße sie jetzt noch immer im Bunker und würde versuchen, das nun Unabwendbare zu verhindern. Aber sie ist nicht im Bunker. Nein, sie ist im warmen, sicheren Hotelzimmer. Sina fühlt sich schuldig.
»Vielleicht hätte ich es geschafft, die –«
»Nichts hättest du!« fährt sie Gabriele barsch an. »Diese Männer wären gekommen und hätten sonst was aus dir gemacht. Und vorher hätten sie wahrscheinlich noch ihren Spaß mit dir getrieben«, meint Gabriele bitter.
»So 'n Unsinn. Wer sind denn diese ›Männer‹ überhaupt? Du weißt genausowenig über sie wie ich. Wir sind einfach getürmt, ohne mit jemandem sprechen zu können. Wir haben uns aus Angst vor einem Mann, der beim Pinkeln Liedchen summt, beinahe in die Hosen gemacht! Unsere ganze Panik war maßlos übertrieben, Gabi! Wir hätten dableiben sollen!«
»Ach!« Gabis Augen funkeln warnend. »Auf einmal! Auf einmal sind diese Fremden harmlose Gesellen. Beim Pinkeln summende Sonnyboys.« Gabi springt auf, baut sich vor ihrer Freundin auf. »Verdammt, Sina! Das sind Gangster! Wahrscheinlich brutale Terroristen! Die gehen über Leichen! Wer so kaltblütig ist und eine Bombe in Richtung New York auf den Weg schickt –«
»Haben sie ja nicht«, wirft Sina ein. »Das ist ja das Fatale! Ich war es, die diese Höllenmaschine scharf gemacht hat! Diese Männer wollten vielleicht nur irgend jemandem drohen. Sie wollten womöglich Geld erpressen, hätten die Bombe aber nie wirklich losgelassen. Oder sie wollten den hohen Tieren in Bonn oder Washington vor Augen führen, welche Gefahren von Raketen –«
»Verflucht, verflucht, verflucht!« Gabriele ist selbst erstaunt über die Kraftausdrücke, die ihr über die Lippen kommen. Aber angesichts des Unsinns, in den sich Sina hineinredet, kann sie nicht anders. »Kind! Als nächstes willst du mir weismachen, daß wir es mit einer Gruppe

von Greenpeace-Aktivisten zu tun haben! Das ist lächerlich! Hirnverbrannt! Finde dich endlich damit ab: Diese Männer haben die alte Bombe aufgespürt und wollten sie auch einsetzen. Sonst wäre der Aufwand mit Computern und Workstations und dem ganzen Mist ja wohl herzlich überflüssig gewesen, oder?« Sie wendet sich ab, geht zum Fenster. Vorsichtig schiebt sie die Gardine ein Stück beiseite und späht hinaus.

Sina läßt sich auf einen kleinen Hocker neben dem Waschbecken fallen, wiegt ihren Kopf müde in den Händen.

»Zur Polizei ...« Gabi starrt noch immer hinaus. »Die hätten natürlich haarklein nachgefragt, warum wir uns in dem Bunker rumtreiben, und ich als Antiquitätenhändlerin kann dann einpacken. New York würde die überhaupt nicht interessieren.« Sie schiebt die Gardine wieder vor, geht nervös im Zimmer auf und ab.

Sina hebt den Kopf. Ihre Augen sind feucht. »Aber wir können nicht einfach zusehen! Wir sind zumindest mitschuldig an dem ganzen Schlamassel!«

Gabi wuschelt ihr freundschaftlich durchs Haar. »Komm schon, Kind, du weißt genau, es ist nicht unsere Schuld. Du hast den Mordapparat nicht gebaut. Und du hast ihn auch nicht zum Leben erweckt. Das war ein Unfall!« Und in beschwörendem Ton, als müßte sie es sich selbst einreden: »Wir konnten nichts tun. Es war nicht zu verhindern. Ein Unfall, Sina, ein Unfall!«

Für einen Moment scheint Sina vollends in Tränen ausbrechen zu wollen. Doch dann erhellt sich ihre Miene. Ihre Augen leuchten: »Es war ein Unfall, sagst du? Das ist falsch, Gabi! Noch war es eben kein Unfall! Noch können wir diesen Unfall verhindern.« Sie springt auf, packt die irritierte Gabi fest an den Schultern. »Es liegt einzig und allein in unserer Hand.« Sie wendet sich ab, blickt suchend im Raum herum. »Laß uns noch mal ganz ruhig überlegen. Vor so 'ner völlig veralteten Nazibombe werde ich doch nicht kapitulieren!«

Gabriele macht sich los, wählt dann abermals ihren Platz an der Bettkante. Entkräftet läßt sie sich rückwärts auf die

Matratze fallen. »Von wegen völlig veraltet«, spricht sie zur Decke. »Was hast du mir denn die ganze Zeit vorgeschwärmt?« Sie äfft ihre Freundin nach: »›Diese Peenemünder Raketen sind Vorbild für alles, was bis heute in den Himmel geschossen worden ist. Selbst nach fünfzig Jahren noch top-aktuell! Eine technische Meisterleistung!‹ Ist es nicht so? Hast du nicht genau das behauptet?« Sie richtet sich auf. »Und überhaupt! Du brauchst dich nur auf dieser verschrobenen Insel umzusehen. Die schwören hier insgeheim noch immer auf ihre greisen Raketenpioniere! Dieses V2-Museum gleicht einem Tempel, in den die Nazi-Technik-Fanatiker in Scharen pilgern.«

Sina horcht auf: »V2-Museum? Was für ein V2-Museum?«

»Ja, du weißt schon. Dieses Verherrlichungsinstitut, gleich um die Ecke. Daran sind wir x-mal vorbeigefahren. Schon bei unserer Ankunft wollten wir doch eigentlich dahin ...«

Sina schöpft Hoffnung: »Gabi! Ich glaube, wir sind noch nicht am Ende. Dieses Museum hatte ich total vergessen. Ja, sicher, jetzt wo du es sagst: Die Wirtin hatte uns längst einen Besuch dort empfohlen. Und Klaus redete auch schon davon.« Sina reibt sich das Kinn: »Ich finde, wir sollten diesen Vorschlag aufgreifen. Einen Versuch ist es zumindest wert.«

Gabriele kann nicht ganz folgen: »Was für einen Versuch?« fragt sie mißtrauisch.

»Du sagtest doch selbst: ›Tempel der Nazitechnik‹. Laß uns dem Oberpriester dieses Tempels einen Besuch abstatten.«

45

Die Nachricht läßt an Deutlichkeit nichts zu wünschen übrig. Es ist ein Telegramm, das die Wirtin den Frauen in die Hand drückt, als diese gerade die »Schwedenschanze« verlassen wollen. Ein Telegramm aus Nürnberg.

Sinas Gesichtsausdruck spricht Bände. Auf ihrem Weg zum Raketen-Museum liest sie die Botschaft erneut durch: »Verfluchte Weiber ... jetzt ist Schluß ... ich mache mir Sorgen ... was treibt ihr beiden ... ich sitze neben dem Telefon ... Klaus«

»Der gibt nie auf«, höhnt Gabriele.

»Das finde ich gar nicht lustig. Ich kann mir gut vorstellen, wie ihm zumute ist. Möchte nicht in seiner Haut stecken. Der Arme.«

Die Pforte zum Museumsgelände ist bereits zu sehen, als Gabriele abrupt stehenbleibt. »Gib mal her, das Telegramm!«

Sina reicht es ihr wortlos. Gabriele liest vor: »›Ich sitze neben dem Telefon‹ – was hältst du davon, wenn wir den ›armen Klaus‹ von seinem Kummer befreien? Rufen wir ihn an!«

»Jetzt?« In Sina regt sich Argwohn: »Du suchst nicht zufällig wieder einen Grund, um von der Bombe abzulenken?«

»Ganz im Gegenteil. Ich spiele mit dem Gedanken, deinen Ex einzuweihen. Machen wir aus der Not einfach eine Tugend: Er wollte uns helfen. Jetzt kann er es.«

»Aber Gabi, du mußt verrü –«

»Nein, im Ernst. Wenn wir wirklich etwas gegen die Höllenmaschine dort oben tun wollen, brauchen wir Unterstützung. Die Polizei kommt nicht in Frage. Aber Klaus – dem traue ich es zu, daß er die Sache durchzieht und hinterher den Mund hält.«

Sina hat da ihre Zweifel. Ausgerechnet Klaus? Woher nimmt Gabriele das plötzliche Vertrauen zu ihrem Ex-Freund? Andererseits: Sie hat recht. Es kommt auf jede Minute an. Während sie und Gabi im Museum nachforschen, könnte Klaus sich an anderer Stelle schlau machen. Vielleicht in irgendeiner Uni. »O.k., ich bin zwar nicht gerade begeistert davon, und wir werden sicher noch Probleme bekommen, wenn wir Klaus hinterher zum Stillschweigen verdonnern wollen, aber – uns bleibt wohl kaum eine andere Wahl.«

»Außerdem sitzt er ja ›neben dem Telefon‹, ist also sofort zu erreichen. Hier, nimm!« Sie reicht Sina eine Telefonkarte und deutet zur Zelle gegenüber des Museumseingangs. »Und: Mach's kurz.«
Der Eingang des Historisch-Technischen Informationszentrums – so der offizielle Name der Einrichtung – wird von einem Kassenhäuschen verstellt. Gabriele tritt näher. In dem Häuschen sitzt eine junge Frau. Sie ist in die Lektüre eines dicken Wälzers voller winziger Buchstaben, Zahlen und langweiligen Grafiken vertieft. Vielleicht eine Studentin. Eingerahmt wird sie von Postkarten, Postern und Büchern. Sämtlichst über ein Thema: Raketen und fliegende Bomben. Direkt neben ihr steht eine Pappuhr. Die Zeiger deuten auf 9 Uhr. Darunter der Hinweis »Nächste Filmvorführung«. Als die junge Frau Gabi bemerkt, schiebt sie ein kleines Glasfenster beiseite und beugt sich vor: »Einmal?«
Gabi schaut sich suchend um. Sie sieht, wie Sina gerade die Telefonzelle verläßt. Wieder der Ticketverkäuferin zugewandt, sagt sie: »Nein, zweimal.« Sie kramt das nötige Kleingeld aus dem Portemonnaie, legt es der Frau hin. Als Sina atemlos dazukommt, greift sie sich noch schnell einige Prospekte über das Museum.
Die beiden haben bereits den Vorhof des Museums hinter sich gelassen, als Sina etwas einfällt. Sie rennt zurück zum Kassenhäuschen, an dem sich gerade die ersten Touristen angestellt haben. »Entschuldigung«, spricht sie die Verkäuferin an. »Sagen Sie, wo finde ich den Leiter des Museums?«
Die junge Frau beugt sich aus ihrem Häuschen, deutet auf einen verklinkerten Betonbau in der Mitte des Geländes. »Wenn er schon da ist – dort in der Raketenleitwarte.«
Gabriele wartet bereits ungeduldig: »Jetzt aber schnell! Darf ich dich an deine eigenen Worte erinnern: Es geht um jede Minute!«
»Schon gut. Dort drüben müssen wir hin. Da sitzt unser Mann.«
»Apropos Mann: Was hat er denn gesagt, dein Klaus?«

Sina schnauft einmal durch: »Soll ich alle Schimpfwörter aufzählen, die er mir an den Kopf geknallt hat, oder reicht dir ein ›The best of‹?«
»Laß es besser ganz sein. Macht er wenigstens mit?«
Man sieht Sina an, daß sie ein Stück weit stolz auf ihren Ex-Freund ist, als sie sagt: »Jawohl. Er gehört ab sofort zum Team. Er müßte bereits auf dem Weg nach München sein.«
»München?«
»Ja. Er hat den ziemlich pfiffigen Vorschlag gemacht, sich mal mit ein paar Spezialisten zu unterhalten. Er will's bei ein paar Ingenieuren von der DASA probieren. Kennt die wohl ganz gut. Noch von seiner Zeit an der Uni her. Klar, daß er seine Fragen möglichst unauffällig an den Mann zu bringen versucht.«
Gabriele wiegt mißtrauisch den Kopf: »Kommilitonen von der Uni? Ich bezweifele, daß dabei viel rauskommt.«
Sina zögert einen Moment, bevor sie weiterredet. »Und da ist noch etwas.«
»Ich bin ganz Ohr.«
»Klaus hat eine zweite, ziemlich clevere Idee.«
»Die wäre?«
»Er meint, du sollst auch Friedhelm anrufen.«
Gabriele stolpert über ihre eigenen Füße. »Was? Friedhelm? Tickt dein Verflossener nicht mehr ganz richtig?«
»Ganz im Gegenteil. Klaus meint, daß wir unbedingt einen weiteren Helfer brauchen. Einen, der sich um die Bombe selbst kümmert.«
»Um die Bombe selbst? Soll ich meinen Bruder etwa in die Erdumlaufbahn schießen?« Gabriele kann sich bei dem Gedanken, Friedhelm auf diese Weise ein für allemal loszuwerden, ein böses Lächeln nicht verkneifen. »Wäre vielleicht gar keine schlechte Idee ...«
Sina bleibt sachlich: »Friedhelm könnte Nachforschungen über den Stand der Bombentechnik um 1945 anstellen. Wir müssen wissen, womit wir es zu tun haben. Welche Sprengkraft das Geschoß hat.«

Gabriele bremst voreilige Erwartungen: »Bevor ich Friedhelm mit reinziehe, versuchen wir's erstmal selbst. Vielleicht kann uns der Museumsdirektor tatsächlich weiterhelfen.«
Die Raketenleitwarte, zu der die Kassiererin die Frauen geschickt hat, ist eigentlicher Mittelpunkt des Museums. Vom Eingang aus führen zwei Treppen ins Innere. Die rechte wird flankiert von zwei original V2-Raketenspitzen. Leicht verbeult, schwarz lackiert und zusammen mit dem Sockel jeweils gute zwei Meter hoch. Obwohl die Raketen demontiert sind, vermitteln sie einen furchteinflößenden Eindruck. Drohend beherrschen sie den ganzen Vorraum. Gabriele und Sina bleiben unwillkürlich stehen, starren die schwarzen Metallkegel mit großen Augen an.
»Sprengköpfe alter V2-Raketen«, murmelt Sina. »Stell dir bloß mal die ganze Rakete vor.« Sie deutet mit den Händen nach oben. »Vervielfache die Größe und bündele drei oder vier dieser Ungetüme.« Düster meint sie: »Dann hast du eine Vorstellung von dem, was auf New York zurast.«
Die Frauen erreichen eine größere Halle. Weitläufig, aber relativ niedrig. Offenbar das Herz der Anlage. Außer ihnen ist sonst niemand im Raum. Die Ausstellungsexponate sind an den Wänden aufgereiht. So, daß man sie dem Uhrzeigersinn entsprechend abschreiten und sich dadurch ein chronologisches Bild über die Anfänge der Weltraumfahrt machen kann. Im Zentrum des Saals ein Modell. Sina und Gabi treten näher. Die Miniatur zeigt den Peenemünder Haken zur Zeit des Dritten Reichs.
Sina schaut nervös auf die Uhr. »Warten wir ein paar Minuten. Er kommt bestimmt gleich.«
Zunächst ohne großes Interesse schauen sich beide die Ausstellung an. Sina nimmt flüchtig die Bilder einiger Raketenpioniere wahr. Oberth, Ziolkowskij und immer wieder von Braun. Dann sieht sie Fotos, Luftaufnahmen, Blaupausen. Dazwischen kleinere Originalteile aus der V2 und ihrer Vorläufer. Unter anderem ein Kreiselkompaß

der A5, einer kleineren Ausgabe der V2, die zu Versuchszwecken in den Himmel geschossen wurde. »Die ist schon dreizehn Kilometer hoch gekommen«, entnimmt Sina der nebenstehenden Beschreibung. Daneben das Wrackteil einer V2. Sinas Stimme wird schwer, als sie die technischen Daten vorliest: »650000 PS, 12,9 Tonnen schwer und 14,03 Meter lang, beschleunigte auf hundertneunzig Kilometer pro Minute, erreichte eine Höhe von fünfundachtzig Kilometern. – Auf eine Entfernung von dreihundertfünfzig Kilometern verfehlte sie ihr Ziel allerhöchstens um vier Kilometer. Für damalige Verhältnisse ein lächerlich geringer Streuradius. Dieses Ding ist verdammt gut – bei einer so riesigen Metropole wie New York würde es auf jeden Fall einen Volltreffer geben.«
»Und wenn der Direktor nicht kommt?« drängelt Gabriele und reißt Sina aus ihrer Schwärmerei für fünfzig Jahre alte Ingenieurkünste.
»Er wird kommen.«
»Und wenn er kommt?«
»Dann versuche ich, unauffällig ein paar Informationen aus ihm rauszuholen. Unterstütz mich dabei, ja?«
Gabriele nickt gequält. Sie gehen stumm einige Schritte weiter, bis Gabriele vor einem großen Schwarzweißbild stehenbleibt. Es zeigt einen zerstörten Häuserblock. Gabriele liest den dazugehörigen Text: »London nach dem Einschlag einer V2. – Wie würde erst New York aussehen?«
»Wenn es nun einen der Wolkenkratzer von Manhattan trifft ...« Sina mag den Satz nicht vollenden. Der Gedanke an eine solche Katastrophe jagt ihr eine Gänsehaut über den Rücken.
Gabriele schreitet zum nächsten Bild. Abermals sind Trümmer eines Gebäudes zu sehen. Dazwischen liegen Sessel. Und Plakate. Filmplakate. Gabriele liest: »16. Dezember 1944. Im holländischen Antwerpen schlägt eine V2 in ein vollbesetztes Kino. 561 Menschen verlieren ihr Leben.« Gabriele spürt, wie sich ihre Kehle zusammenschnürt. Ihr Blick fällt auf eine weitere Tafel. Eine Stati-

stik. Einsatznachweise für die V2 und die andere sogenannte Vergeltungswaffe, die V1. Gabriele kann kaum fassen, was sie aus der Tabelle herauslesen kann: »Innerhalb von nur achtzig Tagen sollen 2300 V1 in London eingeschlagen sein. Mehr als 6000 Menschen starben, und 32000 Häuser wurden zerstört. Mein Gott, Sina, das habe ich alles überhaupt nicht gewußt.«
»V1 sagst du? Die V1 war eine Art fliegendes Torpedo. Sozusagen nur die kleinere Schwester der V2. Wenn schon die V1 einen solch immensen Schaden angerichtet hat, kannst du dir vorstellen, was erst die V2 für ein Zerstörungswerk anrichten kann.« Sina, von dieser Erkenntnis selbst ergriffen, wendet sich eilig der nächsten Tafel zu. Es geht um Technik. Nackte Technik. Keine Schicksale, keine weiteren erschütternden Todesbilanzen. Geradezu dankbar für diese Ablenkung, vertieft sich Sina in das kleingedruckte Fachchinesisch. Wer weiß, vielleicht ist ein Hinweis versteckt, redet sie sich ein. Das Zitat eines leitenden Ingenieurs ist es, das sie aufblicken läßt. »Gabi! Gabi, ich glaub, ich hab' da was. Hör mal, was einer dieser perversen Ingenieure gesagt hat: ›... und früh war klar, daß sich erhebliche Steuerungsprobleme stellen ...‹ – Ich denke, daß wir hier ansetzen könnten.«
Gabriele tritt näher, kräuselt jedoch skeptisch die Stirn: »Ansetzen? Du wirst dir das Ding kaum packen und mit deinen Schraubendrehern bearbeiten können.«
Sina zieht eine Flappe: »Bildlich gesprochen! Gedanklich ansetzen, Gabi. Das Steuersystem ist primitiv und störanfällig. Die Schwachstelle – vielleicht die einzige, die wir so schnell finden. Schau: Die V-Raketen wurden allesamt mit einfachen Kreiselkompassen auf Kurs gehalten.« Sina zeigt auf eine Zeichnung, die eine halbierte V2 darstellt. »Eine vorsintflutliche Elektronik gibt die Steuerungsbefehle an vier Stahlruder weiter. Per Stromimpuls betätigte Platten, die direkt im Düsenstrahl liegen. Müssen mit Graphit beschichtet sein, um der enormen Hitze überhaupt standhalten zu können. Im Vergleich zur sonstigen Technik, die in dieser Rakete steckt, ist die Bahnsteuerung

nichts weiter als ein schlechter Witz. Bloß eine unzulängliche Notlösung, aus dem großen Zeitdruck heraus geboren. Wir müßten versuchen –«

Weiter kommt sie nicht. Touristen drängen in den Saal. Ein junges Pärchen. Ein Rentner. Eine Familie mit zwei aufgekratzten Kindern. Die Kids umlagern sofort den Tisch mit dem Peenemündemodell. Das Modell ist mit einem beschrifteten Tastenfeld ausgestattet. Eines der Kinder drückt den erstbesten Knopf auf dem Feld. Im selben Moment glimmt ein kleines Lämpchen neben einem der Miniaturgebäude auf. Das Kind will gerade die nächste Taste drücken, da spürt es eine schwere Hand auf seiner Schulter. Erschrocken weicht es zurück.

»Keine Angst«, sagt ein korrekt gekleideter Herr mittleren Alters und schmunzelt. »Gleich darfst du wieder spielen.« Der Mann schiebt das Kind mit sanftem Druck ein Stück beiseite. In seiner linken Hand hält er einen Schraubenzieher. Er klappt einen Teil der Verkleidung des Modelltisches auf und will gerade das Werkzeug ansetzen.

Sina stößt Gabi mit dem Ellenbogen an, deutet schweigend mit dem Kopf in seine Richtung. Beide treten näher. »Grüß Go –, äh, guten Tag, meine ich«, stammelt Sina. Der Mann blickt kurz auf, lächelt. »Entschuldigung«, knüpft Sina an, »wir suchen den Leiter des Museums. Können Sie uns vielleicht sagen, wo wir ihn finden können?«

Der Mann unterbricht seine Arbeit. »Ja. Natürlich«, sagt er sachlich und ein wenig unterkühlt. »Sie finden ihn …« Er drückt eine Taste, woraufhin auf dem Modell ein weiteres Lämpchen aufflackert. Das neben der Leitwarte, also dem Gebäude, in dem sie sich gerade aufhalten. »Sie finden ihn hier«, setzt er mit einem breiten Grinsen fort. »Ich bin es selbst.«

Sina erwidert das Lächeln. »Na, das ist ja prima! Wir würden Sie gern etwas zur Geschichte von Peenemünde fragen.«

Der Graumelierte setzt unvermittelt wieder seine bierernste Miene auf. Sina ist leicht irritiert. Der Mann redet betont nüchtern: »Haben Sie schon den Film gesehen?«

»Film?« Sina kommt nicht mit.

»Ja, wir zeigen jede Stunde einen Videofilm über die Geschichte von Peenemünde. Darin werden die geläufigsten Fragen beantwortet.« Der durch und durch seriöse Gesichtsausdruck weicht einem schelmischen, jungenhaften Lächeln. »Und ich brauche mir nicht dauernd den Mund fusselig zu reden.«
Sina weiß nun, wie der Hase läuft. Ehe sich der gewitzte Direktor auf- und davonmachen kann, sagt sie besonders nachdrücklich: »Unsere Frage ist ziemlich speziell ...«
Gabriele springt ihr bei: »... genaugenommen handelt es sich um einen Streit zwischen uns. Eine Wette, wenn Sie so wollen.«
Der Museumsleiter horcht auf. Seine Neugierde scheint geweckt.
»Es geht um Ihre Raketen«, sagt Gabriele so unbedarft, wie sie es nur hinkriegt. »Meine Freundin meint nämlich, schon die Nazis hätten Interkontinentalraketen gehabt. Schierer Unsinn, nicht?«
Ihr Gesprächspartner verzieht etwas das Gesicht. Er ist offenbar enttäuscht von der – aus seiner Sicht – Belanglosigkeit dieser Frage. In seiner Stimme liegt Gereiztheit. »Tja, wissen Sie, dazu kann ich Ihnen nicht sonderlich viel sagen. Auch wenn manche Leute diesen Eindruck gewinnen mögen – aber wir sind *kein* Waffenmuseum. Es geht uns ausschließlich um die Entwicklung der Weltraumfahrt. Und die hat – soll man sagen: leider? – hier in Peenemünde angefangen.«
Sina verschlägt es fast die Sprache. »Das ist nicht Ihr Ernst!« sagt sie barsch. Die Rolle der einfältigen Touristin hat sie über Bord geworfen. »Die Peenemünder haben faktisch fliegende Bomben gebaut. Keine harmlosen Mondraketen!«
Der Museumsleiter tritt automatisch einen Schritt zurück. Seine Brauen verengen sich. »Aber später, als die Russen und Amerikaner tatsächlich Mondraketen bauten, ging das nur mit dem Know-how, das sie sich in Peenemünde erworben haben.« Diesen Satz artikuliert er derart bestimmt, daß Sina keinen weiteren Widerspruch wagt.

Kleinlaut fragt sie: »Den Vorwurf, daß Peenemünde nichts weiter als eine gigantische Waffenschmiede war, hören Sie wohl öfter?«
»Junge Frau, das ist wahrhaft meine Achillesferse«, sagt der Mann, jetzt wieder ein wenig aufgeschlossener. Sina lächelt sanftmütig. Der Museumschef will sich für ihr Verständnis offenbar revanchieren: Er kommt unerwartet auf die »Wette« zu sprechen: »Wenn es Sie denn so brennend interessiert. Da war wirklich mal was mit einer Interkontinentalrakete.« Er muß angestrengt nachdenken. Oder er tut nur so, schießt es Sina durch den Kopf. Weiß er am Ende jedes Detail über diese Superrakete und will nur nicht zugeben, daß er selbst ein Waffennarr ist?
»1943 war es, wenn ich mich nicht täusche«, redet er weiter. »Es gab Pläne, eine amerikanische Großstadt zu bombardieren. Das war, wenn überhaupt, nur mit einer Rakete möglich. Flugzeuge mit solchen Reichweiten gab es noch nicht. Und auch eine Rakete hätte allenfalls eine Küstenstadt wie New York treffen können.«
Sina und Gabriele läuft es eiskalt den Rücken herunter.
»Aber über braune Träumereien ist das Ganze nie hinausgekommen«, meint der Mann mit einer Spur Abfälligkeit.
Sina ist sich nicht sicher, wie sie ihr Gegenüber einschätzen soll. War das wirklich alles, was er weiß? Oder hält er mit etwas hinterm Berg? Sie mustert seine Augen. Wäßrig blau und ausdruckslos. Nicht zu durchschauen. Sina versucht es mit einer neuen Taktik: »Sagen Sie … die Wissenschaftler, die früher hier gearbeitet haben –«
»Zweitausend waren es. Sie hatten eine kleine Stadt für sich. Mit komfortablen Wohnhäusern, Werkbahn, sogar Tanzsälen, Kino, Einkaufszentrum …« Der Mann plappert wie auf Kommando drauflos.
Sina hat offenbar eine besonders ergiebige Ader angestochen. Sie will sie nicht versiegen lassen und heuchelt Interesse: »Ist ja toll! Donnerwetter! Sogar ein Kino, sagen Sie?« Der Mann nickt eifrig. Sina läßt ihn aber nicht abermals zu Wort kommen, sondern fragt forsch: »Von diesen

zweitausend sind sicher noch ein paar übrig oder?« Der Direktor verzieht fragend die Stirn. »Ich mein: Von denen leben sicher noch einige, ja?« präzisiert Sina und erntet dafür einen staunend-fragenden Blick von Gabriele.
Der Museumsleiter muß abermals nachdenken. Er kneift die Augen zusammen, seine Antwort verrät Unsicherheit: »Einige wenige. Diejenigen, die damals ganz jung waren. Die meisten wohnen heute in den USA. Sie sind ja nach dem Krieg fast geschlossen rübergegangen. Jedenfalls die, die nicht der Iwan geschnappt hat«, sagt er eine Spur zu zynisch, wie es Sina empfindet. Dem Leiter scheint dann etwas Präziseres einzufallen, denn er strahlt Sina plötzlich an: »Warten Sie mal – von einem habe ich doch neulich erst gehört. Ja ... richtig, jetzt hab ich's: Dr. Koenig. Dr. Arthur Koenig. Nein, halt, Walter. Dr. Walter Koenig. Der lebt inzwischen sogar wieder in Deutschland.« Sina spürt ihr Herz hüpfen. Doch sie sagt nichts, hört dem Mann gespannt weiter zu. »In Hamburg. Ja, wenn mich nicht alles täuscht, wohnt er in Hamburg. Das habe ich irgendwo gelesen.«
Sina wirft Gabriele einen aufmunternden Blick zu. »Wir sind dicht dran«, denkt sie sich.
»Jedenfalls«, fährt ihr Gegenüber fort, »hat Koenig in Hamburg eine Firma übernommen. Ein chemisches Unternehmen. Bax Chemie oder so ähnlich.« Das jungenhafte Lächeln gewinnt wieder über seine Gesichtszüge: »Klar, daß es eine Chemiefirma sein mußte. Koenig war damals, während seiner Peenemünder Zeit, zwar noch ein Jüngling, vielleicht zwanzig, höchstens fünfundzwanzig. Aber in Chemie schon immer eine, ha, eine Rakete! Er hat maßgeblich an der Entwicklung des Antriebs mitgewirkt. Verrückte Ideen hatte der: In der Brennkammer des Triebwerks ließ Koenig Spiritus mit Flüssigsauerstoff als Oxydator verfeuern und das ganze Gemisch mit Stickstoff in die Düsen pressen. Er war derart von der Raketenforschung besessen, daß er sogar bei der Steuerungstechnik mitgemischt hat und allen reinreden wollte. Mal kam er den Ingenieuren sogar mit einem Vorschlag für eine be-

sonders windschlüpfrige Legierung für die Außenhülle in die Quere und –«

»Danke, danke. So genau wollte ich es gar nicht wissen«, fährt ihm Sina dazwischen.

Eine ältere Frau, die sich gerade zu den dreien gesellt hatte, nutzt die Unterbrechung und erkundigt sich bei dem Leiter nach der nächsten Filmvorführung: »Mein Herr, Verzeihung! Aber dieser Videobeitrag sollte um 9 Uhr beginnen, habe ich recht?«

»Korrekt«, antwortet der Museumschef, blickt auf seine Uhr und errötet. »Oh, das war vor fünf Minuten.« Mit Blick auf Sina und Gabriele wendet er sich zum Gehen. »Tut mir leid, daß ich Ihren Streit nicht schlichten konnte. Aber ich muß schleunigst in den Vorführraum.«

Die Frauen schauen ihm mit gezwungenem Lächeln nach. Kaum ist er um die Ecke gebogen, packt Gabriele ihre Freundin an den Schultern: »Habe ich richtig gehört? Dieser Koenig hat bei der Steuerungstechnik mitgemischt? Dann ist er unser Mann!«

»Sachte, sachte. Er ist von Haus aus Chemiker. Wenn überhaupt, hat er nur periphere Kenntnisse über die Navigationssysteme.«

»Jetzt ist nicht der geeignete Zeitpunkt, gestelzt daherzureden! Machst du ja sonst auch nicht«, meint Gabriele ärgerlich. »Wenn er nur einen Hauch von Ahnung hat, was da über unseren Köpfen herumschwebt, müssen wir ihn haben! Wir müssen mit diesem Koenig sprechen!«

46

»Wer zuerst?«

»Ich zuerst«, drängt Sina und drückt sich an Gabriele vorbei in die Telefonzelle gegenüber dem Museum. »Ich muß versuchen, Klaus auf seinen Anrufbeant –«

»Quatsch! Klaus ist jetzt nebensächlich!«

»Aber er könnte versuchen, bei den Luft- und Raumfahrtleuten noch einen anderen alten V2-Wissenschaftler

aufzutreiben«, begründet Sina mit einer Spur Trotz. »Ich meine – wenn er schon mal da ist …«
»Es ist ein Wunder, daß wir überhaupt *einen* dieser Wissenschaftler haben.« Mit diesen Worten zerrt Gabriele ihre Freundin aus der Zelle und tritt selber ein. Sie wirft eine Mark in den Schlitz, wählt die 01188.
»Ich hätte es auch klein gehabt«, wendet Sina ein, die in der halbgeöffneten Tür wartet.
Gabriele winkt ab. »Hallo? Ja, ich brauche eine Nummer in Hamburg. Die Firma Bax. Oder Bax-Chemie, gekoppelt. – Ja, mh. Ja, ich schreibe mit.«
Sina nimmt den Wagen zunächst gar nicht wahr: ein dunkler 3er BMW. Älteres Baujahr. Er fährt langsam an der Telefonzelle vorbei, wendet in Höhe des Museumseingangs. Der Wagen kommt zurück, fährt nur noch Schrittempo.
»… 7 … 8 … 6 und die 4. Ja, vielen Dank.« Gabriele hängt ein, kramt nach dem nächsten Geldstück in ihrem Portemonnaie.
»Hier, nimm 'nen Fünfer von mir. Diesmal schlägst du mein Angebot vielleicht mal nicht aus«, sagt Sina schnippisch und reicht ihr die Münze.
Der Wagen bleibt stehen. Jemand kurbelt die Scheibe der Beifahrertür herunter.
Gabriele tippt die Hamburger Nummer ein.
»Entschuldigen Sie!« Ein Mann beugt sich aus dem BMW und schaut Sina auffordernd an.
»Ja? Äh, was gibt's denn?« Sina ist irritiert.
Der Mann in dem Wagen hat einen verschlagenen Gesichtsausdruck. Fettiges Haar, stechende Augen. Niemand, mit dem Sina spontan einen Kneipenbummel unternommen hätte. »Kennen Sie sich aus? Wohnen Sie in die Stadt?«
Gebrochenes Deutsch. Sina tippt bei dem Akzent des Mannes auf Polen. »Naja, ein bißchen.«
Gabriele tippt die letzte Zahl ein. Es knackt zweimal, dann ertönt das Tuten.
»Wir machen Urlaub hier. Können Sie sagen, wo wir uns amüsieren können? Spaß haben?« holt der Mann aus. Der Fahrer spielt mit dem Gas.

Sina wird nervös. Das hat ihr gerade noch gefehlt. Sie ist hin- und hergerissen. Einerseits würde sie Gabriele jetzt gern zuhören. Anderseits will sie den Fremden nicht vor den Kopf stoßen. Womöglich würde sie ihn verärgern und so für Aufsehen sorgen. Das kann sie nun wirklich nicht gebrauchen. »So gut kenne ich mich auch nicht aus.«
»Es ist wenig los in die Stadt. Wir suchen Spaß«, sagt der Mann mit drängendem Unterton.
Sina stockt der Atem. Ist es vielleicht gar kein polnischer Akzent, den sie herauszuhören glaubte? Ist es nicht doch eher russisch? Sina spürt, wie sich ihre Kehle zusammenschnürt. Sie fühlt sich mit einem Mal wieder so gefangen wie in dem Bunker. Wer ist dieser Mann? Sina gibt sich einen Ruck: Sie tritt einen Schritt vor, beugt sich herunter, um die anderen Insassen zu erkennen. Aber im Wagen ist es zu dunkel. Das Heckfenster und die hinteren Seitenscheiben sind mit Folie überklebt. »Bumsfolie«, wie Sina sie sonst immer scherzhaft nennt. Instinktiv entscheidet sie sich für eine Lüge: »Spaß? Da sind Sie bei uns an der völlig falschen Adresse. Wissen Sie: Meine, äh, Mutter ...« Sina deutet hinter sich in die Zelle. »Also meine Mutter hier und ich sind bei Verwandten zu Besuch. Mit den Touristen auf der Insel haben wir nichts am Hut. Und erst recht nichts mit irgendwelchen Amüsements auf dieser Insel.« Sie zwingt sich zu einem unverbindlichen Lächeln.
Der BMW-Fahrer spielt erneut mit dem Gas, läßt den Motor ungeduldig aufheulen. »Danke trotz dessen.« Der Mann mit dem Schmierhaar grinst Sina breit an. »Vielleicht sehen wir uns mal wieder. Wir dann zusammen Spaß haben. Amüsieren. Ha! Amüsieren!« Der Fahrer läßt die Kupplung kommen, setzt den BMW ruckartig in Bewegung.
Sina schaut dem Wagen bedröppelt nach. Sie ist verwirrt. Verwirrt und eingeschüchtert. Waren das wirklich nur irgendwelche Osteuropäer auf der Suche nach einem schnellen Vergnügen? Oder war das eine Finte – ein Trick, um mit Sina ins Gespräch zu kommen? Sina fragt sich, ob

die Männer in dem BMW auf ihrer Spur sind. Ob sie es sind, die die Anlage im Bunker installiert haben. Der Dialekt, das finstere Aussehen – waren das nicht alarmierende Zeichen? Sina spürt, wie ihr die Schweißperlen auf der Stirn stehen.
»Ach, verdammt!« sagt Sina laut vor sich hin. Sie fährt sich mit einer energischen Bewegung über die Stirn, wischt den Angstschweiß weg. Wie kann sie sich nur so gehenlassen? Sie hat einfach zu viele schlechte Krimis gelesen. Schwarzer Wagen, dunkle Gestalten. Das ist doch alles Unsinn! Wahrscheinlich wimmelt es in dieser Gegend von Polen, Russen, Ukrainern und anderen Leuten, die Deutsch nur mit einem dieser schwer einzuordnenden Akzente sprechen. Sie muß sich zusammenreißen. Sie darf nicht in Panik geraten.
Verflixt – Sina wäre froh, wenn sie ihren eigenen beruhigenden Argumenten glauben könnte.
»Aber das können Sie nicht machen«, faucht Gabriele in den Telefonhörer. Sina wendet sich ihr irritiert zu. Ihre Gedanken schwirren. Sie versucht, sich auf das Gespräch ihrer Freundin zu konzentrieren. »Wenn ich Ihnen doch sage, daß es dringend ist!« Gabriele betont das Wort »dringend«, so stark es nur geht. »Ich muß unbedingt Herrn Koenig sprechen. Wie mein Name ist? Doberstein, aber was spielt denn das für eine Rolle?« Gabriele dreht nervös das Telefonkabel zwischen ihren Fingern. »Verbinden Sie mich wenigstens mit dem Vorzimmer«, kommandiert sie. »Danke. Ja, ich warte«, meint sie unwirsch. Sie wirft Sina einen entnervten Blick zu und flüstert: »Korinthenkacker sind das. Sture Nordlichter.« Und dann wieder in den Hörer: »Doberstein, guten Tag. Ich muß den Herrn Generaldirektor in einer dringenden Angelegenheit sprechen.« Gabriele schöpft sichtlich neuen Mut, ihre Gesichtszüge entspannen sich. »Nein, es dauert nicht lange.« Sie wirft Sina einen hoffnungsvollen Blick zu. Doch dann: »Was? In einer Sitzung? Er ist nicht zu stören? Mindestens drei Stunden – ja, danke.« Gabriele hängt ein.

Regen setzt ein. Die Tropfen prasseln wie kleine Kometen aufs Dach der Telefonzelle. »Und?«
»Nix und.« Gabriele lehnt sich an die Scheibe, die von innen beschlägt.
»Sie wollen dich nicht durchstellen.«
»Clever kombiniert«, meint Gabriele bissig. »Nicht zu sprechen, der Herr. Jedenfalls nicht für uns.«
»Oberkacke. Siehst du jetzt ein, daß wir um Klaus nicht herumkommen?«
Gabrieles Ton ist ausgesprochen scharf: »Ach, du mit deinem Klaus! Gut, ich hab's vermasselt. Aber du weißt, wie Sekretärinnen sind. Am Telefon erreicht man bei denen gar nichts. Die haben von ihrem Chef den Auftrag, die Laufkundschaft abzuwimmeln. Dafür kriegen die ihr Geld. Und das verdienen sie sich leider meistens gut.« Gabriele wischt mit ihrem Ärmel die Scheibe frei, starrt hinaus in den Regen. »Wir müssen selbst hin. Wir müssen es direkt in Hamburg probieren. Rausschmeißen können die uns nicht so einfach!«
Sina stiert ihre Freundin finster an. »Du glaubst allen Ernstes, daß die uns zu Koenig durchlassen.«
»Ja.« Gabriele klappt ihre Handtasche auf, zieht zu Sinas Verwunderung einen Knirps heraus. Gabriele quittiert Sinas erstaunten Blick mit dem Kommentar: »Packe ich immer ein, wenn ich Urlaub nördlich von Fulda mache.«
Sie öffnet die Zellentür, läßt den Schirm aufklappen.
Draußen steht ein durchnäßter Mann, froh darüber, daß die beiden Frauen endlich die Zelle verlassen. Er schiebt sich freundlich nickend an ihnen vorbei. Erst später realisiert Sina, daß es der Mann aus dem dunklen BMW war.

47

Der VW-Bus passiert das Hamburger Ortsschild. Es regnet Bindfäden. Das Ziel der beiden Frauen liegt im Industriehafenviertel.

Gabriele brummelt vor sich hin. Wie immer, wenn sie am Steuer ihres Kastenwagens sitzt, bekommt sie die Zähne nicht auseinander. Vielleicht liegt es diesmal aber auch an der jüngsten Auseinandersetzung der beiden Frauen. Es drehte sich – einmal mehr – um Klaus. Sina hatte darauf bestanden, ihn anzurufen. Sie wollte ihm unbedingt eine Nachricht auf Band hinterlassen. Wollte ihm mitteilen, daß sie sich auf dem Weg nach Hamburg befanden. Sie wollte vermeiden, daß er sich noch einmal von den beiden versetzt fühlen würde. Ganz schnell sollte es gehen, hatte sie ihrer Freundin versprochen. Konnte sie denn ahnen, daß Klaus eine Handy-Nummer auf seinem Band hinterlassen hatte? Verständlich, daß Sina die Nummer wählte. Und verständlich auch, daß das nachfolgende Gespräch mit ihrem Ex – wie üblich – länger dauerte als geplant.
Sina hüstelt, fragt dann: »Schmollst du immer noch wegen der Sache mit Klaus?«
Keine Antwort. Gabriele schweigt verbissen. Sie lenkt ihren VW sicher über die sechsspurige Straße, schlangelt sich zwischen einem Konvoi aus Containertransportern hindurch.
Sina ist sich keiner Schuld bewußt. Zugegeben. Das Telefonat mit Klaus hat eine zeitliche Verzögerung gebracht. Aber erstens war es bis vor kurzem ja Gabriele, die die ganze Sache auf die lange Bank schieben wollte. Und zweitens ist Sina durch Klaus' Informationen ein ganzes Stück schlauer geworden. »Spiel ruhig die beleidigte Leberwurst! Aber glaub nicht, daß du mit *der* Fresse an Koenig rankommst«, provoziert Sina.
Noch immer keine Reaktion von Gabriele.
Sina lehnt sich zurück. Soll Gabriele bocken! Sina will sich deswegen jedenfalls nicht länger den Kopf zerbrechen. Lieber denkt sie noch einmal in Ruhe über das Gespräch mit Klaus nach:
»Die Rumgurkerei hätte ich mir sparen können«, hatte er am Handy zu Sina gesagt. In einem Ton, der an Schnoddrigkeit kaum zu überbieten war. »Meine Freunde, die Jungs von der Weltraumforschung, haben mich stante

pede ins Museum geschickt. Denn da und *nur* da gehöre die V2 hin. Das haben sie schon gesagt, als ich mich telefonisch bei ihnen ankündigen wollte. Sie selbst hatten mit dem ollen Rostzylinder nichts am Hut. Sagten sie jedenfalls. Was macht Klausi also? Er geht ins Museum. Ins Deutsche Museum, um genau zu sein. Und auch das hätte ich mir sparen können. Denn da steht zwar eine V2. Schön zurechtgemacht und fein säuberlich schwarzweiß angepinselt. Aber die ganzen Facts, die wirklich wichtigen Infos für dich, die kannste dir viel simpler beschaffen. Dazu brauchste nicht ins Museum. Dafür mußt du nicht mal nach München kurven. Die kannst du über den Computer abrufen. Ganz einfach. Von zu Hause aus mit dem PC. Die gibt's nämlich längst auf CD-ROM. Mit allen Einzelheiten. Jedem perversen Detail über diese feuerspeienden Killer.«

Ja, das waren die Ergebnisse von Klaus' Recherche. Nicht gerade umwerfend. Das mußte Sina zugeben. Aber besser als gar nichts. Immerhin hatte sich Klaus bemüht. Er war sofort nach ihrem ersten Gespräch aufgebrochen, hatte vom Auto aus Kontakt zu den DASA-Leuten aufgenommen, um dann direkt zum Deutschen Museum zu fahren. Das war Einsatz! Das war ein Engagement, das Sina von ihrem Klaus schon lange nicht mehr gewohnt war.

Und er hatte sich diese CD besorgt. Im Museumsshop hat er sie gekauft. Klaus wollte sich sofort wieder ins Auto setzen. »Ich fahr raus nach Germering«, hat er gesagt, und Sina dann aus der Leitung geworfen. Aber Sina brauchte nicht groß nachzufragen, was er in diesem Münchner Außenbezirk wollte. Sie weiß, wer dort wohnt. Sonja. Das Biest! Sonja, die Frau, die Klaus den Kopf verdreht hat. Aber Sina weiß auch, daß Sonja in dieser einen, ganz bestimmten Situation von unschätzbarem Wert für sie ist. Denn, das hat Sina bei Klaus' Schwärmereien erfahren, Sonja fliegt auf Computerspiele. Sonja hat ein CD-ROM-Laufwerk.

»Ich habe mit ihm telefoniert«, reißt Gabriele Sina aus ihren Gedanken. Sina weiß nicht, auf wen Gabriele anspielt, zuckt nur fragend mit den Schultern. Gabriele biegt ins Industrieviertel ab. »Ich meine: Ehe du dir weiter den Kopf zerbrichst oder dir irgendwelche hirnrissigen, überflüssigen Vorwürfe machst, daß du mal wieder was falsch gemacht haben könntest und ich deshalb sauer bin, sag ich es lieber ganz deutlich: Als du mit Klaus gesprochen hast, habe ich meine Hände nicht untätig in den Schoß gelegt, wie du vielleicht annimmst.«

Sina möchte widersprechen: »Das habe ich nicht gesagt.«

»Aber gedacht. Schlimm genug. Jedenfalls: Ich habe auch telefoniert.«

Sina denkt nach. Sie selbst hatte Klaus von dem Apparat ihres Pensionszimmers aus angerufen. Kurz bevor die beiden in Richtung Hamburg abgereist waren. Aber Gabi?

»Als du mit deinem – ähem – Ex gesprochen hast, bin ich runter zum Wagen. Ich habe die Wirtin getroffen, die mich unbedingt zur Seite nehmen wollte. So von Frau zu Frau. Sie wollte mich fragen, ob das alles mit rechten Dingen zugeht, was wir beide so machen.«

Sina schaut verblüfft auf: »Was? Davon hast du keinen Ton gesagt.«

»Warum auch? Die spinnt, die Gute. Die hat mir – wie würdest du es ausdrücken? – eine Kante ans Bein gelabert. Wollte mir den neuesten Dorfklatsch unterbreiten. Und der kreist in letzter Zeit nur um die Russen. Die ›bösen‹ Russen, die angeblich in Scharen über ihr schönes Peenemünde herfallen und die ›guten deutschen Touristen‹ vergrätzen«, berichtet Gabriele abfällig.

Sina läuft ein kalter Schauer über den Rücken. Schon wieder Russen! Hatte die Wirtin die Typen aus dem BMW gemeint? Verdammt! Sina zwingt sich, nicht in einen hysterischen Verfolgungswahn zu verfallen.

»Das Beste kommt noch«, höhnt Gabriele. »Da fängt die Alte zu allem Überfluß an, mich mit dem ollen Bernhard zu belästigen. Will mir ganze Romane von seiner Beerdigung erzählen. Als ob ich nichts anderes im Kopf hätte. Diese verkalkte Schachtel beharrt tatsächlich darauf, daß beim ollen Bernhard wer nachgeholfen hat.«

Sina schwinden fast die Sinne: Ein Lkw, voll beladen mit Containern, schert plötzlich aus, schwenkt auf die Fahrbahn von Gabrieles Kleintransporter. Gabriele tritt auf die Bremse. Keine Wirkung. Ihr VW schlingert auf der regennassen Fahrbahn. Sina sieht die in grellem Rot strahlende Heckleuchte des Lasters auf sich zurasen.
»Verflixt!« preßt Gabriele heraus. Sie setzt auch den linken Fuß aufs Bremspedal.
Sina krallt sich ins Polster ihres Sitzes. Zentimeter vor der ausladenden Hinterpartie des Lkw bekommt Gabriele ihren VW unter Kontrolle. Als wäre nichts geschehen, setzt sie fort: »Daß ich nicht lache! Beim ollen Bernhard soll wer nachgeholfen haben. – Obwohl ... wenn ich's mir recht überlege. Wenn er jede Frau so unverschämt behandelt hat wie mich, dürfte es an potentiellen Mördern nicht mangeln.«
Sina gelingt es, ihre Gedanken einigermaßen zu ordnen: »Moment. Langsam, langsam. Du wolltest was ganz anderes sagen. Telefoniert hast du?«
»Ach ja! Habe ich. Aber das war eher eine Notlösung, um ehrlich zu sein. Du verstehst: Ich wollte dieser Wirtin entkommen. Irgendwie. Jeder Grund war mir recht. Ich habe sie deshalb um ein Telefonat gebeten. Von der kleinen Zelle neben der Gaststube aus.«
»Und?«
»Friedhelm.«
»Nein!«
»Doch.«
»Ich glaub's nicht. Du hast tatsächlich deinen Bruder eingeweiht.«
»Aber wirklich nur aus der Not heraus«, mildert Gabriele Sinas aufflammende Begeisterung ab. »Und ich habe ihm natürlich bloß den groben Rahmen der Geschichte geschildert. Keinerlei Details oder Hintergründe.«
»Erzähl!«
»Da gibt's nicht viel zu erzählen«, nimmt ihr Gabriele die Illusionen. »Er hat sich kaputtgelacht. Er hat seinen Auftrag in Bausch und Bogen abgelehnt.«

Allmählich beginnt Sina zu begreifen, warum ihre Freundin während der Fahrt so still war. »Friedhelm macht also nicht mit.«
»Ha! Das ist noch milde ausgedrückt. Er hat uns für verrückt erklärt. Er hat behauptet, daß schon die V2 an sich eine völlig überschätzte Angelegenheit ist. Friedhelm meint, das ganze Ding bestehe zu neunundneunzig Prozent aus Propaganda made by Goebbels. Und der Rest …«
»Der Rest?«
»Der Rest sei stümperhafte Technik, mit der man höchstens eine Silvesterrakete über den Balkon des Nachbarn schießen könnte.«
»Und zu seiner eigentlichen Aufgabe. Was hat er da gesagt?«
»Du meinst die Nutzlast?« fragt Gabriele nach.
»Gut gelernt, Gabi. Nutzlast. Ja, genau so heißt es.«
»Damit habe ich mir den nächsten Lacher eingefangen. Davon hält Meister Friedhelm erst recht nichts. Bei dem Wort Sprengkopf hat er den Hörer weghalten müssen vor lauter Prusten. Er meint, wenn es denn überhaupt möglich sei, daß eine Nazirakete in New York einschlägt, dann würde sie weniger Aufsehen erregen als eine Frittenbude, die infolge einer Propangasexplosion in die Luft geht. Denn das bißchen Sprengstoff, das die Nazis in eine V2 mit dieser Reichweite bekommen hätten, hätten sie effektiver und billiger mit einer Briefbombe nach New York befördern können. Kurz und gut: Er hält das Ganze für ausgemachten Unsinn.«
»Will er sich denn wenigstens für uns umhören?« fragt Sina niedergeschlagen.
»Schon. Aber was das bringen soll, ist die zweite Frage. Ich habe es jedenfalls schwer bereut, ihn da mit reingezogen zu haben.«

48

Das Gebäude ist imposant. Keine architektonische Schönheit. Eher ein Schlichtbau, wahrscheinlich aus der ersten Hälfte der sechziger Jahre. Aber der zwölfstöckige Komplex strahlt etwas Erhabenes aus. Er zeugt von Größe und Macht. Das mag an den großen Fensterpartien liegen, die durch baumstammdicke Betonpfeiler unterbrochen sind. Mit Sicherheit aber auch an dem weit hervortretenden Portal, auf dessen Sims in klotzigen Buchstaben »Bax Chemie« steht.

Der Eingangsbereich, weitläufig wie das Foyer eines Luxushotels, ist dezent eingerichtet. Eine Ledersitzgruppe. Ein paar sparsam plazierte Pflanzen. Und: hohe weiße Wände. Wände, die sofort Gabrieles Aufmerksamkeit auf sich ziehen. Denn sie sind behangen mit Bildern.

»Olala«, entfährt es ihr, und sie tritt näher. An zwei Säulen, die eines der großflächigen Gemälde flankieren, ist zu lesen: »Kunst im Treppenhaus«.

»Gabi. Vergiß nicht, warum wir hier sind«, ermahnt Sina sie eindringlich.

Doch Gabriele ist wie gefangen von den Werken, die sie bewundert. »Bilder von Beatrice Pagez. Na, was für eine angenehme Überraschung«, murmelt Gabriele verzückt.

»Meine Güte, Gabi, kannst du nicht einmal an Kunst vorbeigehen?«

»Wieso?« Gabriele schreitet zum nächsten Werk, beäugt es voller Interesse. »Die Künstlerin lebt zwar noch, fällt also nicht in mein Terrain. Aber man muß anerkennen: Ihre Werke sind schon heute sehr wertvoll.«

Sina schüttelt verständnislos den Kopf und will sie am Ärmel von der Galerie fortziehen. »Sei nicht albern, Gabi. Diese Pinseleien sehen aus wie Kinderbilder.«

»Das kann wieder mal nur von dir kommen«, entgegnet Gabriele hochnäsig.

Sina stockt: »Moment – sagtest du gerade wertvoll?«

»Richtig. Picasso ist natürlich teurer, aber …«

Sina starrt plötzlich wie gebannt auf die Bilderleiste. Vielleicht ist Gabrieles Sucht nach Kunst diesmal gar nicht so hinderlich, wie es Sina sonst immer empfindet. Sina schaut auf die Leinwände, dann auf Gabriele. Sie fixiert die geschminkten Wimpern ihrer Freundin. Gabriele ist verwirrt. Sie weicht Sinas Blick verunsichert aus. »Hast du deine Wimperntusche dabei?« will die Jüngere wissen.
»Was?« Gabriele schaut, als wolle sie fragen: »Hast du sie nicht mehr alle beisammen?«
Sina bleibt beharrlich: »Rückst du nun die Wimperntusche raus oder nicht?«
»Ja, schon.« Und verwundert: »Aber wozu brauchst du die jetzt? Willst du Koenig etwa schöne Augen machen? Oder –«
Sina streckt ihr fordernd die Hand entgegen: »Gib schon her.« Sie blickt sich prüfend im Foyer um. Niemand ist zu sehen.
Gabriele kramt umständlich in ihrer Handtasche. Sie holt die grüne Mascara hervor, gibt sie ihrer Freundin und beschließt, nicht weiter über Sinas plötzliche Schminkwut nachzudenken. Sie knüpft wieder da an, wo Sina sie unterbrochen hatte: »Die Pagez hat einen recht naiven Stil. Damit hast du gar nicht mal so unrecht. Aber das ist ja gerade ihre Aussage. Ursprünglichkeit. Die ursprüngliche Bedeutung von Form und Farbe. Das Reduzieren eines Eindrucks auf seinen metaphysischen Inhalt …«
Sina geht während Gabrieles Vortrag betont langsam hinter eine der beiden Säulen. Wenn es in dieser Halle irgendwo Kameras gibt – hier ist sie bestimmt nicht zu sehen. Sinas Puls erhöht sich. Diesen feinen Unterschied zu Gabriele hat sie sich bewahrt: Wann auch immer sie etwas Unrechtes, etwas nicht ganz Legales, vorhat, dann plagen sie Gewissensbisse. Das äußert sich in einer leicht geröteten Gesichtsfarbe und schnellerem Herzschlag. Wie auch jetzt. Sina schraubt das gläserne Röhrchen Wimperntusche auf.
Alles geschieht blitzschnell. Ehe Gabriele die geringste Chance hat zu verstehen, taucht Sina den biegsamen

Pinsel ihrer Kosmetika in die Tusche. Sie zieht den sattgetränkten Pinsel heraus, spannt ihn zu einem Bogen und läßt ihn los. Der Kopf des Pinsels schnellt vor, ein kräftiger Schuß Maskara spritzt in Richtung Wand. Winzige, aber deutlich sichtbare Tropfen kleben auf den Gemälden.
Gabriele erstarrt. Sie schaut ihre Freundin an, als habe diese gerade jemanden vor ihren Augen erdolcht. »Was, um Himmels willen, ist in dich gefahren?« herrscht sie sie an. Gabriele tritt vor, beäugt erschreckt die Flecken auf einem der Pagez. »Wahnsinn! Spinnst du total?« Sie kramt ein Stofftaschentuch hervor, befeuchtet eine Ecke und wischt vorsichtig über die Leinwand. »Weißt du überhaupt, was diese Bilder kosten? Deine Haftpflicht wird sich freuen.«
Sina bleibt cool, lehnt sich locker an die Säule, kreuzt die Beine. »Eben. Du bringst die Sache auf den Punkt.« Und nach einer Pause: »Denk nach!«
Die beiden vernehmen gedämpfte Schritte. Ein penibel gekleideter Herr schreitet eilig über den tiefblauen Teppichboden auf die Frauen zu.
Gabrieles Gesichtsausdruck ist eine einzige Frage. Sina reicht ihr die Tusche zurück, signalisiert ihr dabei, sie schnell wegzustecken. »Sei nicht so schwerfällig, Gabilein. Streng deine grauen Zellen ein bißchen an, dann kommst du drauf, was ich vorhabe.«
Die Ältere beugt sich nochmals vor, mustert die Flecken angestrengt.
Der Herr im Anzug kommt näher. Er gestikuliert dezent, aber unverkennbar drohend mit den Händen.
Gabriele strahlt Sina an: »Jetzt fällt der Groschen! Schimmel ... es sieht aus wie Schimmel! Du bist 'n Pfundskerl!«
Der Herr hat sie erreicht. Seine Wangen sind rot vor Zorn, doch er spricht beherrscht und höflich. Nur dem Zucken um seine Mundwinkel ist anzumerken, daß er den Frauen am liebsten den Kopf abreißen würde. »Meine Damen, ich muß Sie bitten, unser Haus umgehend zu verlassen. Dies ist keine öffentliche Galerie. Wir sind ein Industrieunternehmen. Die Ausstellung ist unseren Kun-

den vorbehalten.« Mit diesen Worten greift er Sina vorsichtig in die Armbeuge. Er will sie ganz offensichtlich ins Schlepptau nehmen und hinauskomplimentieren.
Gabriele funkt dazwischen. »Moment mal, junger Mann. Nicht so huschhusch. Sie sprechen hier nicht mit irgendwem.«
Der Herr ist für den Augenblick konsterniert. Sina nutzt seine Unsicherheit aus: »Darf ich vorstellen: Gabi Doberstein. Meine Freundin ist eine namhafte Kunstsachverständige aus Franken.«
Die Augen des Mannes fragen: »Na und?« Aber er ist zu höflich, um die Frage tatsächlich auszusprechen. Stattdessen schaut er Gabriele nur prüfend an. Die reagiert prompt, deutet mit dem abgespreizten kleinen Finger auf die Bilder und verzieht das Gesicht. »Schimmel.«
Der Herr in dem Anzug zuckt zusammen. »Sagten Sie eben …?« Er hat sich Sina abgewandt, die hinter seinem Rücken jetzt freche Grimassen zieht und Gabriele aufmunternd zuzwinkert.
»Richtig. Dieses Bild ist eindeutig vom Pilz befallen. Sehen Sie hier«, präzisiert Gabriele. »Diese kleinen dunklen Flecken sind Warnsignale. Schlechtes Klima in Ihrem Foyer. Tödlich für Ölbilder. Ist die Klimaanlage vielleicht falsch eingestellt? Ein fataler Fehler.«
Der Mann scheint die schrecklichsten Sekunden seines Lebens durchzumachen. All seine Beherrschung ist wie weggeblasen. Er wirkt völlig aufgelöst. Gabriele nutzt die Chance, setzt noch einen drauf: »Das sollten Sie unverzüglich Ihrem Chef melden. Vielleicht sind einige der Werke noch zu retten.«
Der Aufpasser taumelt zurück. »Ich? Ich soll das dem Chef sagen?« Er gerät außer sich. So schaut einer, der gleich vors Exekutionskommando gestellt wird, durchfährt es Sina. Der Mann blickt sich hilfesuchend um, schüttelt dann entschieden den Kopf: »Nein, das geht nicht. Sie müssen es tun. Sie müssen es dem Chef selbst sagen. Ich, äh, ich kann hier gar nicht weg. Ich muß auf meinem Posten, äh, bleiben. Sicher, ja. Ich muß bleiben und –«

»Und aufpassen, daß nicht noch mehr Schimmel aufkreuzt, was?« spöttelt Sina. Gabriele wirft ihr einen finsteren Blick zu. Doch das wäre nicht nötig gewesen, denn ihr Gesprächspartner hat Sinas Spitze gar nicht verstanden. Er eilt in Richtung Empfang, winkt die Frauen hinterher. Atemlos greift er zum Hörer des Haustelefons, tippt hektisch drei Zahlen ein. »Hier Behrens. Äh …«
»Das ist jetzt sein drittes ›Äh‹ gewesen«, flüstert Sina belustigt.
»Äh …« setzt der Mann fort. »Da sind zwei Frauen. Sachverständige. Wegen der … äh …« Er muß schwer schlukken. »Wegen der Gemälde. Sie wollen zum Chef. Sieht so aus, als ob die Bilder … äh … angegammelt wären.«
»Sechs«, meint Sina.
»Bitte?« fragt Gabriele.
»Sein sechstes ›Äh‹.«
»Folgen Sie mir«, sagt der Mann. Er wendet sich in Richtung Fahrstuhl. Sina bemerkt, daß sich auf seinem Hemd feuchte Stellen unter den Achseln gebildet haben.

49

Ein langer Flur, an beiden Seiten behängt mit aufwendig gerahmten Ölbildern. Allesamt Portraits, Bildnisse der Ahnen des Firmenbesitzers, auf der einen Seite. An der gegenüberliegenden Wand dagegen moderne Kunst, abstrakte Malerei.
Dr. Walter Koenig eilt den Frauen bereits entgegen. Sina sieht einen Opa auf sich zukommen: mittelgroß, dünnes gelblich-graues Haar, Stirnglatze, starke Brillengläser in dunkelbraunem Hornrahmen. Koenig trägt einen grauen, schlechtsitzenden Anzug, der seiner stämmigen Figur alles andere als schmeichelt. Darunter erkennt Sina einen beigen Rolli. Nicht gerade der erfolgreiche Geschäftsmann, den sie erwartet hat.
Als ob Koenig ihre Gedanken erraten hätte, sagt er anstelle einer Begrüßung: »Verzeihen Sie meinen Aufzug.

Aber im Grunde genommen bin ich heute überhaupt nicht hier. Urlaub. Ich war nur schnell im Büro, um einige Unterlagen zu sichten.« Er blickt den Frauen forschend in die Augen: »Was muß ich da hören? Meine Lieblinge, mein Leben!« Er deutet bei diesen Worten mit dramatischer Geste auf die im Flur hängenden Bilder und seufzt schwer.

Sina muß beinahe grinsen, fängt sich aber wieder. »Keine Angst, diese hier sind nicht betroffen.«

Koenig legt seinen Arm um Sinas Schulter, geleitet sie schnellen Schrittes zu seinem Büro – Sinas Empfinden nach gibt sich der Mann einen Hauch zu jovial. Die drei treten durch ein schlicht möbliertes Vorzimmer, in dem sich zwei unscheinbare graue Mäuse hinter ihren Schreibtischen verschanzen. Ihre Blicke verraten Furcht. Sina wird klar, daß es in diesem Raum vor gar nicht langer Zeit ein mächtiges Donnerwetter gegeben haben muß. Wahrscheinlich, denkt sich Sina, hat Koenig nach der Horrormeldung über seine Gemälde in einer ersten aufgebrachten Reaktion diejenigen zur Verantwortung gezogen, die in seiner allernächsten Umgebung waren. Die armen Sekretärinnen tun Sina leid.

Die Dreiergruppe passiert eine massive Doppeltür. Dahinter ist Koenigs Reich: Ein Eichenschreibtisch, mächtig aber schnörkellos, dominiert das große Zimmer. In einer Nische, dem Schreibtisch gegenüber, ist eine Sitzecke plaziert. Ledersessel, alle in vornehm dunklen Farbtönen. Der Raum ist mit einer großzügigen, zimmerhohen Fensterfront ausgestattet, die einen weiten Blick auf den Freihafen gewährt.

Koenig bedeutet den Frauen, sich zu setzen. Er selbst wählt den breitesten Sessel der Sitzgruppe. »Bitte, meine Damen.« Er atmet kurz durch, entspannt sich dann etwas. »Pilze.« Koenig schüttelt verächtlich den Kopf: »Bitte erklären Sie mir: Wie konnte es dazu kommen.«

Gabriele windet sich in ihrem Sessel. Etwas verlegen bringt sie vor: »Nun, der Ausstellungsraum ist recht zugig. Und feucht. Und ...«

Sina ist verdutzt. Was soll das? Wozu diese Scharade? Sie sind in Koenigs Allerheiligstes vorgedrungen, haben ihr Ziel also erreicht. Warum setzt Gabriele das Theaterstück fort? Sina beugt sich vor, fährt in barschem Ton dazwischen: »Gabi! Schluß jetzt! Du vergißt, warum wir hier sind!«

Koenig blickt irritiert zu Sina. Gabriele schnauft, fährt sich mit der Hand durchs Haar, schnauft erneut.

»Gabi!« keift Sina.

»Also gut«, sagt Gabriele leise. »Ihren Bildern fehlt gar nichts.«

Koenig schaut sie fragend an. Dann blickt er auf Sina und wieder zurück zu Gabriele.

»Die Gemälde sind in einwandfreiem Zustand.« Gabrieles Ton ist jetzt fester.

Koenigs Verblüffung ist perfekt: »Aber die Flecken! Der Pilzbefall!«

Gabriele zückt ihre Mascara. »Harmlose Tusche. Müßte sich leicht wieder entfernen lassen. Wahrscheinlich ohne Spuren zu hinterlassen.«

Koenigs Gesichtsausdruck ist deutlich abzulesen, daß er die dreiste Lüge begriffen hat. Tiefe Furchen bilden sich auf seiner Stirn. »Das ist der Gipfel der Unverfrorenheit!« Koenig steht auf, geht zu seinem Schreibtisch. »Wie kommen Sie dazu, sich auf solch eine hinterlistige Weise hier einzuschleichen?« Er zieht die Sprechanlage zu sich herüber. »Umweltschützer, was? Haben wohl was an meiner Raffinerie auszusetzen, wie? Hat Sie Greenpeace geschickt?« Abgrundtiefer Haß liegt in seiner Stimme.

Sina steht ebenfalls auf. Bevor Koenig die Ruftaste der Gegensprechanlage drücken kann, hat sie sich vor ihm aufgebaut. Sie schaut ihm fest in die Augen. »Die Rakete ist nicht im Weltraum verschollen.«

Koenig hält inne. »Was? Was reden Sie da? – Rakete?«

Sina führt seine Hand von dem Sprechgerät: »Es tut mir leid, aber wir mußten Sie so überfallen: Sie gehörten damals zum Peenemünder Wissenschaftlerteam.«

Gabriele kommt ebenfalls auf Koenig zu. Sie nähert sich von der anderen Seite, so als wollten die Frauen den Alten umzingeln. »Sie haben an der Entwicklung der New-York-Rakete mitgearbeitet.«
»Die erste Interkontinentalrakete, Nachfolgerin der V2«, setzt Sina fort. »Stichwort – *Kolumbus.*«
Koenig, sichtlich verstört, preßt sich mit Händen und Beinen rückwärts an den Schreibtisch. »Sind Sie Journalisten oder so was? Sie wollen eine Skandalstory schreiben, ist es das?« Er scheint wieder die Oberhand zu gewinnen.
Doch soweit läßt es Gabriele nicht kommen. »Keine Skandalstory!« sagt sie knapp.
Sina steht jetzt ganz dicht vor Koenig. Ihre Stimme hat etwas Beschwörendes: »Wir brauchen Ihre Hilfe! Die Rakete ist nicht zerstört. Sie kreist noch im Orbit. Sie wurde reaktiviert. Sie rast auf New York zu.«
Das ist wohl zu viel. Für Sekunden weicht Koenig alle Farbe aus dem Gesicht. Dann rafft er sich auf, befreit sich aus seiner eingekeilten Lage zwischen den Frauen. Er geht zur Fensterfront, starrt hinaus. »Sie haben eine makabre Art zu scherzen. Was reden Sie da für einen Unsinn?« Seine Stimme verrät Unsicherheit. Koenig vermeidet es, den Frauen sein Gesicht zu zeigen.
Sina reißt der Geduldsfaden. Sie hechtet zur Sitzgruppe, greift ihre Handtasche und schüttet den Inhalt auf den niedrigen Glastisch, der zwischen den Sesseln drapiert ist. »Koenig! Es geht um Minuten! Wollen Sie Beweise?« Aus der Handtasche purzelt die alte Kladde mit den handschriftlichen Aufzeichnungen über die V2-Tests, dann folgen PC-Ausdrucke. Eine zusammengefaltete Grafik mit der Raketenflugbahn. Sina greift nach Kladde und Grafik, hält sie dem perplexen Koenig direkt unter die Nase. »Schauen Sie hin, Koenig! Schauen Sie genau hin!« Koenig erblaßt abermals. Doch Sina kennt keine Gnade: »Ist das vielleicht auch Blödsinn?«
Gabriele stößt dazu. »Begreifen Sie jetzt?« fährt sie den aschfahlen Koenig an. »Das ist kein schlechter Scherz. Ihre verdammte Bombe ist scharf!«

Mit zitternden Händen nimmt Koenig ihr die Kladde aus der Hand. Langsam und mit wackeligen Beinen geht er auf seinen Sessel zu, läßt sich schwer hineinfallen. Seine Stimme ist leise und unsicher: »Das *kann* gar nicht wahr sein.«

Sina explodiert. Sie schießt auf Koenig zu, rüttelt den alten Mann kräftig an den Schultern: »Sie verbohrter Grufti! Das *ist* wahr!« Sie schüttelt ihn energisch. »Wahr! Wahr! Wahr! Die volle Wahrheit! Realität! Ihre Mordrakete fliegt auf New York zu! Sie wird den Big Apple in tausend Fetzen zerreißen! *Ihre* Erfindung!«

Gabriele schiebt die aufgebrachte Sina sanft beiseite, plaziert sie auf einem Sessel links neben Koenig. Sie selbst nimmt zu seiner Rechten Platz. »Jetzt mal ganz ruhig. Herr Koenig, wir wissen nicht, wer die alte Peenemünder Anlage wieder in Betrieb gesetzt hat«, legt Gabriele in selbstsicherem Tonfall dar. »Und wir wissen auch nicht, warum sie erneut aktiviert werden sollte«, setzt sie wahrheitsgemäß fort. »Fact ist aber, daß durch ein Versehen die Aktivierungsphase eingeleitet worden ist –« Gabriele vermeidet es zu erwähnen, welche Rolle Sina und sie selbst bei diesem »Versehen« gespielt haben.

»Mein Gott, mein Gott, mein Gott ...«, unterbricht sie Koenig. Er verfällt sichtlich, stützt sein müdes Gesicht mit beiden Händen.

»Wie auch immer«, nimmt Gabriele den Faden wieder auf. »Wir wissen definitiv, daß sich Ihre Rakete auf dem direkten Flug ins Zentrum von New York befindet.«

Koenig wirkt völlig verzweifelt. Die Stimme ist nur noch ein unsicheres Wimmern: »Wie konnte das passieren ...«

Gabriele bemüht sich erneut um einen beruhigenden Tonfall. Doch ihre eigene Anspannung ist ihr anzumerken, als sie sagt: »Das ist nicht mehr wichtig. Entscheidend ist, daß Sie uns schleunigst verraten, wie wir dieses elende Ding abschalten können.«

»Reden Sie schon!« springt ihr Sina bei. Bohrend fordert sie: »Starren Sie keine Löcher in die Luft. Sagen Sie lieber, ob wir 'ne Chance haben. Ist die Rakete zu stoppen, oder

können wir Ihnen auf Ihrem Sollkonto ein paar Dutzend Menschenleben ankreiden?« formuliert sie bitter.
Koenig hebt seinen Blick. Er schaut Sina fragend an. »Mit ein paar Dutzend Menschenleben werden wir kaum davonkommen. Ich fürchte, hundert ist auch zu tief gegriffen.«
»Was? Was reden Sie da?« Sina kann nicht folgen.
Das letzte bißchen Farbe weicht aus Koenigs Gesicht. Für einen Moment fürchtet Sina, daß der alte Mann vor ihren Augen zusammenbricht, womöglich einen Herzinfarkt erleidet. Sie verkneift es sich, ihn weiter zu drängen.
Koenig schnauft schwer durch. Abermals muß er sich die Schweißperlen von der Stirn wischen. »Verfluchte Tat. Wo fange ich an?« sagt er mehr zu sich selbst.
»Am besten am Anfang. Aber machen Sie's kurz«, sagt Sina und zwingt sich dabei zu einem möglichst zahmen Tonfall.
»Sie haben recht. Leider.« Koenig erhebt sich mühsam, fällt aber in den Sessel zurück. Seine Kräfte reichen nicht mehr aus. Er versucht es ein zweites Mal. Diesmal stützt ihn Gabriele ab. Mit unsicheren Schritten geht Koenig wieder auf die Fensterfront zu. »Wir haben sie tatsächlich konstruiert. Gebaut unter enormem Zeitdruck. Hitler wollte seine Vergeltungswaffe in Rekordtempo startbereit haben. Wir waren in einer ausweglosen Situation.« Seine Stimme wird lebendiger. So als würde er zurück in die Rolle des jungen Wissenschaftlers schlüpfen, in der er vor über fünfzig Jahren am Reifeprozeß der Rakete teilgehabt hatte. »Die ersten Vergeltungswaffen, V1 und V2, waren ein Flop.«
Sina glaubt, nicht richtig gehört zu haben. Ein Flop? Was bildet sich dieser Greis ein? Tausende mußten bei den verheerenden V2-Einschlägen ihr Leben lassen! Und jetzt das: ein Flop! Sie will aufbegehren, doch Gabriele hält sie zurück.
Koenig schaut hinaus auf den Freihafen. Ein riesiges Containerschiff läuft ein. Das dumpfe Dröhnen seines Signalhorns ist selbst durch die Doppelverglasung des Zimmers deutlich zu hören. »Ja, ein Flop. Vielleicht nicht für

Goebbels, diesen Verbrecher. Seiner Propaganda kamen die wenigen zufriedenstellenden V-Einsätze gerade recht. Er konnte sie zu militärischen Erfolgen aufblasen, konnte damit die Moral der Bevölkerung aufbessern. Naja.« Koenig verzieht griesgrämig das Gesicht. »Aber der militärische Nutzen war gleich Null. Die Angriffsergebnisse entsprachen nur zu Bruchteilen unseren Erwartungen.« Koenigs Stimme ist jetzt eiskalt. Nüchtern und sachlich fährt er fort. So als lege er vor Studenten eine wissenschaftliche Abhandlung dar. »Sie müssen sich das so vor Augen führen: Es waren jeweils nur punktuelle Bombardements machbar. Ein massiver Angriff von fünftausend Raketen, möglichst in rascher Folge hintereinander abgefeuert, hätte London spürbar verwunden können. Hätte! Die Betonung liegt auf dem Wörtchen ›hätte‹, meine Damen. Denn in Wahrheit hat es dazu nie gereicht.«
Sina gewinnt den Eindruck, als wenn sich Koenig tatsächlich darüber ärgern würde. Als wenn es ihn noch heute fuchse, daß damals – wegen der *widrigen Umstände,* die der Krieg nunmal mit sich bringt – seine Eitelkeiten als aufstrebender Ingenieur nicht vollends befriedigt werden konnten.
»Sicher«, meint Koenig, »wir hätten ausreichend Raketen fabrizieren können, wenn der Führer genug Material und Geld bewilligt hätte. Aber spätestens am Treibstoff wäre ein effektives Fernbombardement gescheitert. Nein, nein. Die V2 war ein Flop. Ein Fehlschlag.« Koenig sagt das, als müsse er sich gegenüber den Frauen dafür rechtfertigen, daß London nicht in Schutt und Asche gefallen ist.
Die Freundinnen bleiben stumm. Sina, weil sie über die Gefühlskälte, mit der Koenig über eine Massenvernichtungswaffe spricht, entsetzt ist. Gabriele, weil sie möchte, daß Koenig ohne weitere Unterbrechungen schnell zum Kern kommt.
Noch immer blickt er aus dem Fenster. So, als suche er Halt in den Geschehnissen in der Ferne. »Auch wirtschaftlich gesehen konnten wir das V2-Programm nicht unbegrenzt

aufrechterhalten. Ein Exemplar hat uns 75000 Reichsmark gekostet. Davon hätte man Unmengen herkömmliche Bomben finanzieren können. Sehen Sie: Eine V2 beförderte höchstens eine Tonne Sprengstoff. Ein Bomber, der etwa genauso viel kostete, konnte bei einem einzigen Flugeinsatz das Sechsfache an Sprengstoff abwerfen. Es war der reine Irrwitz: Wir haben innerhalb eines guten halben Jahres genau 1115 V2-Raketen ins Zielgebiet geschossen. Ungefähr 570 davon direkt auf London. Aber insgesamt sind dabei gerade mal 2750 Menschen zu Tode gekommen. Das ist lachhaft, wenn man bedenkt, daß die Briten und Amerikaner mit ihren Bombern in nur vierzehn Stunden das Leben von 135000 Menschen in Dresden auslöschen konnten. Da haben wir vergleichsweise ganz schlecht abgeschnitten. Beschämend.«

Sina kocht vor Wut. Noch ein solcher Satz, und sie wird diesen Koenig erschlagen. Ihn erschlagen oder ihm die Luft abdrehen. Sie spürt, wie sich ihre Hände vor Zorn verkrampfen.

Koenig merkt von Sinas Gefühlswallungen offenbar nicht das geringste. Er scheint gedanklich in der Vergangenheit zu weilen. Völlig unbedarft setzt er seinen makabren Monolog fort: »Ja, ja. Die Kosten haben uns förmlich aufgefressen. Und dazu die ganze Arbeit! 13000 Stunden für eine einzige V2. Das war die reinste Ressourcenvergeudung. Wenn wir nicht den Einsatz von Zwangsarbeitern –«

»Zwangsarbeiter?« Sina unterbricht barsch.

»Im Schacht Dora. Sie wissen schon: das Mittelwerk in Thüringen«, antwortet Koenig belehrend. Und als müsse dieses Wissen jedermann geläufig sein, fährt er fort: »Im Harz. In Nordhausen und Bleicherode. Als uns die Engländer Peenemünde kaputt gebombt hatten, mußten wir doch irgendwo anders weiterarbeiten. Im Harz wurde eine neue Fabrik gebaut. Unterirdisch und absolut bombensicher. Unentdeckbar und unzerstörbar.«

»Zwangsarbeiter, Koenig. Sie sprachen eben von Zwangsarbeitern. Was hat das zu bedeuten?« zwingt ihn Sina aufs

Thema zurück. Sie spürt, daß es Koenig unangenehm ist, darüber zu sprechen.
Er windet sich. »Die Not, junge Frau. Versetzen Sie sich in unsere Lage. Peenemünde war bis auf wenige Restanlagen zerstört. Die Briten haben mit ihrem gottverdammten Unternehmen Hydra im August '43 all unsere technischen Einrichtungen vernichtet. Diese Barbaren haben den ersten Mach-4-Windkanal der Welt pulverisiert!«
Sina packt Koenig am Kragen. »Hören Sie mir gut zu: Ihr Mach-4-Windkanal interessiert mich einen Scheißdreck. Sie sollen mir was über Ihre Sklaven erzählen, die Sie für sich schuften lassen haben.«
»Sina, hör auf. Diese Zwangsarbeitersache hält uns nur auf«, wendet Gabriele ein.
Sina wirft ihr einen giftigen Blick zu. »Verdammt! Gabi! Ich muß das jetzt wissen. Ich muß wissen, mit wem wir es hier zu tun haben.« Sie verstärkt ihren Würgegriff bei Koenig und fordert: »Sprechen Sie! Wie war das mit den Sklaven?«
»Das war Angelegenheit der Militärs«, röchelt Koenig. »Wir Wissenschaftler hatten damit kaum etwas zu tun.«
Sina drückt noch kräftiger zu. »Ich glaub Ihnen kein Wort!«
Koenig prustet. »Bei Gott! Ich schwöre: Wir wußten nur, daß es sie gab. Es waren Tausende. Juden, russische Kriegsgefangene, politisch unbequeme Leute. Aber wir hatten kaum was mit ihnen zu tun«, beteuert der alte Mann.
Sina lockert den Griff. Doch ihre Augen fordern Koenig zum Weiterreden auf. Sie will alles wissen. Die ganze schmutzige Wahrheit.
Koenig rückt seinen Kragen zurecht. »Ein Drittel aller deutschen Wissenschaftler war mehr oder weniger mit dem Raketenfernprogramm beschäftigt. In Peenemünde waren wir, lassen Sie mich nachdenken, mindestens zweitausend. Vollziehen Sie das bitte nach: Wir hatten alles! Gutes Geld. Versuchsanlagen, von denen andere

Forscher nur träumen konnten. Wir waren die Weltelite! Und wir waren sicher, daß wir die Welt revolutionieren würden.«

»Sie weichen wieder aus. Was haben Sie getan, als Sie von den Zwangsarbeitern hörten? *Was,* König? Warum haben Sie Ihre Arbeit nicht unverzüglich hingeschmissen?« Sina läßt nicht von ihm ab.

»Warum fragen Sie das gerade mich?« Koenig gewinnt an Aggressivität zurück. »Ich war nur ein kleines Rad am Wagen.«

»Ach, Gottchen. Kommen Sie mir nicht mit so abgedroschenen Floskeln. Wir wissen, daß Sie damals recht erfolgreich mitgemischt haben.«

»Und von Braun? Was war mit dem?« kontert Koenig, der sich offensichtlich in die Ecke gedrängt fühlt. »Denken Sie, dieser ›Vater der Mondrakete‹ hat nichts von den Verhältnissen im Mittelbau gewußt? Glauben Sie allen Ernstes, dieser feine Herr hätte nicht gewußt, wer da unten, in den finsteren Katakomben, seine Raketen zusammenzimmerte? Selbstverständlich hat er. Alles, was er in seinen vielen Interviews zu diesem Thema sagte, waren reine Schutzbehauptungen. Von wegen weltfremder Raumfahrtenthusiast! Daß ich nicht lache! Von Braun muß klar gewesen sein, daß für seine Brötchengeber Menschenleben nicht viel zählten. Wenn ich ein Kriegsverbrecher sein soll, dann war er es erst recht.«

Sina ist innerlich aufgewühlt. Sie hört Koenig zu. Und je länger sie seinen Worten folgt, desto öfter fragt sie sich, wie dieser Mann jemals mit seinem Gewissen ins reine kommen konnte. Er merkt offenbar überhaupt nicht, daß er, je mehr er Wernher von Braun belastet, sich selbst ins Abseits bringt. Es ist unverkennbar, daß Koenig Leichen im Keller hat. Viele hundert Leichen, die ihm wahrscheinlich bis zum heutigen Tage als Spukbilder von ausgemergelten gequälten Gestalten in seinen Träumen begegnen. Sina will Koenig auf den Zahn fühlen. Aber sie ist zu niedergeschlagen, um handfeste Fragen zu stellen. Alles, was sie hervorbringt, ist: »Und danach?

Wie konnten Sie einfach so weiterleben, nach dem Krieg?«

»Was für eine Frage! Ich hatte überhaupt keine Wahl.«

»Das haben Sie schon einmal gesagt.«

»Wenn es doch so ist! Die Amerikaner haben uns in Beschlag genommen. Von Braun und hundertfünfzehn Ingenieure. Ich war dabei. Auch ich habe an der Saturn-Rakete mitgewirkt. Und nach den ersten Ariane-Abstürzen war mein Rat nicht gerade unerwünscht.« Stolz schwingt in seiner Stimme. Trotzig fährt er fort: »Ehe Sie mir weiter Vorwürfe um den Kopf hauen, junge Frau: Ohne deutsches Wissen, ohne *unser* Wissen wäre auch Juri Gagarin nie in den Weltall gekommen. Zum Kuckuck! Verstehen Sie denn nicht? Es hat einfach keinen vernünftig denkenden Menschen interessiert, ob wir eine weiße Weste hatten oder nicht. Weder die Amerikaner noch die Sowjets.«

Sinas Stimmung hat den absoluten Tiefpunkt erreicht. Wie kann jemand, wie kann ein *Mensch* so viel Schuld von sich schieben? Sich hinter einer Fassade aus scheinheiliger öffentlicher Anerkennung verbergen. Was sie jetzt am liebsten tun würde, wäre zu gehen. Sich einfach umzudrehen und zu gehen. In eine Kneipe. Am besten in die »Schwedenschanze«. Ein Gläschen vom Anisschnaps Küstennebel wäre jetzt das richtige. Vielleicht gelänge es dann auch ihr, die Abscheulichkeiten dieser Welt so verklärt zu sehen wie Koenig.

Gabriele bemerkt, daß Sina aus dem Rennen ist. Sie sieht, wie ihre Freundin apathisch vor sich hinstarrt. Gabriele übernimmt kurzerhand die Initiative. Sie greift Koenig am Arm, dirigiert ihn zurück zur Sitzgruppe. »Genug Zeit verplempert. Die Vergangenheit hat Sie, wie es scheint, noch einmal eingeholt. Sie können jetzt einiges gutmachen. Also: Was ist mit dieser Interkontinentalrakete? Wie lassen sich diese gebündelten V2s stoppen?«

Koenig bleibt ruckartig stehen. »Gebündelte Raketen?« fragt er mit einer Spur Belustigung in der Stimme. »Wie

naiv von Ihnen.« Für einen Moment läßt Koenig wieder seine ihm eigene Arroganz durchblicken. »Die Russen mögen vielleicht ihre Raketen bündeln. Aber nicht wir.«
»Koenig! Reißen Sie sich zusammen! Weichen Sie nicht ständig aus«, herrscht ihn Gabriele an.
Noch immer erheitert erklärt Koenig: »Wie ich schon sagte: Die V2 war ein Flop. Nur wirksam, wenn man Tausende davon abgeschossen hätte.« Er legt eine Pause ein, läßt sich die folgenden Worte auf der Zunge zergehen: »Das Aggregat 10 sollte das wettmachen.«
»Aggregat 10?« fragt Sina verständnislos dazwischen.
»Aggregat 10. Oder auch A10. Eine Superrakete. Mit fünffach potenzierten Maßen der V2. Eine dreistufige Weiterentwicklung der V-Reihe. Sie sollte oberhalb der Atmosphäre den Atlantik überqueren und dabei eine immense Sprengladung mit sich führen können. Nach Boston, Washington, am liebsten aber nach New York.«
Sina durchfährt ein kaltes Schaudern. »Wie weit sind Sie mit ihrer Arbeit an dem A10 gekommen?«
»Sehr weit«, sagt Koenig nachdenklich. »Wir hatten allerbeste Voraussetzungen. Unser Konzept war vortrefflich: Wir haben gegenüber den Militärs argumentiert, daß ein einziges A10 die Wirkung vieler hundert V2s erzielen könnte, aber nur einen Bruchteil der Material- und Treibstoffkosten verschlingen würde. Außerdem –« Wieder eine Pause, um die Wirkung seiner Mitteilung auszukosten: »Außerdem konnten wir ungestört in Peenemünde forschen.«
»Was? Peenemünde war zerstört! Sie haben selbst gesagt, daß die Engländer ganze Arbeit geleistet hatten!« wirft Gabriele zu Recht ein.
»Eben. Genau das war der Grund. Deshalb ließen Sie uns in Ruhe. Von oben, aus der Luft, hat niemand bemerken können, daß sich auf Peenemünde wieder etwas tat …«

50

Weder Sina noch Gabriele haben erwartet, daß ihnen nach diesem erschütternden Gespräch noch Schlimmeres bevorsteht. Gut, sie wußten inzwischen, womit sie es bei dem Flugobjekt über ihren Köpfen zu tun hatten. Sie konnten sich ausmalen, was es bedeuten würde, wenn eine dieser Raketen mit mehreren Tonnen Sprengstoff an Bord im Herzen von New York einschlagen und zünden würde. Aber was Koenig den Frauen jetzt eingesteht – und zwar so, als sei es nichts als eine logische Konsequenz aus dem bisher Gesagten –, das verschlägt beiden gleichermaßen die Sprache.

»Mich wundert wirklich, daß das Ding fliegt. Ich habe nicht erwartet, daß es sich lange in einer stabilen Bahn halten kann. Niemals habe ich damit gerechnet. Dazu standen wir viel zu sehr unter Zeitdruck. Es war abzusehen, daß sich Fehler einschleichen. Dem zweiten Team ging es schließlich ganz ähnlich ...«

»Zweites Team?« Gabriele horcht auf.

»Die Wissenschaftler, die für die Entwicklung der Atombombe zuständig waren.«

Atombombe.

Ein Wort wie ein Donnerschlag.

Sina spürt, wie ihre Beine nachgeben. Sie schwankt, muß sich an der Lehne eines Sessels abstützen.

Gabrieles Gesicht ist weiß wie Schnee. Den Frauen schießen die gleichen Gedanken durch den Kopf: Die Sache hat von einem Augenblick auf den nächsten eine völlig andere Dimension angenommen. Sie stehen unmittelbar vor einer Katastrophe. Wahrscheinlich der größten, die die Menschheit je erlebt hat.

Sina ist die erste, die wieder Worte findet: »Eine ... Atombombe? Ihre Rakete transportiert eine Atombombe?« In ihren Augen steht pures Entsetzen.

Koenig spürt offenbar, daß seine Gesprächspartnerinnen schockiert sind. Und wieder tritt er die Flucht vor sich selbst, vor seinen eigenen Erinnerungen an, indem er starr aus dem Fenster blickt und sachlich kühl referiert: »Ich war nicht dabei. Ich hatte nur losen Kontakt zu denen. Natürlich habe ich ihre Arbeit verfolgt. Ich als Chemiker. Verständlich, daß es mich brennend interessiert hat, was die in ihrer Hexenküche zusammengebraut haben. Aber man kam so gut wie überhaupt nicht an aussagekräftige Informationen. Alles streng geheim. Ich kann mich erinnern, daß sie anfangs, das muß so im Frühjahr '43 gewesen sein, mit Natururan experimentiert haben. Aber das ist in Deutschland schwer zu kriegen und besteht außerdem zu 99 Prozent aus Uran-238 und nur zu gerade mal 0,7 Prozent aus Uran-235 mit drei fehlenden Neutro-«

»Mann! Komm auf den Punkt!« Sina schäumt. Sie ist dicht davor, Koenig ein zweites Mal an die Gurgel zu gehen.

»Die sind dann ziemlich schnell darauf gekommen, daß es außer der Kettenreaktion im Uran noch eine andere Möglichkeit gibt, die sich für eine Kernwaffe nutzen läßt«, berichtet Koenig jetzt etwas zügiger. »Ich spreche hier vom Einsatz eben jenes künstlichen Elements, das man später allgemein als Plutonium bezeichnete.«

»Was? Ach, du Scheiße? Eine Plutoniumbombe sogar?« Sina fällt aus allen Wolken.

»Ist das nicht noch gefährlicher als Uran?« setzt Gabriele naiv nach. Uran, Plutonium – all das sind böhmische Dörfer für die Kunstliebhaberin.

Koenig geht nicht direkt auf die Fragen ein: »Plutonium, ja. Es ist etwas schwerer als Uran und hat andere chemische Eigenschaften. Aber sein Kernaufbau macht es ebenso einfach spaltbar. Nein, ich muß mich korrigieren: Es ist sogar leichter zu spalten als Uran.« Die Frauen lauschen gebannt, wollen Koenig nicht durch eine weitere Unterbrechung aus dem Konzept bringen. »Um Plutonium zu generieren – und zwar so viel, um damit eine tatsächlich funktionsfähige Bombe bauen zu können –, benötigten die einen Brutofen. Denn Plutonium muß in einem Kernreaktor durch Beschuß von Uranbrennstäben mit Neutronen künstlich hergestellt werden.«

Sina juckt es in den Fingern. Dieser elende Schwätzer, denkt sie sich. Warum muß er immer reden, reden, reden, wenn es doch ums Handeln geht? Dennoch beschließt sie, nicht einzuschreiten. Geduldig hört sie weiter zu.
»Heisenberg hat da Großartiges geleistet. Sie wissen schon, Werner Heisenberg, der geniale Physiker.« Beide Frauen nicken beiläufig. Nach dem Motto: Jetzt bloß keinen Vorwand dafür liefern, um diesen Vortrag in die Länge zu ziehen. Koenig starrt weiter hinab auf den Freihafen.
»Die haben einen primitiven Meiler zusammengezimmert. Eine Art Bottich. Darin schweres Wasser, in das sie dünne Uranplatten tauchten. Fast hätte es geklappt.«
»Spannen Sie uns nicht auf die Folter«, platzt es aus Sina heraus.
»Schon gut! Die Sache mit dem Reaktor war nicht ausgereift. Sie haben daraufhin probiert, eine Kettenreaktion mit einer Aufschichtung von Uranklötzchen und Graphitziegeln zu erzielen ...«
»Koenig! Wollen Sie allen Ernstes, daß ich ihnen noch einmal die Luft abschnüre? Viel fehlt nicht mehr dafür!« warnt Sina eindringlich.
Endlich. Endlich wendet Koenig seinen Blick vom Fenster ab und schaut Sina in die Augen. »Sie haben recht. Ich bin ein selbstsüchtiger Mensch. Ein seniler alter Mann. Bei Gott, Sie haben die Wahrheit verdient.«
Sina würde angesichts dieser Blasphemie am liebsten ausrasten, aber sie bleibt ruhig.
Koenig hat sich offensichtlich entschlossen, tatsächlich auszupacken. »Also gut. Meine Damen, womit Sie es zu tun haben, ist eine –« Koenig legt eine Pause ein.
Sina weiß nicht, ob er damit einen perversen Showeffekt erzielen will oder ob es ihm wirklich schwerfällt, frei heraus darüber zu sprechen.
Koenig räuspert sich: »Eine Urankanone.«
»Ach«, bringt Gabriele schwach hervor. Für sie waren Koenigs Ausflüge in die Physik reines Kauderwelsch. Und nun diese »Urankanone« – was sollte ein Laie wie sie damit anfangen?

»Machen Sie's kurz«, drängt Sina. »Erklären Sie knapp und präzise, wie dieses Miststück funktioniert, und sagen Sie, wie man es ausstellt.«
»Einfach«, entgegnet Koenig, »kinderleicht! Im Element Uran zerfallen Atomkerne auf ganz natürliche Weise und stoßen dabei beständig Kernbausteine ab, die wiederum Strahlungsenergie freisetzen. Bei dem bereits erwähnten Natururan ist das völlig ungefährlich. Die freigesetzten Kernbausteine, die Neutronen also, werden von anderen Atomen schlichtweg geschluckt.« Koenig setzt ein schelmisches Grinsen auf: »Auf die Konzentration kommt es an. Auf die Konzentration von Uran-235. Wie gesagt: Uran-235 ist sehr selten. Aber wenn ein Atomkern dieses Uran-235 von einem Neutron getroffen wird, dann spaltet er sich in zwei Bruchstücke – und stößt dabei wieder ein Neutron ab. Das zertrümmert den nächsten Atomkern und so weiter. Eine Kettenreaktion. Unaufhaltbar.« Koenig atmet tief durch. »Alles, was Sie brauchen, sind fünfzig Kilogramm. Die kritische Masse. Fünfzig Kilo Uran-235 und sie haben Ihre Bombe.«
Sina ist während Koenigs Vortrag immer unruhiger geworden. Nervös erkundigt sie sich: »Die genaue Funktionsweise, Koenig! Ich will wissen, wie dieses Ding konstruiert ist!«
Koenig winkt verächtlich ab: »Nebensächlich. Eine Angelegenheit für Assistenten. Wahrscheinlich haben sie die kritische Masse in zwei getrennten Blöcken in den Raketenkopf gepflanzt. Ein Treibsatz schießt die beiden Blöcke zusammen, sobald die Bombe aufschlägt. Beim Aufprall wird die kritische Masse überschritten und der Sprengsatz detoniert. Simpler geht es kaum.«
»Pah! Simpel! Wissen Sie eigentlich, was Sie da gerade gesagt haben, Koenig?« Sina rast vor Zorn.
»Ich? Ich habe doch nur –«
»Sie haben soeben gesagt, daß uns ein zweites Hiroshima ins Haus steht. Wahrscheinlich viel Schlimmeres! New York ist dicht besiedelt. Ein Wolkenkratzer neben dem anderen! Das gibt Abertausende von Toten! Wahrscheinlich

sogar Millionen! Und Sie sprechen von simpler Technik! Sie verdammter Zyniker!«
»Langsam, langsam, junge Frau.«
»Nichts da! Wie sind Sie an das Uran-235 überhaupt rangekommen? So selten, wie es ist. Sie sagten selbst, daß es in Deutschland so gut wie gar nicht vorkommt.«
Koenig wirkt eingeschüchtert. Zaghaft, als wolle er weitere Fehler vermeiden, antwortet er: »Das Reich war riesig. Weite Teile Rußlands lagen zu unseren Füßen. Die Ukraine, ein Land mit unermeßlichen Bodenschätzen –«
»Den Russen haben Sie's also geklaut«, folgert Sina. »Und damit Ihre verfluchte Bombe verwirklicht.«
Koenigs Züge versteinern. »Ja. Ja, so war es! Wir haben Sie gebaut und abgefeuert. Die erste funktionstüchtige A-Bombe der Welt. Ein schmutziges Ding. Unausgereift, schwer, sperrig – aber absolut tödlich.«
»Was ist dann passiert?« Sina will Koenig keine Chance geben, erneut in die Vergangenheit abzudriften. Sie will die letzten brauchbaren Informationen aus ihm herausquetschen und dann so schnell wie möglich von hier verschwinden.
»Dann?« Koenig wirkt verloren. Hilfesuchend schaut er sich im Raum um. »Dann brach alles zusammen. Die Russen standen vor der Tür, als wir den Befehl zum Abschuß des A10 bekamen. Deckname Kolumbus. Wie Sie ja schon selbst herausbekommen haben. Der Führer wollte nicht länger warten. Er wollte den Amerikanern für ihre Einmischungspolitik einen Denkzettel verpassen.« Er geht langsam auf den Schreibtisch zu, lehnt sich an die Tischkante. »Wir haben dieses Ding tatsächlich hochgeschossen. Keiner von uns wollte daran glauben, doch es hob ab. Das Aggregat 10 flog! Langsam, aber in stabiler Lage.«
»Und weiter? Erzählen Sie schneller, Koenig!«
»Nichts weiter.« Koenigs Gesichtsausdruck wirkt matt. »Wir haben wenige Minuten später die Kontrolle über die Rakete verloren. Das war nicht anders zu erwarten angesichts der minimalen Entwicklungsphase. Die Verbindung riß ab. Wir hatten keinen Einfluß mehr auf den Kurs. Un-

sere Navigatoren haben ausgerechnet, daß die Rakete in den Weltraum hinausschießt. In eine äußere Umlaufbahn. Genug Schub hatte sie dafür.« Koenig windet sich. »Wir haben die Rakete abgeschrieben. Verstehen Sie doch: Der Krieg war zu Ende, die Russen drängten von allen Seiten heran. Und auch die Amerikaner kamen immer näher. Keiner von uns wollte noch etwas von der Bombe wissen. Sie war ein Fehlschlag. Sie hatte niemandem geschadet, und vor uns stand ein neues Leben. Keiner von uns wollte mit dieser leidigen Angelegenheit seiner Reputation schaden. Was hätte es auch genutzt, wenn wir die Bombe erwähnt hätten?«
»Sie haben tatsächlich geglaubt, die ganze Sache sei vergessen?« will Sina wissen. »Vergessen wie der Krieg, seine Opfer und seine Täter?«
»Ja. Und zu Recht. Nie wieder habe ich von dieser Bombe gehört. Ich habe sie ganz und gar vergessen können, im Laufe der Jahre jede Erinnerung daran ausradiert.«
Sinas Stimme ist aggressiv: »Ist die Rakete aufzuhalten? Koenig! Ist dieses Ungetüm irgendwie zu stoppen?«
»Ich ...« Koenig vergräbt das Gesicht in seinen Händen. »Ich weiß es nicht.«
Gabriele starrt ihn ratlos an. Auch Sina ist mit ihrem Latein und vor allem der Geduld am Ende. »Was sagen Sie da?«
Koenig seufzt. »Ich weiß es nicht«, hört Sina ihn wimmern. Ein gebrochener Mann, denkt sie sich. Eben noch war er stark, strotzte vor Wissen über die Rakete, erinnerte sich an jedes Detail aus jener Zeit. Und nun, Sekunden später, zurückgeholt in die Realität, ist er ein Häufchen Elend.
»Was soll das heißen? Sie wissen es nicht? Damit kommen Sie nicht durch, Koenig!« herrscht Sina ihn an.
»Ich weiß es nicht. Niemand weiß es. Wir haben das A10 so konstruiert, daß es nach dem Start quasi auf sich allein gestellt war. Unverwundbar. Nicht mehr zu stoppen. Wozu auch? Was gab es für einen Grund, eine Selbstzerstörung oder ähnliches einzubauen. Eine Bombe, die ein-

mal aus dem Flugzeugschacht gefallen ist, läßt sich schließlich auch nicht mal so eben wieder einfangen«, bemüht sich Koenig zu erklären.
Sina und Gabriele wechseln hektische Blicke. »Wir dürfen keine Zeit verlieren!« drängt Sina ungeduldig. Scharf geht sie Koenig ein weiteres Mal an: »Machen Sie endlich den Mund auf, Mann! Irgendeine Lösung muß es geben! Denken Sie nach: Jemand hat das A10 wieder in Betrieb gesetzt. Von der Erde aus. Das beweist, daß man es erreichen können *muß*. Daß man es eventuell umlenken kann. Sagen Sie schon: Wie kommen wir da ran?«
Koenig überlegt krampfhaft. »Na schön, es gab zwar einen kleinen Empfänger an Bord. Für etwaige Kurskorrekturen. Aber der war nur für die Startphase gedacht. Über den Empfänger waren lediglich einfachste Befehle zu übermitteln. Später, wenn die Umlaufbahn erreicht war, hätte die Flugbahn bloß geringfügig beeinträchtigt werden können. Wenn überhaupt, denn unsere Sender waren für so große Entfernungen gar nicht ausgelegt.« Koenigs Augen sind trübe und rot unterlaufen, als er sagt: »Es ist aussichtslos.«
Gabriele tritt näher, legt beschwichtigend ihre Hand auf Koenigs Schulter. Der quittiert das mit einem dankbaren, wenn auch müden Lächeln. Gabriele spricht milde auf ihn ein: »Jede Minute, die wir untätig herumsitzen, läßt das Verhängnis näherrücken. Denken Sie noch einmal genau nach: Gibt es etwas, das Sie übersehen haben könnten? Eine andere Chance, diese Rakete aufzuhalten?«
Koenig hält sein Gesicht bedeckt. Sina will ihn rütteln, wird aber von Gabriele zurückgehalten. Eine volle Minute verstreicht, bevor sein blasses Gesicht mit geröteten Augen wieder auftaucht. Heiser flüsternd bringt er hervor: »Schrecklich! Ein Alptraum.«
Sina kann ihre Wut nicht länger zügeln: »Koenig! Können Sie helfen? Dann tun Sie es endlich!«
Wieder verstreicht eine unendlich lange Minute, in der sich Sina nur zurückhalten kann, weil Gabriele sie energisch am Arm gepackt hält.

Und plötzlich, als sei er aus seinem Alptraum erwacht, gewinnt Koenig die Fassung zurück. »Wie ein Chamäleon«, durchfährt es Sina. Noch nie hat sie einen Menschen kennengelernt, der in kürzester Zeit derartige Stimmungswechsel vollzieht. Das Gesicht des alten Mannes wirkt wieder gut durchblutet, die Wangen sind rosa. Sina kommt es beinahe so vor, als würde ein zartes Lächeln über seine Lippen huschen. »Hat bei Ihnen endlich ein Geistesblitz eingeschlagen, oder warum blühen Sie auf einmal so auf?« will Sina sofort wissen.
Koenig tut irritiert. »Ich blühe auf? Sicher nicht, junge Frau. Das heißt ...« Seine Lippen umspielt erneut ein Lächeln. Diesmal ist sich Sina sicher, daß sie sich nicht täuscht. Nein, eindeutig: Koenig lächelt. In ruhigem Tonfall setzt er fort: »Vielleicht haben Sie sogar recht. Aufblühen mag der richtige Ausdruck sein.«
»Was faseln Sie da? Wenn Sie eine Idee haben, dann raus damit!«
»Oh, nicht so schnell, meine Dame. Diese Nachricht von dem A10 hat mich sehr mitgenommen. Ich bin ein alter Mann. Verzeihen Sie.« Mit diesen Worten erhebt er sich. »Ich will sehen, was ich machen kann«, sagt er und geht in Richtung einer Tür im hinteren Eck des Zimmers.
»Moment, Moment, Koenig. Was ist das wieder für ein Spielchen?« schreitet Sina ein. »Wollen Sie sich erst mal gemütlich einen Tee kochen oder was?«
Koenig hat die Tür erreicht, drückt die Klinke. »Mein Archiv. Ich muß einige Unterlagen holen.« Seine Stimme ist hell. Freundlich und aufgeschlossen. Auch sein Gang ist, wie Sina mißtrauisch bemerkt hat, nicht mehr schwer und schleppend, sondern behende und leicht. »Es dauert nur einige Sekunden. Haben Sie Geduld mit mir«, bittet Koenig beim Verlassen des Büros und schließt hinter sich die Tür.
»Na toll!« sagt Sina spöttisch. »Jetzt stehen wir hier wie bestellt und nicht abgeholt.«
»Er sagt doch, daß es nur ein paar Sekunden dauert. Sei nicht so ungeduldig«, beschwichtigt Gabriele.

»Auch Geduld erschöpft sich irgendwann einmal. Dieser Kerl treibt mich zur Weißglut«, schimpft Sina. Um den aufgestauten Druck loszuwerden, läßt sie ihre Handfläche auf den Schreibtisch sausen. »Von so 'nem alten Nazi hätte ich mehr Zack erwartet.«

»Sina!« tadelt Gabriele. »Er ist nicht mehr der Jüngste – und ein überzeugter Nazi muß er nicht unbedingt gewesen sein. Außerdem ist in den letzten Minuten die schöne heile Welt, die er sich in den vergangenen fünfzig Jahren aufgebaut hat, wie ein Kartenhaus zusammengefallen. Vollzieh diesen Prozeß mal nach, Sina. So etwas muß den stärksten Charakter umhauen.«

»Mach keine schlechten Witze, Gabi.« Sina geht unwirsch auf und ab. Sie läßt ihren Blick fahrig durch den Raum gleiten, kramt dann gedankenverloren in ihrer Handtasche. Schließlich blickt sie voller Ungeduld auf ihre Armbanduhr. »Wo bleibt er denn?« fragt sie und fügt barsch hinzu: »Der Opa hat wohl nicht kapiert, wie eilig die Sache ist!« Sie überlegt noch einige Augenblicke hin und her, stürmt dann entschlossen auf Koenigs Archiv zu. Sie reißt die Tür auf.

»Sina! Was ist?« ruft ihr Gabriele hinterher.

Sina steht wie angewurzelt im Türrahmen. Durch ihre Haare fegt ein kräftiger Wind. Papierblätter wehen umher.

»Sina! Kind! Was ist passiert?« fragt Gabriele, ahnt aber bereits die böse Wahrheit.

»Das hätte nicht geschehen müssen. Das hätten wir wissen können«, sagt Sina, ohne sich umzudrehen.

Gabriele kommt näher, späht durch die Tür ins Nebenzimmer. Sie sieht das weit geöffnete Fenster und den Schemel, der direkt unter die Fensterbank geschoben wurde. »Wir wußten nichts, Sina! Rede nicht einen solchen Unsinn. Wir sind keine Hellseher!«

Sina geht wortlos auf das offenstehende Fenster zu. Sie blickt hinunter. Sie erkennt eine Gruppe von Menschen direkt unterhalb ihres Standortes. Weitere, von hier oben aus betrachtet zwergenhaft klein, strömen zusammen.

»Dieser Narr. Er hat es tatsächlich getan.«
Auch Gabriele beugt sich vor, schreckt aber sofort zurück. Ihr ist augenblicklich schwindelig geworden. »Mein Gott!«
»Das war unsere letzte Chance, Gabi. Unsere allerletzte Hoffnung.« Sina beobachtet, wie sich zwei Figuren aus der Menschenmenge herauslösen. Sie entfernen sich einige Meter, bleiben dann stehen. Sina erkennt, wie eine der beiden Personen den Arm hebt und in ihre Richtung zeigt. Blitzartig zieht sie den Kopf zurück. »Auch das noch! Sie haben uns entdeckt!«
Gabriele, völlig ergriffen von der gerade durchlebten Tragödie, blickt sie verstört an.
»Bloß weg!« bekräftigt Sina. »Vom Gefängnis aus können wir New York erst recht nicht retten!« Erst beim Umwenden bemerkt Sina das kleine Diktaphon, das auf dem Boden direkt neben dem Schemel vorm Fenster liegt. Sie schnappt es sich geistesgegenwärtig, folgt dann Gabriele, die bereits zurück ins Büro geeilt ist.

51

Sie hasten an den Sekretärinnen vorbei, zwingen sich dabei zu lächeln. Dann hinaus auf den Flur. Vorbei an der Ahnengalerie. Einer der beiden Fahrstühle hält gerade auf ihrem Stockwerk. Gabriele und Sina steigen ein, drücken sofort die Erdgeschoßtaste. Die Tür fährt zu, obwohl eine Dame in blauem Kostüm hektisch hinterherwinkt und gestikuliert, daß sie mitfahren möchte. Die Freundinnen hören ihr Schimpfen, als sich der Lift in Bewegung gesetzt hat.
Gabriele drückt unvermittelt eine andere Etagentaste. »Im Foyer wartet bestimmt schon die Polizei«, begründet sie. Die Tür fährt auf. Dritter Stock. Die Frauen hetzen hinaus, folgen einem schnurgeraden, fensterlosen Gang. Sie erreichen einen kleinen Zwischenraum, offenbar der Durchgang zu einem anderen Gebäudeteil. Die Frauen

lassen zwei schwere Brandschutztüren hinter sich, finden sich dann in einem schlichten Treppenhaus wieder. Eine zusätzliche Stiege, wahrscheinlich für den Fall eines Brandes gebaut.
Sina und Gabriele hetzen die Stufen der Feuertreppe hinab. Zweites Stockwerk. Erstes Stockwerk. Vor den letzten Absätzen hält Gabriele inne, lauscht gebannt, ob sie jemanden anderes hören kann. »Nichts. Alles still.« Sie nehmen die verbliebenen Stufen in Windeseile, stehen dann vor einer Stahltür, über der ein grünes Notausgangschild leuchtet.
Als Sina die Tür aufreißt, schrillt eine Alarmglocke los. »Das hat uns gerade noch gefehlt! Schnell, ehe die uns packen!«
Die Frauen hasten ins Freie, orientieren sich kurz, schlagen den Weg links um das Gebäude ein. Auf dem Weg zum Parkplatz verliert Gabriele beinahe ihre Schuhe. Kaum sind sie um die Ecke gebogen, kommen ihnen die ersten Menschen entgegen. Zwei Männer in seriösen Anzügen – atemlos und mit verstörten Gesichtsausdrücken. Und dann drei Feuerwehrleute, ebenfalls in höchster Eile. Die beiden Frauen beachtet niemand. Wortlos rennen die Männer an ihnen vorbei. »Das liegt an deiner Unschuldsmiene«, spöttelt Sina, obwohl ihr in diesen Augenblicken nach allem anderen als nach Witzen zumute ist.
Sie sind beim Auto angelangt. Gabriele reißt die Tür auf, springt auf den Fahrersitz. »Das war knapp. Zu knapp!« prustet sie.
»Das ist noch milde ausgedrückt. Mensch, mir geht der Arsch auf Grundeis!«
Gabriele verzichtet auf eine Zurechtweisung. Sie ist vollauf damit beschäftigt, die Eindrücke der letzten Minuten zu verarbeiten. »Tja, das war's dann wohl«, sagt sie resigniert. »Wir haben getan, was wir konnten.«
Sina lacht wütend auf, echot Gabriele nach: »Was wir konnten. Ja. Das haben wir.« Sie schlägt auf die Konsole. »Warum springt dieser Idiot aus dem Fenster?«

»Sicher, weil er genausogut wußte wie wir, daß sich die Rakete nicht aufhalten läßt.«
Sina blickt ihre Freundin entsetzt an. »Ist das dein Ernst?«
»Warum sollte er sich sonst umbringen nach so vielen Jahren? Er hat schließlich an dem Teufelsding mitgebaut und kennt alle Einzelheiten.« Sie blickt auf die Uhr. »Wenn ich richtig rechne, bleiben uns fünf Stunden. Also ist eh alles vorbei«, sagt Gabriele lakonisch.
Sina herrscht sie an: »Spinnst du? Das ist keine Kunstauktion, wo der Hammer fällt, und alles ist gelaufen! Ich gebe jedenfalls nicht auf!« Sina legt demonstrativ den Sicherheitsgurt um. »Los! Wirf den Motor an!«
»Und was ist das nächste Ziel der gnädigen Frau, wenn ich untertänigst fragen darf?« erkundigt sich Gabriele sarkastisch.
»Der Bunker.«
»Bunker? Zurück nach Peenemünde? Hast du sie nicht mehr alle beisammen?«
»Ich schon. Denn ich sehe dort unsere einzige verbliebene Chance.«
Gabriele, hin und her gerissen in ihren Gefühlen, dreht widerwillig den Zündschlüssel. Der Motor springt an, aber sie zögert loszufahren. »Was, wenn diese Fremden noch dort sind?«
»Das müssen wir riskieren. Ich muß unbedingt an diesen Computer. Wenn sich diese Rakete schon nicht aufhalten läßt – vielleicht kann ich sie ja wenigstens umlenken.«
Gabriele gibt Gas. »Umlenken? Wohin?«
»Koenig hat diesen Empfänger für Kurskorrekturen erwähnt. Vielleicht kann ich ihn irgendwie erreichen. Sieh mal: New York liegt direkt am Atlantik. Ein paar Grad nach Osten …«
»… und das Ding explodiert mitten im Ozean. Kein schlechter Ansatz, Kleine.«
Gabriele versucht, ihren Bulli durch den dichten Verkehr im Hafenviertel zu bugsieren. Sina lehnt sich erschöpft zurück, um aber sofort wieder vorzuschnellen. Ihr ist das

Diktaphon in den Sinn gekommen, das sie sich in Koenigs Archiv geschnappt hatte. Sie zieht es aus ihrem Jackett, betätigt die Rückspultaste.
»Was ist das?«
»Das lag neben dem Stuhl, der Koenig seinen Abgang erleichtert hat. Ich habe es eingesteckt.«
»Glaubst du ...?«
»Ich hoffe es zumindest. Vielleicht hat Koenig in seiner allerletzten Minute Courage bewiesen und uns ein paar genauere Hinweise hinterlassen, die uns helfen könnten, das Höllending aufzuhalten.« In diesem Augenblick klickt der Apparat, das Band ist zurückgespult. Sina drückt erwartungsvoll auf Wiedergabe, dreht den Lautstärkepegel auf eine mittlere Einstellung.
Koenigs Stimme erklingt. Dünn und gebrochen: »Ich habe Ihnen nicht die Wahrheit gesagt ...«
Sina und Gabriele werfen sich fragende Blicke zu.
»Ich ... ich *konnte* Ihnen nicht die Wahrheit sagen. So viel Kraft kann ich nicht mehr aufbringen«, säuselt es weiter vom Band. »Ich habe sie gesehen. Mehrmals. Es gehörte zu meiner Aufgabe, bei ihnen vorbeizuschauen. Zu sehen, wie die Arbeit gedeiht.«
»Vom wem spricht er?« fragt Gabriele dazwischen.
»Still!«
»Es waren Tausende.« Ein Seufzen ist zu hören. »Elende Gestalten. Blaß wie der Tod – und diese Augen ... – da war kein Leben mehr in den Augen. Kein Leuchten. Ihre Augen drückten keinerlei Gefühl aus. Keine Trauer. Keine Angst. Nicht einmal Wut.« Koenig schluckt schwer. Seine Stimme klingt blechern: »Die Häftlinge mußten Tag und Nacht schuften. In sechzig Meter tiefen Stollen. Das Tageslicht haben sie kaum zu Gesicht bekommen. Manche von ihnen nie wieder.«
»Was redet er da? Mein Gott!« entfährt es Gabriele.
»Wie Sie es schon richtig formuliert haben: Wir haben sie wie Sklaven gehalten. Nein, schlimmer noch: Sklaven blieben für ihre Herren immer noch Menschen. Aber die Zwangsarbeiter waren für uns nicht mal so viel wert wie

Tiere. Bei den Sprengungen zur Erweiterung der unterirdischen Produktionsanlagen sind etliche von ihnen umgekommen. Wir haben es nicht für nötig gehalten, sie vorher durch Hupsignale zu warnen. Der Dora Mittelbau war für Juden, Russen und alle anderen, die wir für unsere Zwecke mißbraucht haben, ein Synonym für die Hölle.«
Gabriele verliert für Augenblicke die Straße aus den Augen, muß das Steuer herumreißen, um nicht gegen eine Leitplanke zu donnern.
»Am 11. April kamen die Amerikaner. Sie haben Berge von Leichen gefunden, kaum Überlebende. Wir wollten in den letzten Stunden versuchen, alle Spuren zu verwischen. Einige Hundert haben wir vorher in Scheunen treiben können. Wir haben sie verbrannt. Bei – bei lebendigem Leibe.«
»Mein Gott, mein Gott, mein Gott ...« Gabriele bremst ab, fährt rechts ran.
»Ob wir, die Entwickler der ersten Raketen, die Wegbereiter der Mondlandung, ob wir Kriegsverbrecher waren? Ich habe mich lange um eine Antwort gedrückt.«
Die Bandaufzeichnung endet an dieser Stelle.

52

»Warum hast du bloß kein Handy?« mault Sina ihre Freundin an, als sie wieder in den Wagen steigt. Der VW Kastenwagen steht direkt neben einer Telefonzelle auf einer Straße inmitten der Mecklenburgischen Seenplatte. Die Digitaluhr rechts neben dem Lenkrad des Bullis zeigt 15.30 Uhr an. »Mit Handy hätten wir uns diese elende Suche nach 'ner Zelle sparen können.«
»Eine Antquitätenhändlerin mit Funktelefon? Denk zur Abwechslung mal nach, Kleine.«
»O. k., o. k.« Sina zerrt einen Notizzettel aus ihrer Hosentasche, faltet ihn auseinander. »Also, ich habe alles genau mitgeschrieben, was dein Bruder gesagt hat. Er war übri-

gens ziemlich ungehalten darüber, daß du nicht selbst am Apparat warst, sondern mich vorgeschickt hast.«

»Meine Güte, Sina, diesen Blödmann hätte ich jetzt einfach nicht ertragen. Nicht nach all dem, was wir gerade durchgemacht haben!« platzt es aus Gabriele heraus.

»Schon gut, schon gut. Reg dich ab. Vor *mir* brauchst du dich deshalb nicht zu rechtfertigen.«

Gabriele gibt mißmutig einen Grunzton von sich. »Hat er denn überhaupt etwas Wesentliches herausbekommen können, mein Friedhelm?« In Gabrieles Stimme klingen starke Zweifel mit. »Kann er uns etwas Näheres sagen über die Nutzlast, über die ...«, sie muß schlucken, »... über die Atombombe?«

»Nein. Nichts. Von einer Kernwaffe ahnt er nicht mal im Traum etwas.«

»Also war's doch für die Katz, ihn einzuschalten. Habe ich mir ja gleich gedacht«, gibt Gabriele abfällig von sich.

»Nicht ganz. Friedhelm hat die Sache durchaus ernst genommen – auch wenn's erst nicht danach aussah.«

Gabriele hebt den Kopf. »Ehrlich? Und was soll dabei rausgekommen sein?«

Sina legt die Stirn in Falten. »Daß wir es noch schwerer haben werden als erwartet.«

»Wie meint er das?« Man merkt Gabriele noch immer deutlich an, daß sie von der Güte der Informationen ihres Bruders nicht überzeugt ist.

»Unsere Rakete ohne Hilfe der Fremden anzupeilen ist so gut wie unmöglich.«

»Wieso? Ich meine: Wenn du tatsächlich noch einmal Zugriff auf diesen Computer kriegst, sollte es doch möglich sein. So viele von diesen Raketen schwirren da oben ja beileibe nicht rum.«

»Das denkst du«, winkt Sina ab und erklärt unwirsch: »Friedhelm ist bei seinen Erkundigungen auf einen ganzen Sack voller alter Flugkörper gestoßen, die wie unsere A10 um die Erde trudeln. Über unseren Köpfen wimmelt es nur so von kosmischem Müll, Gabi! Die Überreste ausgebrannter Raketenstufen, längst

abgeschriebene Satelliten und Abfall aus Raumstationen.«
»Aber das ist Unsinn.« Gabriele spielt ungeduldig mit dem bronzenen Anhänger an ihrem Autoschlüsselbund, der Miniatur eines Buddhas. »Nichts bleibt ewig dort oben. Dieser Raummüll verglüht in der Atmosphäre. Jedes Kind weiß das.«
»Ach Gabilein, kannst du naiv sein!« Sina nimmt sich ihren Spickzettel vor. »Darf ich dir mal ein paar Beispiele nennen, die deine Kindheitsbildung erschüttern dürften?«
»Sei nicht so affektiert!«
»Beim legendären Sputnik hattest du recht. Der gab 1957 seine Piepsignale gerade mal dreiundneunzig Tage ab, bevor die Anziehungskraft der Erde ihn erwischte. Aber schon der amerikanische Satellit Explorer I hielt sich fast fünf Jahre im Himmel.«
»Wir reden hier nicht von ein paar Jahren, sondern Jahrzehnten«, gibt Gabriele störrisch von sich.
»Kannst du haben: Die Sonde Vanguard III bleibt fünfunddreißig Jahre da oben, die Lebensdauer von Vanguard I beträgt sage und schreibe – zweihundert Jahre. Und dieser Vanguard hat verdammt viele Brüder.«
»Mist.«
»Ja, großer Mist! Es kommt noch dicker.« Sina schaut wieder auf ihren Notizzettel. »Der Trümmergürtel ist so dicht bepackt, daß es beinahe schon zu Zusammenstößen gekommen ist.« Sie liest ab: »Hier: 1992 ist die Besatzung des Space-Shuttle ›Discovery‹ nur knapp einer Katastrophe entronnen. Reste einer russischen Proton-Rakete schwebten denen direkt bis vor die Nase. Wenn die Radars nicht Alarm geschlagen hätten und der Pilot nicht blitzartig ausgewichen wäre, gäbe es keine ›Discovery‹ mehr. Verdammt gefährlich, denn der Schrott bewegt sich mit solch irren Geschwindigkeiten, daß ein kleiner Metallsplitter ausreichen würde, um seine Bahn kreuzende Satelliten oder Raumschiffe mit der Wucht einer Handgranate zu zerfetzen.«

»Alle Achtung.«
»Friedhelm hat gesagt, daß da oben gut und gern 150 000 größere Raketen- und Satellitenbruchstücke rumsausen. Das fängt an beim toten Spionagesatelliten vom Ausmaß eines Lieferwagens und endet bei abgesprengten Sicherheitsbolzen. Sogar 'ne alte Fotokamera Marke Hasselblad saust durch den Orbit – die ist 1966 einen Astronauten beim Weltraumspaziergang aus der Hand geglitten. Ein regelrechter Trümmergürtel rund um die Erde! Und höchstens fünfhundert Teile kommen pro Jahr runter und verglühen in der Atmosphäre. Der Rest bleibt oben. Für Ewigkeiten!«
»Also wirklich keine Chance, dieses A10 ohne genaue Koordinaten zu orten, was?« folgert Gabriele mißmutig.
Sina schüttelt verbiestert den Kopf. »Wie sollen wir ohne jeden Anhaltspunkt auf einer proppevollen Umlaufbahn einen Raketenkopf finden, der höchstens einen halben Meter lang ist? Denn der Rest der Rakete, der riesige Antrieb, muß nach dem Start ja abgesprengt worden sein. Der ist schon vor über fünfzig Jahren irgendwo im Atlantik versunken«, meint Sina kleinlaut, ohne freilich eine Antwort zu erwarten. »Naja. Immerhin hat die Sache auch einen Vorteil«, sagt sie dann trocken.
»Und der wäre?«
»Nun glaubt Friedhelm uns wenigstens die ganze Geschichte. Er meinte, als du ihn deswegen angerufen hattest, hätte er dich am liebsten augenblicklich für verrückt erklärt, entmündigt und enterbt.«
»Pah!«
»Ja, er hat dir kein Stück weit über den Weg getraut. Er hat gedacht, du wolltest dich mal wieder auf seine Kosten amüsieren. Nie und nimmer konnte er sich vorstellen, daß eine Rakete über fünfzig Jahre lang um die Erde kreisen könnte. Aber als er sich erst schlau gemacht hatte, als er erkannt hatte, daß dies eben doch möglich ist, war er ganz klein mit Hut.« Süffisant fügt sie hinzu: »Er hat mir geradezu aus der Hand gefressen, Gabi. Ist zutiefst besorgt um uns, dein Bruderherz.«

»Tatsächlich?« fragt Gabriele, und ihr ist dabei unschwer anzumerken, daß sie da ihre Zweifel hat. »Wenn er sich wirklich um uns Gedanken macht, dann hattest du recht. Dann hat die Sache ohne Zweifel auch ihr Gutes.« Gabriele schaut verdrießlich auf die unbewegte Oberfläche des Sees, der bis auf einen knappen Meter an die Straße heranreicht.
Sina schiebt ihren Ärmel zurück, guckt auf die Armbanduhr: 16 Uhr. Ihre Blick wechselt auf die Digitalanzeige an der Konsole. Sina zuckt zusammen: »Deine Uhr da geht nach!« sagt sie anklagend.
Auch Gabriele schreckt auf: »Oh.«
»Das heißt, wir haben noch weniger Zeit!« Sina reißt die Tür auf. »Ich rufe schnell Klaus an. Vielleicht hat der noch etwas Brauchbares recherchieren können. Laß schon mal den Motor an. Wir müssen dann sofort los!«
Sina verschwindet, ehe Gabriele überhaupt reagieren kann. In Windeseile hat sie die Nummer ihres Ex-Freundes eingetippt, Sekunden später hebt er ab.
»Hallo, Sina, bist du es?«
»Ja!«
»Gott sei Dank!« stößt Klaus völlig erledigt aus.
»Was ist los, um Himmels willen?« Sina ist in heller Aufregung. Was für eine Hiobsbotschaft mag Klaus mitzuteilen haben?
»Ich bin so froh, daß du dich meldest. Es war die Hölle.«
»Rede, Klaus! Rede!«
»Sonja hat mir die Szene schlechthin geliefert. Ich glaube, ich bin nie von jemandem so auseinandergenommen worden. Ich bin fix und fertig.«
Sina reißt den Hörer von ihrem Ohr, hält ihn um Armeslänge von sich entfernt. Sie fixiert ihn, als hätte sie eine giftige Schlange vor sich.
»Hallo? Sina? Bist du noch dran?« tönt es aus der Muschel.
Langsam führt Sina den Hörer an ihr Ohr zurück. »Du bist das Letzte!« brüllt sie hinein. »Es geht hier um Menschenleben! Vielleicht um mehrere Millionen Menschen-

leben! Und du kommst mir mit deinen Weibergeschichten?«

Klaus hat die Tragweite der Angelegenheit nicht erkannt. In unschuldigem Tonfall plappert er weiter: »Weibergeschichten. Ja, das ist der richtige Ausdruck. Nur Weiber können einem so etwas einbrocken: Ich bin nicht mal ansatzweise dazu gekommen, Sonja wegen ihres CD-ROM-Laufwerks anzuhauen, um mir diese V2-Diskette reinzuziehen. Sonja ist – kaum daß ich geläutet hatte – wie eine Furie auf mich losgegangen.« Er atmet schwer durch. »Sina, ich sag dir: Das Leben ohne Frauen wäre so viel leichter. Aber andererseits – ganz ohne würde es auch keinen Spaß machen. Am besten wäre es, man könnte sich Frauen unverbindlich leasen –«

Sina hat eingehängt. Ohne einen Gedanken an dieses Gespräch zu verschwenden, rennt sie zurück zum Auto. Gabriele läßt den Motor bereits aufheulen.

»Und?«

»Es lohnt nicht, darüber auch nur eine Silbe zu verlieren. Gib einfach Gas, und bring uns zu diesem Bunker.«

Gabriele zuckt mit den Schultern: »War er wieder mal –«

»Ja, er war wieder mal. Typisch Klaus«, ärgert sich Sina.

»Naja. Er muß seinem Charakter eben irgendwie treu bleiben.«

»Mm. Wenn schon niemand anderem, dann wenigstens seinem Charakter«, gibt Sina garstig zurück. »Aber nun los! Drück aufs Gaspedal!«

»Wenn es nicht ohnehin schon zu spät ist. Deine Nachrichten von Friedhelm waren jedenfalls nicht gerade ermutigend. Und bei Klaus scheint auch nichts rübergekommen zu sein. Was soll das Ganze also noch?« Sie faßt sich müde an die Stirn, nachdem sie sich in den Verkehr eingefädelt hat. »In was sind wir da bloß hineingeraten? – Seit über fünfzig Jahren treibt diese Bombe da oben. Fünfzig Jahre! Und sie ist immer noch gefährlich. Das muß man sich einmal vorstellen.«

Sina trommelt mit den Fingern auf ihrem Sitz. »Wenn du rumphilosophieren willst, dann mach das meinetwegen. Aber bitte leise!«
Gabriele fährt unbeirrt fort: »Wenn selbst eine uralte, längst vergessene Waffe so viel Unheil anrichten kann – was ist dann erst mit all denen von heute? Die gesunkenen Atom-U-Boote und die vielen atomaren Restbestände der Sowjetarmee. Lauter tickende Zeitbomben sind das! Was kommt da bloß auf uns zu?«
»Wenn du nicht bald deine Klappe hältst und dich gefälligst auf den Verkehr konzentrierst, kommt auf dich gar nichts mehr zu. Dann kleben wir nämlich an einem Baum!«

53

Tiefste Dunkelheit. Totenstille. Das dünne Licht zweier Taschenlampen richtet sich auf die feuchten Wände der unterirdischen Katakomben. Sina geht voran, tastet sich behutsam die glitschigen Treppenstufen hinab. Ihr kommt die Atmosphäre im Bunker klamm und noch unbehaglicher vor als bei ihrem letzten Besuch hier unten.
Immer wieder halten die Frauen an, lauschen in die Dunkelheit. Doch es ist nichts zu hören. Absolut kein Geräusch. Weder Stimmen noch Schritte. Von den Fremden keine Spur. Sie brauchen eine Viertelstunde, bis sie zur Schaltzentrale vorgedrungen sind. Auch dort ist es dunkel. Allerdings – die Geräte arbeiten noch!
Sina verliert keine Zeit. Zielstrebig geht sie auf den Hauptrechner zu. »Alles klar! Und du wirfst den Generator fürs Licht an!« kommandiert sie.
»Ich? Aber ich …«, kommt es hilflos von Gabriele.
»Du hast mir drei- oder viermal dabei zugesehen. Jetzt wirst du es wohl allein hinkriegen!« Sina wendet sich nun ganz dem akkubetriebenen Computer zu. Gabriele steht einen Moment lang unentschlossen neben ihr. Sie gibt sich einen Ruck, verschwindet in der Dunkelheit. Sina

rückt sich einen Stuhl heran und tippt – die Taschenlampe unter die Achseln geklemmt – wild drauflos. »Ich muß es schaffen«, sagt sie beschwörend zu sich selbst. »Das muß irgendwie hinhauen. Konzentrier dich, Sina! Du mußt das hier einfach packen!«
Sie tippt verbissen vor sich hin, hackt eine Zahlenkombination nach der nächsten in den Rechner. Sie nimmt es kaum wahr, als das leise Surren des Generators ertönt. Erst als wenige Sekunden später die Lichter rings um sie herum aufflackern, schaut sie kurz auf und legt geistesabwesend die Taschenlampe beiseite.
Soviel sie auch auf den Computer einhackt – das Ergebnis ist immer gleich Null. Sina rauft sich verzweifelt die Haare. Sie hat es zwar geschafft, eine Grafik auf den Bildschirm zu zaubern. Eine Grafik, die die bisherige Flugbahn des A10 nachzeichnet. Doch sie hat keinen Einfluß auf den Kurs. Offenbar ist die zweifelsohne bestehende Funkverbindung zur Rakete einseitig: Der Flugkörper sendet ein Signal, kann aber umgekehrt keines empfangen. Sina muß niedergeschlagen einsehen, daß die atomare Fracht unbeirrt auf Direktkurs nach New York transportiert wird.
»Wie stehen die Chancen?« Gabrieles Stimme klingt zurückhaltend. Sie hat wohl an der angespannten Sitzhaltung ihrer Freundin erkannt, daß diese allzu leicht zu reizen ist.
»Wie die Chancen stehen?« gibt Sina aggressiv zurück. »Ich will es mal vorsichtig ausdrücken: beschissen!«
»Das heißt also, du kommst nicht weiter.«
Sina ist kurz vorm Explodieren. Ihre Nerven sind zum Zerreißen gespannt. »Nein! Kein Stück! Null Chance, das Ding aufzuhalten!« Sie haut auf die Tastatur. »So geht's nicht! Die Rakete reagiert nicht. Ich kann sie nicht mal 'nen Millimeter vom Kurs abbringen. Sie funkt, aber empfängt nicht! Wahrscheinlich kann sie gar nicht empfangen. Wie Koenig schon sagte: Es wäre sinnlos gewesen, eine stärkere Empfangsanlage in den Raketenkopf zu pflanzen. Denn welchen Grund sollten die Nazis gehabt

haben, ihr Zerstörungswerk im letzten Moment zu verhindern.«
»Da wüßte ich allerhand Gründe.«
»Ach?« Sinas Stimme klingt barsch.
»Selbst Hitler wäre wohl nicht so dumm gewesen, alles aufs Spiel zu setzen, ohne einen wirklichen Vorteil aus der Situation zu ziehen. Und sei es auch nur seine persönliche Genugtuung.«
»Du sprichst in Rätseln.«
»Schau: Atombomben lassen sich bekanntlich viel effektiver einsetzen, wenn man nur mit ihnen droht. Mag sein, daß die Nazis die Rakete am Kriegsende wirklich auf ihr Ziel jagen wollten. Aber zu Beginn der Entwicklung spielte bestimmt das politische Kalkül ein Rolle. Sie bauten eine Bombe, die die USA in Angst und Schrecken versetzen und sie erpreßbar machen sollte. Und wirkungsvoll erpressen läßt sich nur mit einem Gerät, mit dem man bis zur letzten Konsequenz drohen kann.«
»Eine Rakete also, die sich im Flug umlenken oder zerstören ließe ...« Sina reibt sich das Kinn. »Klingt glaubhaft. Aber warum hat Koenig davon nichts gewußt?«
»Meinst du wirklich, er war in jedes Detail eingeweiht? Niemals. Dazu waren die Nazis viel zu mißtrauisch. Koenig wußte nur das, was er wissen sollte.«
»Wenn es stimmt, was du sagst, muß es einen Code geben.«
»Code?«
»Ja, einen Code, mit dem man die Empfangsanlage der Bombe aktiviert. So was ähnliches wie die Geheimzahl, mit der du dir deine Knete vom Geldautomaten holst.«
Gabrieles Gesicht ist ein einziges Fragezeichen.
»Mensch, Gabi, wie soll ich's dir noch erklären: Das Teil da oben hat seine Ohren zugeklappt. Und wenn ich nicht die richtige Schlüsselbotschaft finde, kann ich hier unten noch so laut brüllen, ohne daß mich dieses Mistding hört.«
»Schlüsselbotschaft? Code? Wie sieht denn so eine Codierung überhaupt aus?«

Sina will das Gespräch abbrechen. Es hat keinen Zweck, mit der technisch völlig unbedarften Gabi über solche Dinge zu fachsimpeln. Wütend läßt sie die Hände auf ihre Knie sausen. »Meine Güte, Gabi!« Sie deutet auf die rückwärts laufende Zahlenkolonne im rechten Eck des Bildschirms. »Wir haben ganze fünfundzwanzig Minuten Zeit, und du willst, daß ich dir Nachhilfe in Mathe gebe!«
Gabriele gewinnt etwas mehr Selbstsicherheit zurück. Sie zieht die Brauen zusammen, herrscht Sina an: »Deine Aggressivität bringt uns jedenfalls auch nicht weiter.«
Sina verdreht die Augen. Diese Gabriele bringt sie noch um den Verstand! Widerwillig reißt sie einen Fetzen Papier aus einem der aufgeschlagenen Handbücher neben der Tastatur. Sie greift sich einen Kuli, schmiert fahrig ein paar Zahlen aufs Blatt. »So: Nullen, Einsen, sonst nichts. Fertig ist der binäre Code. So simpel ist das! Geradezu primitiv.« Sie schaut Gabriele direkt ins Gesicht. »Wenn ich nur die richtige Kombination wüßte! Die richtige Reihenfolge!«
Gabriele greift sich den Zettel, mustert ihn nachdenklich.
»Nun tu mal nicht so, als könntest du damit etwas anfangen.« Sina will ihr das Blatt bereits wieder aus der Hand reißen, aber Gabriele hält es energisch fest.
»Du, Sina, ich kann mich täuschen, aber ...«
»Was ist? Hast du auf einmal die Erleuchtung?« fragt Sina voller Ironie.
Gabriele klingt zögerlich: »Ich habe so etwas schon mal gesehen.«
Sina lehnt sich enttäuscht zurück. »Na toll! Wirklich toll. Jeder Erstkläßler hat schon mal eine Null und eine Eins gesehen. Umwerfende Erkenntnis, Gabi!«
Gabrieles Stimme gewinnt an Entschiedenheit: »Quatsch, nein. Das meine ich nicht. Ich habe so eine Zahlenkolonne in einem der Aktenordner gesehen, die wir mitgenommen hatten. Erinnere dich: Sie waren in einem versiegelten Umschlag. Gesondert abgeheftet.«
Sina beugt sich vor. Ihre Pupillen weiten sich: »Versiegelter Umschlag? – Verdammt! Den hatte ich völlig vergessen! Warum sagst du mir das erst jetzt?«

»Ich konnte ja nicht ahnen –«
Sina springt auf, stemmt die Arme in die Hüften. »Ich gehe gleich an die Decke! Bist du von allen guten Geistern verlassen? Du hättest mir das längst sagen müssen!«
Gabriele geht in Abwehrhaltung: »Erstens muß ich gar nichts! Und zweitens sind die meisten Akten noch immer im Kofferraum. Wir brauchen diesen Umschlag nur zu holen und –«
»Still!« unterbricht Sina. Sie schaut auf die Countdownanzeige am Rechner. »Vielleicht schaffen wir's wirklich. Du holst den Umschlag! Ich werde inzwischen versuchen, mich am Computer in die richtige Zugangsposition vorzuarbeiten.«
Gabriele geht das alles zu schnell. »Ich weiß gar nicht genau, in welcher –«
»Dann erinnere dich gefälligst! Und jetzt sprinte los! Das wird ohnehin verdammt knapp!« schreit Sina und dreht sich abrupt zum Rechner um. Sie fängt unverzüglich an, die Tastatur zu bearbeiten.
Gabriele zögert, will etwas sagen, geht aber doch los. Im Eingang wendet sie sich nochmals um, bemerkt vorsichtig, so als wolle sie etwas gutmachen: »Tut mir übrigens leid, daß ich es vorhin nicht geschafft habe.«
Sina hört kaum hin, sagt nur genervt: »Wie? Was hast du nicht geschafft?«
»Naja, ist ja halb so schlimm. Sie brennen ja auch so, die Lichter. Hast einen dieser Apparate wohl selbst angeworfen, wie?«
»Was? Wie? Jaja …«, stammelt Sina, ist in ihren Gedanken aber bereits tief in der Datenwelt des Computers versunken.
Gabriele wartet einen Moment ab, verläßt dann den Raum.
»Verdammt, verdammt! Das wird alles zu knapp«, treibt sich Sina selbst voran. Während sie in den verschiedenen und für sie völlig verwirrenden Verzeichnissen wühlt, dringen Gabrieles letzte Worte langsam bis zu ihrem Verstand durch. Sina läßt von der Tastatur ab. Was hat ihre

Freundin gerade gesagt? Sie hat *was* nicht geschafft? Sina wendet sich um, schaut zur Tür. Nichts. Gabriele ist längst verschwunden.
Sina faßt sich an die Stirn. Sie zwingt sich zum Nachdenken. Wofür genau hatte sich Gabriele entschuldigt? Ging es nicht um die Lampen? Ja, um den Generator! Hatte sie tatsächlich gesagt, daß sie die Strommaschine nicht anwerfen konnte?
Sina wird schwindelig. Sie sucht Halt am Computertisch. Verflucht! Wenn Gabriele den Generator nicht angeschmissen hat – wer, um Himmels willen, dann?

54

Der Hall des Schusses klingt in der Schaltzentrale wider. Er ist scharf und rauh. Er zerschneidet die bleierne Stille der letzten Sekunden wie eine Machete. Sina springt auf. Sie hält den Atem an, ihr Herz scheint auszusetzen. Gabriele! Was ist mit Gabriele passiert?
Sina will schreien, will den Namen ihrer Freundin laut herausbrüllen. Aber sie kann nicht. Sie bringt keinen Ton heraus. Langsam taumelt sie rückwärts. Ihre Knie knicken ab, sie stützt sich auf die Lehne ihres Stuhls. Mit der anderen Hand sucht sie Halt an dem Tisch, rutscht aber ab und fegt dabei Stifte und Papiere zu Boden.
Die Fremden sind zurück! Sina hört deutlich ihre Stimmen. Und Schritte! Immer lauter werdende Schritte.
Sina kann keinen klaren Gedanken fassen. Alles dreht sich in ihrem Kopf. Kraftlos läßt sie sich zurück auf den Stuhl sinken. Tränen schießen ihr in die Augen.
Die Stimmen werden immer stärker. Männerstimmen. Hektisch und aggressiv. Doch Sina nimmt sie kaum wahr. Sie sitzt kauernd auf ihrem Stuhl. Unbeweglich mit gekrümmten Rücken. Die Ereignisse haben sich überschlagen – Sina ist nicht fähig, die ganze Tragweite dieses Dramas in so kurzer Zeit zu verarbeiten. Sie ist in sich versunken. Weltentrückt.

Dann wieder ein Knall. Kein Schuß, sondern ein harter Schlag. So als hätte jemand eine Stahltür mit voller Wucht zugeschlagen. Der Knall holt Sina in die Wirklichkeit zurück. Das Geräusch war ganz nah. Die Fremden müssen sich in unmittelbarer Nähe zur Schaltzentrale aufhalten. Sina versucht ihre Gedanken zu ordnen. Sie krallt ihre Finger brutal ins eigene Gesicht. So als wolle sie die bleierne Trägheit, dieses Gefühl der totalen geistigen und körperlichen Lähmung, aus sich herauskratzen. Sie kneift sich in die Wangen. So tief, daß sie vor Schmerz beinahe schreien muß. Doch noch immer ist sie nicht fähig, sich von ihrem Platz wegzubewegen. Es ist wie in einem Alptraum. Wie in diesem immer wiederkehrenden Traum, in dem Sina versucht, vor einer Gefahr zu fliehen. Einem Traum, in dem sie rennt und rennt, aber keinen Schritt vorwärtskommt.
Schritte. Laute, kräftige Schritte. Stimmen. Dröhnende Stimmen.
Sina weiß jetzt, daß sie unter Schock steht. Der Schuß! Ja, dieser Schuß muß den Schock ausgelöst haben. Den Schuß hat sie gleichgesetzt mit dem Tod ihrer Freundin. Sie hat im Augenblick des Schusses Gabriele in Gedanken vor sich gesehen. Wie sie die dunklen Gänge entlangrannte. Wie sie um eine Ecke hetzte. Und wie sie dann einer geschlossenen Reihe schwarzgekleideter Gestalten gegenüberstand. In den Sekundenbruchteilen, in denen Sina den Schuß wahrnahm, war all dies wie in einem Zeitrafferfilm vor ihrem geistigen Auge abgelaufen. Sie sah Gabriele, wie sie hilflos den Mund aufriß. Wie sie flehend ihre Hände hob. Und sie sah die kalten Augen der Fremden. Nicht die Gesichter. Nur die Augen. Eisige, gefühllose Augen! Und dann die Pistole. Einer der Männer hatte sie plötzlich gezogen. Er spannte den Abzug, drückte ab.
Sina erschauert. Sie sieht Gabrieles verzerrten Gesichtsausdruck vor sich. Sie spürt, welche Schmerzen ihre Freundin im Moment ihres Todes erdulden muß. Auch sie selbst kann diesen Schmerz spüren. Ein brennender

Schmerz. Innerlich, ganz tief in ihrem Inneren. Ein Schmerz, der ihr die Kehle zuschnürt, der ihr die Augen einzudrücken droht, der ihren Magen krampfhaft zusammenziehen läßt.
Die Fremden können höchstens zehn Meter entfernt sein. Ein paar Sekunden und sie werden den Raum betreten. Das Geräusch ihrer Schritte hallt von den Wänden wider. Die Stimmen klingen bedrohlich nahe.
Ein Schock also. »Sina!« beschwört sie sich selbst, »Sina, wach auf!« Krampfhaft überlegt sie, was bei einem Schock zu tun ist. Die Beine hochlegen und ruhig durchatmen. Ja, so war es doch, oder? Die Beine hochlegen, damit das Blut wieder zu zirkulieren beginnt und in den Kopf zurückkehrt.
Der Strahl einer starken Grubenlampe dringt in den Raum. Er ist heller als das Licht der Generatoren. Das Licht spiegelt sich im gläsernen Gehäuse eines der Meßgeräte, reflektiert direkt in Sinas Augen. Das grelle Leuchten trifft sie wie ein Blitz. Ruckartig fährt Sina auf ihrem Stuhl herum. Sie sieht die Digitalanzeige des Rechners: noch zwei Minuten und dreißig Sekunden bis zum Einschlag der Bombe!
Sina springt auf. Sie weiß selbst nicht, was sie in diesem Moment treibt. Weiß nicht, was ihr plötzlich die Kraft zurückgegeben hat, von diesem Stuhl wegzukommen. Ist es das Kleinhirn, sind es die Reflexe? Ist es der pure Selbsterhaltungstrieb? Sie rennt zur gegenüberliegenden Wand. Dorthin, wo eine zweite, schmalere Tür aus der Schaltzentrale herausführt. Der Ausgang mündet in einen winzigen Raum – die Abstellkammer, in die sie sich zusammen mit Gabriele schon einmal geflüchtet hatte. Sina drückt sich in die hinterste Ecke der Kammer.
Gerade rechtzeitig. Die Stimmen der Fremden füllen bereits den Saal. Sina nimmt Schatten wahr. Hektisch herumspringende Schatten. Die Stimmen klingen ebenfalls aufgebracht. Ein heilloses Durcheinander. Keine Chance, einen verständlichen Brocken aufzuschnappen. Behutsam beugt Sina sich vor. In ihrer augenblicklichen

Position kann sie offenbar niemand sehen. Dazu ist die Kammer zu finster. Sie selbst aber kann immerhin einen schmalen Ausschnitt wahrnehmen. Sie erkennt zwei der Computerkonsolen. Und sie sieht drei der Fremden.
Zwei von ihnen nur von hinten. Sie tragen Blaumänner, sind von mittlerer Statur und stämmig gebaut. Der dritte ist ungefähr fünf Meter von Sina entfernt. Er hält den Blick gesenkt, scheint sich mit der Computertastatur zu befassen.
Die Stimmen werden ruhiger. Sina versucht, sich auf das Gespräch zwischen den Fremden zu konzentrieren. Aber ihr Puls rast, der laut klopfende Herzschlag dröhnt in ihren Ohren. Sie kann nur unzusammenhängende Wortfetzen aufschnappen. Ob da ein russischer Dialekt mitklingt, vermag sie beim besten Willen nicht zu sagen.
Und dann sieht sie ihn! Zum ersten Mal sieht sie einen der Unbekannten klar und deutlich vor sich. Er muß unmittelbar neben der Tür zur Abstellkammer gestanden haben und ist jetzt einen Schritt vorgetreten. Sina steht dem Mann in höchstens einem Meter Abstand gegenüber. Er hat ihr sein Profil zugewendet, verharrt bewegungslos. Automatisch drückt sich Sina fest an die hintere Wand. Sie starrt den Fremden an, mustert ihn angstvoll: ein voluminöser Kerl. Mit kraftvollen behaarten Armen und speckigem Stiernacken. Seine feisten roten Haare hat er bis auf Fingerbreite heruntergeschnitten. Das Gesicht ist breit und rosig, so wie sich Sina einen irischen Bauern vorstellt. Die Nase ist grobporig, die Augen sind wäßrig blau.
Der Mann scheint Sina nicht zu bemerken. Er wendet sich ab, tritt auf die anderen drei zu. Sina glaubt, das Wort ›Suchen‹ wahrgenommen zu haben. Tatsächlich wird es wenig später wiederholt – von einer Frau.
Ja, Sina hat es ganz deutlich gehört: eine Frauenstimme! Sie hat es also wieder mit allen fünf Gegnern zu tun. Den vier Männern und der Frau. Sina versucht, sich einen Reim aus diesem Aufgebot zu machen. Sie versucht einzuordnen, wer in dieser Gruppe das Sagen hat. Sie

bemüht sich, eine Struktur in der Gruppe zu entdecken. Hinweise, woraus sie Rückschlüsse auf die Absicht der Fremden ziehen kann.
Die Frauenstimme läßt sie jäh aus ihren Gedanken aufschrecken: »Noch ist sie nicht unten!«
Ehe Sina begreifen kann, was die Unbekannte meint, bemerkt sie ein leises Knistern. Das Knistern von Strom, von elektrostatischer Ladung. Dann ein helles, hochfrequentiges Pfeifen. Sina erkennt, daß die Fremden den Fernseher eingeschaltet haben. Den Fernsehapparat, auf dem sich ein amerikanischer Satellitenkanal empfangen läßt. Sina schießen Bilder von ihrem früheren Besuch in dem Bunker durch den Kopf. Als sie Gabriele damit verblüfft hatte, daß sich mitten in diesem unterirdischen Verließ amerikanische Basketballspiele abspielen lassen.
Die Fremden sind still. Sie wirken aufs höchste angespannt. Sina nimmt wahr, daß einer von ihnen weiter auf die Tastatur des Hauptrechners einhämmert. Die anderen starren wie gebannt auf den Fernsehschirm. Sina wagt sich wieder ein Stück weit vor. Auch sie kann jetzt die Szenerie auf dem TV-Schirm erkennen: abermals eine Sportübertragung. Offenbar wieder der US-Sender. Und wieder ein Basketballspiel. Sina ist völlig verwirrt, kann keinen Sinn darin erkennen, was diese Unbekannten hier treiben. Im Moment der Katastrophe fernzusehen – was soll das für einen Sinn ergeben?
Doch dann, allmählich, beginnt sie zu begreifen. Der Fernseher – das amerikanische Programm … in Sina erwächst ein furchtbarer Verdacht. Wahrscheinlich dient das Fernsehgerät den Fremden als eine Art Kontrollschirm. Sina beugt sich weiter vor, um mehr von dem Basketballspiel mitzubekommen.
Ihr Verdacht bestätigt sich! An den Einblendungen kann sie es deutlich erkennen: Was sich die Fremden so konzentriert ansehen, ist die Liveübertragung eines Spiels direkt aus New York. Die Methode der fünf Verbrecher ist ebenso simpel wie grauenhaft: Solange sie das Spiel am Fernseher verfolgen können, hat die Bombe ihr Ziel noch

nicht erreicht. Reißt die Verbindung aber ab, ist New York zerstört. Sina läuft es eiskalt den Rücken herunter.
»Bisher nichts«, sagt einer der Männer mit heiserer Fistelstimme.
Sina hat zunehmend Zweifel daran, daß sie Russen vor sich hat. Die Männer, die ihr am Tag zuvor an der Telefonzelle aufgefallen waren, sind jedenfalls nicht dabei. Und überhaupt: War die ganze Russentheorie nicht ohnehin nur eine Spinnerei von Klaus?
Sinas Gedanken springen hin und her. Sie kann keine Schwerpunkte mehr setzen, kann nicht einordnen, was vordringlich ist und was nicht. Sie denkt in einem Moment an Klaus, dann an die Fremden, im nächsten Augenblick an Gabriele, um sich gleich darauf Sorgen wegen der Bombe zu machen. Absolute Verwirrung! Sina zwingt sich, jetzt nur auf das unmittelbare Geschehen vor sich zu konzentrieren: nur auf das, was sie im Moment sieht und wahrnimmt.
»Forty Seconds.« Eine dunkle Männerstimme.
»Rede deutsch, Mann!« Die Frau.
Sinas Verwirrung ist perfekt. Englisch? Hatte einer der Fremden englisch gesprochen? Sie verabschiedet sich jetzt vollends von der Russentheorie. Sina geht einen Schritt zur Seite. So weit, daß sie das Fernsehbild deutlicher erkennen kann. Das Basketballspiel ist offensichtlich in einer entscheidenden Phase. Immer wieder wird das Publikum eingeblendet, das begeistert in die Kameras winkt.
»Halten Sie die Bombe auf!« fordert die Frauenstimme.
»Ich kann nicht. Alles ist durcheinander gebracht!« Das war wieder die Fistelstimme.
Einer der Fremden im Blaumann setzt sich plötzlich in Bewegung. Sina spürt deutlich: Er ist hochgradig nervös. Sie sieht, wie er unruhig mit seinen Blicken den Saal absucht. Er ist der einzige, der nicht auf den Fernseher stiert oder den Computer bearbeitet.
»Twenty Secon ... – sorry, zwanzig Sekunden.«
Die Frauenstimme überschlägt sich. Ein hysterischer Ausstoß. Wahrscheinlich Schimpfwörter. Aber nicht in

deutsch. Nein, es klingt – Sina ist sich nicht sicher – es klingt so, wie sie sich Russisch vorstellt. Das gerollte R, die vielen Konsonanten. Sina muß ihre Einschätzung also schon wieder revidieren. Sie hat es doch mit Russen zu tun! Oder zumindest mit einer internationalen Bande unter russischer Führung. Denn daß die russisch sprechende Frau den Ton angibt, erscheint Sina nur allzu deutlich. Die Unbekannte wechselt zurück in die deutsche Sprache. Sie keift den Mann vor der Computertastatur an: »Abbrechen! Zur Hölle, abbrechen!«

Mit Sorge fällt Sinas Blick zurück auf den nervösesten der Gangster. Er streicht noch immer im Raum umher, nähert sich bedenklich Sinas Versteck. Sina drückt sich zurück an die Wand. Ihre Schuhe geben ein leises Knirschen von sich.

Der Fremde stockt.

Der Strahl seiner Taschenlampe flammt auf. Der Fremde geht direkt auf die Kammer zu, baut sich in der schmalen Tür auf. Sina bleibt fast das Herz stehen. Der gleißend helle Kegel der Taschenlampe fährt den Boden der Abstellkammer ab, schwenkt dabei suchend hin und her. Nur noch wenige Zentimeter und der Strahl hat Sinas Füße erreicht.

Plötzlich ein lautes Rauschen. Und Stimmengewirr.

Der Unbekannte wendet sich abrupt von der Kammer ab. Sina erstickt einen Schrei, preßt geistesgegenwärtig ihre Hände vor den Mund. Das war knapp! Sie fühlt, wie ihre Beine zittern, wie sie sich vor Angst kaum aufrecht halten kann. Trotzdem beugt sie sich wieder vor, um zu sehen, was die Fremden auf einmal so beschäftigt. Sie tritt einen Schritt zur Seite. So weit, daß sie den Fernsehschirm im Blickfeld hat. Alle vier Fremden stehen vor dem Gerät. Gaffend mit offenen Mündern. Erst jetzt bemerkt Sina, daß die Übertragung des Basketballspiels abgebrochen ist: Auf dem Schirm sieht sie nur noch ein graues Flimmern. Sina stockt der Atem.

»Peilungssignal erloschen«, hört Sina die Fistelstimme sagen. Diesmal aber mit deutlich ängstlichem Unterton.

Die Frau atmet heftig durch. Es folgt eine Salve stakkatoartig vorgebrachter Worte. Sina begreift auch ohne russische Sprachkenntnisse, daß die Fremde flucht. Sina wagt sich noch einen Schritt vor. Sie will unbedingt die Digitalanzeige am Computer, den Countdown, sehen. Sie riskiert dabei entdeckt zu werden. Denn der Nervöse schaut sich bereits wieder mißtrauisch um. Sina steckt ihren Kopf aus dem Türrahmen. Nur für den Bruchteil einer Sekunde. Aber das langt bereits, um die Zahlen auf dem PC-Schirm zu lesen:
00:00.00
Der Countdown ist also abgelaufen. Sina ist wie gelähmt. Sie haben es nicht geschafft. Die Bombe ist in New York eingeschlagen. Sina fühlt sich elend. Hals und Mund sind wie ausgetrocknet. Ihr Magen scheint sich umzudrehen. Sie muß sich zusammenreißen, um sich nicht augenblicklich zu übergeben.
Die Frauenstimme ist noch immer höchst erregt, als sie auf deutsch umschwenkt: »Keine Sentimentalitäten jetzt!« Einen Moment lang ist es still, so als würden die Fremden nachdenken. Dann erneut die Frauenstimme: »Die Kanister! Sofort!«
Sina wird abermals angst und bange. Was hat das zu bedeuten? Kanister? Welche Kanister? Sie kann aus ihrem Versteck erkennen, daß die Unbekannten hektisch herumspringen. Sie sammeln offensichtlich ihre Habseligkeiten zusammen, schließen die Geräte ab. Die Frau stürzt dazwischen, zerrt einen der Männer energisch zurück: »Keine Zeit dafür! Keine Zeit! Das bleibt hier! Alles!«
Sina ist hin- und hergerissen, überlegt, was wohl als nächstes auf sie zukommt. Sie bemerkt, daß zwei der Unbekannten verschwinden. Die anderen schmeißen ihre Akten und Geräte wahllos in der Mitte des Raums zu einem Haufen zusammen. Sie gehen energisch und rücksichtslos vor. Ein entsetzliches Getöse aus zersplitterndem Glas, brechenden Kunststoffgehäusen und aufschlagendem Metall füllt den Saal. Nun kann Sina auch die anderen beiden wieder erkennen. Sie tragen Benzinkanister unter

den Armen. Die Kanister, aus denen die Generatoren gespeist wurden.
Sina schreckt zurück. Schlagartig wird ihr klar: Sie sitzt in der Falle! Wie ein gefangenes Tier in seinem Käfig wendet sie sich in der engen Abstellkammer herum, auf der verzweifelten Suche nach einem weiteren Ausgang. Doch es gibt keinen. Nicht mal ein schmaler Lüftungsschacht ist vorhanden.
Sie hört das feine Schaben, das ein Zündholz von sich gibt, wenn es über die rauhe Fläche einer Streichholzschachtel gerieben wird.
Sekunden später steht der Haufen in der Mitte des Saals lichterloh in Flammen. Sina ist geblendet. Sie spürt die sengende Hitze, die von dem Feuer ausgeht. Wenige Momente darauf erreicht sie der Rauch. Schwarzer, ätzender Qualm. Sina muß husten. Aber das ist jetzt egal. Das Tosen der implodierenden Bildschirme übertönt alles. Sina hastet vor, schaut sich von der Türschwelle aus ängstlich um. Sie ist allein! Die Fremden müssen bereits geflüchtet sein!
Sina preßt sich den Stoff ihres Pullis vor Mund und Nase. Sie hastet an dem Brandherd vorbei in Richtung Ausgang. Voller Panik muß sie sehen, daß sich die Flammen rasend schnell ausbreiten. Die Tür zur oberen Ebene ist nicht mehr zu erreichen!
Blitzschnell faßt Sina den Entschluß, es mit dem hinteren Ausgang zu versuchen. Mit dem, der zur tiefer gelegenen Bunkerebene führt. Als sie die Tür erreicht hat, bläst ihr starker Wind entgegen. Kräftig wie bei einem aufziehenden Gewitter. Das Feuer saugt offenbar sämtliche vorhandene Luft aus den unteren Fluren des Bunkers auf.
Trotzdem rennt Sina ohne zu zögern weiter. Auch dieser Gang ist bereits von beißendem Qualm eingenebelt. Sie wendet sich kurz um, sieht, wie die ersten Flammen hinter ihr um die Ecke züngeln. Sina kämpft sich die Treppe zur nächsten Ebene hinunter. Das Laufen fällt ihr zunehmend schwerer. Sie meint, kaum mehr Sauerstoff zum Atmen zu haben.

Auf halber Strecke beschließt sie, noch einmal umzukehren. Sie hechtet die Stufen hinauf, zieht die Ärmel ihres Pullovers über die Hände. Durch den Stoff leidlich geschützt, packt sie die Klinke der Tür und zieht mit allen Kräften daran. Die schwere Metallpforte setzt sich in Bewegung, fällt krachend ins Schloß. Schlagartig bricht der starke Luftzug ab. Vielleicht, hofft Sina, kann sie die Flammen auf diese Art ersticken. Sie setzt ihren Weg nach unten fort. Sie folgt dem matten Licht ihrer Taschenlampe, bemüht, jetzt bloß nicht ins Stolpern zu geraten.
Die Stufen werden nasser, glitschiger. Zwei Schritte weiter und Sina steht im Wasser. Vorsichtig tastet sie sich voran. Sie beschließt, in der kniehoch überschwemmten unteren Ebene nach einem zweiten Aufgang zu suchen. Einer Art Nottreppe vielleicht, die sie zurück ans Tageslicht bringt. Sie watet durch das eiskalte Naß.
Dann eine gewaltige Detonation!
Die Stahltür, die Sina eben verschlossen hatte, ist aus den Angeln geschleudert worden. Augenblicklich schlagen Flammen in das Treppenhaus über ihr. Dicke Rauchschwaden bahnen sich ihren Weg nach unten.
Sina reißt entsetzt die Augen auf. Was nun? Sie will weitergehen, strauchelt, fällt mit den Armen voran ins Wasser. Sina richtet sich wieder auf, setzt ihre Flucht fort. Sie spürt, wie ihr die Tränen über die Wangen laufen. Tränen, weil ihre Augen so brennen. Tränen auch aus purer Verzweiflung. Sina beginnt zu schluchzen.
Sie spürt, wie die ätzenden Dämpfe ihre Lungen füllen. Unvermittelt hält sie ihren feuchten Ärmel vors Gesicht.
Feuchte Ärmel? Sina zögert, hat plötzlich eine Idee. Suchend schaut sie auf das trübe Wasser, das ihre Beine umspült. Sie bückt sich, um einen Stoffetzen aufzuheben, der auf der Wasseroberfläche treibt. Sina watet weiter, späht nach anderen durchtränkten Stoffen.
Ihr Blick fällt auf eine zertrümmerte Tür zu ihrer Rechten. Sina erinnert sich: Das ist der Raum, in dem Gabriele ihre Kunstschätze vermutet hatte. Sina hält ihre Lampe

hinein. Im diffusen Licht erkennt sie verwüsteten Nazikitsch: zerbrochene SA-Standarten, zerrissene Hakenkreuzfahnen. Sina schnappt sich eines der tiefroten Fahnentücher und tränkt es im Wasser. Sie wirft sich den Stoff um, wickelt das eine Ende um ihren Kopf. Unwillkürlich kommt ihr ein sarkastischer Gedanke in den Sinn: »Wenigstens etwas, wozu diese Dinger gut sind.«
Sina hastet zurück zum Treppenaufgang. Das Feuer ist bis auf halbe Höhe nach unten gekrochen. Einen anderen Ausgang zu suchen, würde sie jetzt zu lange aufhalten. Das käme einem Selbstmord gleich. Der Sauerstoff würde nicht ausreichen. Verzweifelt starrt Sina in das Inferno. Sie faßt all ihren Mut zusammen, zieht den Fahnenstoff bis auf einen schmalen Sehschlitz über ihrem Kopf zusammen.
Dann rennt sie los. Sie rennt die Treppe hinauf – zurück zur Schaltzentrale.
Der große Saal ist ein einziges Flammenmeer. Sina stürzt sich todesmutig hinein. Sie kann nichts erkennen, weiß auch nicht, ob sie selbst bereits brennt. Alles um sie herum ist in Bewegung. Züngelnde Flammen bauen sich vor ihr auf, versperren ihr den Weg. Sina weicht aus, rennt einfach in eine andere Richtung weiter. Die Hitze ist unerträglich. Sina ist sich jetzt sicher: Die Fahne, in die sie ihren Körper gehüllt hat, steht in Flammen. Trotzdem läuft Sina weiter.
Sie erreicht den Ausgang des Raums. Sie weiß nicht wie, aber sie erreicht ihn. Unbeirrt kämpft sie sich voran. In der Hoffnung, die brennende Fahne bald von sich werfen zu können, ohne daß sofort auch ihre Kleidung Feuer fängt.
Aber keine Chance: Auch in der nächsthöheren Etage tobt das Inferno. Der Teppich und die Holzvertäfelung der Wände sind ein gefundenes Fressen für die Flammen. Die Verkleidung des Korridors brennt wie Zunder! Sina richtet ein letztes Mal hektisch die Stoffetzen und rennt weiter. Doch sie kommt nicht schnell genug voran. Ein umgestürzter, brennender Schrank versperrt ihr den Weg. Sina stolpert, fällt, stößt sich den Kopf. Tastend fährt sie

sich über die Stirn. Blut! Viel Blut! Sie muß eine Platzwunde haben.
Sina richtet sich hustend wieder auf, wirft das Fahnentuch von sich. Im gleichen Augenblick fegt eine Feuerwalze kreischend über ihren Kopf hinweg. Sina fährt erschrocken zusammen. Für Sekunden ist sie völlig geblendet. Sie reibt sich die schmerzenden Augen.
In gebückter Haltung tastet sie sich weiter voran. Sie streckt ihre Finger zur Wand aus. »Nur immer weiter vorwärts!« bleut sie sich ein. Sie wankt, keucht, kann kaum noch ein Bein vor das andere setzen.
Plötzlich sieht Sina ihr Bett vor sich. Nicht das aus ihrer Wohnung. Nein, sie sieht ihr altes Bett. Ihr Kinderbettchen, in das sie ihre Mutter immer gelegt und ihr die schönsten Einschlafgeschichten erzählt hatte. Sina erkennt deutlich die lustigen Blümchenmuster auf dem gelben Holzrahmen wieder. Und die flauschige Daunendecke mit dem bunten Kinderbezug. Sina geht dichter an ihr Bettchen heran.
Es ist zum Greifen nahe.
Die Bettdecke ist bereits ein Stück weit zurückgeschlagen. Sie muß sich nur noch hineinlegen. Sina bückt sich, um die weiche, zum Ausruhen einladende Matratze spüren zu können. Sie betastet das Laken. Es ist angenehm kühl und duftet frisch. Ein Lächeln huscht über ihre Lippen. Endlich verschnaufen! Endlich wieder daheim. Sina schlägt das Bettlaken weiter zurück.
Erst jetzt merkt sie, daß ihr Kinderbettchen bereits belegt ist. Sina fährt erschrocken zusammen, reibt sich die Augen. Das Bild, das sie eben noch so klar vor sich sah, verschwimmt. Die Vorstellung, ihr Bett vor sich zu haben, schwindet schlagartig. Aber diese Person, die es sich unter ihrer Decke gemütlich gemacht hat, bleibt. Sie liegt am Boden. Gekrümmt wie ein Embryo.
Sina gibt sich einen Ruck, bückt sich erneut, greift die Gestalt bei den Schultern. Sina wendet dieses regungslose, mit Ruß bedeckte Etwas.
Vor ihr liegt Gabriele.

DRITTER TEIL

55

Uralter Gouda! Wie lange hat sie schon keinen mehr gekostet! An der Käsetheke ihres Supermarktes haben sie ja immer nur mittelalten Gouda, niemals aber uralten. Sie vergöttert den herben, würzigen Geschmack dieses harten, spröden Käses. Und dazu diese prächtigen Trauben! Kräftig grüne Beeren, beinahe so groß wie Taubeneier, und knackig frisch. Die Krönung aber ist der Wein: ein 94er Blauer Spätburgunder. Sina, die eine ausgesprochene Vorliebe für französische Weine hat, hätte es niemals für möglich gehalten, daß ihr ein Mosel so wunderbar munden konnte.
Der gebeizte Holztisch ist mit Köstlichkeiten randvoll zugestellt. Darunter liegt – alle viere faul von sich gestreckt und gemächlich an seinem Hundeknochen knabbernd – der Beagle Tom. Sina gibt dem trägen Tier einen zarten Stups mit ihrer Fußspitze. Doch Tom läßt sich nicht stören, schaut nicht einmal auf. Ganz der alte, denkt sich Sina und läßt ihm seine Ruhe. Sie lehnt sich entspannt zurück.
Sina fühlt sich rundherum wohl. Klaus ist es wirklich gelungen, sie zu verwöhnen. Und Sina läßt sich heute ausgesprochen gern verwöhnen. Sogar von Klaus. Den Groll, den sie gegen ihn hegt, hat sie hintenangestellt. Fürs erste wenigstens. Aber Klaus soll sich bloß nicht voreilig in Sicherheit wiegen. Er würde seine Abreibung schon noch bekommen. Das hat sich Sina fest vorgenommen.
»Wann, sagtest du, wann wollten die anderen kommen?«
Klaus tut sich schwer mit Reden, denn seine Wangen spannen sich unter den drei Beeren, die er sich fast gleichzeitig in den Mund geschoben hat.

Sina setzt lächelnd ihr Glas ab. »Vor einer Viertelstunde ungefähr.« Auch sie schnappt sich eine dieser köstlichen Weintrauben. »Aber gib ihnen Zeit. Sie müssen viel aufholen und haben sicher eine Menge zu bereden.«

»Müschen wir ausch!« bringt Klaus kauend hervor.

Tatsächlich. Da hat er recht, denkt sich Sina. Denn bisher hatte sie ihrem Ex-Freund nicht einmal annähernd die ganze Geschichte erzählt. Diese Sache hatte sie einfach zu sehr mitgenommen. Alles, was sie danach wollte, war auszuspannen. Und das hatte sie auch getan. Zuerst, gleich nach dem kurzen Krankenhausaufenthalt, eine Woche auf Rügen. Aber der rauhe Norden konnte ihre Nerven nicht beruhigen. Das Meer, der Himmel, ja selbst der Wind erinnerten sie permanent an ihre Erlebnisse auf Usedom. Also hatte sich Sina in den Zug gesetzt und war weit in den Süden Deutschlands gefahren. Eine Woche Allgäu. Märchenschloß anschauen, ein wenig Kletterei, abends deftig essen. Der pure Kontrast zur Küste.

Doch Sina weiß, daß sie auch jetzt, knapp neun Wochen danach, noch immer nicht wieder ganz die alte ist. Die entsetzlichen Bilder aus dem Bunker wird sie ewig im Gedächtnis behalten. Wenn sie abends im Bett liegt und nicht einschlafen kann, scheint sich die ganze Tragödie immer aufs neue zu wiederholen. In ihrem Geist spielt Sina die letzten Stunden ihres schrecklichen Abenteuers Nacht für Nacht noch einmal durch.

Vor allem ihre Flucht durch den finsteren, kalten Wald ist ihr in jeder Einzelheit in Erinnerung geblieben. Blutend, hustend und völlig erschöpft war sie aus dem Bunker gehetzt. Sie hatte keine Luft mehr bekommen. Der kochendheiße Rauch hatte ihr den Atem verschlagen und das grelle Feuerwerk aus roten, gelben und orangen Funken sie so stark geblendet, daß sie kaum noch etwas erkennen konnte. Dazu dieses Getöse! Das Kreischen des Feuersturms – Sina erschien es lauter und schmerzhafter als das Triebwerk eines Düsenjets aus allernächster Distanz. Ihre Ohren waren zunächst völlig taub. Sie mußte

sich minutenlang auf dem feuchten Waldboden wälzen, bevor sie sich wieder orientieren konnte, ihre Lungen einigermaßen mitspielten und sie endlich aufstehen konnte.
Und dann ihre Schuldgefühle wegen Gabriele! Sina hatte sich schreckliche Vorwürfe gemacht, daß sie ihre Freundin im Stich lassen mußte. Aber es ging nicht anders. Schließlich war sie selbst mit ihren Kräften völlig am Ende gewesen. Alles, was sie tun konnte, bestand darin, den erschlafften Körper ihrer Freundin bis vors Tor des Bunkers zu zerren. Wenn Sina es danach nicht schleunigst heraus aus dem Wald geschafft hätte, wäre es mit ihr zu Ende gewesen.
Für Sina war es ein schier endloser Weg. Wie lange sie tatsächlich bis zur »Schwedenschanze« brauchte, vermochte sie im nachhinein nicht mehr zu sagen. Waren es Stunden? Oder bloß zwanzig, dreißig Minuten?
Die ersten Eindrücke, die sie aufschnappte, als sie mit letzten Kräften in die Gaststube geplatzt war, haben sich ihr fest eingeprägt: verständnislose und verschreckte Gesichtsausdrücke der Gäste. Ein Mann, den Kopf vom Alkohol gerötet, ließ augenblicklich sein Glas sinken. Ein anderer, er stand am Spielautomaten, hatte ihm zugeprostet und wollte gerade einen Trinkspruch loslassen, als sein Blick auf Sina fiel. Er erstarrte augenblicklich.
Dann war es schlagartig still. Die Bewegungen des Mannes waren eingefroren wie auch die der anderen. Sina weiß noch genau, was sie in diesem Moment dachte: Es war wie in einem billigen Western. In diesen klischeehaften Szenen, in denen jeder Gast des Saloons verstummt, sobald sich die Schwenktüren öffnen und der stadtbekannte Halunke auf den Plan tritt.
Aber hier war es anders. Kein revolverschwingender Cowboy hatte die Menge zum Schweigen gebracht, sondern eine zierliche Frau. Blutverschmiert und nur mit angesengten Fetzen am Leib stand sie da. Verloren, wie ein kleines Kind ohne Mutter. Sina kam es damals vor, als würden Minuten vergehen, bevor sich jemand zu rühren

wagte. Bernhard war der erste, der die Bewegungslosigkeit, diese absolute Starre der Situation, durchbrach. Er stürzte hinter seiner Theke hervor und lief auf Sina zu. Bernhard war es, der ihr das erste Mal seit Stunden das Gefühl gab, überhaupt noch unter Menschen zu sein. Er legte seine Arme um sie, redete beruhigend auf sie ein. Er strich ihr das nasse Haar aus dem Gesicht, führte sie dann zu einem Stuhl.

»Unfall?« »Etwa ein Totalschaden?« »Wo ist ihre Bekannte?« Die Gäste stürmten mit Dutzenden von Fragen auf Sina ein, nachdem sie ihre anfängliche Zurückhaltung, das starre Gaffen, schnell überwunden hatten. Andere zogen sich zurück, tuschelten heimlichtuerisch. Sina schnappte den Satzfetzen »... wohl wieder zuviel getrunken ...« auf. Bernhard übernahm abermals die Initiative. Zusammen mit seiner Mutter griff er Sina unter den Armen und brachte sie ins Nebenzimmer. Ein muffiger kleiner Raum, die karge Rückzugsmöglichkeit für das Thekenpersonal. Sina wurde in einen Lehnstuhl gesetzt. Der Fernseher lief. Sina nahm Stimmen wahr. Die einer Ansagerin aus dem TV-Apparat. Und die der besorgten Wirtin. Diese hatte sich das Telefon geschnappt, sprach offenbar mit dem Notarzt.

»He, Süße! Nicht abdriften! Hier spielt die Musik!« Klaus stupst Sina freundschaftlich am Unterarm.

Sina schreckt auf: »Wie?« fragt sie irritiert.

»Manomann! Kannst du die Vergangenheit nicht mal Vergangenheit sein lassen? Das ganze ist Wochen her! Du mußt anfangen, dich endlich davon zu lösen.«

Das ist Klaus! Einfühlsam wie ein Rhinozeros. Sina zwingt sich, ihren Ex nicht anzusehen. Wahrscheinlich würde sie ihn sonst zur Schnecke machen. Wie sie es so oft in den letzten Tagen getan hat. Immer, wenn er einen Versuch unternommen hatte, die Geschehnisse zu bagatellisieren. Aber der heutige Abend sollte anders verlaufen. Das hatte sich Sina fest vorgenommen. Diesen Abend will sie genießen. An diesem Abend will sie mit dem Alptraum der zurückliegenden Wochen brechen und einen Neuanfang starten. Also schluckt sie brav runter. Traube für Traube, Käsestückchen für Käsestückchen. Und mit jedem Happen schluckt sie auch einen Teil ihrer Erinnerungen herunter.

Sie zwingt sich, die bösen Bilder aus ihrem Kopf zu verbannen. Und dieses Gefühl der Ohnmacht, das sie überfiel, als die Wirtin und ihr Sohn sie in den Nebenraum der Gaststätte verfrachteten.
Diese Ohnmacht oder vielmehr kindliche Hilflosigkeit empfand sie bei den Versuchen, Bernhard und seiner Mutter von der Katastrophe in New York zu berichten. Sina gab sich alle erdenkliche Mühe, die beiden zum Handeln zu bewegen. Sie sollten Sina in Ruhe lassen und lieber bei Polizei, Bürgermeister oder sonstwo anrufen, um der Welt zu erklären, wie es zu der fürchterlichen Bombenexplosion in den USA kommen konnte.
Doch die beiden starrten sie nur an. Mit großen fragenden Augen. Mit zweifelnden Augen. Sie starrten sie an wie eine Verrückte. Sina konnte sich drehen und wenden wie sie wollte – aber die beiden glaubten ihr offenbar kein Wort. Für sie war wohl alles nur das wirre Gerede einer gerade Verunglückten, die ohne jeden Zweifel einen schweren Schock davongetragen hatte.

»Wenn du dich eh nicht mit mir unterhältst, kann ich auch gehen.« Klaus' Ton ist nicht mehr einschmeichelnd. Im Gegenteil: Er klingt ernsthaft gekränkt.
Sina erkennt, daß sie sich zusammenreißen muß, wenn sie den Abend retten will. Sie konzentriert sich wieder auf das Hier und Jetzt. Sina sieht den voll gedeckten Tisch vor sich. Den schweren Holztisch, das Prunkstück ihrer sonst eher kleinteilig eingerichteten Wohnung. Der Tisch – vor Monaten hatte ihn ihr Gabriele geschenkt … – Sina wendet sich Klaus zu, bemüht sich um ein Lächeln.
»Na also! Es geht doch«, lobt er sie. »Außerdem: Sei nicht ungerecht! Du magst ja recht haben – die Sache war

schrecklich. Ein Alptraum, ohne Frage. Aber versuch, den Humor darin zu erkennen.«

Sina verschlägt es fast die Sprache. Eine eben von der Rispe gepflückte Beere läßt sie zurück in die Schale fallen. »Ich hör wohl nicht recht! Wie kannst du bei dieser Sache das Wort Humor in den Mund nehmen?«

Klaus macht keinen Rückzieher: »Es war Humor im Spiel, Sina. Wenn auch rabenschwarzer Humor. Du mußt zugeben, daß du selbst lachen mußtest, als sie dich in dieser ›Schwedenschanze‹ vor den Fernseher gesetzt hatten.«

»Moment, Moment! Ich habe nicht über die Situation an sich gelacht, sondern über das Programm.«

»Da haben wir's! Ich sag's ja: Humor!«

Sina schüttelt energisch den Kopf: »Das hat nichts, aber auch gar nichts mit Humor zu tun.«

»Sondern?«

»Verzweiflung!«

»Pah!«

Doch, doch: Es war eine Art Verzweiflung gewesen. Ein verzweifeltes, wohl fast schon hysterisches Lachen. Man könnte auch sagen, daß Sina an jenem Abend kurz vorm Durchdrehen war. Das Fernsehprogramm hatte sie zunächst überhaupt nicht beachtet. Wie denn auch? Sie hatte mit sich selbst und dem Verarbeiten ihres Schocks mehr als genug zu tun. Erst als ein Nachrichtensprecher auf dem Bildschirm erschien und über den Landtagswahlkampf in Baden-Württemberg sprach, hatte Sina aufgehorcht.

Sie war sich in diesem Augenblick vorgekommen, als stehe sie im Mittelpunkt einer gewaltigen Farce. So, als sei sie unfreiwillige Kandidatin bei einer makabren Ausgabe der »Versteckten Kamera«.

Die Wirtin war es, die sie auf den Sprecher im Fernsehen aufmerksam gemacht hatte. Sie versuchte, Sina zu beruhigen. Sagte, daß niemand etwas von einer Katastrophe wüßte. Ja, daß wohl selbst die Nachrichtenredaktionen nichts von irgendeiner Bombe in New York wüßten.

Sonst, so argumentierte die Wirtin, würden sie wohl kaum über den Wahlkampf in Baden-Württemberg sprechen.
Das war dieser Moment, in dem sich die Welt um Sina zu drehen begann. Sie fühlte sich schwindlig, konnte die Geschehnisse auf keinen Nenner bringen. Nichts ergab mehr einen Sinn für sie! War sie jetzt tatsächlich durchgedreht? Hatte sie sich alles nur eingebildet? Sina schaute an sich herunter, sah die zerfetzte, blutverschmierte Kleidung an ihrem Körper. Also keine Einbildung! Und dann sah sie wieder zum Fernseher. Sah diesen gesetzten, zufrieden blickenden Sprecher. Und seine Worte prägten sich bei ihr ein wie ein Brandzeichen:
»... welchen Einfluß das Fernsehen in den USA mittlerweile ausübt, zeigt ein Vorfall aus New York, der sich heute am frühen Abend ereignete ...«
Der Sprecher der Nachrichten schmunzelte, während er seine kleine Anekdote als erheiternde Überleitung zum Wetterbericht vortrug. Die Sache schien ihn sichtlich vergnügt zu stimmen.
»... ein bisher unerklärlicher Totalausfall eines der wichtigsten Sportkanäle löste heillose Verwirrung aus. Ausgerechnet während der Liveausstrahlung des Basketballspiels Chicago Bulls gegen die Mannschaft der Los Angeles Lakers brach die Satellitenübertragung zusammen. Tausende Amerikaner stürzte die plötzliche Unterbrechung eines ihrer Lieblingssportprogramme offenbar in tiefe seelische Krisen. Die Zahl der Fernsehgeräte, die aus Fenstern geworfen wurden, soll jedenfalls in die Hunderte gehen. Das Telefonnetz brach wegen zahlloser empörter Anrufer bei der verantwortlichen Sendeanstalt kurzzeitig zusammen. – Zum Wetter ...«

»Selbstgespräche? Bist du in deinem Singledasein so einsam, daß du schon Selbstgespräche führst?«
Klaus' Fragen klingen für Sina, als würden sie aus einer anderen Welt kommen. Sina schreckt auf, schaut Klaus verdattert an. »Oh, 'schuldige. Ich war –«

»Wieder abgedriftet. Ich habe es bemerkt.« Klaus schiebt Sina die letzte Beere in den Mund. »So! Wenn die anderen zu spät kommen, sind sie selbst schuld, daß sie nichts abbekommen.« Klaus grinst Sina breit an. »Und ich finde trotzdem, daß du die ganze Geschichte nicht mehr so bierernst sehen solltest.«
»Isch bemüh misch ja.«
»Sprach da die Traube oder die Sina?«
»Sorry.« Sina schluckt das letzte Stückchen des saftigen Traubenfleisches herunter. »Ich sagte: Ich bemühe mich ja. Aber du kannst dir vorstellen, daß mir im ersten Moment überhaupt nicht nach Humor zumute war. Auch nicht nach schwarzem. Ich hab's einfach nicht begriffen!«
»Aber du bist doch sonst recht clever und schaltest schnell. Ich mein: Du hättest nur eins und eins zusammenzählen müssen.«
»Leicht gesagt.«
»Also bitte: Du hättest es eigentlich schon ahnen können, bevor dich der Nachrichtensprecher mit der Nase drauf gestoßen hat. Schließlich hat Friedhelm dir diese Möglichkeit lange vor Ablauf des Countdowns erklärt.«
Sina windet sich: »Ja. Schon. Aber die Wahrscheinlichkeit, Klaus – die *Wahrscheinlichkeit* erschien mir einfach zu gering. Ich hätte diese Lösung nie ernsthaft in Erwägung gezogen.«
Klaus greift sich den Gouda. Das letzte Stück. »Du hattest die Traube, also bekomme ich den Käse.« Schon ist er in seinem Mund verschwunden. »Friedhelm hat dir gesagt, wie voll es in der Erdumlaufbahn mittlerweile ist. Und er hat gesagt, daß ›himmlische‹ Zusammenstöße keineswegs mehr etwas Ungewöhnliches sind.«
»Schon, sicher, du hast recht. Aber daß unsere Bombe ausgerechnet in diesen blöden Sport-TV-Satelliten rauscht, ist einfach zu idiotisch!«
»Falsch! Dasch ischt einfasch genial!«
»Sprach jetzt der Käse zu mir oder der Klaus?«
»Haha! Ich lach mich tot«, spöttelt Klaus. »Wenn die New Yorker wüßten, was genau ihnen an jenem Abend den

Spaß am Basketball verdorben hat, hätten sie wahrscheinlich Freudentänze aufgeführt, statt einen auf beleidigt zu machen und ihre Fernseher aus den Fenstern zu schmeißen.«

»Moment, Moment. Bewiesen ist gar nichts. Wir können nur *annehmen,* daß das A10 mit dem Fernsehsatelliten kollidiert ist.«

»Ach was! Fest steht, daß eure Bombe nie in New York und auch nirgendwo anders angekommen ist. Und fest steht ebenso, daß kurz vor dem errechneten Aufprall dieser Sportkanal ausfiel und seitdem nie wieder einen Mucks von sich gegeben hat. Die beiden Dinger haben sich gegenseitig zu Staub zerrieben! Das ist Fakt! Das A10 hat sich buchstäblich in Luft aufgelöst. Und das ist ja wohl das einzige, was zählt. Diese Nazi-Rakete stellt keine Gefahr mehr dar. Nie mehr!«

Sina bleibt skeptisch. Der Ausgang ihres haarsträubenden Abenteuers erscheint ihr schlichtweg zu schön, um wahr zu sein. Sie kann noch immer nicht glauben, daß dieser Alptraum so glimpflich enden sollte. Aber Sina weiß: Die Skyline von New York erhebt sich genauso stolz über den Hudson River wie immer. Die Wallstreet gleicht wie eh und je einer Ameisenstraße. Und die Freiheitsstatue ist grün korrodiert wie seit Jahrzehnten. Nichts, aber auch absolut gar nichts hat sich dort seit dem Drama im Bunker verändert.

So unwahrscheinlich, so phantastisch diese Lösung ihr auch erscheint, kann es doch nur so abgelaufen sein: Die Bahn des Irrläufers, auf seinem todbringenden Weg in Richtung nordamerikanischer Küste, und die des in der Umlaufbahn kreisenden Fernsehsatelliten müssen sich gekreuzt haben. Die über fünfzig Jahre alte Bombe bohrte sich mit unvorstellbarer Geschwindigkeit in den modernen Erdtrabanten – keiner der beiden Flugkörper konnte eine solche Havarie überstehen.

Als könnte Klaus ihre Gedanken lesen, sagt er: »Der Big Apple lebt, Sina. Du darfst getrost aufatmen. Good old New York hat die Sache ohne eine einzige Schramme

überstanden. Egal, ob's nun ein sehr, sehr glücklicher Zufall war oder ob die fünf Gauner nachgeholfen haben.«
Damit hat sich Klaus offenbar sein eigenes Stichwort gegeben. Er hebt fragend die Brauen: »Diese fünf Ganoven ...?«
Sina braust wie auf Kommando auf: »Gangster! Kaltblütige Gangster, die über Leichen gehen. Nichts anderes waren sie. Egal, welche Motive sie getrieben haben mögen: Sie waren knallhart und absolut rücksichtslos. Das Wort Ganoven ist viel zu harmlos!« belehrt sie ihn barsch.
»O. k., o. k., schon gut. Entschuldige den Euphemismus. Jedenfalls werden diese *Gangster* genauso erleichtert sein, daß alles glücklich ausgegangen ist.«
»Glücklich? Ich höre wohl nicht recht! Hör endlich auf mit dieser Schönfärberei. Die ist völlig fehl am Platz.«
Klaus muß spüren, daß er Sina bis dicht vor einen Wutausbruch getrieben hat. Er lenkt ein: »Also gut. Es waren gemeine Verbrecher. Schande über sie.« Und mit gesenkter Stimme: »Du mußt aber zugeben, daß unser Urteil über sie auf reinen Vermutungen fußt. Die Sache mit der Russenmafia ...«
»Daran habe ich nie geglaubt«, unterbricht ihn Sina.
»Mag sein. Ich ja eigentlich auch nicht so recht. Wie gesagt: Am liebsten würde ich die ganze Bande als kleine Ganoven abstempeln und fertig ist die Kiste. – Trotz des Veilchens, das sie mir damals verpaßt haben.« Klaus ist sich offenbar selbst nicht sicher, wie er die Fremden einordnen soll, und vollzieht bei seiner Argumentation eine gedankliche Slalomfahrt. Zögerlich meint er: »Aber wer sonst, wenn nicht die Mafia, hätte den technischen und finanziellen Background, um so eine Sache durchzuziehen? Da kann ich mich drehen und wenden wie ich will und komm doch immer wieder auf organisierte Kriminalität.« Klaus ringt um Beweise. »Was habe ich da neulich gelesen? Diese Russenmafia soll doch tatsächlich versucht haben, acht MIG-Kampfjets in den Iran zu verschieben. Von ähnlichem Kaliber war die Sache mit dem A10 auch. Um so etwas über die Bühne zu bringen,

brauchst du einen gewaltigen Apparat, eine bestens durchorganisierte Truppe, eben eine Mafia. Daß das Orten und Anpeilen der Nazirakete von einer gewissen organisatorischen und fachlichen Perfektion zeugte, ist ja wohl nicht von der Hand zu weisen.« Klaus versucht seine These weiter zu untermauern. Mit ausholenden Bewegungen unterstreicht er die Bedeutung seiner Worte: »Das Ganze muß einer gigantischen Erpressung gedient haben – darauf versteht sich das Syndikat bekanntermaßen am besten. Nur eine millionenschwere Erpressung würde den enormen Aufwand, den die da unten in den Katakomben betrieben haben, rechtfertigen.«
Sina schaltet auf stur. »Ich habe jedenfalls nie etwas darüber gelesen, daß der amerikanische Präsident oder sonst wer durch eine auf New York gerichtete Atomrakete um einige Millionen Dollar erleichtert werden sollte«, sagt sie mit unüberhörbarem Spott in der Stimme.
»Das werden die auch gerade an die Presse weitergeben«, höhnt Klaus. »Nein, nein. Die haben das verheimlicht. Oder sie haben es selber gar nicht erst erfahren. Denn vielleicht waren die Typen von der Russenmafia zu diesem Zeitpunkt noch gar nicht so weit, um ihre Forderungen zu stellen. Du hast selbst erzählt, daß sie technische Probleme damit hatten, das A10 auf ihr Kommando tanzen zu lassen.«
»Probleme, die ausgerechnet ich gelöst habe«, wirft Sina kleinlaut ein.
Klaus streicht ihr sanft über die Hand. »Und damit im Endeffekt eine Katastrophe verhindert hast.«
»Trotzdem glaub ich nicht dran. Ich glaub nicht dran, daß irgendeine ominöse Mafia im Spiel war. Was heißt das denn überhaupt: Mafia? Kaum haben sich ein paar dunkle Gestalten zusammengefunden, um das ein oder andere Verbrechen zu begehen, werden sie gleich als Mafia abgestempelt. Als nicht greifbares Schreckgespenst. Man macht sich's damit verdammt leicht, findest du nicht auch?«
»Wer dann, Sina? Wer soll's sonst gewesen sein? Denk an den russischen Akzent.«

»Ach was! Russischer Akzent. Quatsch«, tut Sina die Sache ab.
Klaus bleibt beharrlich: »Sie haben russisch gesprochen, Sina. Das weißt du.«
»Oder tschechisch oder polnisch oder rumänisch. Ich bin keine Sprachexpertin! Das klingt doch alles ähnlich, eine dieser Ostsprachen hört sich an wie die andere.«
»Mensch, Sina. Mach's uns nicht so schwer.«
Sina schüttelt Klaus' Hand ab. »Wenn – und ich betone das Wörtchen ›wenn‹ jetzt ausdrücklich – wenn also tatsächlich Russen mit der Sache in Verbindung zu bringen sind, dann hatten sie bestimmt ganz andere Gründe.«
Klaus lehnt sich in seinem Stuhl zurück, legt die Stirn in Falten. »Und die wären?«
»Enttäuschung zum Beispiel.«
»Bitte?« Klaus versteht nur Bahnhof.
»Enttäuschung.« Sina wirkt trotzig, als sie fortfährt. »Es könnten Sowjetsoldaten gewesen sein. Soldaten, die einmal in Deutschland stationiert waren. Und die sich nach Auflösung der Sowjetunion und nach ihrem schmählichen Abzug aus der Ex-DDR nicht mehr in den Griff gekriegt haben. Verstehst du? Männer, die früher voller Stolz auf ihr Land waren. Männer voller Würde, die mit ihren ordenbehangenen Uniformen und der Nase stets ganz oben durch die Gegend stolziert sind. Als sie gehen mußten – zurück in eine Heimat, die keine mehr war – muß sich in vielen von ihnen unwahrscheinlich große Wut aufgestaut haben. Versetz dich mal in ihre Lage: Die waren plötzlich der letzte Dreck. Hochdekorierte Soldaten der ruhmreichen Sowjetarmee waren von einen Tag auf den anderen nur noch menschlicher Ballast, ohne Aufgabe, ohne Ansehen. Verhaßt im eigenen Land, weil sie dort ihren Leuten auf der Tasche liegen, aber niemandem mehr nutzen.« Aus Sina sprudelt es heraus wie aus einem Wasserfall. »Diese Leute hatten nach der Wende keinerlei Perspektiven mehr. Sie fühlten sich als Verlierer. Und da könnte es doch sein, daß sich der ein oder andere von ihnen an seine Kaserne auf Usedom erinnert hat. Er hat sich

womöglich auch an die alten Bunkeranlagen erinnert, die ihn früher eigentlich nie besonders interessiert hatten. Aber plötzlich erschienen sie ihm in einem ganz anderen Licht. Denn plötzlich sah er in ihnen eine Chance, sich für die Schmach zu rächen. Und zwar an dem, der seiner Meinung nach an allem Schuld ist und an den sein geliebtes Vaterland heimtückisch verraten worden ist. Er will Rache am alten Feind. Dem Kapitalismus. Der westlichen Welt.«

Klaus sitzt immer noch zurückgelehnt da – und schmunzelt. »Ist die Märchentante jetzt fertig?«

Sina, bis eben völlig von ihrer eigenen Theorie ergriffen, fährt auf. »Verdammt! Klaus, wenn du dich bloß über mich lustig machen willst, dann frag mich nicht erst nach meiner Meinung. Du wolltest wissen, was ich über die Fremden denke, und ich habe es dir erzählt. Also zieh das jetzt gefälligst nicht alles durch den Kakao!«

»Aber Sina. Sei doch nicht so naiv. Was du da erzählt hast, ist kindisch. Und noch dazu höchst widersprüchlich. Warst du es nicht, die festgestellt haben will, daß der Anführer der Bande eine Frau war?«

»Na und? Gerade bei den Sowjets haben viele Frauen Dienst getan«, entgegnet sie bockig.

Klaus schüttelt den Kopf. »Und dieser Opa Bernhard? Wie paßt der in diese ganze Geschichte hinein? Soll er etwa auch ein Opfer durchgedrehter Ex-Sowjetkämpfer gewesen sein? Vielleicht, weil er im Zweiten Weltkrieg auf deutscher Seite gestanden hat – sein Tod als späte Rache des Feindes von einst?« In seiner Stimme liegt eine gehörige Prise Sarkasmus.

Damit hat er Sina an einem wunden Punkt erwischt. Denn so lange sie auch über die Rolle des alten Mannes nachgedacht hat, so lange sie sich über die recht merkwürdigen Begleitumstände seines plötzlichen Unfalltodes den Kopf zerbrochen hat – sie ist doch nie zu einer zufriedenstellenden Lösung gekommen. Wahrscheinlich, so mußte sie sich schließlich eingestehen, hat das traurige Schicksal des rauhbeinigen Greises trotz aller Zweifel rein

gar nichts mit der ganzen Sache zu tun. Denn daß die Fremden ihre Absichten und ihr Versteck im Bunker leichtfertig aufs Spiel setzten, indem sie am hellichten Tag einen Menschen überfuhren, kann sich Sina nicht vorstellen.
Trotzdem – um ihre Theorie von Klaus nicht vollends über den Haufen werfen zu lassen – bleibt sie in ihrer Antwort dabei, daß es vorsätzlicher Mord war: »Er ist absichtlich überfahren worden. Weil er das Gelände rings um den Bunker zu genau kannte und für die Verbrecher eine Gefahr darstellte«, behauptet sie starrköpfig.
»Sei nicht albern, Sina. Deine Erklärungen hinken gewaltig«, gibt Klaus ein wenig zu barsch zurück.
»Deine Mafia-Phantastereien sind jedenfalls nicht weniger abstrus«, giftet Sina beleidigt.
Klaus steckt sein spöttisches Schmunzeln augenblicklich weg, als er merkt, daß der Abend auf der Kippe steht. »Nimmst du eine ernstgemeinte Entschuldigung an?« beeilt er sich zu fragen.
Sina wiegt den Kopf. »Einverstanden. Aber laß uns das Thema wechseln. Bitte.«
»Können wir gerne tun. Obwohl ich deine innere Anspannung in dieser Sache – wie gesagt – nicht ganz nachvollziehen kann.« Klaus schnappt sich erneut Sinas Hand, hält sie diesmal aber fest. »Entspann dich endlich, Sina! Nimm's leicht. Die Angelegenheit ist ausgestanden. Vorbei. Finito!«
Sinas Gesichtsausdruck wirkt alles andere als überzeugt. Sie bleibt von quälenden Zweifeln und drängenden offenen Fragen geplagt. Dennoch muß sie den Tatsachen ins Auge sehen. Und die sprechen für sich. Wie es Klaus ganz richtig ausdrückte: Die Sache ist ausgestanden. Ein für allemal!

Ausgestanden eigentlich schon seit über einem Monat: Als Sina erfuhr, daß der Bunkereingang nach den Löscharbeiten versiegelt worden war, fiel ihr ein gewaltiger Stein vom Herzen. Spuren waren in den ausgeräucherten Katakomben ohnehin kaum mehr zu finden gewesen. Jedenfalls nicht für die völlig unzureichend ausgerüsteten »Dorfpolizisten«, als welche Sina die Uniformierten abschätzig einstufte. Man hatte sich nicht die Mühe gegeben, Brandexperten des Landeskriminalamtes einzuschalten. Denn – es war ja schließlich nichts Nennenswertes zerstört worden. Zumindest aus Sicht der Ermittler.

So verwunderte es kaum, daß die Polizeibeamten, die ohnehin nur sehr widerwillig in die düsteren und verqualmten Keller hinabgestiegen waren, nichts fanden, das ihre Aufmerksamkeit erregte oder sie zumindest stutzen ließ. Nichts, das auf die Herkunft oder tatsächlichen Absichten der fünf Fremden hätte schließen lassen.

Natürlich, Sina hatte sich Mühe gegeben, der Polizei bei den Ermittlungen zu helfen. Vor der Versiegelung des Eingangs hatte sie die Kripobeamten dreimal in die künstliche Höhle begleitet und mußte dabei all ihren Mut zusammennehmen. Doch die Ergebnisse blieben dünn. Die Beamten hegten starke Zweifel an Sinas Glaubwürdigkeit. Die Sache mit dem A10 nahmen sie ihr gar nicht erst ab.

Das zersplitterte und bei den irrsinnigen Temperaturen des Feuerinfernos größtenteils geschmolzene Glas der Computerbildschirme, das Sina den Uniformierten unter die Nase hielt, beurteilten diese leichtfertig als nichtssagend. Schließlich, so fertigten sie Sina ab, hätten ja schon vor ihr Eindringlinge dort unten gewesen sein können. Jugendliche mit Bierflaschen, die sie nach dem Austrinken an den Wänden zertrümmerten und den Boden dadurch mit Glasscherben überzogen. Zum Beispiel. Selbst als Sina auf einen Haufen kaum verschmorter Kondensatoren und Leiterplatten stieß, winkten die Ermittler ab. Wohl auch von den Jugendlichen, sagten sie. Denn die hätten neben Bier und Zigaretten – natürlich – auch einen Kassettenrecorder bei ihrer Bunkerparty dabei gehabt. Wahrscheinlich würde man bei intensiverer Suche auch noch auf Drogenreste und Kondome stoßen, mutmaßten die Fahnder.

Kurzum: Nach einer Woche waren die Ermittlungen abgeschlossen. Die Akte »Bunker« wurde zugeklappt. Man hatte Sina den Rat gegeben, nicht auf weiteren Nachforschungen zu beharren. Denn am Ende müßte sie selbst damit rechnen, wegen Einbruchs in ein staatseigenes Gebäude – nichts anderes war schließlich der Bunker – und womöglich sogar wegen Brandstiftung angezeigt zu werden. Der Leiter der Ermittlungskommission mochte Sina. Sie wußte, daß er sie nicht in Schwierigkeiten bringen wollte. Sina reiste ab.

»He! Willst du nicht aufmachen?«
»Aufmachen?« Schon wieder hat Klaus Sina dabei erwischt, tief in Gedanken versunken zu sein.
»Ja! Es hat geklingelt. Zweimal schon.« Klaus' Ton ist sanft, aber drängend.
»Oh.« Sina schiebt ihren Stuhl zurück und steht auf. »Danke, Schatz.«
Klaus' Augen strahlen. »Habe ich da eben ›Schatz‹ gehört?«
Im Hinausgehen sagt Sina: »Auch ein Mistkerl kann sich hin und wieder als Schatz entpuppen.« Mit einem zufriedenen Lächeln streift sie durch den Flur zur Wohnungstür. Sina betätigt ihre Sprechanlage. »Ja, wer ist da? Seid ihr's endlich?«
»Ja, Kleine.« Gabrieles Stimme dröhnt durch den ovalen Lautsprecher neben Sinas Wohnungstür: »Natürlich sind wir's. Mach schon auf! Mit einem Gipsbein und kaum verheiltem Beckendurchschuß steht sich's ausgesprochen schlecht. Und keine Vorwürfe! Es reicht voll und ganz, daß mir Friedhelm bereits die ganze Zeit damit in den Ohren liegt, wir wären zu spät dran.«
Sina betätigt den Türsummer. Sie geht bis zum Treppengeländer vor und schaut hinunter. Unwillkürlich muß sie schmunzeln, als sie die schroffen Zurechtweisungen hört, die Gabriele ihrem Bruder an den Kopf wirft, während die Geschwister langsam die Treppen zu Sinas Wohnung im vierten Stock heraufkommen.

RECLAM-BIBLIOTHEK

Renate Herrmann-Winter
Kleines mecklenburg-vorpommersches Wörterbuch

150 Seiten. Mit 1 Karte. RBL 1545. 16,– DM
ISBN 3-379-01545-8

Die alte Volkssprache der Pommern und Mecklenburger ist das Niederdeutsche. Sie selber nennen ihre »Sprache des Meeres« lieber Plattdeutsch, ganz ohne Geringschätzung. Bereits am Ende des 18. Jahrhunderts hatte Johann Christoph Adelung sie als die »wohlklingendste, gefälligste und angenehmste« unter allen deutschen Mundarten gepriesen. Ihre Wörter seien »naivsaftig« und »hartmäulig«, sagte Ernst Barlach, »bildhafter, einfacher und klarer«, meinte Kurt Tucholsky. Unter den 5000 Stichwörtern des Wörterbuchs finden sich dafür viele schöne Beispiele.

Renate Herrmann-Winter, Professorin an der Ernst-Moritz-Arndt-Universität Greifswald und Leiterin des Pommerschen Wörterbuchs, hat sie zusammengetragen. Jahrzehntelang erforschte sie die unterschiedlichen hoch- und niederdeutschen Sprechweisen in Pommern und Mecklenburg, sammelte und bearbeitete den mundartlichen Wortschatz.

RECLAM LEIPZIG

Peter R. Wieninger
Die Spur der Katzen

Roman

Format 12,5×21,5 cm
219 Seiten. Leinen mit Schutzumschlag. 36,– DM
ISBN 3-379-00756-0

Die Spur der Katzen ist die Geschichte des »Book of Kells«, eines berühmten, heute im Trinity College Dublin aufbewahrten Evangeliars.
Der Roman setzt im 9. Jahrhundert n. Chr. ein, als das Buch, bedroht durch äxteschwingende Wikinger, von der schottischen Insel Iona ins irische Kloster Kells gebracht wird. Parallel zu diesem Erzählstrang gerät der Leser ins Wien der Gegenwart: Emil Steinwändtner, einem unbescholtenen Beamten, fällt bei einem Autounfall ein Schließfachschlüssel in die Hände. Hartnäckig nimmt er dessen Fährte auf, verfolgt von den dubiosen Anführern einer Sekte, die hinter den harmlosen Fassaden Wiens den Weltuntergang vorbereiten.
Der Roman führt die Ebenen nach und nach zusammen, atemberaubend spannend und augenzwinkernd ironisch erzählt. Ein furioses Finale bringt die überraschende Auflösung – Katzen weisen den Weg.
Peter R. Wieninger, geboren 1966, lebt in St. Pölten. Veröffentlichungen in Literaturzeitschriften. Hörspiele für den Südwestfunk und Radio DRS. *Die Spur der Katzen* ist sein Debütroman.

RECLAM LEIPZIG

Arno Meyer

Kreis des Schweigens

Roman

Format 12,5×21,5 cm
415 Seiten. Leinen mit Schutzumschlag. 42,– DM
ISBN 3-379-00757-9

Ein rasantes und bis zum verblüffenden Schluß spannendes Buch.

Deutschlandradio

Immer wenn man glaubt, jetzt säßen die Helden in der Falle, ergibt sich eine überraschende Wende. Ein mitreißender, spannender Thriller.

Leipziger Volkszeitung

Endlich wagt sich ein deutscher Autor in das Geflecht von internationaler Politik und Wirtschaft. Arno Meyers Roman bietet, was die deutsche Literatur kaum kennt – einen brisanten politischen Thriller.

RECLAM-BIBLIOTHEK

Peter R. Wieninger

Die Fährte des Drachen

Roman

226 Seiten. RBL 1591. 16,– DM

ISBN 3-379-01591-1

Daniel Dillinger wäre gerne ein toller und tougher Privatdetektiv. Einer aus der harten amerikanischen Schule, so einer wie aus einem Chandler oder Hammett. Aber: Dillinger ist Österreicher. Wahrlich kein einfaches Schicksal für einen Detektiv. Doch: Was einem Major Kottan recht ist, soll einem Dillinger billig sein. Also, los geht's, raus aus dem versifften Büro, rein ins Leben, das Verbrechen lauert überall.

Die Fährte des Drachens ist ein schräger, überdrehter, unappetitlicher Kriminalroman. Made in Austria. Das hat noch gefehlt.

Peter R. Wieninger, geboren 1966 in St. Pölten. 1996 erschien bei Reclam Leipzig sein Roman *Die Spur der Katzen*.

RECLAM-BIBLIOTHEK

Claudia Rosenkranz
Die letzte Fiesta
Roman

192 Seiten. RBL 1551. 16,– DM
ISBN 3-379-01551-2

Wer ist Johanna Schwartz? Welches Geheimnis verbindet sie mit ihrem Neffen Georg Fehrer?
Der Roman führt in einen Hexenkessel der Emotionen: Die Journalistin Karla Sandborn fährt im gutdotierten Auftrag Johanna Schwartz' nach Spanien, um Informationen über Fehrer zu sammeln. In Pamplona, wo die berühmte Fiesta tobt, heftet sie sich an seine Fersen. Man ißt und trinkt zusammen, kommt sich nahe – ein brillant erzählter Psychothriller, ein Roman der unterschwelligen Leidenschaften treibt seinem Höhepunkt entgegen.

Claudia Rosenkranz, geboren 1948 in Marburg/Lahn. Studium der Theaterwissenschaft, Germanistik und Soziologie. Promotion. Mitherausgeberin der Anthologie »Frauen, die pfeifen«. Lebt in Gießen.

Marlene Faro
Frauen die Prosecco trinken

Roman

163 Seiten. RBL 1552. 16,– DM
ISBN 3-379-01552-0

Dieses Frauenbuch legen wir allen »Hera-Lind-Geschädigten« ans Herz. Wohltuende Bösartigkeit, freche Dialoge und Selbstironie können sooo unterhaltsam sein.

Fritz

Ein Roman im Stil der nach wie vor angesagten Frauenbücher, aber besser als die meisten, weil doch ganz ordentlich (selbst-)ironisch.

Kultur! News

Leichte Lektüre für Strand oder U-Bahnfahrt ...

Der Tagesspiegel

Robert Schneider
Schlafes Bruder

Roman

204 Seiten. RBL 1518. 16,– DM
ISBN 3-379-01518-0

Ich habe *Schlafes Bruder* mit Staunen und Freude gelesen.

Elias Canetti

Dieser Roman wird wie eine Droge wirken.

Martin Doerry, Der Spiegel

Seite für Seite gewinnen Schneiders Visionen an derartiger Klarheit, daß einer, der diese geschaut hat, sie sehr schwer vergessen kann.

Paola Capriola, Corriere della sera

Der Autor besitzt eine stilistische Genialität, die den Roman in den Rang eines der besten dieser Jahre veröffentlichten Bücher erhebt.

Emma Rodriguez, El Mundo

Ein unvergeßliches Buch.

Gérard Meudal, Libêration